Ready to rock !

Meg Cabot

Ready to rock !

Traduit de l'anglais (américain)
par Florence Schneider

Du même auteur chez Albin Michel Wiz
Une (irrésistible) envie de sucré
Une (irrésistible) envie d'aimer
Une (irrésistible) envie de dire oui

Irrésistible ! L'intégrale

Meg Cabot est née à Bloomington, dans l'Indiana (États-Unis). Elle est l'auteur des romans *Embrouilles à Manhattan*, *Mélissa et son voisin*, entre autres, et de la série *Journal d'une Princesse*. Elle vit avec son mari entre New York et la Floride.

Titre original :
SIZE 12 AND READY TO ROCK
(Première publication : William Morrow,
an imprint of HarperCollins Publishers, 2012)
© Meg Cabot, 2012
Pour la traduction française :
© Éditions Albin Michel, 2013

1

On m'a appelée grosse bouffie,
On m'a appelée bien charpentée,
On m'a dit « T'es mal partie ! »
De moi on dit : « Laisse-la tomber ! »

L'amour ça craint, parfois,
Ça craint énormément.
L'amour ça craint parfois
Mieux vaudrait partir en courant.

Même les grosses ont des sentiments
Même les bouffies ne sont pas de bois
Et d'être seules parfois en ont assez
Au point que leur cœur menace d'éclater.

L'amour ça craint, parfois
Un max, que ça craint !
Mais ça craint beaucoup moins
Depuis que je suis avec toi.

L'amour ça craint
Écrit par Heather Wells

Je gagne le deuxième étage au pas de course, le cœur battant à tout rompre – mon truc, c'est la marche, pas la course. Je m'efforce de ne jamais courir où que ce soit, sauf en cas d'urgence. Or, à en croire l'appel que je viens de recevoir, c'en est une. Je déboule dans un couloir sombre et désert. Je ne distingue rien, si ce n'est, tout au bout, le rougeoiement incandescent du panneau « sortie ». Et ma propre respiration haletante.

Ils sont là, pourtant. Je les sens, tout près. Mais où ?

Soudain je sais. Évidemment ! Ils sont derrière moi.

– Arrêtez tout ! je hurle, ouvrant d'un coup de pied la porte de la bibliothèque des étudiants. Vous êtes fichus !

La balle m'atteint au beau milieu du dos. La douleur se diffuse dans toute la colonne vertébrale.

– Ha ! s'exclame un homme masqué en surgissant d'un coin. Je t'ai eue ! T'es morte de chez morte !

Les réalisateurs de cinéma ont tendance à ponctuer l'agonie de leur héroïne de retours en arrière sur les épisodes les plus marquants de sa vie, de la naissance au moment présent (alors que, soyons honnêtes, qui se souvient de sa propre naissance ?).

Pour moi, ça ne se passe pas comme ça. Alors que je rends l'âme, je n'ai qu'une seule pensée en tête : Lucy, ma chienne. Qui va s'occuper d'elle quand je ne serai plus là ?

Cooper. Bien sûr. Cooper, mon propriétaire et nouveau fiancé. Sauf que nos fiançailles ne sont plus si récentes. Il y a trois mois qu'il m'a fait sa demande – même si nous ne l'avons annoncé à personne, Cooper tenant à ce que nous partions nous marier en secret afin d'éviter son insupportable famille – et Lucy s'est si bien accoutumée à le trouver dans mon lit qu'elle pique droit vers *lui* pour réclamer son petit déjeuner ou sa promenade du matin. Il faut dire qu'il est terriblement matinal... et moi pas.

À vrai dire, c'est Cooper que Lucy va directement voir pour tout, désormais, vu que Cooper travaille souvent à la maison et passe la journée avec elle tandis que je suis ici, à Fischer Hall. Sincèrement, je crois que Lucy le préfère à moi. Il y a de la traîtrise en elle.

On s'occupera si bien d'elle après ma mort qu'elle ne se rendra sans doute pas compte de mon absence. C'est si décourageant – ou si encourageant – que je me mets à penser, Dieu sait pourquoi, à ma collection de poupées. Posséder, à trente ans passés, un nombre de poupées suffisant pour constituer une collection n'a rien de glorieux. Mais c'est mon cas. J'en ai vingt-cinq environ, chacune provenant de l'un des pays où je me suis produite adolescente, du temps où j'étais une sensation pop abusivement mise en avant par les Disques Cartwright. Comme je ne suis jamais restée dans un pays assez longtemps pour jouer les touristes – le matin je faisais la tournée des plateaux télé, le soir je me produisais sur scène, généralement en première partie d'Easy Street, l'un des boys bands les plus populaires de tous les temps –, ma mère m'achetait une poupée souvenir, vêtue du costume national du pays en question, dans les boutiques de chacun des aéroports. Selon elle, ça valait mieux que voir les koalas en Australie, les temples bouddhistes au Japon, les volcans en Islande, les éléphants en Afrique du Sud, etc., car ça permettait de gagner du temps.

« Pauvre gosse ! »

C'est tout ce que Cooper a trouvé à dire sur les poupées, lors de la première nuit qu'il a passée dans ma chambre, quand il les a surprises à le regarder depuis les rayons de leur étagère, au-dessus de nous. Quand je lui ai eu expliqué d'où me venait la collection et pourquoi je m'y accrochais depuis tant d'années – elle est tout ce qui me reste du naufrage de ma famille et de ma carrière, même si papa et moi nous efforçons de nous rapprocher l'un de l'autre depuis qu'il est sorti de prison –, Cooper s'était contenté de secouer la tête.

« Pauvre gosse ! »

Je ne dois pas mourir, me dis-je soudain ! Même si Cooper se charge de Lucy, il ne saura que faire de mes poupées. Il faut que je vive, au moins assez longtemps pour m'assurer que ma collection ira à quelqu'un qui sait l'apprécier. Quelqu'un que je pourrais trouver sur la page Facebook du fan-club Heather Wells. Il regroupe près de dix mille membres.

Avant que j'aie pu me figurer comment régler ça, une autre silhouette masquée a bondi sur moi, surgie de derrière un sofa.

– Oh non ! s'écrie-t-elle en remontant sur le haut de sa tête le masque qui lui protège les yeux.

Je constate avec stupéfaction qu'il s'agit d'une étudiante, Jamie Price. Elle a l'air horrifié.

– Gavin, c'est Heather. Tu as abattu Heather ! Heather, je suis désolée. On n'avait pas réalisé que c'était toi.

– Heather ?

Gavin remonte à son tour son masque. Puis abaisse son arme.

– Oh merde ! J'ai foiré grave !

À son « J'ai foiré grave », j'en conclus que c'est lui qui a commis l'erreur de me tuer en me tirant une balle de gros calibre dans le dos. Je ne peux m'empêcher de le plaindre, car je sais combien j'ai compté pour lui – plus, peut-être, que sa petite amie actuelle, Jamie. Sans doute va-t-il lui falloir des années d'analyse pour se remettre de m'avoir tuée accidentellement. Gavin McGoren a tant aimé s'imaginer que nous vivions un grand amour, entre mai et décembre de l'année dernière... Amour qui ne risquait pas de se concrétiser, Gavin étant étudiant en licence de cinéma, tandis que je suis directrice adjointe de sa résidence universitaire et, qui plus est, amoureuse de Cooper Cartwright. Par ailleurs, le règlement de l'université interdit à la direction de coucher avec les étudiants.

À présent, notre amour est carrément impossible, Gavin m'ayant tiré dessus. Je sens jaillir le sang de ma blessure au dos.

Je ne comprends pas très bien comment je tiens encore debout, vu la taille de la tache de sang, et le fait que ma colonne vertébrale soit très certainement brisée. Difficile de savoir si la blessure est profonde car la pièce – ainsi que la totalité de la bibliothèque du deuxième étage – est presque entièrement plongée dans l'ombre, la seule lumière provenant de fenêtres à châssis autrefois élégantes donnant sur le cercle des joueurs d'échecs de Washington Square, deux étages au-dessous.

– Gavin, dis-je d'une voix étranglée par la douleur. Pourrais-tu faire en sorte que mes poupées aillent à quelqu'un qui...

Une seconde !

– C'est de la peinture ? je demande en rapprochant les doigts de mon visage pour mieux les examiner.

– On est vraiment désolés ! glapit Jamie d'un ton penaud. Sur le paquet, ils disent que ça part bien au lavage sur la plupart des tissus.

– Vous jouez au paintball *à l'intérieur* ?

Je ne plains plus du tout Gavin. En fait, je suis vraiment en pétard contre lui.

– Et tu crois que c'est pour *mes vêtements* que je m'inquiète ?

Bien que, à dire vrai, cette chemise se trouve être l'une de mes favorites. Ample aux endroits que je ne tiens pas à mettre en valeur (sans pour autant me donner l'air enceinte), elle

11

attire le regard vers les zones que je tiens à faire valoir (mes nichons, auxquels je n'ai rien à reprocher). Rares sont les chemises qui possèdent cette qualité. Jamie a intérêt à dire vrai quand elle affirme que la peinture part au lavage.

– Nom de Dieu, vous auriez pu crever un œil à quelqu'un !

Ça m'est égal de parler comme une mère de famille qui pète un câble. Je suis extrêmement mécontente. J'ai bien failli demander à *Gavin McGoren* de se charger de ma collection de poupées de tous les pays.

– Allez, dit Gavin en me fixant, les yeux écarquillés. Tu t'es déjà fait tirer dessus avec de vraies balles, Heather. Tu ne vas pas chipoter à cause d'un peu de peinture ?

– S'il est arrivé qu'on me tire dessus avec de vraies balles, je n'y suis pour rien. Me faire tirer dessus ne fait pas partie de mes attributions professionnelles, même si ça se produit fréquemment, à ce qu'on dirait. À présent, veux-tu bien m'expliquer pourquoi la Sécurité a appelé chez moi *un dimanche soir* pour m'informer qu'on s'était plaint qu'une fête non autorisée – au cours de laquelle une personne aurait perdu connaissance – se tenait dans un bâtiment censé être fermé tout l'été pour rénovation ?

Gavin semble offensé.

– Ce n'est pas une fête ! C'est une bataille de paintball, rétorque-t-il en brandissant son lanceur, comme si ceci expliquait cela. L'accueil et les résidents employés de Fischer Hall contre les étudiants embauchés pour repeindre le bâtiment. Une seconde !

Il disparaît un instant derrière le sofa, puis resurgit et me fourre dans les bras tout un bric-à-brac, qui comprend entre autres un lanceur de paintball de réserve, un masque pour le visage et un bleu de travail (volé, sans aucun doute, à l'équipe des peintres).

– Maintenant que tu es là, tu peux faire partie de l'équipe de l'accueil !

– Une minute ! C'est *ça* que vous avez fait avec l'argent que je vous ai donné ? je demande, dissimulant mal mon dégoût.

Grâce aux cours auxquels j'ai assisté cet été, j'ai appris que le cerveau humain n'achève de se développer qu'aux alentours de la vingt-cinquième année, ce qui explique que les jeunes prennent souvent des décisions douteuses.

Mais jouer au paintball *à l'intérieur* d'une résidence universitaire ? C'est particulièrement débile, même de la part de Gavin McGoren.

Je balance le matos de paintball sur le sofa.

– Cet argent était censé financer *une soirée pizza*. Sous prétexte que toutes les cafèt' fermaient le dimanche soir et que vous n'aviez jamais de quoi vous acheter à manger. Vous vous souvenez ?

– Oh non ! glapit Jamie.

Malgré sa robustesse, elle a une voix affreusement infantile – peut-être parce qu'elle termine toutes ses phrases sur une note aiguë, à croire qu'elle pose une question, alors que ce n'est pas le cas.

– On n'a pas dépensé l'argent pour louer du matériel de paintball, explique-t-elle. On l'a emprunté gratos au centre sportif de l'université. Je ne savais même pas qu'ils avaient du matériel de paintball qu'on pouvait emprunter – sûrement parce qu'il n'est jamais disponible pendant l'année, quand la fac est tellement fréquentée. N'empêche qu'ils en ont. On doit juste laisser une pièce d'identité.

– Bien sûr, je grommelle.

Et pourquoi la riche Amicale des anciens élèves ne donnerait-elle pas les fonds nécessaires à l'acquisition de matériel de paintball auquel les étudiants ont librement accès ? Dieu les préserve de les investir dans... je ne sais pas, moi... un labo de sciences.

– Ouais, dit Gavin. L'argent a bien servi à acheter des pizzas. Et de quoi boire.

Il agite devant moi trois canettes de bière reliées par leurs anneaux de plastique, vestige de ce qui fut autrefois un pack de six.

– T'en veux ? J'ai que de la bière premier choix pour mes meufs !

Je sens que les oreilles me chauffent. Et ça n'a rien à voir avec la peinture que je viens de me prendre dans le dos.

– De la bière ? Vous avez acheté de la bière avec l'argent que je vous ai donné pour la pizza ?

– C'est de la Pabst Blue Ribbon ! proteste Gavin, apparemment confus. Je croyais que les filles auteurs-compositeurs-interprètes un peu cool adoraient la PBR.

Peut-être parce qu'elle a remarqué mon œil brûlant de rage, Jamie s'avance vers moi pour me serrer dans ses bras.

– Merci mille fois de m'avoir autorisée à passer l'été ici, Heather, dit-elle. Si j'avais dû rester chez mes parents à Rock Ridge, je n'aurais pas survécu. Pour de bon. Tu n'as pas idée de ce que tu as fait pour moi. Tu m'as donné les ailes dont j'avais besoin pour voler. Il n'y a jamais eu meilleur boss que toi, Heather !

Si, j'ai parfaitement idée de ce que j'ai donné à Jamie, et ce ne sont pas des ailes. C'est d'être nourrie et logée trois mois

14

durant, en échange de vingt heures de travail hebdomadaire consistant à faire suivre le courrier des étudiants rentrés passer l'été chez eux. À présent, au lieu de devoir emprunter les transports en commun pour voir Gavin en secret – les parents de Jamie s'opposent à leur relation, trouvant que Jamie mérite mieux que ce garçon dépenaillé –, elle n'a qu'à ouvrir la porte de sa chambre. Car Gavin loge dans le même couloir qu'elle puisque je l'ai fait profiter (en dépit du bon sens, je le réalise maintenant) du même bon plan que Jamie.

– Je suis sûre que vos parents me refuseraient la médaille du meilleur boss, dis-je en résistant à son embrassade. Tout comme je jurerais que si quelqu'un du Département du logement en venait à être mis au courant pour la bière et le paintball, je ne serais plus la boss de personne.

– Que peuvent-ils contre toi ? demande Gavin d'une voix indignée. Nous sommes dans un bâtiment fermé pour l'été, qui doit de toute façon être entièrement repeint, et nous avons tous plus de vingt et un ans. Personne ne fait rien d'illégal.

– Bien sûr. C'est pour ça que j'ai reçu un coup de fil de la Sécurité. Parce que personne ne fait rien d'illégal.

Gavin grimace. L'effet est des plus affreux, avec son masque toujours remonté sur le haut de sa tête.

– C'est Sarah, hein ? demande-t-il. C'est elle qui les a appelés pour se plaindre, pas vrai ? Elle est toujours à nous dire de la fermer sous prétexte qu'elle essaie de finir sa thèse ou Dieu sait quoi. Je *savais* qu'elle ne serait pas cool avec ça.

Je me garde de tout commentaire. J'ignore qui les a balancés à la police du campus. Il est fort possible que ce soit Sarah Rosenberg, assistante résidant à Fischer Hall, affectée aux urgences de nuit et chargée d'assister le directeur de la résidence lorsqu'une intervention s'impose. Malheureuse-ment, depuis le décès prématuré du dernier directeur en date, Sarah n'a plus personne à assister. Elle m'aide à super-viser un personnel étudiant réduit au minimum, en atten-dant que le Département du logement ait décidé qui serait notre nouveau directeur.

Je lui ai déjà laissé un message. Bizarre que Sarah ne réponde pas vu qu'elle suit des cours cet été, et qu'elle est généralement dans sa chambre. Elle n'a rien d'autre à faire qu'étudier, bien qu'elle se soit dégoté son premier vrai petit ami, à peu près au moment où je me suis fian-cée en secret.

– Écoutez, dis-je, sortant mon téléphone portable pour appeler une nouvelle fois Sarah. Je ne vous ai pas donné cet argent pour acheter de la bière, et vous le savez ! Si une per-sonne a réellement perdu connaissance, il nous faut tout de suite la retrouver et nous assurer qu'elle va bien...

– Oh, évidemment ! approuve Jamie, l'air inquiet. Mais ça ne peut pas être à cause de l'alcool. On n'a acheté que deux packs de...

– Enfin... l'équipe de basket a acheté une bouteille de vodka, reconnaît Gavin d'un ton piteux.

– Gavin ! s'écrie Jamie.

J'ai la sensation qu'on vient de me tirer dessus – dans la tête cette fois-ci, et non dans le dos. Et avec une vraie balle. C'est dire l'intensité de la migraine qui est en train d'éclore derrière mon œil gauche.

– *Quoi ?*

– Ben... J'aurais eu du mal à les en empêcher. (La voix de Gavin grimpe soudain d'une octave.) T'as vu les armoires à

glace ? Ce Russe, Magnus, il mesure plus de deux mètres.
J'étais censé dire quoi ? Nietski pour la vodkaski ?

Jamie médite là-dessus.

– On ne dirait pas plutôt *niet* ? Et *vodka* ? Je crois que ce
sont des mots russes.

– De mieux en mieux ! je m'exclame, en composant pour la
énième fois le numéro de Sarah. Si c'est l'un de ces gars qui a
perdu connaissance, on n'arrivera même pas à le hisser sur le
brancard. Bon... ils sont où, les gars de l'équipe de basket ?

Gavin paraît tout excité. Il tire quelque chose de la poche
de sa combinaison et se dirige vers l'une des fenêtres. Dans
la lueur provenant des réverbères, je constate qu'il déplie
un plan du bâtiment, recouvert de mystérieuses inscrip-
tions au marqueur rouge – sans doute le plan de bataille de
ce soir. Mon mal de tête empire. Je devrais être chez moi, à
manger de la nourriture achetée chez le traiteur chinois en
regardant *Ceux qui mangent de tout* avec mon petit ami,
notre rituel du dimanche soir. Bien que Cooper ne voie
absolument pas le côté génial de *Ceux qui mangent de tout*,
préférant les nouvelles et les reportages d'actualité – bref
les émissions où il n'est jamais question de gens qui
s'empiffrent.

– Il vaut mieux qu'on se sépare pour les retrouver, déclare
Gavin en levant le bras pour avaler une gorgée de bière avant
de désigner un point sur la feuille. On s'est fait notre bunker
dans la bibliothèque parce que d'ici on entend toute personne qui monte l'escalier depuis le hall d'entrée, ou qui
prend l'ascenseur. On suppose que l'équipe des peintres se
terre quelque part au rez-de-chaussée – sans doute dans la
cafétéria. Mais ils pourraient aussi se trouver au sous-sol,

peut-être dans la salle de jeux. Mon idée, c'est de descendre, de les débusquer tous en une seule fois, et de remporter la...

– Une seconde ! interrompt Jamie. Vous avez entendu ?

– Je n'ai rien entendu du tout, dit Gavin. Voici donc mon plan : Jamie, tu descends l'escalier de service jusqu'à la cafét'. Heather, tu prends l'escalier principal et tu vas voir s'il y en a qui se planquent au sous-sol.

– Tu as sniffé trop de produits chimiques dans la chambre noire, pendant tes cours d'été.

Je tombe à nouveau sur la messagerie de Sarah. Agacée, je raccroche sans laisser d'énième message.

– Je n'ai pas envie de jouer, de toute façon.

Gavin me remet à ma place :

– Heather, Heather... Le cinéma n'utilise plus que le numérique, plus personne ne se sert de chambre noire ou de produits chimiques. Et tu joues, un point c'est tout ! On t'a tuée, tu es donc notre prisonnière. Tu dois faire tout ce qu'on t'ordonne.

– Sérieusement... insiste Jamie. Vous n'avez rien entendu, les gars ?

– Si tu m'as tuée, ça veut dire que je suis morte. Du coup, je ne suis pas obligée de jouer.

– Tu ne respectes pas les règles ! rétorque Gavin. Voilà comment on va les choper : on se faufile dans le réfectoire, on se cache derrière le bar à salades et...

– McGoren ! lance une voix grave et virile, depuis le couloir plongé dans le noir.

Gavin lève les yeux.

Mon fiancé, Cooper, émerge de l'obscurité.

– Personne ne tue Heather sans avoir affaire à moi !

Et il tire.

2

De temps en temps, tu regrettes la route que tu n'as pas empruntée,
Tu as envie de déclarer forfait.

De temps en temps, tu te sens tellement abandonnée
On t'a beaucoup pris, peu donné.

De temps en temps, tu demandes : Comment j'en suis arrivée là ?
Pourquoi est-ce que je vis cette vie-là ?

Mais de temps en temps, tu croises quelqu'un d'extraordinaire
Qui a choisi la même route, le même itinéraire.

Soudain, tu ne te sens plus si seule sur ce chemin
Dont tu as toujours su que c'était le tien.

Alors, quand tes rêves deviennent réels
Tu sais que le jeu en valait la chandelle.

De temps en temps
Écrit par Heather Wells

– Je t'ai dit que j'avais entendu quelque chose ! s'esclaffe Jamie devant l'expression stupéfaite de Gavin, tandis qu'il examine la tache de peinture vert vif, sur le devant de sa combinaison.

– C'est pas cool, mec ! dit Gavin, affligé. Tu n'appartiens même pas à l'une des deux équipes.

– Où t'as dégoté ce lanceur ? je lance à Cooper, comme celui-ci s'avance pour me passer un bras sur l'épaule.

– Un gentil jeune homme me l'a tendu quand je lui ai demandé où tu étais. Il m'a dit que j'en aurais besoin pour me défendre.

Je réalise, un peu tard, que Mark, le résident employé (RE) de service à l'accueil a tenté de me rappeler alors que je grimpais les escaliers à toute vitesse. Mais j'étais trop pressée pour l'écouter.

– Qu'est-ce que tu fais ici ? je demande à Cooper, qui me dépose un baiser sur le front. Je t'ai dit que je revenais tout de suite.

– Oui. C'est ce que tu dis chaque fois que tu es forcée de venir ici le week-end, réplique sèchement Cooper. Et je ne te revois que trois heures plus tard. Ce soir, j'ai voulu accélérer les choses. Tu ne gagnes pas assez pour être à leur disposition vingt-quatre heures sur vingt-quatre, Heather.

– À qui le dis-tu !

Mon salaire annuel me place juste sous le seuil national de pauvreté après prélèvement des impôts nationaux et locaux. Par bonheur, les prestations sociales de l'université de New York sont excellentes, et je ne paie aucun loyer grâce à mon second boulot qui consiste à gérer la comptabilité de mon propriétaire – lequel vient tout juste de retirer son bras de mon épaule afin de recharger son lanceur.

Je ne vais pas vous mentir : j'ai beau m'opposer à ce que l'on joue au paintball dans la résidence universitaire où je travaille, l'effet n'en est pas moins incontestablement sexy. Certes, Cooper a dû se familiariser avec les armes à feu pour obtenir sa licence de détective privé de l'État de New York. Il ne possède néanmoins pas de pistolet car – comme il me l'a assuré – le travail de détective ne ressemble guère à ce qu'on voit à la télé ou au cinéma. Lui-même passe le plus clair de son temps dans sa voiture, à prendre en photo des gens qui trompent leur conjoint.

C'est très rassurant de le savoir. Je m'inquiéterais terriblement si je devais l'imaginer en train de se faire tirer dessus et de devoir riposter.

– Cette fois, c'est du sérieux, lui dis-je. La police du campus a eu vent d'une soirée non autorisée...

– Sans blague, rétorque Cooper en zieutant la bière.

– ... et quelqu'un a perdu connaissance. Personne ne semble savoir qui leur a rapporté l'incident. Sarah ne répond pas au téléphone et tous les autres sont dispersés dans le bâtiment, à faire une bataille de paintball.

Je ne voudrais pas paraître incompétente devant mes RE mais, à la vérité, j'ignore comment gérer la situation. Je ne suis que directrice *adjointe*, après tout.

Cooper est loin d'avoir de telles réticences.

– Très bien, dit-il en brandissant son lanceur vers Gavin et Jamie. Nouveau plan de bataille : vous êtes tous mes prisonniers – en d'autres termes, vous êtes sous mes ordres.

Je ne peux retenir un cri de surprise. J'ai tellement fantasmé que j'étais la prisonnière de Cooper Cartwright et qu'il m'obligeait à lui obéir ! J'avoue : les menottes faisaient partie du scénario.

Et voilà que mon fantasme se réalise ! Enfin, plus ou moins. C'est typique de mon manque de bol de ces derniers temps, qu'une bande d'étudiants en licence soit également présente, histoire de gâcher mon plaisir.

– Allons rassembler le reste des joueurs ! dit Cooper. Et faisons en sorte de ne pas en oublier. Ensuite, j'emmène dîner au resto thaï tous ceux que ça intéresse.

Gavin et Jamie poussent un grognement, ce qui me paraît assez mal élevé dans la mesure où mon petit ami vient juste de les inviter à dîner. Qu'est-ce qui cloche chez les jeunes d'aujourd'hui ? Qui aimerait mieux courir çà et là en se tirant dessus avec des billes de peinture plutôt que déguster un délicieux pad thaï ?

– Tu parles sérieusement ? demande Gavin. Alors qu'on était sur le point de démolir l'équipe de basket ?

– Oui, je constate que c'était à quelques secondes près, rétorque Cooper avec un sourire ironique. Mais j'ai comme l'impression qu'Heather adore son boulot, et qu'elle aurait tort, en dehors de ses heures de service, de fraterniser avec des étudiants éméchés qui se tirent dessus avec des lanceurs de paintball.

Je regarde mon futur époux dans la semi-obscurité. Me voilà encore plus amoureuse de lui ! Peut-être aurait-il su quoi faire de ma collection de poupées.

Je reporte mon attention sur mon portable. Mais où est donc Sarah ? Ça lui ressemble si peu de ne pas me rappeler immédiatement. En même temps, je pense à la façon dont je témoignerai ma reconnaissance à Cooper, dès que nous serons à la maison. (Il y aura *très certainement* des menottes.)

C'est alors que nous distinguons des pas dans le couloir. Des pas pressants, qui semblent ceux d'un homme.

– Ce sont eux ! chuchote Gavin en s'emparant d'une recharge. Les Coquelicots !

Il n'insulte personne. C'est ainsi que se nomme l'équipe de basket de l'université de New York. L'ex-équipe des Pumas avait été soupçonnée de tricherie dans les années cinquante. Le scandale lui avait valu de passer de la première à la troisième division et d'être rebaptisée du nom d'une fleur.

On aurait pu penser que cela leur aurait servi de leçon. Loin s'en faut. Ce printemps encore, la presse à sensation a mis la main sur une note de service émanant du bureau du président de l'université de New York, Phillip Allington, et adressée à mon boss Stan Jessup. Allington y priait Stan de s'assurer que tous les joueurs de l'équipe de basket seraient logés et nourris tout l'été aux frais de la princesse, certains des Coquelicots vivant dans des contrées aussi lointaines que la Géorgie (en Russie, pas aux États-Unis) et leurs familles n'ayant pas les moyens de payer d'exorbitants vols aller-retour.

C'est ainsi que Fischer Hall s'est retrouvé avec une douzaine de Coquelicots « peintres » installés pour l'été dans ses murs.

Le règlement actuel de l'Association nationale de sport universitaire interdisant formellement que les joueurs soient rétribués en argent ou en cadeaux – et les joueurs de troisième division n'étant pas habilités à bénéficier de bourses d'études d'aucune sorte –, cette note de service issue du bureau du président Allington a constitué le début de ce qu'on a appelé le « scandale des Coquelicots »... quoique personnellement, je ne vois pas en quoi le fait d'échanger le gîte et le couvert contre des travaux de peinture dans les trois cents chambres (ou presque) d'un dortoir constitue un « cadeau ».

– Comment ces débiles de sportifs ont pu deviner qu'on était là ? Je t'en prie, laisse-moi les abattre ! chuchote Gavin.

– S'il te plaît ! ajoute Jamie, suppliante.

Cooper secoue la tête.

– Non...

Trop tard. Alors que s'ouvre la porte de la bibliothèque, Gavin lève son arme et tire sur...

... Simon Hague, directeur de Wasser Hall, résidence rivale de Fischer Hall. Et mon pire ennemi.

À la vue de la tache fluo qui vient d'apparaître sur son élégant polo noir, Simon pousse un hurlement. Son compagnon, que la forme de son chapeau désigne comme un agent de protection du campus, ne paraît pas non plus apprécier la peinture jaune vif qui éclabousse son uniforme bleu foncé.

Avec un « gloups » d'horreur, Jamie prend conscience de la bévue de son petit ami. Aux deux hommes elle dit quasiment mot pour mot ce qu'elle m'a dit à moi :

– Ça part à l'eau chaude !

Pour un peu, j'aurais presque envie d'en rire. En même temps, je voudrais disparaître sous terre. Car Simon, je le réalise un peu tard, est le directeur de résidence de garde ce week-end. Ça signifie qu'il a reçu le même message que moi, relatif à une soirée non autorisée et à un étudiant sans connaissance.

Si je n'étais pas déjà morte, je le suis à présent – professionnellement parlant, du moins.

– Mais que... (Simon tâtonne le long des lambris pour trouver un interrupteur)... que se passe-t-il ici ?

Je prie en silence : *Cachez la bière. Pitié, que quelqu'un cache vite la bière !*

– Salut, dis-je en m'avançant vers lui. C'est moi, Simon... Heather. Nous faisions un exercice pour encourager l'esprit d'équipe. Je suis désolée de ce...

– Pour encourager l'esprit d'équipe ? bafouille Simon, cherchant toujours l'interrupteur. Ce bâtiment est censé être inoccupé pendant l'été. Quel genre d'esprit d'équipe prétendez-vous encourager ? Un dimanche soir, qui plus est !

– Eh bien, il n'est pas réellement inoccupé, dis-je.

Un mouvement, derrière moi, attire mon attention. Du

coin de l'œil, je constate que Gavin planque discrètement les canettes de bière derrière le sofa. Je poursuis :

– Le docteur Jessup tenait à ce que la réception reste ouverte pendant l'été. Par conséquent, on a gardé du personnel étudiant : ceux qui assurent la réception, ceux qui font suivre le courrier et ceux qui sont là à cause de...

J'ai failli dire : « *à cause de l'équipe de basket* ». Consciente que les étudiants favoris du président de l'université passaient l'été dans le bâtiment, la direction du Département du logement m'a demandé de m'assurer que l'équipe – constituée avant tout d'étudiants, non de sportifs – serait soumise à une très stricte surveillance. J'ai donc affecté sept RE – eux aussi logés gratuitement tout l'été contre quelques heures de travail dans mon bureau ou à la réception – à la surveillance des Coquelicots.

Simon ne me laisse pas terminer ma phrase :

– Ceux qui font suivre le courrier ?

Il est visiblement hors de lui. Je me rappelle alors qu'au cours d'une réunion du personnel où l'on nous avait demandé de plancher sur la manière dont l'université pouvait économiser de l'argent, Simon avait suggéré de supprimer tous les postes de directeurs adjoints – mon poste à moi !

Il trouve enfin l'interrupteur. Nous baignons soudain dans la vive lumière du néon.

Simon n'est pas beau à regarder. Je ne dois pas être au top non plus. C'est alors que je reconnais l'agent de sécurité qui, de nous trois, est celui qui fait le plus peine à voir.

– Oh ! je m'exclame, surprise. Salut Pete ! Tu es dans l'équipe de nuit maintenant ?

25

Pete, qui s'occupe habituellement du poste de sécurité de Fischer Hall, tente d'essuyer la peinture fluo sur son insigne argenté.

– Ouais, dit-il d'un ton sinistre. Je fais des heures sup. Les filles partent en colonie de vacances cet été. Ça coûte cher. Les bonnes colonies, du moins.

Il est clair, à voir son expression, qu'il regrette sa décision d'effectuer des heures sup.

– Vous logez gratuitement des étudiants en échange du *suivi du courrier* ? insiste Simon, tel un chien qui refuse de lâcher son os.

Situé de l'autre côté du parc, Wasser Hall n'a pas le même code postal que Fischer Hall et dépend par conséquent d'un autre bureau de poste. Ils disposent également d'un bâtiment neuf, où ils n'ont à craindre ni l'exposition à l'amiante, ni que le plafond de la chambre du dessous s'effondre quand les toilettes fuient.

– Ouais, dis-je. Notre bureau de poste refuse de faire suivre le courrier de Fischer Hall, car il considère les dortoirs comme des logements temporaires. C'est pourquoi Jamie et Gavin s'en chargent en échange d'un hébergement gratuit. En plus des heures où ils assurent la réception.

J'avoue ne pas être toujours très à cheval sur le règlement, et gérer le bâtiment comme mon « île des enfants perdus », pour reprendre l'expression de Cooper, empruntée à *Peter Pan*. En effet, j'ai tendance à embaucher des gosses qui, en raison de problèmes de famille ou d'argent, n'ont nulle part où aller. Je suis à peu près sûre que Simon n'approuverait rien de ce que je fais, et que s'il connaissait tous les détails de mon action, cela ne ferait que renforcer son opinion : moi et mon job devrions disparaître sur-le-champ.

– L'hébergement gratuit... répète Simon d'une voix glaciale.

Dehors, le son d'une sirène lointaine semble se rapprocher. Les fenêtres à châssis sont ouvertes au maximum – c'est-à-dire de cinq centimètres, en raison des entrebâilleurs obligatoires imposés par l'université après que trop d'étudiants résidant à Fischer Hall eurent été tués par défenestration l'année dernière –, si bien qu'on distingue parfaitement le moindre coup de sifflet ou klaxon. Fischer Hall a beau être équipé de l'air conditionné, l'installation date.

– L'hébergement gratuit en échange du suivi du courrier ? Et vous organisez des exercices pour *encourager l'esprit d'équipe* de ces réexpéditeurs de courrier ? *La nuit ?*

– Euh... Oui.

De tous les directeurs de résidence qui auraient pu être de permanence le soir où je surprends mon personnel d'été à faire des siennes, il a fallu que ce soit justement le tour de *Simon* ! N'importe qui d'autre – Tom Snelling, par exemple, qui dirige Waverly Hall, où sont hébergées les fraternités – aurait confisqué les bières et les lanceurs sans rien signaler à l'administration.

Mais non, il fallait que ce soit Simon ! Ça ne pourrait pas aller plus mal pour moi.

Sauf que... si ! Car je me tiens assez près des fenêtres pour reconnaître que la sirène que j'ai entendue plus tôt est celle d'une ambulance. Que je vois tourner à l'ouest de Washington Square.

Bien sûr, Fischer Hall n'est qu'un bâtiment parmi tous ceux qui longent Washington Square. L'ambulance se rend peut-être ailleurs.

Simon foudroie Cooper du regard.

– Et ça, c'est qui ? demande-t-il avec un sourire narquois. Il est un peu vieux pour faire partie de votre équipe de réexpédition du courrier, non ?

– Cooper Cartwright, dit Cooper en s'avançant d'un pas, la main tendue. (Je constate avec soulagement qu'il a caché le lanceur de paintball.) Conseiller en sécurité. Heather m'a demandé d'être là ce soir, afin de m'assurer que toutes les précautions étaient prises en vue de l'exercice de renforcement de l'esprit d'équipe.

Simon serre la main de Cooper.

– Je n'aurais pas pensé que Fischer Hall avait un budget de fonctionnement suffisant pour se payer les services d'un conseiller en sécurité...

– Eh bien, réplique Cooper en adressant à Simon un clin d'œil complice, avec tous les drames qui ont eu lieu ici l'année dernière, je n'ai pas eu à me faire prier pour intervenir gratuitement. Faudrait qu'un jour les jeunes arrêtent de surnommer cet endroit le Dortoir de la Mort, non ?

Je vois Simon changer d'expression. Bien que je déteste généralement entendre désigner Fischer Hall par ces mots, Cooper vient de marquer un point. De toutes les résidences universitaires du pays, c'est ici qu'est survenu le plus grand nombre de décès l'année dernière. Nous battons même une croisière étudiante dont les passagers ont affronté un norovirus meurtrier qui a causé trois morts (dont un seul étudiant, les deux autres étant profs. Si dans les résidences, nul ne se soucie des profs, leur décès doit tout de même être pris en compte).

Du coup, la proportion de nouveaux inscrits à l'université de New York demandant à être logés n'importe où plutôt qu'au Dortoir de la Mort après avoir appris où ils étaient affectés est assez élevée... Elle avoisine les quatre-vingt-dix-sept pour cent. C'est une des raisons pour lesquelles Fischer Hall ferme pendant l'été pour rénovation. Ainsi, les gosses qui n'obtiendront pas le transfert désiré (tous, à vrai dire, car il n'y a nulle part où les transférer, tous les étudiants de première année bien informés ayant jeté leur dévolu sur Wasser Hall) auront au moins droit à de beaux murs tout blancs quand ils s'installeront dans leurs chambres du Dortoir de la Mort.

On dirait que la trêve la plus longue que nous ayons connue touche à sa fin : l'ambulance se gare juste devant Fischer Hall.

De l'endroit où je me trouve, je peux non seulement voir ça, mais aussi la personne sortie comme une flèche de Fischer Hall, exactement sous les drapeaux bleu et doré flottant au-dessus de l'entrée principale, afin d'accueillir l'ambulance.

Si elle ne fait pas partie du personnel du bâtiment, son allure me dit quelque chose. C'est quelqu'un qui ne voudrait pour rien au monde voir Simon Hague fourrer le nez dans ses affaires.

Simon se tient trop près de la porte de la bibliothèque pour être en mesure de regarder par la fenêtre. De toute façon, il concentre toute son attention sur ce qui se passe à l'intérieur, pas à l'extérieur. L'allusion faite par Cooper au Dortoir de la Mort l'a visiblement amadoué. Après tout, si Simon a choisi ce métier, c'est « pour les gamins » – ce qu'il répète un si grand nombre de fois au cours des réunions du personnel que Tom et moi avons commencé à tenir le compte.

– Je comprends bien, dit-il en haussant la voix afin d'être entendu malgré le vacarme de la sirène (si habituel dans ce quartier que Simon ne s'interrompt même pas pour se demander ce que c'est, ou si cela pourrait être en rapport avec la situation présente). Mais s'il s'agit d'une activité pédagogique, pourquoi la Sécurité du campus a-t-elle été avisée d'une soirée non autorisée au cours de laquelle un étudiant aurait perdu connaissance ?

– Bonne question, dis-je.

Quoi que je comprenne mieux le pourquoi du comment depuis que j'ai reconnu la haute silhouette dégingandée et le beau visage de l'homme qui discute avec les secouristes devant l'entrée vivement éclairée.

– C'est peut-être en rapport avec l'équipe de basket ? je suggère.

Sous sa petite moustache soigneusement entretenue, Simon devient pâle comme un linge.

– Vous voulez dire... *Les Coquelicots* ?

Sa voix n'est plus qu'un murmure. Le vacarme de la sirène s'étant soudain interrompu, les paroles qu'il prononce ensuite semblent sorties d'un haut-parleur :

– Vous pensez qu'ils sont mêlés à ça ?

J'évite de regarder Cooper lorsqu'il traverse la pièce et vient se placer près de moi, même lorsque je le vois jeter un coup d'œil intrigué par la fenêtre.

– Qui d'autre, à votre avis ? La bataille de paintball oppose le personnel de la réception à l'équipe de peinture. Je croyais l'avoir mentionné.

– Non, rétorque Simon. Où sont-ils ?

– Les Coquelicots sont à la cafétéria. On vous montre le chemin ?

Gavin se révèle soudain très serviable. Pas parce qu'il craint que l'un des joueurs de basket ait des ennuis, mais parce qu'il croit avoir trouvé le moyen de continuer la partie de paintball.

– Oui, merci, répond Simon en pivotant sur ses talons. Heureux qu'il y ait tout de même *quelqu'un*, ici, pour savoir ce qui se passe...

Gavin m'adresse un sourire espiègle. Puis Jamie et lui sortent de la salle avec Simon. Leur tournant le dos, celui-ci ne remarque pas le lanceur dans la main de Gavin.

En revanche, Pete le voit. Furibard, il arrache les armes des mains de Jamie et Gavin. Les deux jeunes gens filent, l'air déçu. À peine sont-ils hors de portée de voix que c'est moi que Pete foudroie du regard.

– Vraiment ? demande-t-il. Je suis censé suivre ces faibles d'esprit en bas et me faire asperger une deuxième fois ?

– Eh bien, maintenant tu es armé... souligne Cooper. Arrose les arroseurs !

Voyant l'expression de Pete, je m'empresse d'ajouter :

– Les joueurs de basket ne sont pas de mauvais bougres. Ils abaisseront leur arme si tu leur dis que tu appartiens à la Sécurité du campus.

Pete balance les lanceurs sur le sofa, visiblement peu rassuré.

– L'ambulance, elle embarque qui ? demande-t-il en désignant la fenêtre d'un geste de la tête.

Ça ne m'étonne guère qu'il ait reconnu la sirène d'une ambulance et compris que celle-ci s'était garée juste devant

Fischer Hall. Il y a un bail que Pete travaille pour l'université de New York. Son idée, c'est de continuer juste assez longtemps pour toucher sa retraite, puis de se retirer dans sa maison de famille à Porto Rico.

– Quelqu'un qui vient de l'appartement en terrasse, dis-je.

Pete semble encore plus affligé.

– Comment se fait-il qu'ils soient là ? Je croyais qu'ils passaient leurs étés dans leur maison des Hamptons, pour qu'elle puisse se soûler au cocktail tequila-gin-rhum sans que toute la fac soit au courant.

Pete sait de quoi il parle : il est de notoriété publique que Mme Allington, l'épouse du président Allington, a la descente rapide. Dans ces conditions, vivre dans un appartement de fonction desservi par un ascenseur également utilisé par sept cents étudiants en licence constitue toujours un défi.

En outre, Mme Allington est du genre à garder la tête froide dans les situations les plus désespérées... à tel point qu'elle m'a un jour sauvé la vie. Du coup – et même si elle ne m'a jamais reconnue depuis – il y a peu de choses que je ne ferais pas pour protéger sa vie privée et sa réputation.

Cela dit, dans le cas présent, elle n'a pas besoin de ma discrétion.

– Je ne pense pas qu'il s'agisse de Mme Allington.

Pete paraît déconcerté.

– Le président serait venu en ville sans elle ? Ça ne lui ressemble pas.

– Non, dis-je. Je parie que ce ne sont pas les Allington qui donnent une soirée non autorisée.

– C'est qui alors ? demande Cooper.

– Leur fils.

3

Dans la boîte, les corps se mêlent
Il y a son regard qui m'appelle
Dans la foule, il n'y a plus que nous deux
Il m'explique la règle du jeu.

Les lumières qui tourbillonnent
Je tape mon code, j'en fais des tonnes
Les heures passent – et lui se lâche
Du moment qu'il me reste du cash !

Ce qu'il aime, c'est les cartes de crédit
Les copines me l'avaient bien dit
Des cartes bancaires il est dingo
Mieux vaut pas l'avoir dans la peau !

Ça y est, j'ai plus rien sur mon compte
La boîte ferme, je rentre seule chez moi
Son nom, je ne le connais même pas
Malgré ça, je n'ai pas honte.

C'est un dingue des cartes de crédit,
Les copines me l'avaient dit
Il les aime comme un cinglé
Mais ce que j'ai aimé me faire rouler !

Dingue des cartes de crédit
Tania Trace
Écrit par Larson/Sohn
Album *Traîne-moi en justice*
Disques Cartwright
Dans le *top ten* **trois semaines consécutives**

– Pourquoi on nous y reprend ? demande Cooper.

Lui et moi sommes seuls dans l'un des vieux ascenseurs de Fischer Hall. Dans un grincement douloureux, la cabine s'élève vers l'appartement en terrasse. Pete nous a quittés pour s'assurer que Simon ne se retrouvait pas englouti sous un déluge de billes de peinture.

– Parce que Christopher Allington n'a pas fait preuve d'un grand sens moral dans le passé, dis-je. Je tiens juste à m'assurer qu'il n'a pas repris ses sales habitudes. Il a intérêt à ce que l'ambulance soit là pour sa mère, et non pour une ado à qui il aurait fait prendre la drogue du viol.

Cooper me regarde en hochant la tête.

– Tu crois toujours les autres capables du meilleur, pas vrai ? C'est ce que j'apprécie tant chez toi, cet optimisme et cette foi sans bornes en la bonté de l'être humain !

Je lui jette un regard noir... n'empêche qu'il a raison.

Il est rare que je croise quelqu'un, depuis que je bosse à l'université de New York – un job que j'ai eu la chance de dégoter après m'être fait jeter de ma maison de disques, puis du lit de mon ex – sans le soupçonner de meurtre. Et croyez-moi, je me suis rarement trompée.

Sans doute ai-je aiguisé mon intuition pendant les années où j'ai travaillé dans le show-biz. S'il n'y a pas beaucoup d'assassins parmi les musiciens, il y a en revanche pas mal de gens tourmentés, d'une manière ou d'une autre. C'est peut-être ce qui, au départ, les pousse vers cet univers. Le sexe, la drogue et le rock and roll comme moyens d'exorciser ses démons...

C'est ainsi que j'ai fini par vivre sous le même toit que Cooper Cartwright. Après avoir surpris mon petit ami de l'époque (Jordan, frère de Cooper et chanteur du groupe Easy Street) en train d'exorciser ses démons dans notre lit avec la star montante des Disques Cartwright, Tania Trace, je n'ai pas trouvé d'autre endroit où aller.

Cooper et moi avons conclu un deal : il mettait à ma disposition tout un étage de sa maison du centre-ville et, en échange, je me chargeais de sa comptabilité.

Comment nos rapports ont pu demeurer professionnels pendant près d'un an, ça me dépasse. D'autant plus que, depuis trois mois que nous nous sommes avoué nos sentiments, nous sommes parvenus à faire crac crac dans toutes les pièces de la maison (sauf la cave, à cause des araignées) un nombre incalculable de fois.

– Eh bien, dis-je pour défendre mon point de vue, la dernière fois qu'on a discuté, lui et moi, il m'a dit qu'il allait créer un genre de club, ou de boîte de nuit. C'est pas ce que font les mecs dans son genre ? Verser de la drogue dans le verre des filles ?

Le fils du président de l'université et moi, nous ne sommes pas amis, et c'est peu dire. Outre qu'il couchait avec toutes les résidentes de Fischer Hall qu'il parvenait, par la ruse, à attirer dans son lit, je l'ai également soupçonné de les assassiner. Si j'avais tort sur ce dernier point, le reste est avéré.

– Pourquoi un futur patron de boîtes de nuit qui aime se taper de très jeunes filles vivrait-il toujours chez ses parents ? demande Cooper.

– Je parie que Christopher possède son propre appart à Williamsburg. Il vient squatter ici quand ses parents ne sont pas en ville.

C'est du moins ce que j'ai conclu en le voyant, depuis mon bureau, sortir discrètement de l'ascenseur, tôt le matin, pour consigner sur le registre la sortie d'une invitée. On remarque forcément toute personne faisant usage de l'ascenseur avant dix heures du matin, très peu d'étudiants de l'université de New York choisissant de débuter leur journée de cours avant onze heures. On la remarque encore davantage s'il s'agit du fils du président – qui plus est, accompagné d'une jeune femme blonde d'un peu moins de trente ans, portant un tailleur, des escarpins Louboutin et, au poignet, une Rolex en or valant vingt mille dollars. Cool que Christopher ait trouvé une copine de son âge. Pour une fois.

– Williamsburg, grommelle Cooper. Logique. Où donc irait habiter un jeune violeur digne de ce nom, si ce n'est dans ce haut lieu du rock alternatif et de la branchitude ?

Je le fusille du regard.

– Greenwich Village étant devenu trop cher pour eux, à cause de cette université, des célébrités, et des riches rentiers dans ton genre, dis-je alors que le cadran au-dessus de nos têtes indique que nous atteignons le vingtième étage, il fallait bien qu'ils aillent vivre quelque part !

– Touché ! réplique-t-il avec un sourire. Mais j'ai juste hérité d'une maison de ville, pas d'une rente. Et la seule célébrité du coin, c'est toi. Je me demande juste pourquoi...

Les portes s'ouvrent toutes grandes sans qu'il ait pu conclure sa phase ou que j'aie pu protester. Ma célébrité remonte au temps où les Bisounours cartonnaient.

Nous constatons que les secouristes se trouvent dans le couloir menant à l'appartement des Allington. Planté devant la porte d'entrée, Christopher tient une écritoire à pince et un stylo.

– Désolé de vous embêter, dit-il à deux secouristes en blouse blanche, mais si vous voulez bien signer cette décharge avant d'entrer, ce serait super.

Cela met en rogne les secouristes – un homme et une femme portant sous le bras de lourdes trousses de secours.

– Quel genre de décharge ? demande la femme.

– C'est une courte note, attestant que vous nous cédez votre droit à...

Christopher s'interrompt quand il nous aperçoit dans le couloir, Cooper et moi.

– Oh, salut ! lance-t-il, son expression passant de la franche cordialité au mépris le plus total.

Puis, aussi sec, il reprend son air aimable. Mais c'est d'une voix glaciale qu'il s'adresse à nous, sans cesser de nous fixer. Qui pourrait lui reprocher de se méfier de nous, après toutes ces histoires de meurtre ?

– Qu'est-ce qui vous amène ici ? demande-t-il.

– L'ambulance garée devant mon bâtiment, je rétorque tout aussi froidement.

– *Ton* bâtiment ?

Dans le rire de Christopher, qui se veut décontracté, je sens percer de la nervosité.

– À ma connaissance, ce bâtiment appartient à l'université de New York, dont mon père est le président. Ce bâtiment n'est donc pas réellement le tien, pas vrai ?

Christopher porte une chemise de soirée bleue, un pantalon blanc et une veste blanche. Sur sa chemise, d'abondantes traces de transpiration. En effet, on étouffe dans ce

37

couloir, dont la décoration contraste avec le reste du bâtiment : le sol est recouvert d'une élégante moquette et les murs sont peints d'un délicat vert olive, sans doute en l'honneur des seuls et prestigieux habitants de l'étage. En face de l'ascenseur, dans un miroir à cadre doré, je surprends mon reflet. Je suis moi-même en sueur, et des boucles blondes tombées de ma queue-de-cheval me collent à la nuque. Mais je sens l'air frais qui s'échappe de l'appartement, derrière Christopher. À l'intérieur, la clim est au maximum.

– C'est quoi ces trucs sur ton costume ? demande Cooper à Christopher, ignorant les formules d'usage.

Ce n'est pas aux taches de sueur qu'il fait allusion.

Le costume en lin blanc – qui sans cela serait immaculé – est entièrement moucheté de marron foncé. Certes, je suis mal placée pour parler, avec la grosse tache fluo que j'ai dans le dos. Mais que je sache, Christopher ne fait partie d'aucune des deux équipes de paintball qui se battent en bas.

– Oh, ça ? dit-il, tapotant les taches les plus importantes et souriant comme si de rien n'était. Ah oui... C'est dû à un événement regrettable, qui a eu lieu un peu plus tôt dans la soirée. Mais je peux vous assurer que tout est...

L'ambulancière se tourne vers Cooper et moi.

– Je sais reconnaître du sang quand j'en vois, déclare-t-elle d'un ton catégorique. Qui est responsable ici ? Un de vous deux ? Parce que Police secours nous a signalé, à cette adresse, une femme sans connaissance. Ce monsieur (elle prononce le mot « monsieur » avec une ironie marquée) dit qu'elle a repris conscience, mais refuse de nous laisser entrer à moins que nous ne signions un genre de décharge.

– Bien, dis-je.

Entre les taches sur le costume de Christopher et l'allusion de l'ambulancière à une femme inconsciente, je suis prête à assumer la responsabilité des opérations. *Drogue du viol.* Je n'ai pas d'autres mots en tête. *Drogue du viol* et *sang.*

– Je suis la directrice adjointe de ce bâtiment. Cet homme n'habite même pas ici. Il n'est pas habilité à demander à quiconque de signer quoi que ce soit. Je vous autorise donc à entrer.

Une voix masculine m'appelle, depuis l'appartement. Quelqu'un a, de toute évidence, entendu mon speech.

– Heather ? C'est toi ?

Passant devant l'ambulancière et bousculant Christopher, Cooper franchit comme une flèche le seuil de l'appartement.

– Jordan ? lance-t-il d'un ton incrédule.

Je comprends sa surprise. Jordan, le frère cadet de Cooper, est la dernière personne que je me serais attendue à croiser dans un dortoir de l'université de New York – serait-ce dans le très luxueux appartement de fonction de son président où sont apparemment présents, qui plus est, du sang et la drogue du viol. Cooper et Jordan n'ont jamais été proches (c'est le moins qu'on puisse dire). Pas uniquement parce que Cooper a autrefois refusé, contrairement à Jordan, d'être enrôlé dans Easy Street lorsque Grant Cartwright, PDG des Disques Cartwright, a monté le groupe. Il faut aussi tenir compte du fait que c'est à Cooper qu'Arthur Cartwright, leur très fortuné (et tout aussi excentrique) grand-père a légué sa maison de ville rose, à Greenwich Village, dont la valeur atteint désormais un chiffre à sept zéros.

La façon dont Jordan a rompu avec moi n'a pas dû le faire remonter dans l'estime de Cooper, mais ce n'est qu'une hypothèse.

Toujours est-il que Cooper manque de piétiner Christopher pour voler (croit-il) au secours de Jordan. C'est touchant, vraiment, même si tous ne semblent pas du même avis.

– Un peu de délicatesse ! lance Christopher à Cooper d'un ton irrité, en lissant les revers de sa veste. C'est un costume Armani ! Et vous êtes sur une propriété privée. Je pourrais appeler la police.

– Ne te gêne pas ! dis-je à Christopher en invitant les secouristes à me suivre à l'intérieur. Je leur dirai que tu es toi-même entré sans autorisation. Tes parents ne sont pas là, n'est-ce pas ?

– Ils sont dans les Hamptons, répond Christopher de mauvaise grâce. Mais sérieusement, vous interrompez une scène décisive. Ils n'auront qu'à l'examiner après. Elle se sent déjà mieux, de toute façon.

– Une scène ? je répète avec un pincement au cœur.

Une femme ayant perdu connaissance, du sang, et maintenant des *caméras* ? Christopher a-t-il convaincu Jordan de tourner dans un porno ? Le pire, c'est que ça ne me surprendrait pas.

Cependant, une fois franchi le classieux vestibule de l'appartement, je saisis parfaitement ce qu'il entend par « scène ». Et aussi pourquoi Cooper, devant moi, se fige si brusquement que je lui rentre dedans.

– Cooper ?

Assis sur un canapé aux coussins archi-rembourrés, Jordan Cartwright serre fortement la main de sa nouvelle et ravissante épouse, la chanteuse et recordwoman des ventes de l'année, Tania Trace. Jordan paraît encore plus surpris de nous voir que nous le sommes de le voir, lui – ce n'est pas peu dire.

– Qu'est-ce que *tu* fais là, bon sang ?

– Qu'est-ce que *je* fais là ? rétorque Cooper.

Il fixe son frère, puis son regard embrasse la totalité des personnes rassemblées autour de Jordan et du canapé éclairé par deux énormes projecteurs installés sur des trépieds.

– Je crois que la question qui s'impose, c'est : Qu'est-ce que *tu* fais là, toi ? Et pourquoi tu es couvert de sang ?

– Quoi ?

Étonné, Jordan observe sa tenue de plus près. Il est plus ou moins habillé comme Christopher, sauf que son costume est blanc cassé, et sa chemise rose. Comme Christopher, il est en nage. Et comme Christopher, il est couvert de gouttelettes de sang.

– Oh merde ! J'avais pas remarqué. Eh les gars, pourquoi ne m'avoir rien dit ? demande Jordan en se tournant, furieux, vers l'équipe de tournage – dont tous les membres portent des shorts kaki et des tee-shirts arborant le logo de divers groupes de rock.

La clim a beau être à fond, les projecteurs génèrent une telle chaleur que tout le monde est en nage.

– Le sang c'est bien, mec ! Ça fait plus authentique, assure à Jordan un type coiffé d'un casque et tenant un micro (un de ces modèles longs, dont l'extrémité forme une boule pelucheuse).

L'œil collé au viseur, le gars qui tient la caméra précise :

41

– Il fait tellement sombre qu'on distingue à peine le sang. Quelqu'un pourrait m'ajuster le voile du projo ou bien je parle dans le désert ?

Une jeune femme, aux cheveux coiffés en de minuscules nattes, se précipite vers l'un des trépieds et retire un tulle de devant les projecteurs. Aussitôt la lumière s'intensifie au centuple, et Jordan et Tania baignent dans un blanc aveuglant tandis que la température de la pièce monte de plusieurs degrés.

– Parfait, dit le cameraman d'un ton satisfait. *Maintenant*, je vois le sang !

Vêtue d'une minirobe en métal doré (minirobe est un bien grand mot pour décrire un vêtement comprenant à peine assez de tissu pour lui couvrir les seins et le bas-ventre), Tania lève mollement un bras pour se cacher les yeux, en détournant du feu des projecteurs son visage aux traits exquis.

– Je ne peux pas, murmure-t-elle d'une voix faible.

– Évidemment que si, Tania chérie ! rétorque une femme que je n'avais pas encore remarquée.

Elle se tient dans l'ombre, en retrait. Mais je n'en distingue pas moins ses escarpins Louboutin et l'or qui brille à son poignet. C'est la femme que j'ai si souvent vue sortir de l'ascenseur avec Christopher, ces derniers temps.

– Baisse le bras et raconte-nous ce que tu as ressenti quand cet homme s'est fait tirer dessus.

– Je ne veux pas, répond Tania sans baisser le bras.

Pour ce que j'en vois, son visage a pris la même teinte vert olive que les murs du couloir, à la sortie de l'ascenseur.

– Faut pas craquer, bébé ! dit Jordan en passant le bras

sur les frêles épaules de son épouse et en la couvant d'un regard tendre (même si, vu sa position, il ne peut distinguer d'elle que son coude, et éventuellement ses genoux). Je sais que ce qu'on a vécu ce soir est affreux. Mais rappelle-toi ce qu'ils ont dit aux urgences : avec du temps et grâce à nos prières, Bear va se remettre. D'ici là, je te protégerai. Et la petite aussi, quand elle sera née. Je ne permettrai jamais qu'il arrive quoi que ce soit à l'une de vous deux. Pas tant qu'il me reste un souffle de vie !

Je n'en reviens pas de ce que j'entends. Un nommé Bear a été blessé par balle devant Tania ? Et ils l'obligent à parler de ça devant la caméra, dans l'appartement en terrasse de Fischer Hall ? *Dans quel but ?*

– C'est bon, Jordan, lance Rolex-en-or depuis son coin sombre. (Au scintillement de son poignet, je réalise qu'elle tient son téléphone portable collé à l'oreille.) Mais si tu veux bien la refaire... Et cette fois-ci, Tania, tu veux bien baisser le bras et fixer Jordan ?

Soudain les projecteurs s'éteignent, et la pièce est plongée dans la pénombre. Quelqu'un pousse un cri.

À vrai dire, l'obscurité n'est pas totale. De nombreuses lampes Tiffany appartenant à Mme Allington, disposées çà et là sur des tables basses, sont restées allumées. Et il y a les guirlandes électriques de la terrasse.

Mais le passage de la lumière à l'ombre est si violent que nos yeux mettent un moment à s'adapter.

– Qu'est-ce que... ? s'écrie Christopher.

– Je me suis trouvé vraiment bon sur cette prise, dit Jordan, commentant sa propre prestation. Vous allez pouvoir la garder quand même ?

Nul ne lui prête attention. Tous courent à l'aveuglette, cherchant à comprendre ce qui s'est passé.

L'assistante de production hurle sur le cameraman.

– On aurait dû prendre la boîte à lumière, je te l'avais dit ! Ces projecteurs font systématiquement sauter les plombs dans ces vieux bâtiments de merde.

– Pardon, dis-je encore et encore, haussant le ton jusqu'à parvenir enfin à me faire entendre de toute l'assistance.

Alors je brandis la rallonge que j'ai retirée de la prise murale.

– Ce ne sont pas les plombs. C'est moi. Je crois que l'expression qui convient, c'est... COUPEZ !

4

Moi, c'est pas Christina, toujours à remuer les fesses
Moi, c'est pas Beyoncé, et ses diamants de princesse.

Je suis qui – tu veux savoir ?
T'as qu'à regarder la télé ce soir.

Moi, c'est pas Katy, la reine du clinquant
Moi, c'est pas Fergie, qui trimballe partout son amant.

Je suis qui – tu veux savoir ?
T'as qu'à regarder la télé ce soir.

Je suis qui – mais attends de voir !
Je suis qui ?
Moi, c'est Tania.

Moi, c'est Tania
Larson/Sohn
Cartwright Télévision
Jordan aime Tania, **musique du générique**

– Afin d'assurer la sécurité des résidents et par respect pour leur vie privée, les tournages sont interdits dans toutes les résidences de l'université de New York sans autorisation spéciale.

Bizarrement, c'est une formule à laquelle j'ai recours plusieurs fois par semaine – surtout quand je m'adresse à Gavin, notre apprenti Tarentino. Mais l'interdiction de filmer dans nos locaux n'a rien à voir avec le respect de la vie privée. En fait, je ne compte pas le nombre de fois où l'on m'a signalé que de la fumée sortait des planchers à cause de gélatines trop longtemps laissées sur les flashs intégrés (ne me demandez pas ce que c'est). Sans parler de la quantité d'étudiants qui tentent de gagner de quoi payer leurs frais d'inscription en tournant des pornos amateurs.

– Alors ? dis-je, tandis que tous les yeux sont rivés sur moi. Y a-t-il quelqu'un qui aurait les autorisations nécessaires ? Parce que je n'ai pas vu le moindre document relatif à ce... à ce... C'est quoi, au juste ?

Tous se mettent à parler en même temps – à part Tania, qui a fini par baisser le bras, maintenant qu'elle n'a plus de projecteurs dans la figure, et qui me regarde comme si elle ne m'avait jamais vue de sa vie... Un comble, quand on pense que je l'ai autrefois surprise la tête dans l'entrejambe de mon mec.

Même si le choc avait été rude – devoir quitter l'appartement et trouver où habiter, tout recommencer à zéro, passer d'innombrables nuits d'insomnie à me demander comment j'avais pu être aussi bête (j'étais sortie *dix ans* avec Jordan, tout de même) –, Tania m'avait rendu, ce jour-là, un énorme service. Grâce à elle, j'allais découvrir ma nouvelle vie... et Cooper.

Bien sûr, ni elle ni Jordan ne le savent car Cooper et moi n'avons pas vraiment annoncé à sa famille que nous sortions ensemble, et encore moins que nous comptions nous marier.

Et là, le moment serait mal choisi.

– Une seconde ! crie Cooper par-dessus le vacarme ambiant, fixant avec colère son frère, puis Christopher. Vous vous êtes connus comment, tous les deux ? Et l'ambulance, elle est pour qui ? Et qui s'est fait tirer dessus ?

C'est la femme à la coûteuse montre en or qui lui répond, laissant échapper un juron haut en couleur alors qu'elle s'avance vers nous à grands pas, ses escarpins Louboutin claquant bruyamment sur le parquet.

– Pardonnez-moi, mais qui êtes-vous ? demande-t-elle, l'air furibard. Sachez que vous interrompez un tournage très important pour CTV...

– C'est bon, Stephanie, dit Christopher, visiblement résigné à la situation. C'est le frère de Jordan.

La femme à la Rolex se fige aussi sec.

– Son frère ? (Elle fixe Cooper, les yeux ronds comme des soucoupes.) Attendez... Vous n'êtes pas *Cooper* Cartwright ?

– Celui qui a refusé de faire partie d'Easy Street, rétorque Cooper, visiblement très irrité. Oui, c'est moi. Les pubs pour les crèmes anti-acné et les foules d'adolescentes hystériques, ce n'est pas mon truc. Maintenant quelqu'un veut bien m'expliquer comment mon frère s'est retrouvé couvert du sang de quelqu'un d'autre ? Et c'est quoi CTV, bordel ?

– Oh mon Dieu ! glapit Stephanie, changeant radicalement d'attitude.

En plus de sa montre – énorme sur son poignet, aussi osseux que celui de Tania – et de ses escarpins Louboutin, elle porte une robe fourreau rouge sans manches, si étroite au niveau des jambes qu'il lui faut boitiller maladroitement entre les câbles jonchant le sol pour parvenir jusqu'à nous. Elle y parvient néanmoins, ayant tout de la productrice de télévision débordée, de la veine qui s'est soudain mise à palpiter au milieu de son front (on la voit nettement, ses cheveux coupés au carré étant maintenus en arrière par une barrette en écaille) à sa main crispée sur son BlackBerry.

Elle tend la main à Cooper.

– Stephanie Brewer. Productrice déléguée pour Cartwright TV. Vous n'imaginez pas l'honneur que c'est pour moi ! Cooper Cartwright, le seul membre de la famille que je n'ai pas rencontré ! J'ai tellement entendu parler de vous.

– Ça m'aurait étonné... (Cooper lui accorde à peine un regard, tandis qu'elle lui serre la pince.) Papa a acheté une chaîne de télévision ? demande-t-il à Jordan.

– Sur le câble, précise Jordan en haussant les épaules. Vu qu'on est passés à côté d'Adele et de Lady Gaga, maman lui a dit qu'il fallait faire quelque chose.

Cooper lève les yeux au ciel.

– Une idée de maman. Évidemment.

– Je tiens à ce que vous sachiez à quel point j'adore travailler pour votre père ! s'extasie Stephanie. Si j'ai choisi Harvard pour y faire ma maîtrise en administration des affaires, c'est, entre autres, pour marcher dans les pas de l'immense Grant Cartwright.

– J'essaierai de ne pas retenir ça contre vous, rétorque Cooper.

Le sourire de Stephanie tremble à peine.

– Oh, fait-elle, clignant des yeux sous l'effet de la confusion. Super.

– Alors, qui s'est fait tirer dessus ?

– Ah oui bien sûr, dit Stephanie, lui lâchant enfin la main. Je suis vraiment désolée. C'est le garde du corps de Tania. Il a été transporté à l'hôpital Beth Israël pour y passer des radios et se faire faire quelques points de suture. Il a reçu une balle, en début de soirée, complètement par hasard, alors qu'on était en train de filmer à l'extérieur de la boîte de Christopher, sur Varick Street. Il devrait se rétablir sans qu'il lui reste aucune séquelle et...

– Les flics vous ont tous laissés repartir ? Ils n'ont gardé personne pour l'interroger ?

– Bien sûr qu'ils nous ont interrogés... dit la fille aux nattes. (À son écritoire à pince, je devine que c'est l'assistante de production.) Sur le lieu de l'accident. Mais qu'est-ce qu'on aurait pu leur dire ? Bear se tenait là, à côté de nous, et la seconde d'après il gisait à terre, tandis que Chris et Jordan étaient tout couverts de sang.

– C'est exactement ça, confirme Christopher. Le truc avec les balles perdues, c'est qu'on ne sait pas toujours d'où elles viennent. Aucun d'entre nous n'a rien vu. Celle-ci n'a pas été tirée depuis une voiture en marche. On l'aurait crue sortie de nulle part.

– D'après la police, il pourrait s'agir d'adolescents, explique Stephanie. Des ados jouant avec une arme sur un toit voisin. Pour le moment, ils n'ont rien trouvé.

– Ce n'est pas comme si l'un de nous lui avait tiré dessus, proteste Jordan. Bear est notre ami.

– C'est ce que je vois, grimace Cooper. C'est pour ça que vous êtes restés à l'hôpital afin de vous assurer qu'il va bien.

– Jared, notre producteur, est toujours à son chevet, précise le cameraman.

– Ouais, grogne le type au micro. Avec le second cameraman qui le filme en train de se faire faire les points de suture.

Stephanie réduit tout le monde au silence :

– Bear va très bien. Outre que sa blessure a attiré l'attention de la presse, ce dont nous nous serions bien passés, elle nous a aussi mis très en retard sur le planning de tournage. Et a affecté Tania, comme vous pouvez le constater. À présent que nous avons réglé ces absurdes problèmes d'autorisation de tournage, pourrait-on s'il vous plaît...

Je ne l'écoute plus. Tania – désignée par le magazine *People* comme étant l'une des cinquante plus belles stars du moment – a vraiment mauvaise mine. Ses épaules retombent, d'une maigreur pitoyable, ses mains pendent mollement sur ses genoux cagneux qui s'entrechoquent. Sa peau habituellement café au lait a pris une teinte jaunasse, quoique je ne saurais dire si c'est dû aux reflets dorés de sa robe métallique, à l'éclairage insuffisant, ou au choc qu'elle vient de subir.

Le teint jaune, il y a mieux pour une vedette de la chanson. Chez une femme censée rayonner de bonheur, c'est particulièrement inquiétant. La grossesse de Tania se devine à peine, alors qu'elle a attaqué son deuxième trimestre. La couverture d'*US Weekly* proclamait récemment qu'elle et Jordan attendaient une petite fille.

Cette histoire de bébé me donne envie de la protéger, même si elle m'a toujours traitée comme une moins que rien.

– Vous n'avez toujours pas l'autorisation de filmer ici, dis-je sèchement. En fait, je vais demander à tout le monde de sortir pour laisser à Tania un peu d'intimité le temps que les secouristes l'examinent.

Stephanie plisse les yeux.

50

– Pardon ?

Je lui rafraîchis la mémoire :

– Quelqu'un a appelé une ambulance. J'espère que ça n'a pas été fait dans le seul but de rendre votre show télévisé plus attrayant, car il est illégal d'appeler Police secours autrement qu'en cas d'urgence...

Les secouristes ont suivi notre échange tels les spectateurs d'un match de tennis.

– C'est vrai, dit la fille. C'est quoi cette émission, d'ailleurs ?

Sur le front de Stephanie, la veine s'est remise à palpiter.

– *Jordan aime Tania.* Nous espérons que ce sera le premier gros succès de Cartwright Télévision, et le numéro un des émissions de téléréalité mettant en scène des couples. C'est pourquoi nous n'aurions jamais passé un coup de téléphone illégal à Police secours : nous sommes tenus de filmer absolument tout. Les fans de Jordan et Tania tiendront à partager avec eux ce moment d'émotion...

Toujours assis sur le canapé, enlaçant Tania d'un bras, Jordan paraît mal à l'aise.

– Je sais que tu voulais les filmer en train de l'examiner, Stephanie, mais je crois que Tania préférerait...

J'assiste à du jamais vu : Jordan faisant passer les intérêts d'autrui avant les siens. C'est plutôt touchant, d'autant que Tania lève sur lui de grands yeux marron confiants et baignés de larmes.

Dommage que « Steph » doive gâcher cet instant en l'interrompant d'une voix acerbe :

– Jordan, ce n'est pas l'accord que tu as signé. Rien qui ne soit pas filmé. C'est ce dont nous sommes convenus. C'est ce que ton père a dit.

Jordan semble découragé.

– D'accord, concède-t-il. Oui, évidemment. Tu as raison.

Tania fixe le sol, découragée. Que Jordan n'ait pas su défendre les droits de son épouse ne me surprend pas. Contrairement à Cooper, Jordan a toujours fait ce que son père exigeait de lui – y compris se débarrasser de moi. Stephanie a pigé le truc. Elle n'a qu'à prononcer les mots magiques, « C'est ce que ton père a dit », et Jordan obtempère. Jetant un coup d'œil à Cooper, je constate qu'il est aussi dégoûté que moi par l'attitude de son cadet.

Avant que Cooper ait pu protester, je vole au secours de Tania. Je n'en ai pas vraiment envie. Dieu sait que je ne leur dois rien, à elle et à Jordan. Mais c'est plus fort que moi. Fischer Hall est mon « île des enfants perdus », pour reprendre l'expression de Cooper – et j'ai horreur de voir les gens se faire rudoyer sur mon île.

– Faudra vous faire une raison, dis-je. Parce qu'il est interdit de filmer dans le bâtiment.

Tania lève ses paupières lourdement ornées de faux cils, ce qui me rappelle pourquoi elle est si populaire. Ce n'est pas simplement dû à sa voix (très belle) ou à ses tenues mini (très seyantes) mais aussi à cette capacité qu'elle a de transmettre, en un seul regard, tout un monde d'émotions... ou du moins, de donner ce sentiment. Comme à présent, où son expression me témoigne une reconnaissance infinie.

Il y a un truc qui me chiffonne. Tania Trace a vendu plus de vingt millions d'albums, squatté la première place des hit-parades dans plus de trente pays, remporté quatre Grammy Awards et attend désormais un bébé de Jordan

Cartwright – qui a lui-même pas mal de tubes à son actif (avec l'aide de papa Cartwright, bien sûr). Ils ont leur propre émission de télé. Tania est une star. Qu'elle soit incapable de dire « non » à Stephanie Brewer me dépasse.

– Et pas question de signer une quelconque décharge ! dit l'un des secouristes d'une voix forte, lui et sa collègue traversant le séjour en direction de Tania.

La veine de Stephanie palpite tellement que je crains qu'elle n'éclate.

Cooper a dû se faire la même réflexion, car il propose :

– On devrait peut-être sortir. Il n'y aurait pas une terrasse ici ? Il y fera sans doute plus frais.

Cooper sait mieux que personne que l'appartement des Allington possède une terrasse. J'ai failli m'y faire assassiner un soir.

– Très bonne idée ! s'empresse de répliquer Christopher en claquant des mains. OK, tout le monde, on fait une pause de cinq minutes, histoire de laisser à notre star un peu d'intimité pendant que ces... que ces gentils ambulanciers l'examinent. Il y a à boire dans le frigo de la cuisine, pour ceux que ça intéresse...

– Il y a du soda au guarana ? demande le preneur de son d'un ton plein d'espoir, lâchant son micro et retirant ses écouteurs.

– Soda au guarana pour Marcos ! dit Christopher. Et du Red Bull pour les autres. Et vous, vous voulez quelque chose ?

Il nous regarde, Cooper et moi. Puis, sans attendre notre réponse :

– Eh, Lauren, rapporte-nous des bouteilles d'eau !

L'équipe de tournage se rue vers la cuisine des Allington, pendant que Christopher ouvre la baie vitrée qui donne sur la terrasse prolongeant l'appartement au niveau de la salle à manger et du séjour. Aussitôt, un vent frais s'engouffre dans la pièce. À cette hauteur-là – nous nous trouvons vingt étages au-dessus de la rue –, l'air paraît moins chaud et plus pur que celui d'en bas. À peine perçoit-on le bruit de la circulation même si, par un tour de force acoustique, on entend de temps en temps le doux son des jets d'eau du parc de Washington Square. Les vues à trois cent soixante degrés sur Manhattan sont à couper le souffle. La ville scintille de tous ses feux et, la nuit étant claire, on distingue même la lune et quelques étoiles.

C'est principalement sur cette terrasse que les Allington reçoivent lorsqu'ils sont en ville – ils font alors appel à des traiteurs, ainsi qu'à des serveurs professionnels en uniforme noir et blanc. C'est aussi sur cette terrasse que j'ai failli perdre la vie. Je m'efforce d'y penser le moins possible. À ce que j'ai appris cet été dans mon cours d'introduction à la psychologie, ça s'appelle le refoulement, et les traumatismes reviennent de toute façon presque toujours hanter ceux qui les ont subis.

J'espère quand même y échapper.

– Et d'abord, vous êtes qui ? me demande Stephanie, alors que nous nous dirigeons vers un salon de jardin vert et blanc à rayures. Je pense que ça intéressera le président Allington d'apprendre à quel point vous nous avez peu aidés dans cette crise. Lui et sa femme sont de grands fans de Cartwright TV, figurez-vous.

Cooper, qui a tout entendu, est furieux.

– Désolé, lâche-t-il. (Il ne semble pas désolé du tout.) Aurais-je oublié de vous présenter ma...

– Heather Wells ! dis-je, lui coupant la parole.

J'ai compris ce qu'il s'apprête à faire. N'aimant pas la manière dont Stephanie me parle (pour elle, je ne suis qu'une sous-fifre), il tient à ce qu'elle sache ce que je suis pour lui.

Mais c'est tous les jours que j'endure le mépris ou la grossièreté de gens comme Stephanie. Tout comme des millions d'administrateurs ou d'employés du secteur tertiaire, je m'y suis habituée même si, au fond, je ne le comprends toujours pas. Si encore je faisais mal mon boulot – aussi mal que Simon, par exemple. Mais ce n'est pas le cas. On ne devrait jamais traiter *personne* comme Stephanie me traite à présent.

C'est pourquoi je ne veux pas que Cooper attire son attention sur ma célébrité passée. Et encore moins que, dans le seul but d'apprendre la politesse à Stephanie, il lui révèle le secret que nous gardons depuis des mois (à savoir que je sors avec lui, le fils du boss).

– Je suis la directrice adjointe de Fischer Hall, lui dis-je. Quand vous vous plaindrez de moi au président Allington, ne vous trompez surtout pas de nom : W-E-L-L-S, appuie-je, le lui épelant.

– Parlez-en aussi à mon père, ajoute Cooper, tirant un fauteuil vert et blanc à rayures et m'invitant à y prendre place. Je crois, Stephanie, que ça fera rigoler Grant d'apprendre comment vous avez rencontré Heather.

Je le fusille du regard car il contrarie mes plans. Il y répond par un froncement de sourcils. Cooper a horreur que je « sous-estime mes formidables réussites » – pour reprendre ses paroles – en ne me présentant pas en tant que LA fameuse Heather Wells, la plus jeune chanteuse à avoir été numéro un avec un premier album, et la première femme à être parvenue simultanément en tête des catégories « album » *et* « single » (*Une envie de sucré*).

Mais quelle personne de plus de trente ans passerait son temps à rappeler aux gens ce qu'elle faisait quand elle en avait quinze ? Ce serait comme utiliser, pour illustrer son profil Facebook, une photo de soi en capitaine de l'équipe de foot du lycée ou en reine de promo. À la lueur des guirlandes lumineuses, je constate qu'il est hélas trop tard. Stephanie a percuté, grâce à l'allusion de Cooper. Je vois le moment précis où je cesse d'être, aux yeux de Stephanie, une directrice adjointe acariâtre pour devenir Heather Wells, ex-lolita de la pop et l'un des plus gros succès commerciaux de son boss... Puis j'avais pris quelques kilos, insisté pour composer mes propres chansons, et soudain cessé d'avoir du succès.

Je ne peux pas en vouloir à Cooper, tant il est réjouissant de regarder Stephanie s'efforcer de faire marche arrière lorsqu'elle prend conscience de l'énormité de sa gaffe.

– Oh, je me disais bien que je vous avais déjà vue quelque part ! s'exclame-t-elle en me tendant une main parfaitement manucurée au-dessus de la table basse qui sépare nos deux fauteuils. *Ne me dites pas de résister | Au lieu de ça, essayez !* chante-t-elle, parfaitement juste. Nom de Dieu, je ne sais pas combien de fois j'ai écouté *Une envie de sucré* quand j'étais ado. C'était ma chanson préférée. Vous savez, avant qu'on ne laisse tomber la pop pour écouter de la vraie musique ?

Je garde mon sourire figé. De la vraie musique ? Je déteste qu'on parle comme ça. Les gens semblent oublier que le mot « pop » est le diminutif de « populaire ». Les Beatles faisaient de la pop. Et les Rolling Stones aussi. Stephanie a l'air d'oublier que c'est la pop qui lui paie son salaire, et les salaires de tous les employés des Disques Cartwright. Alors, qu'on me lâche avec ça.

– Ouais, dis-je tandis que Stephanie broie ma main dans la sienne.

Sans doute est-elle une adepte du Pilates. À moins qu'elle ne presse le charbon à mains nues pour en extraire des diamants.

– Je n'en reviens pas, de ne pas vous avoir reconnue tout de suite ! s'extasie Stephanie. Ça fait un bail, pas vrai ? Vous êtes en forme, cela dit. Votre teint rayonne.

Quand une fille mince vous dit que vous êtes en forme et que votre teint rayonne, ça signifie que vous êtes grosse et que vous transpirez. Cooper et Christopher, bien tranquillement assis là, n'ont pas remarqué que je venais de me faire insulter.

Mais pas question de me laisser aller car ici, c'est moi qui ai le plus de poids. Au sens littéral, mais aussi métaphorique. Je suis persuadée que tout ce qu'on lâche dans l'univers nous revient multiplié par trois. C'est pourquoi je m'efforce de ne dire que des gentillesses – sauf quand il s'agit de Simon, bien sûr. C'est donc de ma voix la plus douce que je réponds à Stephanie :

– Waouh, merci !

Certains membres de l'équipe de tournage migrent vers la terrasse. Tous tiennent des boissons tirées du frigo des

Allington. La plupart, l'oreille vissée à leur portable, profitent de la pause pour appeler leurs potes ou leur petit(e) ami(e) et se donner rendez-vous plus tard, si j'en crois les bribes de conversation qui flottent alentour. Lauren, l'assistante de production, nous apporte à chacun une bouteille d'eau minérale, bien que ni Cooper ni moi n'ayons rien demandé.

– Merci, dis-je à Lauren, du même ton incroyablement aimable que précédemment.

L'univers va me renvoyer tant de bonté ! Ce sera merveilleux. Je vais me trouver la plus belle des robes de mariée pour épouser Cooper, et tous les étudiants vont se comporter comme des anges jusqu'à la fin de l'été.

– Vous avez plus ou moins disparu de la surface de la Terre depuis un bout de temps, non ? demande Stephanie en dévissant le bouchon de son eau minérale.

Elle affiche un sourire béat. Il est clair qu'elle a recours au Botox. Dommage qu'elle ne puisse botoxer sa personnalité. Ou cette veine qu'elle a au front.

– Alors, c'est ça que vous faites, à présent ? dit-elle en balayant d'un grand geste la terrasse des Allington. Vous dirigez un *dortoir* ?

Je rectifie machinalement :

– Une résidence universitaire. Mais vous devez déjà le savoir. C'est écrit sur le registre des entrées et sorties.

Stephanie semble ne pas saisir.

– Le quoi ?

– Le registre des entrées et sorties. Vous savez, celui qu'on vous prie de signer chaque fois que Christopher vous fait entrer dans le bâtiment, ou vous en fait sortir ?

Je m'efforce de ne pas lui donner à penser que je tiens le compte des nuits qu'elle passe ici ; ou que je trouve bizarre qu'elle dorme aussi souvent dans l'appartement des parents de son petit ami.

– C'est écrit tout en haut : « Résidence universitaire Fischer Hall ». Vous avez dû constater que nous exigeons votre signature ainsi qu'une pièce d'identité valide chaque fois que vous venez ici. Ainsi, s'il vous arrive d'enfreindre le règlement intérieur – en filmant sans autorisation, par exemple –, vous êtes tenue d'assumer la responsabilité de vos actions.

Stephanie me fixe, par-dessus la table de verre.

– Vous parlez sérieusement ? Vous gagnez votre vie comme ça, vraiment ?

– Pourquoi pas ? je demande, m'efforçant de garder un ton léger.

– J'ai évidemment entendu dire que votre mère s'était fait la belle avec vos économies. Mais vous devez toucher suffisamment de droits d'auteur pour...

Je ne peux m'empêcher de ricaner. Stephanie nous interroge du regard, Cooper et moi.

– Quoi ? demande-t-elle.

– Vous avez une maîtrise en administration des affaires, Stephanie, répond Cooper, vaguement amusé. Vous devriez savoir comment les compagnies de disques – en particulier celle de votre employeur – trafiquent leur comptabilité.

À mon tour, j'explique :

– Je reçois encore des relevés de droits d'auteur des Disques Cartwright où ils prétendent ne pas avoir récupéré ce que leur a coûté la campagne d'affichage des concerts que j'ai donnés, en Thaïlande, il y a dix ans. Ils ont donc le sentiment de ne rien me devoir.

Malgré le peu de lumière, je constate que Stephanie a rougi un peu, gênée pour son patron.

– Je vois, dit-elle.

Je m'empresse de la rassurer :

– Mais tout va bien. Parmi les avantages offerts par mon poste, je peux suivre gratuitement les cours pour obtenir mon diplôme...

– Oh, fait Stephanie d'un ton averti. C'est pour *ça* que vous travaillez ici. Vous voulez obtenir votre diplôme de droit et traîner votre mère en justice... ainsi que les Disques Cartwright, je suppose.

– Pas exactement.

La vérité, c'est que je n'ai même pas mon bac. Quand tous les gens de mon âge entraient en fac, je me produisais devant les foules des centres commerciaux et dans des stades bondés.

Je pourrais poursuivre les Disques Cartwright devant les tribunaux, bien évidemment. Mais plusieurs avocats m'ont affirmé qu'un tel procès durerait des années, qu'il me coûterait beaucoup et qu'il ne me rapporterait rien – si ce n'est des aigreurs d'estomac. Idem si je décidais d'attaquer ma mère.

– J'ai... d'autres priorités, j'explique. Pour le moment, je suis des cours pour m'orienter vers une licence de droit pénal.

– De droit pénal ? répète-t-elle avec lenteur.

Son expression incrédule me pousse à reconsidérer mon choix. Existe-t-il une licence en bottage de fesses ? Si oui, je m'inscris tout de suite et ce sont les siennes que je commencerai par botter.

– Heather Wells, dit-elle, secouant la tête. Heather Wells travaille dans un dortoir de l'université de New York et suit des cours de droit pénal.

– L'université de New York a de la chance d'avoir Heather, rétorque Cooper, fixant Stephanie droit dans les yeux. De même que les étudiants qui résident à Fischer Hall. Quant à l'aptitude d'Heather à contenir la criminalité et à faire respecter la justice sociale, Christopher en sait quelque chose. Pas vrai, Chris ?

Celui-ci est visiblement mal à l'aise :

– J'ai entendu raconter deux trois trucs en effet, marmonne-t-il.

– En fait, Stephanie, vous avez de la chance que ce soit Heather, et pas quelqu'un d'autre, qui vous ait trouvés ici. Elle assure en cas de crise. C'est une des nombreuses raisons pour lesquelles je l'épouse.

5

Mon truc, c'est les bonbons,
Je suis une fille à bonbons.

Si t'as des sucreries,
Donnes-en à la grande fille !

J'aime les sucreries,
J'en mange sans appétit.

Si tu as des bonbons,
Me voilà, mon garçon !

Si tu as des bonbons
Weinberger/Trace
Disques Cartwright
Album *Si tu as des bonbons*
Dans le *top ten* quatorze semaines consécutives

Je fixe Cooper, par-dessus la table des Allington. Il vient de dire à quelqu'un que nous allions nous marier. Il n'a encore jamais dit cela à personne. C'est censé être un secret. Or voilà qu'il l'a annoncé à la productrice du show de téléréalité de son frère.

Qu'est-ce qui lui prend ?

Christopher Allington et Stephanie Brewer semblent aussi choqués que moi.

– Ah ouais, fiancés ? demande Christopher, le premier à recouvrer l'usage de la parole. Waouh, génial !

Mais son ton semble plutôt signifier : « T'es mort, mon gars ! »

Quant à Stephanie, à peine parvient-elle à articuler une phrase.

– Je... je ne m'en serais jamais doutée. Je pensais... j'avais compris que vous étiez amis, mais je n'aurais pas imaginé...

– Madame Brewer, je crois que le mot que vous cherchez... c'est « félicitations » !

– Oh, bien sûr ! réplique Stephanie. C'est merveilleux !

Pourquoi, quand elle sourit, me donne-t-elle l'impression de montrer les dents ?

Je vois son regard se poser sur l'annulaire de ma main gauche. Je n'y porte pas d'anneau, bien sûr.

Comme s'il lisait dans mes pensées, Cooper dit :

– Nous avons prévu de nous marier en secret. Si l'un de vous révèle quoi que ce soit – y compris à mon frère ou à Tania –, je serai forcé de le tuer, c'est clair ?

Stephanie nous donne un aperçu plus complet de ses dents. Elle part d'un rire qui tient davantage du hennissement.

– Je ne plaisante pas, dit Cooper.

Le rire de Stephanie se fige.

– Cool, fait remarquer Christopher. J'ai horreur des grands mariages.

J'approuve :

– Moi aussi. Hein, qu'il n'y a pas pire ? Qui a besoin d'une nouvelle mijoteuse ?

– Pour en revenir au coup de feu, commence Cooper, cet homme sur qui on a tiré, Bear...

Stephanie et Christopher sont stupéfaits de ce brusque changement de cap.

– Bear ? C'est un mec super, dit enfin Christopher. Honnêtement, ça me démolit, ce qui lui est arrivé. Son surnom lui va comme un gant. Bear. Un gros ours en peluche, voilà ce qu'il est, un vrai *teddy bear*.

– Un ours en peluche qui est tout de même garde du corps, note Cooper.

– Ouais, reconnaît Christopher en clignant des yeux. C'est un ours en peluche, tant que tu ne t'approches pas trop près de la personne qu'il protège. Parce que alors, il t'arrache la tête !

– Mais ce n'est pas ce qui s'est passé ce soir.

Intéressant, de regarder Cooper travailler. Stephanie et Christopher ne soupçonnent apparemment pas la manœuvre. Ils ne voient en lui qu'un grand frère qui se fait du souci.

De mon côté, je vois qu'il tente déjà d'assembler les morceaux. De comprendre ce qui s'est passé, au juste, sur Varick Street.

– Non, admet Stephanie, écarquillant les yeux.

À la lueur des guirlandes lumineuses courant le long des murets de la terrasse, je constate que la veine de son front ne palpite plus. C'est que Cooper est parvenu à lui donner la fausse impression que nous sommes quatre amis qui discutent tranquillement autour d'une table de jardin.

C'est pourtant loin d'être le cas.

– La police pense que ce sont des gamins qui déconnaient, dit Stephanie. Même si de mon temps, on déconnait en balançant des œufs sur les voitures, pas en tirant sur les gens avec des armes à feu.

– Mais ces gamins, ils se tiraient les uns sur les autres ? Ou bien c'est Bear qu'ils visaient ? Ou mon frère ?

Cooper se tourne vers Jordan. À travers la baie vitrée, nous le voyons regarder, l'air soucieux, les secouristes prendre le pouls de Tania. J'avoue que c'est un spectacle fascinant. Pas seulement parce que le brassard paraît énorme sur le bras trop mince de Tania, mais du fait que Jordan est réellement inquiet. Cooper semble aussi surpris que moi.

Cette idée choque Stephanie.

– Nul n'a de raison de vouloir tuer Bear, et encore moins Tania ou votre frère. Jordan et Tania sont deux des célébrités les plus aimées sur Facebook. Jordan a quinze millions d'amis, Tania plus de vingt millions...

– Et pourtant, l'interrompt Cooper, ils ont un garde du corps.

– Pour tenir à distance les fans trop affectueux, et les paps trop zélés.

Cooper et moi n'avons pas besoin qu'on nous mette les points sur les *i*. Par « paps », elle se réfère aux paparazzis. S'ils n'étaient pas si présents de mon temps, ils constituent en revanche une menace permanente pour Jordan et Tania, dont les moindres faits et gestes sont épiés avec avidité par une horde de photographes équipés de téléobjectifs. Je le sais car on ne peut se connecter à Internet sans tomber sur un article mentionnant où Jordan a mangé et ce que portait Tania.

Cooper passe à autre chose :

– Alors, Chris, il s'appelle comment ton club ? demande-t-il, prenant une fois de plus Christopher au dépourvu.

– En fait, l'Epiphany n'est pas vraiment *mon* club...

– Désolé, je croyais vous avoir entendu dire que...

– Christopher est l'un des quelques investisseurs, intervient Stephanie, venant à la rescousse de son petit ami. C'est comme ça qu'on s'est connus, lui et moi. Parmi les investisseurs, il y en a un dont la sœur appartient à ma confrérie. C'est quand elle a enterré sa vie de jeune fille que j'ai rencontré Chris et, de fil en aiguille...

Cooper en a visiblement assez entendu sur le sujet.

– Pourquoi ici ?

– Pardon ? dit Christopher, complètement perdu.

– Pourquoi avoir décidé de filmer ici, au lieu de retourner chez Jordan et Tania après l'accident ?

– Oh c'est simple, répond Christopher. Pour éviter les paps.

– Ils ont eu vent de l'affaire sur la radio de la police, explique Stephanie. L'odeur du sang les a rendus dingues. Ils nous sont tous tombés dessus à l'Epiphany. De toute façon, suite à tout ça, Tania n'était pas dans son assiette... ce qui se comprend vu la chaleur et le fait qu'on nous ait interrogés un bon moment. Les paps font le siège de la maison de Jordan et Tania.

– J'ai réalisé que l'appartement de mes parents n'était pas loin, ajoute Christopher. Je sais que mes parents n'y verraient pas d'inconvénient.

M'adressant un sourire de petit garçon, il conclut :

– Je reconnais que je t'avais oubliée, Heather. Toi et ta tendance à surprotéger les gamins de ce bâtiment. Je ne pensais pas te trouver ici un dimanche soir.

Je lui jette un regard noir.

– Je n'aurais pas à surprotéger les gamins de ce bâtiment si *certaines* personnes ne tentaient pas systématiquement de profiter d'eux.

– De quoi elle parle ? demande Stephanie.

– De rien, s'empresse de répondre Christopher. Il y a de l'eau qui a coulé sous les ponts.

– À aucun moment vous n'avez songé à arrêter là votre journée de tournage ? dit Cooper, ramenant la conversation sur l'incident. Après tout, l'une des personnes participant à l'émission a subi une violente agression.

Stephanie écarquille les yeux.

– *Le garde du corps de Tania s'est pris une balle*, nous rappelle-t-elle au cas où nous l'aurions oublié. Pendant que nous tournons un docu-réalité *sur* Tania Trace. Il serait malhonnête de ne pas filmer l'émotion parfaitement légitime avec laquelle Jordan et Tania ont réagi à l'événement – même si, pour finir, la blessure n'a nécessité que quelques points de suture. Ça a été une expérience terrifiante, que nos spectateurs voudront pouvoir vivre en même temps que Jordan et Tania. Sans mentionner qu'il ne nous reste que peu de temps pour filmer Tania et Jordan dans leur... euh... leur intimité. Le Camp d'été du rock de Tania débute dans moins d'une semaine et...

– Le quoi ?

– Le Camp d'été du rock de Tania, répète Stephanie. Mon Dieu, ne me dites pas que vous n'en avez pas entendu parler !

Je prends une gorgée d'eau à la bouteille. Cooper et moi échangeons un regard. Diplomate, je réponds :

– Nous ne suivons pas systématiquement l'actu de Jordan et Tania.

– Le Camp d'été du rock est une initiative lancée par Tania Trace, commence Stephanie, comme si elle lisait un dépliant publicitaire. Son but est d'aider des jeunes filles à s'affirmer grâce à l'éducation musicale. En leur fournissant la possibilité d'exprimer leur créativité par le biais du chant, de la danse et de l'écriture de chansons, Tania va rehausser l'estime de soi et la conscience musicale d'une toute nouvelle génération de jeunes femmes qui pourraient, sans cela – et parce que les médias ne les montrent que comme des objets de désir pour les hommes –, se forger d'elles-mêmes une image négative.

– Waouh ! dis-je, agréablement surprise.

Ça me semble une idée super. Je n'en reviens pas que Tania ait imaginé ça.

Et pour cause – sans doute n'est-ce pas le cas. Une agence de com a dû trouver l'idée et la lui proposer. À moins que les Disques Cartwright eux-mêmes ne leur aient demandé de plancher dessus, à cause des pressions exercées par les associations de parents, mécontentes de ces clips où Tania se tient en petite tenue sur des tables de billard.

C'est quand même une idée extra. Pourquoi n'ai-je pas eu ce genre d'initiative, du temps où j'avais l'argent pour et où les participantes potentielles se seraient bousculées au portillon ?

– Et ça se déroulera où ?

– Dans la belle station de Fairview, dans les monts Catskill, répond Stephanie, citant toujours son dépliant invisible. Nous avons reçu deux cent mille candidatures. Mais avec sa grossesse, le planning de tournage et son album en préparation, Tania doit conserver des forces. On n'a donc pu en accepter que cinquante.

Cinquante ? Sur deux cent mille ? OK, c'est toujours ça.

– Et nous n'avons pu prendre que des filles dont les familles ont signé le formulaire de renonciation au droit à l'image, poursuit Stephanie.

Participer au Camp d'été du rock me paraît soudain beaucoup moins chouette.

Mon portable vibre. Jetant un coup d'œil à l'écran, je constate que c'est Sarah, qui me rappelle enfin. Soulagée de ne pas avoir à écouter Stephanie Brewer nous exposer plus longtemps ses soucis de productrice, je demande pardon à tout le monde, me lève, et vais à l'autre bout de la terrasse pour m'entretenir en privé avec Sarah.

– Ohé, tu vas bien ? je lui demande. Je m'inquiétais. Je t'ai laissé au moins trois messages.

– Ça va, répond-elle d'un ton contrarié. C'est pour ça que je ne répondais pas. Tu veux quoi ?

Waouh ! Je suis habituée aux humeurs de Sarah, mais là, elle commence fort.

– Tu pleures ? dis-je. Parce qu'à t'entendre...

– Oui. Je pleure, en effet. Tu sais que quelqu'un a appelé la Sécurité pour signaler qu'un étudiant a perdu connaissance et qu'une soirée a lieu dans le bâtiment sans autorisation ?

– Oui, dis-je. Je suis au courant. À vrai dire, je suis sur les lieux. Pourquoi tu pleures ?

– Comment pourrais-tu être sur les lieux alors que tu n'es pas là ? rétorque Sarah, ignorant ma question. J'ai cru comprendre que tu étais passée, mais d'après Simon tu es repartie.

– Oh, dis-je. Tu as discuté avec Simon ? (Je suis paumée.) C'est pour ça que tu pleures ? Il n'essaie pas de te mettre la partie de paintball sur le dos, au moins ? Parce que, crois-moi, c'est entièrement...

– Gavin et ces crétins de joueurs de basket ont tout manigancé, je le sais, interrompt-elle d'une voix revêche. On a confisqué tous les lanceurs à billes. Je vais m'assurer qu'ils seront bien rendus demain au centre sportif. On n'a trouvé personne sans connaissance, cela dit. On a vérifié, le compte y est. Simon est parti après avoir distribué sa carte de visite aux Coquelicots, en précisant qu'ils pouvaient le joindre à tout moment en cas de problèmes personnels.

– Nom de Dieu !

– Tu m'étonnes, approuve Sarah. Tu sais que Simon a posé sa candidature pour être directeur de ce bâtiment ?

– *Quoi ?*

Je me suis fait tirer dessus, j'ai trouvé mon personnel étudiant en train de picoler, et je suis tombée sur mon ex et sa nouvelle femme qui tournaient un show de téléréalité dans le bâtiment où je travaille. Je pensais avoir touché le fond. Sauf que...

– Pas possible. Il dirige Wasser Hall, la crème des résidences universitaires. Pourquoi voudrait-il travailler *ici* ?

– Euh... Peut-être parce que ça ferait un super effet sur son CV d'être le type qui aura sorti de sa misère le dortoir où il s'est produit le plus grand nombre de décès de l'histoire du campus, suggère Sarah d'un ton cynique. Et ça ne pourra pas lui nuire d'être ici pour aider le président et l'équipe de basket à surmonter le scandale des Coquelicots. C'est un idiot, mais il ne perd pas le nord.

Je pousse un juron qui serait très certainement censuré sur Cartwright TV.

– Carrément, reprend Sarah. Le docteur Jessup va étudier son CV. Simon est certain de décrocher le poste, puisqu'il fait déjà partie de la maison. Sinon, tu sais pourquoi il y a une ambulance garée dehors et pas le moindre secouriste à la ronde ? Ils sont dans un immeuble voisin, ou quoi ? L'agent de sécurité de service prétend qu'ils sont entrés avec un mec, mais c'est un intérimaire et je ne crois pas qu'il...

– Sarah, dis-je, lui coupant la parole. Tout ça doit rester entre nous – tu sais que les rumeurs circulent vite dans ce service. Je suis avec les secouristes. Ils sont dans l'appartement du président.

– Oh. (Sarah change de ton.) Rien de grave ?

– Non, rien. La personne concernée est extérieure à l'université.

– Vraiment ? (La voix de Sarah est soudain moins geignarde.) Ce n'est pas...

Je sais ce qu'elle s'apprête à demander : s'il s'agit de Mme Allington.

– Non. Rien à voir. C'est Junior.

Notre nom de code pour « Christopher ».

– Mon Dieu, réplique Sarah, dégoûtée. Je n'ai pas envie de savoir, hein ?

Je jette un coup d'œil par-dessus mon épaule. À travers la baie vitrée, je vois les secouristes ranger leur équipement. Tania semble aller mieux. Elle sourit à Jordan qui, debout, serre la main de sa femme.

– Non, tu n'as pas envie de savoir. Bon, alors – pourquoi pleurais-tu ?

– Je ne tiens pas à en parler maintenant, répond-elle, se fermant à nouveau. C'est personnel.

Je devine ce qui la perturbe. Elle a dû se disputer encore une fois avec Sebastian Blumenthal, son premier véritable amour. Chargé de TD à l'université de New York, Sebastian dirige le SEL – le Syndicat des étudiants en licence. Je l'ai autrefois fortement soupçonné d'être un assassin. Normal, j'imagine, dans la mesure où il porte un sac à main. Pas un sac en bandoulière ou un sac à dos mais – vrai de vrai – un sac à main pour homme.

– Très bien. On pourra en parler dem...

– Très bien, ciao !

Sur ce, elle me raccroche au nez. Waouh. J'ai du mal à suivre les hauts et les bas de sa tumultueuse histoire d'amour. Je sais juste que demain matin, j'achèterai des pains au chocolat sur le chemin du bureau. En général, ça me la requinque.

Ayant raccroché à mon tour, je fais volte-face. Jordan est lui aussi sorti sur la terrasse. Il a rejoint Cooper, Christopher et Stephanie – lesquels se sont levés de table. À l'intérieur, Tania est toujours sur son canapé. Sur ses genoux, un grand sac griffé dans lequel elle farfouille. Les secouristes sont visiblement repartis.

Rejoignant Cooper, je surprends la fin d'une phrase prononcée par Jordan :

– Totalement déshydratée et sans doute anémiée.

– Rien d'étonnant, déclare Stephanie. Elle est végétalienne.

Cooper fixe Stephanie droit dans les yeux, puis d'une voix ne contenant pas une pointe d'ironie et avec une familiarité soudaine :

– Tu sais, Stephanie, j'ai entendu dire qu'à notre époque, on pouvait être végétalien sans être anémié pour autant.

Je réprime un sourire. Cooper se gave de cheeseburgers comme si on allait les interdire et qu'il lui fallait s'en envoyer le plus possible avant que la loi ne passe. Le pire, dans tout ça, c'est qu'il ne prend jamais un gramme – sûrement grâce à un entraînement physique consistant essentiellement à jouer seul au basket sur les terrains de la Troisième Rue – et possède la tension d'un ours polaire. Il y a des gens plus chanceux que d'autres dans la loterie génétique...

C'est pourquoi le voir voler à la défense d'une végétalienne m'amuse.

– Je disais juste que...

Stephanie a cru – comme Cooper est un homme – s'attirer ses bonnes grâces en critiquant les végétaliens. Raté ! Cooper se fiche de la manière dont vivent les gens, tant qu'ils ne font de mal à personne.

– Elle est enceinte. Elle doit être vigilante, précise Stephanie. Les femmes enceintes ont besoin de plus de fer que les autres, et il y en a plein la viande rouge.

– C'est ce qu'a dit l'ambulancière, confirme Jordan, l'air soucieux. Ça, et qu'il faut que Tania aille voir demain son médecin pour faire des analyses de sang. Et qu'elle rentre se reposer à présent.

– Bien sûr, acquiesce Stephanie, posant la main sur l'épaule de Jordan et lui donnant une petite tape. Évidemment qu'elle doit rentrer. Rentrez tous les deux chez vous, et passez une bonne nuit. La soirée a été longue.

Sacré revirement de la part de Stephanie. Elle qui les obligeait pour ainsi dire à filmer alors que Tania venait de tomber dans les pommes. Je me demande ce qui motive ce changement.

– Je fixe un rendez-vous avec l'obstétricien gynécologue de Tania demain matin. Ne vous souciez de rien !

Déjà, d'une main, elle tapote frénétiquement le clavier de son portable tandis qu'elle fait signe, de l'autre, à l'assistante de production.

– Lauren. Lauren. Dis-leur d'amener la voiture. Jordan et Tania doivent partir. Les autres... Vous pouvez remballer le matos. On met les voiles.

Au bout de la terrasse, Lauren – qui savourait une pause cigarette avec Marcos, le preneur de son – repose son Red Bull, manipule son casque et commence à parler dedans, d'une voix rapide. Le reste de l'équipe retourne dans l'appartement rassembler le matos.

Stephanie se tourne vers Cooper et moi.

– Dites, ça vous dirait de venir boire un verre avec nous à l'Epiphany, une fois qu'on aura raccompagné Tania et Jordan ? J'adorerais mieux vous connaître. Ce serait génial que tu puisses tenir un petit rôle dans l'émission, Heather. Le fait que tu aies vécu avec un des Cartwright, et que maintenant tu...

Je m'empresse de conclure à sa place, avec un coup d'œil à Jordan :

– ... que maintenant je vive avec l'autre ? Non, c'est bon. Ma carrière dans le show-biz est terminée, je le crains. Et puis, il est trop tard pour aller boire un verre. J'ai les mêmes horaires que tout le monde, désormais, il faut que je sois là à neuf heures demain matin. Alors c'est non.

Jordan nous fixe tour à tour, Cooper et moi.

– Vous êtes sûrs ? Ce serait génial que vous participiez à l'émission. Ça ferait tellement plaisir à papa et maman.

– Non merci, dit Cooper comme si on lui proposait de se resservir d'un plat.

75

– Comme vous voudrez, reprend Jordan. Allons quand même boire un verre un de ces jours. Enfin, pas Tania, mais... (Il fixe Stephanie.) À propos de Tania, il y a autre chose...

– Oui oui... (Stephanie s'absorbe à nouveau dans son clavier, comme si la seule mention du prénom « Tania » l'obligeait à envoyer un texto.) Quoi ?

Le regard de Jordan se porte à nouveau vers Tania et le séjour des Allington. Elle a fini par trouver ce qu'elle cherchait dans son sac. Chose incroyable, c'est un chien – un chihuahua – que Tania soulève de ses mains, indifférente à la présence d'autres gens dans la pièce. Le chien se tortille de joie, sans doute soulagé de retrouver sa maîtresse et d'être libéré du sac. Tania adresse au chien un sourire plein de tendresse. Aussitôt, celui-ci se met à lui lécher le visage.

Rien d'anormal à ce qu'un maître se comporte ainsi avec son chien. Lucy et moi mangeons régulièrement dans la même assiette. Je n'y peux rien si elle bondit sur le canapé et se met à engloutir ma nourriture. J'ai surpris Cooper en train de la laisser faire, lui aussi. Je sais qu'un dresseur de chiens n'approuverait pas. Mais on est censés faire quoi, la repousser ? Elle vient de la SPA. Sans doute a-t-elle été maltraitée dans sa petite enfance.

Bien sûr, le fait qu'Owen (le chat) s'y soit mis lui aussi constitue un problème.

Si je ne suis pas surprise de voir le chihuahua faire un peeling facial à Tania, Stephanie (qui a également suivi le regard de Jordan) détourne le visage avec dégoût.

– C'est quoi le problème, Jordan ? demande-t-elle.

– C'est à propos du camp d'été du rock.

– Oui, et alors ? rétorque Stephanie.

Je constate que la veine de son front s'est remise à palpiter.

– Tania dit qu'elle ne veut plus y aller. Pas sans Bear.

– Eh bien, elle va devoir y aller quand même, réplique Stephanie sans lever les yeux de son écran. Bear va se faire retirer la rate. La balle perdue l'a transpercée. Ce n'est pas demain la veille qu'il va se remettre à gambader. En tout cas, pas avant l'ouverture du Camp d'été du rock.

– Mais... bredouille Jordan.

– Tu sais ce que va dire ton père, lui rappelle Stephanie.

Jordan baisse les yeux sur ses chaussures.

– Oh. OK. Ouais.

– Mais ne t'inquiète pas, le rassure Stephanie. On trouvera un autre garde du corps.

– Bien sûr.

Il fixe toujours ses chaussures. Des espèces de baskets noires énormes avec, sur le côté, des bandes fluo.

À croire que quelque chose le chiffonne. Quelque chose qu'il n'arrive pas à dire. Au lieu de ça, il reste planté là, les yeux rivés sur les bandes de ses chaussures.

– Eh mon pote, dit Cooper (qui se fait sans doute la même réflexion que moi). Tout va bien ?

Jordan lève les yeux et nous gratifie de son gentil sourire bête.

– Ouais, répond-il. Pourquoi ça n'irait pas ? J'ai mon émission de télé à moi, mec. Ça gaze !

Puis, comme s'il nous voyait pour la première fois, il ajoute, nous fixant d'un œil soupçonneux :

– Eh, vous ne sortiriez pas ensemble, tous les deux ?

Christopher – à qui Cooper vient d'annoncer que nous étions fiancés – le regarde d'un air bizarre.

– D'où te vient une idée pareille, Jordan ? rétorque Cooper sans laisser à Christopher le temps d'ouvrir la bouche.

– Je ne sais pas, répond Jordan en haussant les épaules. Vous faites... couple. Mais je sais que mon grand frère Cooper ne me piquerait jamais ma copine.

Jordan sourit, lève le poing et donne à son frère un petit coup sur l'épaule – pour rire.

Un silence gêné. Puis Cooper pose à Jordan la question qui s'impose :

– Ce n'est pas plutôt Tania, ta copine ? Ta femme, même ?

– Ben ouais, reconnaît Jordan, baissant le poing. Mais Heather était la première.

– Jordan, on n'a jamais été mariés ! dis-je, ayant du mal à contenir ma colère.

Parfois je ne comprends pas ce que j'ai pu lui trouver. À part qu'il était mignon et qu'il pouvait se montrer gentil et affectueux quand on était seuls tous les deux – un peu comme le chihuahua de Tania.

– Et même si on avait été mariés, on est séparés maintenant. Je peux donc sortir avec qui je veux, non ?

Il a l'air perdu.

– Oui. Tu peux sortir avec qui tu veux... sauf avec lui. (Il montre Cooper du doigt.) Parce que ce serait de l'inceste.

Dieu merci, Lauren – l'assistante de production – passe la tête par la baie vitrée et s'écrie, en tapotant son casque :

– La voiture attend en bas !

– Oups ! dit Jordan. Je file. On s'appelle !

Il me plaque un petit baiser sur le front et fait à nouveau

mine de donner un coup de poing à Cooper. Puis il pivote sur ses talons et fonce dans l'appartement pour y récupérer sa femme et le chien miniature.

Je me tourne vers Stephanie et Christopher. Je constate que tous deux nous fixent, Cooper et moi. L'expression de Stephanie me rappelle celle de notre chat Owen quand il réfléchit à comment obtenir de nous une ration supplémentaire de crème légère.

Sans doute Cooper a-t-il lui aussi remarqué la tête de Stephanie, vu les paroles qu'il prononce alors :

– Je vous préviens... Si Jordan ou Tania apprennent que nous sommes fiancés, je saurai que l'un de vous deux a parlé. Je ferai alors en sorte que les histoires que vous tenez le moins à voir ressortir se retrouvent en première page de la presse à sensation. C'est clair ?

Stephanie cesse de sourire.

– Quelles histoires ?

– Très clair, s'empresse de répondre Christopher.

Stephanie le regarde, horrifiée.

– C'est de *toi* qu'il s'agit ? Mon Dieu, je croyais qu'il se référait à un sombre secret de famille des Cartwright, susceptible de nuire au succès de l'émission. Mais c'est de *toi* qu'il s'agit ? Tu as fait quoi, au juste ?

– Rien, rétorque Christopher, la prenant par le bras et l'entraînant à l'écart. Des bêtises...

– Mais...

– *Laisse tomber !*

– Bon... dis-je à Cooper, tandis que les deux autres s'éloignent en se chamaillant à voix basse. Tout s'est bien passé !

Cooper sourit, puis consulte sa montre.

– Le match n'est pas encore fini. Si on se dépêche, on pourra peut-être voir la fin.

– Quoi qu'il en soit, pressons-nous !

Alors que nous marchons jusque chez nous (après nous être assurés que toute l'équipe de tournage avait signé le registre des entrées et sorties), je ne peux m'empêcher de traîner les pieds en pensant à la façon dont Jordan fixait les siens. Il a failli nous dire quelque chose, j'en suis sûre. Il lui a juste manqué l'intelligence nécessaire, à moins qu'il n'ait eu peur de parler.

Il se peut que je projette. On nous a expliqué cette notion dans le cours d'introduction à la psychologie de la semaine dernière. La projection, c'est un mécanisme de défense qui consiste à attribuer à autrui des sensations ou des sentiments que l'on éprouve soi-même.

Dieu sait que j'ai des raisons de craindre la terrasse des Allington. Il se pourrait donc que j'imagine la peur de Jordan. Quoi que Jordan ait pu vouloir nous dire, sans doute n'était-ce pas si grave. Parce que si ça l'était, il aurait trouvé moyen de parler, non ?

En supposant cela, je commets ma seconde erreur de la soirée. La première, c'était d'être allée là-bas.

Cooper et moi gravissons les marches du perron de « notre » maison – comme il tient à ce que je l'appelle.

– Tu sais, lui dis-je, pour un type qui n'est pas proche de son petit frère, tu as quand même foncé dans l'appartement des Allington au son de sa voix. Tu as failli renverser Christopher.

Cooper plonge une main dans sa poche, cherchant les clés.

– Ah ouais ? réplique-t-il d'un ton indifférent. Eh bien, Christopher Allington s'est, dans le passé, comporté comme un salopard. Et je préfère être prudent quand j'ai affaire à des salopards patentés.

– Tu as sûrement raison. C'est pour ça que tu as posé toutes ces questions ?

– Heather, dois-je te rappeler qu'un homme s'est fait tirer dessus ?

Il trouve ses clés et, après avoir appuyé sur le bouton qui désactive le système d'alarme, ouvre les nombreux verrous de la porte d'entrée.

– Il se pourrait que je passe à l'hôpital quand monsieur Bear se sentira mieux, histoire de lui poser quelques questions. Je ne m'implique pas pour autant dans le bordel qu'est la vie de mon frère.

– Ah ouais ? Tu appelles ça comment, alors ? Parce qu'à t'entendre, tu es impliqué ! Quand je pense que tu me défends de jouer les détectives !

– Sauf que j'ai le droit de m'impliquer si ça me chante, vu que j'ai une licence de détective privé qui m'a été délivrée par l'État de New York. Tu veux la voir ?

– Oui, dis-je d'un ton grave. Et tes menottes aussi, si possible.

Il pousse la porte avec un grand sourire.

– Entre, que je te les montre !

6

J'aime ta bouche, qu'il me disait,
J'aime tes yeux, qu'il me disait,
Mais faut que tu saches, la miss
Que t'as de bien trop grosses cuisses.

J'aime ce que t'as dans la tête
Et ta douce voix fluette
Mais ta culotte de cheval,
Franchement ça la fout mal.

La frontière est très fine
Entre le moyen et le très bien
La frontière est très fine
Entre hasard et destin.

Et pour être sa compagne,
Fallait que je perde du poids,
Parce que les gagnants gagnent,
Et que les losers n'attendent pas.

Alors je lui ai dit
En sirotant mon chianti :
« Séparons-nous sans drame
Je ne perdrai pas un gramme ! »

La frontière est très fine
Entre le moyen et le très bien
La frontière est très fine
Entre hasard et destin.

La frontière est fine
Entre s'élancer et se vautrer

Et que les gagnants gagnent ou pas,
Les losers les saluent bien bas.

La frontière est fine
Écrit par Heather Wells

Dix jours plus tard, je me retrouve à contempler mon reflet dans le miroir en pied d'une boutique de vêtements du quartier. C'est un miroir à trois faces. Et à elles trois, elles me disent : « Non, non et non ! »

– Oh ! s'exclame la vendeuse en ajustant la bretelle de la robe Empire longue jusqu'au sol et d'un blanc immaculé que je suis en train d'essayer. C'est vous ! C'est tellement vous !

Tellement *pas* moi, oui !

– Ce que vous êtes belle ! insiste-t-elle en s'employant à lisser les plis de la robe trouvée roulée en boule dans le présentoir « bonnes affaires » et soldée à moins soixante-quinze pour cent.

C'est pour cette seule raison que j'ai décidé de l'essayer. Bon, ça et le fait que c'était la seule qui se rapproche vaguement de ma taille. Lors de ma dernière séance de shopping, j'entrais à peine dans du quarante-six. Or j'ai eu la surprise de constater, en maintenant cette robe – un quarante-deux – plaquée sur moi, qu'elle semblait être à ma taille.

En effet.

On dirait que l'industrie de la robe de mariée a fini par s'y mettre : tricher sur les tailles pour flatter l'ego des clientes – même si je préférerais penser que j'ai perdu quelques kilos. J'ai lu quelque part qu'on brûlait deux cents calories à l'heure en faisant l'amour. C'est décevant, comparé aux six cents calories perdues en une heure d'équitation. Mais tout de même...

N'empêche que je mange moins ces temps-ci. Parce que je suis trop absorbée par ce qui se passe dans ma chambre à coucher depuis que Cooper et moi sortons ensemble pour aller voir ce qu'il y a dans le frigo, certes. Mais aussi parce que la cafèt' de Fischer Hall est elle aussi fermée pour rénovation. En d'autres termes, fini le temps où je n'avais qu'à parcourir les quinze mètres du hall, depuis mon bureau, pour m'envoyer gratos un bagel au fromage frais (avec supplément bacon). Il me faut désormais traverser le parc et me rendre au Café Coquelicot – de tous les lieux acceptant la carte du resto-u, le plus proche de Fischer Hall.

Toujours est-il que la semaine dernière, lors de mon check-up annuel chez ma gynéco, je pesais le même poids qu'il y a un an, presque au kilo près.

– Vous allez vous marier sur la plage, n'est-ce pas ? me demande la vendeuse, m'arrachant à mes pensées. Alors c'est l'idéal !

J'ai fait part à la vendeuse du désir de Cooper de fuir la ville à cette occasion. Sauf qu'il voudrait se marier au cap Cod, et au mois d'octobre – cette tenue estivale est donc aussi adaptée qu'une paire de palmes aux sports d'hiver. Qui sait ce que j'avais en tête en l'essayant ? Sans doute ai-je été prise par une sorte de « frénésie du mariage », suscitée par le fait que la boutique liquide son stock pour laisser place à la collection d'automne – même si nous ne sommes qu'en juillet.

Ce serait peut-être plus joli avec l'un de ces petits cardigans à paillettes que portent les mannequins dans la vitrine.

Non. Personne ne porte de cardigan sur une robe de mariée. Sauf Kate Middleton et encore, seulement avec son autre robe, celle qu'elle a passée plus tard, pour la réception.

Et en ce qui nous concerne, il n'y aura pas de réception, puisque nous n'avons prévenu personne. Enfin, personne à part Christopher Allington et Stephanie Brewer. Mais je n'appellerais pas ça une invitation.

Qu'est-ce qui me prend, alors, d'essayer des robes de mariée ? J'ai une vague idée, quoique j'aime mieux ne pas y penser.

– Permettez-moi de l'accessoiriser, dit la vendeuse comme si elle lisait dans mes pensées. Un cardigan, au cas où il ferait un peu frais. Et que diriez-vous d'un bandeau dans les cheveux ? Avec un joli nœud ?

Franchement, que répondre à cela ? Quand vous passez votre pause déjeuner dans une boutique BCBG, à essayer des fringues qui ne vont qu'aux mannequins fines comme des brindilles de leur catalogue, vous n'avez que ce que vous méritez. Un bandeau ? Ouais, c'est ça. Avec un nœud ? Soyons fous !

Dieu merci, la sonnerie de mon portable – *Run the World* de Beyoncé – retentit à cet instant précis.

– Oh ! dis-je, en regardant qui m'appelle. C'est le boulot ! Faut que je file. Une autre fois, peut-être ?

La vendeuse paraît déçue. Une commission sur deux cents dollars vient de lui passer sous le nez. Je suis désolée pour elle, sauf qu'elle a quand même tenté de me convaincre d'acheter une robe qui me donne l'air d'un rouleau de papier toilette ambulant.

– Oh, fait la vendeuse avec un grand sourire. Revenez quand vous aurez plus de temps. Accompagnée d'une amie. Ou de votre maman. C'est une trop grande décision pour la prendre seule.

Je m'efforce de rester moi aussi souriante. Il est rare que la mère de la mariée ait poignardé sa fille dans le dos, comme ma mère l'a fait avec moi. Mais la vendeuse n'y est pour rien.

Je ne reviendrai pas. De toute évidence, la société pour laquelle cette femme travaille ne conçoit pas de robes allant aux filles qui font du quarante-deux. Ou vraisemblablement davantage.

À nouveau dans la rue, essoufflée comme si je l'avais échappé belle, j'entreprends de regagner mon bureau en empruntant mon itinéraire préféré. Celui qui me fait passer devant la vitrine d'un petit magasin d'antiquités de la Cinquième Avenue.

Bien que je ne sois pas dingue des bijoux, l'assortiment vintage exposé dans la vitrine de cette boutique-là est à couper le souffle. Surtout une bague, que je ne peux m'empêcher de manger des yeux chaque fois que je passe devant.

M'arrêtant devant le magasin et composant le numéro de Sarah, je constate que la bague est toujours là. C'est un saphir ovale, entouré de part et d'autre d'une myriade de minuscules diamants et monté sur un anneau de platine. Disposée dans un coin sur son coussinet de velours vert foncé, à l'écart des autres bijoux, elle semble abandonnée.

– Qu'est-ce qui se passe ? je demande à Sarah lorsqu'elle décroche.

– T'es où ? s'enquiert-elle. Tu es partie depuis des plombes. Tu n'es pas encore en train de regarder cette bague ?

Surprise, je m'écarte de la vitrine. *Comment sait-elle ?*

– Non ! Bien sûr que non ! Pourquoi je ferais ça ?

– Parce que chaque fois qu'on va chez Barnes & Nobles, tu te débrouilles pour qu'on passe devant cette boutique, histoire de pouvoir t'arrêter et admirer la bague, même si ça nous oblige à faire un détour. Pourquoi ne pas te l'acheter ? Tu as un boulot, tu sais. Deux, même. Pourquoi bosses-tu tellement, si ce n'est pas pour t'acheter des trucs ?

J'ai un rire nerveux, on croirait entendre une hyène.

– Tu rigoles ? C'est une bague de fiançailles.

– Pas nécessairement. C'est toi qui décides du genre de bague que c'est.

– Je peux admirer quelque chose sans forcément l'acheter. Surtout si c'est inutile et que ça coûte une fortune.

– Qu'est-ce que tu en sais ? Tu ne veux pas entrer demander le prix, même si je t'ai suggéré un million de fois de...

– Quelle importance ? dis-je, lui coupant la parole. Vu que je ne la veux pas vraiment. Ce n'est pas mon style. Elle est trop belle pour moi. Et tu n'as toujours pas répondu à ma question : que se passe-t-il ?

– Oh, je viens de recevoir un coup de fil de l'une des assistantes du docteur Jessup. C'est fait, apparemment.

Je ne sais pas de quoi elle parle.

– Qu'est-ce qui est fait ?

– *À ton avis ? Ils ont nommé le nouveau directeur de Fischer Hall.* Qu'est-ce que tu veux que ce soit d'autre ?

– Merde !

Je me fige sur place.

Je suis à l'angle de la Cinquième Avenue et la Dix-Huitième Rue. Passe un de ces bus à deux étages *Sex and the City*, qui font découvrir aux touristes tous les lieux où Carrie Bradshaw et sa bande de copines ont coutume de boire leurs cocktails et de manger leurs cupcakes.

Les passants me jettent des coups d'œil soit préoccupés, soit agacés. Les New-Yorkais ne sont pas aussi endurcis que le prétendent les médias. Si je devais m'effondrer sans connaissance sur le trottoir à cause de ce que vient de m'annoncer Sarah, je suis sûre qu'il se trouverait quelques bons samaritains pour appeler Police secours, voire me soulever la tête pour faire en sorte que je respire bien. Mais uniquement parce que je porte des vêtements propres et que j'ai l'air sobre. Si j'étais soûle et baignant dans mon vomi, les gens me piétineraient sans me voir jusqu'à ce que la puanteur devienne insoutenable. Alors, peut-être, appelleraient-ils les flics.

– C'est vrai ? je hurle dans mon portable. C'est qui ? C'est qui ? C'est Simon Hague ? Si c'est Simon, je te jure, je me jette sous le bus qui...

– Je ne sais pas qui c'est. L'assistante du docteur Jessup a appelé pour dire qu'il passait tout de suite avec des gens, histoire de faire lui-même les présentations et nous apprendre la grande nouvelle concernant notre...

– *Tout de suite ?*

Je me mets à courir. Très mauvaise idée. Mon soutien-gorge n'est pas un modèle de sport. Je ne possède même pas de soutien-gorge de sport. Je ralentis.

– Pourquoi ne pas m'avoir prévenue plus tôt ? Tu es sûre qu'il a dit *faire les présentations* ? Parce que s'il a vraiment dit ça, ce n'est pas Simon. On connaît déjà Simon. Pourquoi nous le présenter ?

– Il entend peut-être ça au sens de : « Je vous présente votre nouveau boss, Simon. Peut-être le connaissiez-vous en tant que directeur de Wasser Hall, mais maintenant c'est Fischer Hall qu'il dirige. Bonne journée, les losers ! »

J'ai le cœur serré et les seins au niveau des genoux. C'est ce qui arrive, quand on court et qu'on n'a pas le bon soutien-gorge.

– Mon Dieu. (J'ai un haut-le-cœur.) N'importe qui, mais pas Simon !

– Évidemment, reprend Sarah, il se pourrait aussi que ce soit cette femme que j'ai vue sortir du bureau du docteur Jessup au Département du logement, ce matin, quand je suis passée y déposer les feuilles de présence. De toute façon, on est morts.

– Pourquoi ? je demande, en proie à la panique. Pourquoi on est morts si c'est elle ? Tu l'as vue sur la liste du FBI des criminels les plus recherchés ? C'est ça ? Elle est sur la liste ?

– Elle m'a eu l'air très... très...

Elle ne trouve pas le bon mot, à ce qu'il semblerait.

Je me remets à courir. Les passagers du bus *Sex and the City* n'ont qu'à tous me photographier en train de soutenir mes seins avec un bras, si ça leur chante.

– Corporatiste ? Collet monté ? (Je m'efforce de penser à tous les types de femmes avec qui je n'aimerais pas travailler.) Psychopathe ? Désireuse de se trouver un mari friqué ?

– Vive ! lâche enfin Sarah.

– Oh.

Je n'arrive plus à courir, alors que j'atteins à peine l'angle de la Cinquième Avenue et de la Quinzième Rue. La sueur ruisselle dans mon décolleté – c'est toujours du meilleur effet quand on s'apprête à rencontrer son nouveau boss.

– « Vive » c'est positif, dis-je en haletant. C'est mieux que Simon... Il n'est pas vif, il est...

Je ne trouve pas non plus les mots – la haine m'étouffe.

– Pas « vive » dans ce sens-là, explique Sarah. On dirait qu'elle sort d'une confrérie étudiante. Comme si elle était licenciée en vivacité. Le genre à qui on a envie de coller son

90

poing dans la figure, histoire de lui faire passer l'envie d'être vive.

– Sarah !

Difficile à croire, mais son attitude me terrifie davantage que la perspective d'avoir Simon pour boss.

– Elle ne peut pas être si terrible que ça. Tu es sûre que ça va, toi ?

Toute la semaine, Sarah s'est montrée d'une humeur massacrante. Sans fournir aucune explication à cela – du moins, aucune explication valable. Elle a néanmoins évoqué la fermeture de la cafétéria (qui la contraint à traverser la place pour aller boire son cappuccino au Café Coquelicot) et le fait que j'aurais embauché trop de femmes pour travailler au bureau. Cette dernière affirmation est une invention pure et simple. Au bureau, il n'y a que nous deux et Brad – un étudiant à qui son père a déconseillé de rentrer chez lui cet été après avoir découvert qu'il était homo, le laissant sans nulle part où aller, ses ressources de RE étant très limitées.

C'est ainsi qu'il a rejoint mon « île des enfants perdus », lorsque Sarah et moi avons décidé *d'un commun accord* que Brad aurait sa chambre à Fischer Hall en échange de vingt heures de travail hebdomadaire – à assurer la permanence de notre bureau pendant la pause déjeuner, entre autres.

C'est pourquoi je sors de mes gonds quand Sarah commence à se plaindre au téléphone :

– Nos périodes d'ovulation se sont synchronisées ! On sait bien que c'est ce qui se passe lorsque les femmes passent trop de temps entre elles. Et cette fille que le docteur Jessup a embauchée... ça ne fera qu'aggraver les choses. Je regrette presque qu'il n'ait pas nommé Simon !

– Sarah ! dis-je sèchement. Le professeur Lehman affirme, dans le cours d'introduction à la psychologie, que la synchronie menstruelle est une invention. C'est prouvé depuis des lustres. Toutes les études censées démontrer son existence reposaient sur des données erronées et de médiocres analyses statistiques. Ayant toi-même fait des études de psycho, je m'étonne que tu l'ignores. Qui plus est, nous ne sommes pas que des femmes à travailler dans ce bureau. Il y a Brad...

– Il est homo, ça ne compte pas.

– Et moi, je prends la pilule en continu. Je n'ai donc plus ni règles ni ovulations.

– Eh bien, dit Sarah, interloquée. Ça ne risque pas de te faire du bien.

– Qu'est-ce que tu en sais ? dis-je, contenant mal mon agacement. Tu es médecin ? Non. Alors tu ne peux pas vraiment en juger, pas vrai ?

– D'accord. Désolée. Je ne savais pas, OK ?

J'aspire une grande bouffée d'air, m'efforçant de garder mon calme. Sarah a raison. Elle ne pouvait pas savoir. On ne passe pas notre temps, au bureau, à discuter de ce genre de choses, comme les femmes dans ces publicités débiles : « Eh bien, je n'ai pas ovulé depuis des mois, depuis que j'ai commencé à prendre Exotique, la pilule grâce à laquelle on n'a ses règles que quatre fois par an. »

Lors de mon check-up de la semaine dernière, quand j'ai répondu à ma gynéco, qui me questionnait sur ma vie amoureuse, que j'étais secrètement fiancée (même si le « secrètement » est désormais un peu éventé), elle a répliqué :

– Je me réjouis pour vous, Heather. Cela dit, quand vous penserez être prête à avoir des enfants – et vu votre âge, il serait bon de ne pas trop tarder –, il faudra sans doute qu'on rediscute de tout ça. Il s'est avéré que les femmes comme vous avaient parfois du mal à tomber enceintes.

– Que voulez-vous dire par « les femmes comme moi » ? Les grosses ?

Ma gynéco a secoué la tête.

– Non. Au contraire, c'est souvent plus difficile pour les minces. Par « les femmes comme vous », j'entends les femmes qui souffrent d'endométriose chronique.

– D'endo... quoi ?

– Nous en avons discuté l'année dernière, Heather, m'a-t-elle rappelé dans un soupir. C'est pourquoi je vous ai mise sous pilule en continu. Nous avons alors décidé que vous n'auriez plus de règles, afin de réduire la tendance de votre corps à fabriquer des kystes endométriosiques. Vous vous souvenez, quand je vous ai retiré ces polypes du col de l'utérus ?

Comment l'oublier ? Mon dentiste me donne un sédatif quand je me fais faire un blanchiment des dents. Ma gynéco, elle, m'a enfoncé un tube de métal là où je pense, et je n'ai même pas eu droit à un comprimé d'ibuprofène.

– Vous m'aviez dit que les polypes n'avaient rien d'anormal, ai-je répliqué.

– Ils n'ont rien d'anormal, dans le sens où ils sont bénins. Mais ce sont tout de même des polypes. Honnêtement, pour le moment, il n'y a pas de raison de s'inquiéter. Mais si vous avez du mal à tomber enceinte une fois que vous aurez arrêté la pilule, alors il faudra sans doute faire une laparoscopie. C'est tout.

J'ai quitté son cabinet avec l'impression que Jack, Emily et Charlotte – les prénoms que j'ai donnés aux enfants que nous aurions, Cooper et moi – étaient des petits fantômes qui avaient filé avant que j'aie pu les présenter à leur papa.

Ma gynéco a dit « *si* vous avez du mal à tomber enceinte », et non pas *quand*. Rien ne dit que je vais forcément en baver.

J'ai néanmoins commis l'erreur d'aller jeter un coup d'œil sur Internet pour voir quelles étaient mes chances. Très mauvaise idée.

À présent, j'imagine que je dois en parler à Cooper. Mais comment ? Et quand ? Y a-t-il un bon moment pour annoncer à votre fiancé que vous risquez de ne jamais tomber enceinte, même après avoir subi une opération ?

Il est quand même plus drôle de perdre son temps à essayer d'horribles robes de mariage dans des boutiques chic que de se confronter à ce genre de réalités.

Ce qui explique que j'ai craqué, quand Sarah m'a sorti son excuse bidon pour expliquer sa mauvaise humeur.

– Non, dis-je en me grattant la tête. C'est moi qui suis désolée, Sarah. Je sais que tu ne savais pas. Pour en revenir à cette femme que tu as vue au Département du logement, elle ne peut pas être si terrible que ça. Pas pire que Simon. Il n'y a pas pire que Simon...

– Attendons de voir. Sinon, c'est quoi ces nouvelles que le docteur Jessup tient tellement à nous annoncer lui-même ? Tu es où, au fait ? Je sais que la résidence est fermée, mais ta pause déjeuner est la plus longue qu'on ait connue depuis...

– J'arrive ! Je suis juste à côté, sur la Cinquième Avenue. (Je ne précise pas à quel niveau, vu que je suis encore horriblement loin de Fischer Hall.) Je serai là d'un moment à l'autre.

C'est alors que je réalise. *Des nouvelles à nous annoncer* ? À part le fait qu'il ait nommé quelqu'un à la direction de la résidence ? Quel genre de nouvelles ?

Ça ne sent pas bon. Le docteur Jessup est-il jamais passé dans un bâtiment pour annoncer de *bonnes* nouvelles ?

Aucun exemple ne me revient en mémoire. En tant que vice-président (si l'université de New York compte un seul président, on y dénombre en revanche des dizaines de vice-présidents, dirigeant tous des secteurs non académiques de l'université), le docteur Jessup est trop occupé pour annoncer lui-même les bonnes nouvelles. Il charge son assistante de nous les faire parvenir par e-mail.

Quant aux mauvaises nouvelles, il les communique invariablement lors des réunions du personnel... comme la fois où on a appris la suppression de la prime du mérite, conséquence du gel des embauches et de la récession. (Ça ne m'a pas affectée. En tant que nouvelle employée, je n'y ai pas droit avant l'année prochaine. Mais Simon l'a très mal pris.)

– J'imagine que les nouvelles sont en rapport avec ce qui s'est passé la semaine dernière, dit Sarah. Tu te souviens ?

Elle est volontairement vague. Brad doit être avec elle dans le bureau. Elle et moi sommes parvenues à garder secrète la venue à Fischer Hall de Tania Trace et Jordan Cartwright. Je ne la lui ai confiée qu'à contrecœur, après qu'elle m'a surprise à détruire la page du registre des entrées et sorties que leur avait fait signer Christopher.

Jusqu'à présent, seules les émissions consacrées aux célébrités ont mentionné le coup de feu tiré devant l'Epiphany. Jordan et Tania se sont rendus sur les plateaux de *Direct Hollywood* pour y être interviewés au sujet du drame. (« Le couple de chanteurs favori des Américains raconte comment il a frôlé la mort. ») Ainsi que les magazines people. (Sur une photo portant la légende « Tania Trace au chevet de son garde du corps adoré », on voit Tania donner, dans une chambre d'hôpital, un énorme bouquet de ballons « Prompt rétablissement ! » à un homme noir très très baraqué. La gigantesque main qu'il tend, depuis son lit, pour accepter le bouquet de ballons fait paraître celle de Tania encore plus délicate et menue.)

– On n'a rien fait de mal, dis-je à Sarah. L'équipement de paintball, je reconnais que ça craint. Mais il appartient à l'université. Et puis personne n'a été blessé.

Après réflexion, j'ajoute :

– Du moins aucun étudiant.

À son retour de l'hôpital Beth Israël, Cooper m'avait confié que les blessures du garde du corps de Tania étaient plus sérieuses que ne nous l'avait laissé entendre Stephanie. Bear allait pouvoir se rétablir complètement mais – outre qu'on lui avait retiré la rate – il allait devoir suivre plusieurs semaines de rééducation, la balle l'ayant atteint au pied après lui avoir traversé le corps.

Selon Cooper, il semblait réellement s'agir d'une balle perdue. La police avait découvert une douille semblant correspondre à la balle en question sur le toit d'un immeuble situé en face de l'Epiphany. Celui-ci était jonché de dizaines de douilles provenant d'autres balles – ainsi que de pétards à mèche, de préservatifs usagés, de bouteilles de bière vides. Il y avait même un barbecue. Très fréquenté par les bandes de jeunes, le toit était en outre facilement accessible depuis les bâtiments situés en face de l'Epiphany – on sautait aisément d'un immeuble à l'autre.

Sauf par Cooper et *Direct Hollywood*, je n'ai plus entendu parler de l'accident. Et n'ai revu ni Christopher ni Stephanie Brewer à Fischer Hall. Chaque matin, j'ai consulté le registre des entrées et sorties, sans y trouver mention d'une nouvelle visite. Et rien n'a transpiré, dans la presse, des événements de Fischer Hall.

– Je ne sais pas, dit Sarah. Tu crois que Simon a cafté au sujet de la bière ? Ou de la vodka ?

– Ils ont tous plus de vingt et un ans.

– Bon, quoi qu'il en soit, ça fait mauvais genre d'être pris à s'octroyer une pause déjeuner de deux heures le jour de l'entrée en fonction de son nouveau boss.

Elle a raison. Faut que je me ressaisisse.

Comme en réponse à une prière silencieuse, je vois une tache jaune passer dans un coin de mon champ de vision. Au début, je me dis qu'il s'agit forcément d'une illusion, d'une hallucination due à l'état de mes nerfs. Puis l'image se précise et je constate que la chance tourne peut-être enfin en ma faveur : c'est un taxi new-yorkais, dont le voyant lumineux jaune vif indique qu'il est libre. Dans cette partie de la ville, c'est une vision aussi rare qu'un billet de cent dollars qui tomberait du ciel.

Je ne crie pas « Taxi ! » comme font les New-Yorkais dans les films ou les séries télévisées, parce que ça ne ferait qu'alerter des gens, qui ne soupçonneraient pas sans cela la présence toute proche d'un taxi disponible. À la suite de quoi, quelqu'un s'empresserait de me le piquer sous le nez.

Au lieu de ça, je me précipite dessus et tire brusquement sur la poignée de la portière, à l'arrière, alors que le feu passe au vert et que le taxi redémarre.

– Désolée ! dis-je au chauffeur.

Il écrase la pédale du frein et tourne la tête, stupéfait de voir un client s'engouffrer sur la banquette arrière.

– Je vais à Washington Square, au 55. Vous pouvez m'y conduire ?

Le chauffeur interrompt sa conversation téléphonique sur son kit mains libres, le temps de dire :

– Ce n'est qu'à huit blocs d'ici.

– Je sais.

J'essaie de ne pas avoir l'impression qu'il me juge. Sans doute n'est-ce pas le cas. Sans doute me prend-il pour une touriste ignorant à quel point elle est près du but.

– Ce sont de *longs* blocs, dis-je. Et je suis super en retard. Et il fait tellement chaud.

Le chauffeur sourit, met le compteur en marche et poursuit sa conversation dans son farsi natal. Je me détends en sentant, sur mes pieds, la caresse fraîche de la climatisation. Peut-être suis-je morte et parvenue au paradis. Peut-être tout va-t-il bien se passer...

– Mon Dieu ! lance la voix de Sarah. (J'avais oublié que je tenais toujours mon portable.) Tu es encore à huit blocs d'ici ? Et ils vont arriver d'une seconde à l'autre !

Collant mon portable à mon oreille, je lui communique mes instructions :

– Gagne du temps ! Dis-leur que je suis allée à l'intendance. Dis-leur que...

Alors, me parvient la voix de Sarah :

– Oh ! Bonjour docteur Jessup. Vous êtes déjà là ?

Puis elle me raccroche au nez.

Je suis morte de chez morte !

7

Prends une photo
Mets-le par écrit
Si tu savais ce que j'en ai à...

Je sais que tu crois
Que tu peux me détruire,
Ben mon gars, bonne chance à toi !

Des ennemis j'en ai
Partout autour de moi
Crois-moi j'en ai jusque-là !

Tu crois que tu vas
Me démolir,
Envahir mon espace.

Eh bien voilà un tweet,
Un texto d'enfer,
Un message vocal sur ton Icall :

Crois-moi ce sera trop dur
Pour toi de me démolir,
Écris-le sur ton mur !

Les Ennemis
Tania Trace
Weinberger/Trace
Disques Cartwright
Album *Traîne-moi en justice*
Dans le *top ten* **onze semaines consécutives**

À peine s'arrête-t-il devant Fischer Hall que je bondis hors du taxi, balançant au chauffeur un billet de dix dollars sur le siège avant. Toujours en conversation sur son portable, celui-ci sursaute une fois de plus. Je ne prends pas le temps d'attendre la monnaie, pas plus qu'il n'interrompt son appel pour me la rendre.

– Merci, me crie-t-il tout de même. Et bonne journée !

Trop tard.

Je constate, troublée, qu'une noria de camions de livraison est garée devant le bâtiment. Des déménageurs déchargent quantité de meubles enveloppés dans du papier bulle, se servant à cet effet des chariots en plastique gris réservés à l'usage interne.

À ce spectacle, les battements de mon cœur déjà lourd se font irréguliers. En voyant que certains des hommes poussent les chariots vers la rampe d'accès réservée aux handicapés, je commence à avoir des palpitations.

– Pardonnez-moi, dis-je en me dirigeant vers l'un des hommes. Mais à qui est destinée cette livraison ?

Il transpire autant que moi quelques minutes plus tôt. Visiblement, il bosse dur depuis un petit moment et n'a pas eu droit à une balade en taxi pour se rafraîchir.

Il baisse les yeux vers son bloc-notes.

– Heather Wells, dit-il avec une légère impatience. Fischer Hall, 55 Washington Square West.

Et il se remet à pousser son chariot, lequel paraît plein de mobilier de chambre à coucher Ikea en kit.

– Une seconde ! dis-je en saisissant son bras musclé et moite de sueur. Il doit y avoir erreur. Je n'ai rien commandé de tout cela. (Il y a carrément cinq camions !) Et ce bâtiment est fermé pour rénovation.

L'homme hausse les épaules.

– Eh bien, on a ici la signature de la commanditaire, explique-t-il en me désignant le bas de son document. Donc on vous livre les meubles, que vous les vouliez ou pas.

Je jette un coup d'œil au nom griffonné vite fait.

Stephanie Brewer.

À mes palpitations succède la sensation que mon cœur va exploser.

Comment cela est-il possible ? Et le jour de l'arrivée de mon nouveau boss !

Je franchis l'entrée à la suite des livreurs poussant le chariot. Je trouve Pete au poste de sécurité, qui discute avec quelqu'un sur le téléphone interne. Plaquant une main sur le combiné, il me lance :

– T'étais où ? Tu es au courant de ce qui se passe ici ? Tu sais qui est dans ton bureau ?

– Je crois que je devine, dis-je d'un ton sarcastique.

Devant nous passe un chariot en plastique gris où s'entassent des articles achetés dans un magasin de déco.

– Où est-ce qu'ils trimballent tout ce barda ? je lui demande.

– Là-haut, répond-il en haussant les épaules.

– Dans l'appartement en terrasse ?

Je ne vois pas ce qu'Eleonor Allington aurait à faire d'une lampe à lave.

– Là-haut, je n'en sais pas plus. (Et il semble s'en soucier comme d'une guigne.) T'as le bonjour de Magda, ajoute-t-il en désignant le téléphone.

Pete et Magda – ma meilleure amie au service restauration – sont en couple depuis quelques mois. Mais ces derniers temps, ils sont contraints de roucouler au téléphone,

Magda ayant été transférée au Café Coquelicot pendant la durée des travaux de rénovation de la cafèt'.

– Embrasse-la pour moi ! je crie par-dessus mon épaule en commençant à me diriger vers mon bureau.

Il me faut esquiver Carl – le chef de la maintenance – qui traverse le hall à grands pas en portant sur l'épaule une échelle de trois mètres.

– Eh ! s'écrie-t-il joyeusement. Regarde où tu vas ! On n'a pas eu assez de cadavres, tu trouves ?

– C'est pas drôle. Qu'est-ce qui se passe ici ?

– Aucune idée. J'ai reçu un coup de fil comme quoi je suis censé monter au dix-septième étage et changer toutes les ampoules au-dessus des miroirs des salles de bain. Je dois remplacer les ampoules à basse consommation de quarante watts par du soixante watts. Je fais donc ce qu'on m'a demandé.

Cette information me laisse perplexe.

– Et on en a, des ampoules de soixante watts ?

– J'en garde sous le coude depuis des années, ricane-t-il. Il y a dix ans que je vois venir le truc, avec leurs ampoules à basse consommation. Je savais que ça ne marcherait pas avec vous, les femmes. Vous aimez les lumières fortes dans les salles de bain, comme ça vous y voyez assez pour vous maquiller.

J'écarquille les yeux, de plus en plus déconcertée.

– Oh, dis-je enfin. Tant mieux, enfin, j'imagine.

Je m'éloigne en secouant la tête. Que se passe-t-il ?

Je m'avance vers mon bureau. Là, se tient Stan Jessup. Autour de lui, une jeune femme en jean et tee-shirt que je n'ai jamais vue auparavant, l'attachée de presse de l'université Muffy Fowler et Stephanie Brewer, de Cartwright TV.

Je reste figée sur le seuil, sentant toute la sueur séchée pendant l'agréable trajet en taxi me picoter à nouveau la peau.

– Que... que se passe-t-il ? je bafouille, hébétée.

– Eh, salut ! dit Muffy Fowler, avec son accent du Sud.

Elle est, comme à l'accoutumée, sur son trente et un : escarpins blancs à talons hauts, jupe crayon blanc cassé et chemisier de soie à pois.

– C'est si gentil de te joindre à nous ! Je n'en reviens pas que tu prennes une si longue pause déjeuner et que tu ne m'invites pas. Je croyais qu'on était amies.

Je voudrais disparaître sous terre.

– Je n'étais pas... en pause déjeuner. Je suis passée à l'intendance.

– Je blague ! rétorque Muffy avant de partir d'un rire sonore. Regardez sa tête ! Oh la malheureuse ! Heather, je crois que tu connais déjà Stephanie. Elle dit que vous avez eu un petit accrochage, l'autre soir.

– Je n'appellerais pas ça un « accrochage », dis-je précipitamment.

– Disons que nous avons eu le plaisir de nous rencontrer, rectifie Stephanie.

Elle tend la main. Tout sourire, elle paraît beaucoup plus aimable que la dernière fois. Vêtue d'un tailleur gris perle, elle serre contre elle un fourre-tout griffé qui a dû lui coûter plus que ce que je gagne en un mois.

– Quel plaisir de te revoir, Heather. Je racontais justement à tout le monde à quel point tu t'étais montrée serviable. Tania n'arrête pas de chanter tes louanges !

Je n'y comprends plus rien.

– Elle quoi ?

– Heather, dit le docteur Jessup en s'avançant vers moi.

Si moi j'ai chaud, lui doit étouffer, étant donné qu'il a dû traverser toute la place, depuis le Département du logement, dans son costume anthracite. Sarah a beau avoir réglé la clim au maximum, le docteur Jessup a le front qui brille sous sa chevelure encore noire et drue, à peine grisonnante au niveau des tempes.

– Nous avons de très bonnes nouvelles. Si bonnes que je me devais de vous les communiquer en personne.

– Ouais, lance Sarah depuis son bureau, à côté de la photocopieuse.

Elle porte son uniforme habituel : tee-shirt noir et salopette. Mais elle a soumis sa tignasse frisottée à un brushing en prévision de l'humidité new-yorkaise et s'est même appliqué un trait d'eye-liner. Sarah refusait autrefois d'appliquer le moindre maquillage. Elle jugeait que le fait d'améliorer ce que nous a donné Mère Nature constituait une atteinte à l'éthique féministe. Jusqu'à ce que je lui fasse remarquer que si Mère Nature ne voulait pas qu'on se maquille, elle n'aurait pas donné à certaines d'entre nous des cils d'un blond si pâle que nous ressemblons, sans mascara, à des lapins albinos.

– Attends qu'on t'annonce la nouvelle, Heather. C'est super. Vraiment super.

Il m'apparaît clairement, à son ton, que Sarah est loin de trouver cela super. Mais pour déceler son ironie, il faut la connaître comme je la connais.

– Formidable ! dis-je. J'ai hâte d'apprendre cette grande nouvelle. Faut-il que je m'assoie ?

– Oui, réplique Sarah. C'est une si grande nouvelle que mieux vaut que tu sois assise. Tu pourrais t'évanouir d'excitation en l'apprenant.

Je m'installe à mon bureau, les sourcils froncés. Sarah pousse un peu loin le bouchon.

– Je vous en prie... dis-je en désignant le canapé en face de mon bureau et les quelques autres chaises arrachées à la cafèt' avant que commencent les travaux de peinture.

– Merci, lance la fille que je n'ai jamais vue. Ce n'est pas de refus. J'ai les panards en compote !

Elle s'assied. Sarah la fusille du regard. J'ignore si c'est à cause de la remarque au sujet des « panards en compote » (bizarre, certes, mais pas pire que le « s'évanouir d'excitation » de Sarah) ou si c'est lié à un genre de désaccord survenu avant mon arrivée. Comme elles ont à peu près le même âge et sont toutes deux vêtues de façon négligée – ça me va bien, à moi, de parler ! –, je ne m'imagine pas sur quoi elles ont pu s'affronter. La visiteuse, cela étant, est beaucoup mieux coiffée que Sarah.

– Je peux le faire ? S'il te plaît, Stan, demande Muffy au docteur Jessup.

– À toi l'honneur, répond-il en souriant.

Je fixe Muffy. Elle et moi sommes amies, si l'on peut appeler « amitié » le commun désir de ne pas voir des assassins sévir en toute impunité sur le campus où nous travaillons, et le fait d'avoir craqué pour le même homme. (Elle sort avec mon ex-petit ami et ex-prof de maths Tadd Tocco.)

Par bonheur, Tadd et Muffy forment un couple beaucoup mieux assorti que nous n'aurions jamais pu l'être, Tadd et moi – il tenait trop au végétalisme et je tenais trop à un autre homme, à savoir Cooper Cartwright. La dernière fois que Muffy et moi avons déjeuné ensemble, elle m'a confié que Tadd allait très certainement la demander en mariage. (Elle l'a prévenu qu'à leur âge, si les choses ne devenaient pas sérieuses au bout de trois mois, une seule solution s'imposait : la rupture.) Seulement, elle hésite à accepter.

– D'un côté, m'a-t-elle expliqué en mangeant la très diététique tortilla thon-crudités du Café Coquelicot, je ne rajeunis pas. Comme je suis sûre de vouloir des enfants, autant les avoir avec Tadd. Au moins, ils auront la santé, avec un père qui fait aussi gaffe à ce qu'il se met dans le corps. Et puis on fera des économies de baby-sitter. Les professeurs ne travaillant pas plus de trois heures par semaine, Tadd pourra les garder.

J'ai admis que ce n'était pas un mauvais calcul. Elle a poursuivi :

– Mais d'un autre côté, j'ai toujours eu l'espoir d'épouser un homme riche et de me consacrer à l'éducation de mes enfants. J'ai peur de ce que penseront mes copines chez moi, dans le Sud, quand je leur dirai que c'est moi qui gagne l'argent du ménage.

– Qu'est-ce que ça peut faire, ce que les autres pensent ? ai-je demandé en haussant les épaules au-dessus du très peu diététique hamburger-frites du Café Coquelicot. C'est ta vie, pas la leur. Tu aimes ton boulot, pas vrai ?

– Oui, a-t-elle répondu sans hésiter.

– Bien. Assure-toi que tu aimes aussi Tadd, avant d'accepter de l'épouser. Sinon, ton plan ne risque pas de marcher.

Retour à mon bureau. Muffy me fixe de ses yeux brillants et parfaitement maquillés. Elle brûle d'impatience de m'annoncer la nouvelle.

– Heather, dit-elle. Je sais combien ça t'a attristée que la résidence ferme cet été, et que vous vous retrouviez tous à vous tourner les pouces. Fini le tournage de pouces ! Fischer Hall rouvre officiellement ce week-end pour accueillir le premier Camp d'été du rock de Tania Trace !

– Une minute ! Quoi ?

– Oui, annonce Sarah sans sourire. Cinquante filles de quatorze ans, ici, pendant deux semaines, venues réaliser leur rêve : être formées par Tania Trace en personne. C'est pas *extra* ?

– À vrai dire, elles ont entre quatorze et seize ans, rectifie Stephanie.

Elle s'est laissée tomber dans un fauteuil recouvert de vinyle bleu – j'ai regardé Carl le retaper lui-même, après que des souris eurent grignoté le tissu orange d'origine – et a ouvert son fourre-tout. Elle en sort une brochure, me la tend. Je la feuillette en écoutant Stephanie. C'est une symphonie de couleurs vives, comme Tania elle-même quand elle ne souffre pas d'épuisement.

– Tu te souviens, Heather. Je t'en ai parlé l'autre soir. Nous devons hélas renoncer au lieu prévu initialement, dans les monts Catskill...

– Pourquoi ? Ça semblait idéal.

Je désigne la photo d'une fille faisant du cheval.

– On n'a pas de chevaux ici !

Puis une autre photo :

– Ni d'amphis en plein air !

– Mais nous avons quantité d'espaces de représentation, objecte le docteur Jessup. Notre école de théâtre est l'une des meilleures du pays. Nos amphithéâtres ne sont pas en plein air, mais j'ai cru comprendre que Mme Trace aimait mieux...

– Tania tient à ce que tout ait lieu en intérieur, tranche Stephanie d'un ton sec, m'arrachant la brochure des mains.

Je suis plus perdue que jamais :

– En quoi est-ce un camp d'été, alors ?

– C'est un camp d'été, rétorque Stephanie. Un camp d'été *d'intérieur*.

– Un camp d'été d'intérieur ? je demande, perplexe. Ça n'a aucun sens.

– Bien sûr que si ! proteste Stephanie. C'est un camp d'été à l'université ! Les filles vont adorer, bien plus qu'elles n'auraient aimé séjourner dans les monts Catskill. Elles vont faire l'expérience de la vie universitaire plusieurs années avant les autres filles de leur âge. Et pas dans n'importe quel campus, mais à l'université de New York, l'une des plus courues du pays. Sans parler du fait qu'elles seront tout le temps avec Tania Trace – ou avec l'un des très réputés professeurs de musique de l'université. Mais elles passeront au moins une heure par jour avec Tania.

Je reste clouée sur ma chaise, hébétée. Tous affichent un sourire béat, à l'exception de Sarah.

– Je te l'avais dit, pas vrai, Heather ? me demande celle-ci en se penchant par-dessus son bureau. Génial, hein ?

Je l'ignore. Au docteur Jessup, je lance :

– Nous sommes fermés pour rénovation.

Si je rouspète, ce n'est pas parce que Tania est la femme de mon ex et que je ne tiens pas à être mêlée à leurs histoires. C'est que je ne vois réellement pas comment rendre la chose possible.

– Les chambres sont loin d'être habitables – l'équipe de peinture termine à peine les étages supérieurs. Et elles n'ont pas été entretenues convenablement. Et puis... (Je n'en reviens pas d'être contrainte d'évoquer cela de vive voix.) La chambre donnant sur le royaume de Narnia, vous en faites quoi ?

Stephanie et la fille que personne ne m'a présentée me fixent sans comprendre. Je sais que le docteur Jessup et Muffy saisissent quant à eux l'allusion, la chambre donnant sur le royaume de Narnia ayant, tout comme le scandale des Coquelicots, fait l'objet d'articles dans la presse à sensation. Quand les étudiants ont évacué les locaux, en mai, nous avons découvert une chambre où les quatre occupants garçons avaient fait un trou dans le mur en cassant le fond d'un placard encastré. En ouvrant ce placard, on avait ainsi accès à la seconde pièce de leur « suite ». Ils y avaient établi un « donjon de l'amour » : sol entièrement recouvert de matelas, lampes à lave, instruments de percussion et posters de Prince Caspian sur toutes les surfaces verticales.

Le plus agaçant dans tout cela, c'est que les parents des quatre camarades de chambrée avaient eu le culot de refuser de prendre à leur charge les frais occasionnés par la réparation de l'armoire (et la fumigation des matelas) même après que je leur eus envoyé la preuve photographique des activités parascolaires de leur progéniture.

– T'inquiète ! réplique gaiement Muffy. La maintenance nous a déjà fait parvenir la liste des chambres qui nécessitent le moins de travaux de...

– La maintenance ?

Je me rappelle alors être tombée, dans le hall d'entrée, sur Carl et son échelle.

– Bien sûr, je murmure. Les ampoules...

– Exactement, embraye Stephanie. Le matin, les filles auront besoin d'un bon éclairage, pour se maquiller devant les caméras.

– Les caméras ?

Je jette un regard de panique au docteur Jessup, mais c'est Muffy qui répond :

– L'université de New York vient de se voir offrir une extraordinaire opportunité, pour laquelle c'est toi qu'il faut remercier, Heather.

Je devine le reste, tout en m'accrochant à l'espoir qu'il y a un malentendu.

– Quelle opportunité ?

Stephanie affiche un sourire crispé.

– Tania trouve que tu as si bien géré sa petite crise de l'autre soir qu'elle dit que le seul endroit où elle se sente désormais en sécurité pour filmer *Jordan aime Tania*, c'est Fischer Hall.

– Quand l'émission sera diffusée, ça va booster à fond la réputation de la résidence ! dit Muffy, enthousiaste. Adieu, le Dortoir de la Mort ! Bonjour, la résidence universitaire la plus courue du pays ! Tout le monde voudra vivre dans le bâtiment qui a accueilli le Camp d'été du rock.

En désespoir de cause, je me tourne vers le docteur Jessup.

– Mais... mais il est interdit de filmer sans autorisation dans aucune des résidences de l'université de New York.

Les mains dans les poches de son pantalon, le docteur Jessup se balance d'un pied sur l'autre.

– Que vous dire, ma chère ? réplique-t-il avec un grand sourire. Ils ont obtenu l'autorisation. Du président en personne.

Je jette un coup d'œil à Stephanie – dont le sourire est à présent chafouin.

– Je t'avais dit que le président Allington était un grand fan de Cartwright TV.

Je fronce les sourcils. Je dirais plutôt que le fils du président Allington est un grand fan de Stephanie et qu'il a fait pression sur son père – lequel n'a aucune idée de ce qui se passe sur son propre campus, trop occupé qu'il est à se terrer dans les Hamptons pendant le scandale des Coquelicots.

Je regarde la fille en jean et tee-shirt assise sur le canapé. Elle est si menue, si mignonne. Je suppose qu'elle est avec Cartwright TV. Une autre assistante de production, sans doute. Ou l'assistante personnelle de Stephanie. Bien que je saisisse mal pourquoi elle est vêtue comme une étudiante.

– Qui êtes-vous ? je demande, m'efforçant de paraître polie sans être certaine d'y parvenir. Une consultante pour le Camp d'été du rock ?

La fille écarquille les yeux et en reste bouche bée.

– Non Heather, dit le docteur Jessup en sortant les mains de ses poches. C'est l'autre bonne nouvelle de la journée ! Je vous présente la nouvelle directrice de Fischer Hall, Lisa Wu. Lisa, voici Heather Wells.

8

Deux heures du mat'
J'ai la baraka
Jusqu'à ce que tu partes
Avec cet autre gars.

J'aurais dû me casser
Mais elle m'a chopé
M'a dit « Viens bébé,
Viens on va planer. »

J'aurais pas dû écouter,
Rentrer à la maison direct
Mais je voulais pas me réveiller
Encore une fois seul sous la couette.

J'ai eu que ce que je méritais
Pour mon désir mal placé
Quand j'ai voulu lui dire adieu,
Elle a crevé tous mes pneus.

Maintenant je suis là, dans le froid
Dire que j'aurais pu te rendre si heureuse
Mon cœur est à toi,
Maintenant j'ai besoin d'une dépanneuse.

La Dépanneuse
Jordan Cartwright
Jason/Benjamin
Album *Jordan Cartwright se la joue solo*
Dans le *top ten* **dix semaines consécutives**

– Salut Heather ! dit la fille, bondissant hors du canapé, un grand sourire aux lèvres.

Se penchant au-dessus de mon bureau, elle me tend la main.

– J'ai tellement entendu parler de vous ! J'ai hâte qu'on commence à travailler ensemble.

Je fixe, stupéfaite, la fille qui se tient en face de moi.

– Euh... dis-je en mettant ma main dans la sienne et en la laissant me la serrer énergiquement. Salut. Moi aussi.

Je me tourne alors vers Sarah, pour m'assurer qu'elle ne rit pas. Peut-être s'agit-il d'une blague qui ferait partie de leur émission ? Serais-je victime d'un canular ?

Sarah guette ma réaction avec avidité.

Non, ça ne fait pas partie de l'émission. C'est bien réel. La fille, qui semble avoir une dizaine d'années de moins que moi, est bien ma nouvelle chef.

– Mais... je bafouille d'un ton piteux. Et Simon ?

– Simon ? demande Lisa, interrogeant du regard le docteur Jessup. C'est qui, Simon ?

Le docteur Jessup s'éclaircit la gorge.

– Il ne nous a pas paru convenir, pour Fischer Hall.

Stephanie, qui envoie un texto depuis le mobile qu'elle vient de tirer de son fourre-tout, fait la grimace :

– C'est de ce type roux que vous parlez ? Mon Dieu, non ! Ce n'était pas du tout la personne qu'il fallait.

Une seconde. Comment Stephanie connaît-elle Simon ? Faisait-elle partie du jury chargé d'*auditionner* mon nouveau boss, comme dans *Nouvelle Star*, ou Dieu sait quoi ?

– Ce que ça va être drôle ! dit Lisa. J'ai hâte ! Cinquante filles et une équipe de tournage de téléréalité ? Ça va être la folie !

Elle prononce ces derniers mots comme si c'étaient des paroles d'une chanson.

Tant mieux si elle est emballée. C'est loin d'être mon cas. Tout ce que m'a dit Sarah à propos de la femme qu'elle a vue dans le bureau du docteur Jessup me revient en mémoire. Je saisis mieux le sens de ses propos quant à la vivacité de Lisa. Elle est vive comme une *présentatrice d'émission de téléréalité*.

Que Lisa soit vêtue d'un jean et d'un tee-shirt pour son premier jour de boulot n'arrange rien. Ni ses cheveux relevés en queue-de-cheval et attachés avec un chouchou (qui porte encore des chouchous, à part pour se démaquiller ?). Et elle est en tongs. En tongs. Au bureau !

D'accord, c'est le look habituel de mes employés. Sauf qu'ils sont étudiants. Ils dorment jusqu'à midi quand ils le peuvent. Fument de l'herbe (du moins Gavin, même s'il prétend que c'est sur les conseils de son médecin, pour son trouble de déficit de l'attention) et agrémentent leurs chambres de « donjons de l'amour ».

Et ça, c'est censé être ma nouvelle boss ? Ouais. Cool.

– Mais vous êtes une véritable directrice de résidence ? je demande, retirant ma main de la sienne comme si je craignais qu'elle ne sorte un micro et ne me prie d'adresser trois mots aux téléspectateurs. Cartwright TV ne vous a pas fait passer une audition pour avoir le job, au moins ?

– Heather ! s'exclame Muffy.

Stephanie éclate de rire. Sarah aussi, quoique pour des raisons différentes. Le docteur Jessup semble amusé. Lisa Wu aussi.

– Non, répond-elle en souriant. Je suis une vraie directrice de résidence. J'ai ma maîtrise, et tout le tralala. J'accrocherai mon diplôme dans mon bureau dès qu'ils me l'auront mailé. J'avoue que c'est mon premier vrai poste...

Bien que je ne tienne pas à me montrer mal élevée, sans doute mon expression me trahit-elle. Car le docteur Jessup s'exclame :

– Nom de Dieu, Wells. Vous ne voyez donc pas pourquoi je l'ai embauchée ?

Je le regarde, surprise.

– Euh... non.

– Je me suis dit qu'elle vous conviendrait parfaitement ! explique-t-il. Vos chefs vous ont causé tant de soucis ces derniers temps. (Je remarque avec quel tact il évite de mentionner combien de directeurs, à Fischer Hall, ont fini morts ou condamnés pour meurtre – quand ils n'ont pas fait l'objet d'une promotion.) Je me suis dit que le Département du logement se devait d'aller dans votre sens. Lisa Wu, c'est vous... enfin, hormis le côté asiatique.

Je me tourne à nouveau vers Lisa Wu, désolée de constater la démence précoce du docteur Jessup.

C'est alors que je remarque un truc. Elle me ressemble un peu, en effet, en plus jeune et en plus mince. Et... en asiatique.

Je porte un jean et un tee-shirt. Enfin, pas exactement un tee-shirt, plutôt une jolie chemise en coton noire et ajustée, avec des plis sur le devant, créant un discret effet blousant là où j'en ai le plus besoin.

Je porte des tongs (quoique les miennes soient compensées et ornées de sequins). Et mes cheveux sont relevés en queue-de-cheval (il fait si chaud). Et on m'a reproché, de temps à autre, d'être très énergique... voire trop vive, même si je m'en défends.

Sans doute Lisa note-t-elle que je l'examine car elle sourit et dit, vaguement gênée :

– Quand le docteur Jessup m'a appelée pour m'annoncer que j'avais le poste, j'ai sauté de joie. Comme il se trouve que j'étais justement en ville, il m'a proposé de passer. Je lui ai expliqué que je n'avais pas la tenue adéquate, il m'a rétorqué que c'était sans importance... À vrai dire, j'étais chez Kleinfeld, pour les derniers essayages de ma robe de mariée...

– Vous allez vous marier ?

C'est trop bizarre.

– Ouais. Je ne me serais jamais imaginé faire les choses en grand, mais mes parents insistent, et ceux de Cory aussi. J'ai trouvé un modèle corset-jupe à volants adorable, un modèle de démonstration qui n'a coûté que cinq cents dollars.

Elle saisit un fourre-tout, à ses pieds. Contrairement à celui de Stephanie, ce n'est pas un sac de marque. On dirait un truc qu'on lui a filé gratis – ou à ses parents, plutôt – pour avoir fait un don au Téléthon.

– J'ai la photo de la robe, là, dans mon classeur de mariage, si ça vous dit de la voir...

Un classeur de mariage ? On n'a peut-être pas tant que ça en commun. Je commence à croire que Lisa Wu a des choses à m'apprendre.

– Si vous me permettez d'interrompre cette brillante conversation entre filles pour en revenir au sujet qui nous occupe... interrompt froidement Stephanie.

Je l'avais oubliée.

– Oh, bien sûr, dis-je, déçue de devoir passer à autre chose.

Un classeur de mariage ? Kézaco ?

– Le tournage débute ce week-end, à l'arrivée des filles dans la résidence. Il va donc falloir que je visite les chambres où elles seront installées.

Stephanie tire son propre classeur – qui n'a apparemment rien d'un classeur de mariage – de son fourre-tout et poursuit :

– Il y en a qui insistent pour que leurs mères soient là. C'est un coup dur pour l'émission, c'est certain. Pas question d'avoir une bande de mères abusives qui s'agitent et viennent tout gâcher. Bon... comment se débarrasser de ces vieilles pies ?

Muffy s'empresse d'expliquer, avec tact :

– Du point de vue légal, les moins de dix-huit ans ne sont pas autorisés à séjourner dans les résidences de l'université de New York. Pour rendre le tournage possible, on a donc songé à installer des lits superposés – ce sont les meubles qu'on vient de nous livrer – et à loger trois ou quatre filles par chambre, plus une maman en tant que « chaperon ».

– Ça craint ! fait remarquer Stephanie.

– Pas forcément, dis-je. On pourrait utiliser les suites. Comme ça, on met les filles dans les chambres du fond, et leurs mères dans les pièces donnant sur le couloir. De manière que les filles ne puissent pas filer en douce sans réveiller les mères.

– Ça craint encore plus ! rétorque Stephanie.

– Bonne idée, Heather ! approuve Muffy, ignorant la remarque de Stephanie. C'est la première chose que j'essaierais de faire si j'avais quatorze ans et que je passais l'été à New York : me procurer une fausse pièce d'identité et aller traîner dans les bars.

– À vrai dire, reprend Stephanie en tirant son BlackBerry de son sac, la chaîne est plutôt favorable à ce que les filles se fassent la belle. L'action, c'est bon pour l'audimat.

– Ah oui ? demande Lisa Wu. Imagine qu'une mineure sorte ni vu ni connu de ce bâtiment, qu'elle aille dans un bar, et qu'il lui arrive un truc épouvantable en centre-ville... Ça mettrait de l'action dans ton émission, c'est sûr. Mais ça ne donnerait pas une bonne image de nous, de Tania Trace et, en fin de compte, de ta chaîne. N'est-ce pas, Stephanie ?

Mon Dieu, Lisa Wu vient de dire tout haut ce que je pensais tout bas. Peut-être le docteur Jessup a-t-il fait le bon choix, après tout.

– Hein ? bredouille Stephanie, visiblement confuse.

– Je suis d'accord avec Lisa, dis-je. *Jordan aime Tania* est censé être une émission de téléréalité tournant autour d'un couple marié, pas *New York, unité spéciale*.

Cette fois-ci, Stephanie paraît saisir. Elle écarquille les yeux.

– C'était juste une idée en l'air. On appelle ça du brainstorming.

– Évidemment, dit Lisa avec un grand sourire, tu es chargée de faire de l'audimat, alors qu'on est censés fournir aux étudiants un environnement humain, sain et rassurant pendant la durée de leurs études. Je suis sûre qu'on va trouver un terrain d'entente.

Impressionnée, je me tourne vers le docteur Jessup. Où a-t-il dégoté Lisa Wu ? Si notre service en comptait dix comme elle – et dix Simon Hague de moins –, peut-être cesserions-nous d'être la risée du monde universitaire.

Le docteur Jessup est trop occupé à envoyer des textos

depuis son portable pour se donner le mal de regarder de mon côté.

– On va jeter un coup d'œil à ces chambres, mesdames ? demande-t-il. Loin de moi l'envie de vous presser, mais au service du personnel, ils veulent que je leur amène Lisa pour commencer à s'occuper des formalités...

– Tout de suite. Mais j'ai quand même une question... dis-je, m'adressant à Stephanie. Pourquoi Tania se sent-elle tellement en danger ? Je croyais que Bear n'avait simplement pas eu de chance. Tu nous l'as toi-même affirmé. Et tu n'as pas voulu en démordre, ce fameux soir.

– C'est ça, s'empresse de rétorquer Stephanie. La faute à pas de chance. Mais tu sais comment sont les stars de la pop, ajoute-t-elle, levant les yeux au ciel. De vraies divas !

S'ensuit un silence gêné. Possible que je me fasse des idées.

À moins que tous ne soient en train de penser, comme moi : « Mon Dieu ! Heather a été une star de la pop. Se comportait-elle en *diva* ? »

Ce n'est manifestement pas le problème de Stephanie, qui poursuit :

– D'ici à la naissance du bébé, Tania tient à demeurer à proximité de la ville et de son obstétricien. Évidemment, pour les Disques Cartwright, les désirs de Tania sont des ordres. Même la région des Catskill est trop loin à son goût. Et il lui semble que transférer le camp d'été dans le lieu agréable, familier et *délimité* que constitue le campus de l'université de New York, et non dans les bois – car regardons les choses en face, Tania n'a rien d'une fille de la campagne ! – lui permettra de se sentir plus à l'aise.

Je ne vois aucune logique dans tout ça, d'autant que Bear a été blessé à l'intérieur de la ville, à moins de vingt blocs du campus.

– Tania entame son deuxième trimestre de grossesse. Vouloir rester si près de son médecin me paraît un peu extrême. Peut-être son obstétricien, lorsqu'elle est allée le voir sur les conseils des ambulanciers, lui a-t-il donné des raisons de s'inquiéter pour sa santé ?

Là encore, il se pourrait que je projette, en raison de ma propre angoisse à ce sujet. Non que je flippe tant que ça. Il n'y a pas de quoi flipper. Ni de se tracasser le moins du monde, sauf que...

– Non, répond Stephanie, fixant tour à tour le docteur Jessup et Muffy, avec un petit rire (nerveux, à moins que je n'imagine des choses). Elle est en pleine forme, à part qu'elle fait un peu d'anémie, comme vous le savez. Tu crois qu'on la laisserait poursuivre le tournage si tel n'était pas le cas ?

« Oui », suis-je tentée de rétorquer. Au lieu de quoi, je me contente de :

– Bien sûr que non. Je tiens à m'assurer que tu... enfin, que tu ne nous caches rien.

– Que diable pourrais-je vous cacher ? demande-t-elle.

– Aucune idée. Tout ce que je sais, c'est que mon personnel en a bavé, cette année, et qu'il n'a vraiment pas besoin de...

Je réalise que j'ai intérêt à choisir mes mots avec soin.

– ... de davantage de drames. Donc si Tania a des soucis dont tu ne nous as pas fait part, le moment est venu de le faire.

121

– De drames ? Tu n'as pas lieu de t'inquiéter, Heather. Je te garantis que ce que nous filmerons ici, dans ton bâtiment, n'aura rien de dramatique. Juste la réalité sans fard, la vie comme elle vient.

Le hic, c'est que je connais trop bien Jordan pour qu'un tel argument me rassure : sa vie est un drame permanent. Et j'ai du mal à m'ôter l'idée – surtout vu ce que je sais d'elle – que Tania ne diffère pas de lui sur ce point.

9

Je ne sais, je ne sais
Si je tiens à me conformer

À cette loi séculaire :
Me servir de mes ovaires.

« Tu ferais une maman épatante ! »
Sauf que je ne sais pas si ça me tente.

Je suis piégée, je sens que je manque d'air
J'ai envie de disparaître sous terre.

Je ne sais même pas
Si je pars ou si je reste là,

En attendant, c'est un café qui me tente
Et il y a trop de poussettes dans cette file d'attente.

Trop de poussettes chez Starbucks
Écrit par Heather Wells

Il est de plus en plus difficile de trouver un bar cool où traîner après le boulot. Quand ils n'ont pas fermé du fait de l'escalade des loyers au centre de Manhattan, ils sont pris d'assaut par les étudiants – bien que l'été soit un peu plus calme de ce côté-là.

Si je n'ai rien contre les lieux fréquentés par des gens plus jeunes que moi, j'ai du mal à boire tranquillement un verre entourée d'étudiants new-yorkais. Selon mon cours d'introduction à la psychologie, ça s'appelle de l'hyper-vigilance.

– Hypervigilance mes fesses ! dit Tom Snelling.

De tous les chefs que j'ai eus à Fischer Hall, Tom est l'un des seuls à avoir eu une promotion. Tant mieux pour lui, tant pis pour moi, car j'adorais bosser avec lui.

Au moins, on assiste toujours l'un à côté de l'autre aux interminables réunions du personnel, et ensuite on va s'en jeter un.

Ce soir – où boire un coup s'impose –, je les ai retrouvés, lui et son petit ami Steven, dans un bar trop bien planqué au cœur du West Village pour attirer les étudiants. Le prix rédhibitoire des consommations aide, ainsi que la déco bizarre, à thème marin, à laquelle je trouve un charme désuet.

– Quand un gamin tombe face contre terre de son tabouret après avoir bu trop de tequila cul sec, et que tu sais qu'il fréquente la fac où tu travailles, ça ne s'appelle pas de l'« hypervigilance », ça s'appelle une soirée fichue, nuance Tom.

– Bien vu, dis-je en choquant ma chope de bière à dix dollars contre la sienne.

Nous sommes assis près de la vitrine, dans un box conçu pour évoquer la cambuse d'un navire. Dehors, les gens s'empressent de regagner leur logis après le bureau, la tête penchée sur leurs portables tandis qu'ils font des projets pour la soirée. Dans leur hâte à envoyer des textos, certains manquent de se rentrer dedans, ou de heurter l'un des nombreux arbres qui longent la rue encore éclairée par la lueur du soleil. Au bout des laisses, on voit toutes sortes de chiens lever la patte arrière sur les troncs, bien que de petites pancartes prient leurs maîtres de les conduire au caniveau.

Je pourrais me reprocher de ne pas avoir couru chez moi pour sortir ma chienne, mais depuis que Cooper a installé une chatière, je sais que Lucy peut sortir dans le jardin dès qu'elle en éprouve le besoin. Certes, ça ne vaut pas une vraie balade. Mais si j'en crois le texto que j'ai reçu alors que je m'apprêtais à quitter le boulot, Cooper a promené Lucy plus tôt dans la journée, avant de se rendre à un mystérieux rendez-vous dont il refuse de me révéler la nature. Il doit néanmoins, ensuite, passer boire un verre avec nous.

Cette situation n'a rien d'étrange. Cooper s'exprime peu sur son travail. En tant que détective privé, il est très sensible à la dimension « privée » des volontés de ses clients. C'est une chose que j'ai toujours admirée chez lui, même si en étant chargée, comme je le suis, de ranger, de classer et d'envoyer ses notes de frais, je suis pas mal au courant de ce qu'il traficote. S'il n'aime pas trop aborder le sujet c'est sans doute qu'il craint de blesser ma sensibilité de femme, nombre d'affaires sur lesquelles il enquête ayant trait à des divorces litigieux – et son job consistant donc à fournir la preuve photographique de l'infidélité du futur ex-conjoint. On a tous nos petits secrets. Il est bon de savoir qu'il y a des gens qui sauront les garder.

– C'est même plus qu'une soirée fichue, dis-je à Tom et Steven, quand la gamine a quatorze ans et qu'on la laisse en liberté dans la ville alors qu'elle participe au camp d'été de Tania Trace, lequel se déroule dans le bâtiment où tu bosses... qui se trouve être filmé par une équipe de télé pour le compte d'une chaîne dont les propriétaires sont les parents de ton petit ami.

– Nom de Dieu ! s'exclame Tom. Pour ça, il n'y a pas de mot assez fort.

– Eh ben, c'est ce que je vais me coltiner pendant les deux semaines qui viennent.

– Steven et moi prierons pour toi.

Se souvenant de l'enfant de chœur qu'il a été avant de faire son coming out (aujourd'hui, sa mère prétend avoir toujours su qu'il était homo, et n'y trouve rien à redire du moment que Steven et lui adoptent un adorable petit bébé chinois comme le couple gay dans cette sitcom trop marrante), Tom fait le signe de croix avec sa chope de bière.

– Comment ton personnel étudiant prend-il la nouvelle ? demande Steven. Y voient-ils l'occasion de leur vie pour tenter de se taper Tania Trace ? Parce que mes gars, eux, ne causent que de ça.

Steven est entraîneur de l'équipe de basket de la fac.

– Ils pensent sérieusement avoir leur chance, vu qu'ils résident dans le bâtiment.

– Je doute fortement qu'ils parviennent ne serait-ce qu'à l'approcher, dis-je. Elle a des gardes du corps. Ou du moins elle en aura, une fois remplacé celui qui s'est fait tirer dessus. Et ils réalisent qu'elle est mariée et enceinte, non ? Certes on peut être mariée, enceinte et incroyablement sexy, mais pour un ado...

Steven lève les yeux au ciel.

– Laisse tomber. C'est une femme. Pour ces mecs, c'est tout ce qui compte. Ils seraient prêts à se taper un arbre, pour peu qu'il soit du genre féminin.

Je me mordille la lèvre.

– En tout cas, qu'ils n'aillent pas se mettre en tête de se taper les participantes du camp d'été. Elles sont mineures.

– Je le leur rappellerai, m'assure Steven. Mais je serais étonné qu'ils s'intéressent à une gamine de seize ans venue du fin fond du Kansas alors que Tania Trace est dans le coin, enceinte ou pas. Alors, comment réagit ton personnel ?

– J'en sais rien. Ils ont des horaires tellement délirants que je ne les vois presque pas. (Sauf, bien sûr, si je leur ai donné de l'argent pour acheter des pizzas.) Je leur ai envoyé un mail collectif. J'ai eu droit, en guise de réponse, à trois smileys, à quatre messages consistant en une suite de points d'exclamation, et à une longue diatribe de Gavin (le contraire m'aurait étonnée) contre le fléau de la téléréalité – à laquelle il oppose les fictions, ne manquant pas de mentionner combien les auteurs comme lui-même vont souffrir dudit fléau. Comme si je pouvais changer la nature de l'émission.

En faisant visiter le bâtiment à Stephanie Brewer et à deux autres des producteurs de l'émission – de combien de producteurs avaient-ils donc besoin pour cette seule émission ? –, j'ai pris conscience de la faible proportion de « réalité » que contient la téléréalité. Stephanie et l'autre producteur, un grand type dégingandé du nom de Jared Greenberg, décidaient déjà des lieux où l'on filmerait (essentiellement dans les chambres où logeraient les filles, Jared et Stephanie ayant jugé, après inspection, que les parties communes de Fischer Hall « n'allaient pas du tout »).

« L'horreur absolue », c'est ainsi que Jared avait décrit la cafétéria quand je les y avais conduits.

127

À moi, il semble pourtant que la cafèt', une ancienne salle de bal, conserve une certaine classe, avec son immense lustre (d'accord, les ampoules néon, il y a plus chic) suspendu à la verrière de la rotonde, à six mètres au-dessus du sol. Certes, les décennies écoulées lui ont fait perdre un peu de son éclat Belle Époque. Ainsi que le corps qui a chuté dessus l'année dernière.

– Nous sommes en travaux, ai-je expliqué, sur la défensive, en voyant leur regard s'arrêter sur les bâches de plastique blanc qui recouvrent chaises et tables entassées, et en entendant Stephanie pousser un cri à cause de ce bruit de pattes qui s'est fait entendre quand j'ai allumé la lumière.

L'histoire a bien fait rigoler Tom et Steven. Les distingués producteurs de télé, terrifiés par quelques petites souris...

N'empêche qu'assise là, dans ce joli bar presque désert, avec deux amis et une bière hors de prix, je me suis demandé avec une vague tristesse si nous n'étions pas plus bizarres que les producteurs en question. Tout le monde n'a-t-il pas peur des souris ? Que déduire du fait que ce ne soit pas notre cas ?

Ce qu'il faut en conclure, me semble-t-il, c'est que nous avons été confrontés à des choses bien plus effrayantes – des choses dont je n'ai pas parlé à l'équipe de *Jordan aime Tania* pendant qu'ils se demandaient si la cafétéria pourrait constituer un bon décor pour leur émission.

– Et si on apportait nos tables et nos chaises – les meubles super *hype* qu'on a utilisés pour *Ça va secouer dans la casbah !* – tu te souviens, Stephanie ? a demandé Jared.

– Même si on me payait, je ne mangerais pas ici, a-t-elle répliqué en frissonnant.

– Rien ne t'y oblige, a rétorqué le premier d'un ton cinglant. Ce sont les filles qui y mangeront. On fera livrer les repas. Aux frais de la chaîne, bien sûr.

Ça m'a vexée. D'accord, l'université de New York a recours à la même entreprise de restauration que la prison d'État... Mais l'entreprise en question approvisionne aussi quelques-unes des meilleures chaînes de restaurants du pays.

Et Julio, le responsable de l'entretien, a très bien retiré les restes du corps, sur l'extérieur de la verrière. Je n'y avais jamais songé avant d'occuper ce poste (et je n'ai aucune raison d'en parler à l'équipe de *Jordan aime Tania*), mais nettoyer les traces de liquide sur les trottoirs, sols, fenêtres ou toits sur lesquels atterrissent les corps ne fait pas partie des attributions de Police secours. Le médecin légiste se contente d'emporter le cadavre. Tout ce qui en a suinté relève de la responsabilité du bâtiment.

Ça, c'est ma fonction de directrice adjointe qui me l'a appris. C'est pourquoi j'ai décidé que si je devais me suicider un jour (parce que j'aurais découvert que je souffre d'une maladie douloureuse et incurable, par exemple, ou que les singes, soudain devenus super intelligents, s'apprêtent à réduire l'espèce humaine en esclavage), je le ferais dans une baignoire, une douche, ou dans tout autre endroit facile à récurer, afin d'éviter que mon proprio, ou une malheureuse femme de ménage ou concierge (ou, dans le pire des cas, un membre de ma famille) ne soit contraint de nettoyer ma merde – littéralement. Ce qui ne serait pas juste et ne laisserait pas une bonne image de moi.

Mon portable vibre. Je m'en empare.

– Oh ! Une seconde. Encore un texto de mon staff étudiant... dis-je. Brad pense que c'est l'occasion ou jamais... je cite... « de coucher avec Jordan Cartwright ».

– Moi non plus je ne serais pas contre, avoue Tom avec un grand soupir.

Steven lui donne un petit coup de coude et Tom recouvre ses esprits. Il fait « oups » et me regarde d'un air coupable.

– Mon Dieu, Heather. Désolé, j'avais oublié.

Je hausse les épaules.

– T'inquiète. Ça me plaît de penser que je suis désormais tellement normale et terre à terre que tout le monde oublie que j'ai appartenu au grand cirque Cartwright. Je prends ça comme un compliment.

Nouveau bourdonnement de mon portable.

– Oh, chouette ! Cooper nous rejoint, dis-je après avoir lu le texto qui s'est affiché sur l'écran.

Quelle qu'ait été la nature de son rendez-vous, ça l'a perturbé. Il néglige l'utilisation des majuscules et de la ponctuation.

– À ce qu'on dirait, lance Tom avec un coup d'œil à Steven, tu fais toujours partie du grand cirque Cartwright.

Je suis distraite, occupée à répondre au texto de Cooper :

– Ah, oui, et pourquoi ? À cause de ce truc avec Tania ?

– Parce qu'il est clair que tu sors avec Cooper, garce sans cervelle, réplique Tom.

Une telle expression est, chez lui, une marque d'affection. Un peu comme Magda, de la cafèt', qui appelle les étudiants ses « stars de ciné ».

– Tu croyais qu'on n'allait pas s'en rendre compte ? insiste-t-il. Tu auras beau répéter que vous êtes seulement amis...

Steven en rajoute une couche :

– Tu as les yeux qui brillent dès que tu parles de lui. Et à la façon dont il te regarde, on devine qu'il est amoureux.

– Ah oui ? je demande, ravie...

... Bien que nous nous efforcions de garder notre relation secrète, et que je sache déjà que Cooper est amoureux de moi. Il me l'a dit lui-même, de nombreuses fois.

– Sans parler du fait que vous avez été scotchés tout l'été, reprend Tom. Quand on t'a proposé de venir voir avec nous la dernière comédie romantique avec Reese Witherspoon, tu y as même traîné ce malheureux...

– Il aime les comédies romantiques ! dis-je. *La croisière s'amuse* est l'une de ses séries télévisées préférées.

– Je comprends que vous ne vouliez pas le crier sur les toits, poursuit Tom, ignorant mes paroles. Sortir avec le frère de son ex, c'est gênant, quelles que soient les circonstances. Et plus encore dans ton cas, vu le côté « monstres de foire » de la famille Cartwright. Cela dit, vous êtes tous adultes et vaccinés. Ça ne devrait pas faire trop de vagues.

– Pas sûr.

Je me rappelle comment Jordan a réagi, chez les Allington, à la suggestion que Cooper et moi sortions ensemble. Ça n'augurait rien de bon.

Je ne suis pas parvenue à me sortir de la tête cette image de Tania, la dernière fois que je l'ai vue. Blottie sur le canapé des Allington, elle semblait si perdue, si seule... avec pour unique allié son chien, auquel elle s'agrippait comme à la seule créature au monde à laquelle elle puisse faire confiance. N'est-ce pas Jordan qui aurait dû la soutenir ? Quelque chose a l'air de clocher dans leur relation.

Bon, je ne doute pas que lorsque le bébé sera là, Jordan et Tania seront trop absorbés par leur nouveau bonheur pour prêter attention à ce qui se joue autour d'eux. Cooper et moi pourrons alors partir nous marier quelque part, et tout passera comme une lettre à la poste... jusqu'à ce que les gens commencent à demander quand *nous* comptons avoir des enfants.

– Tu as déjà appris la nouvelle à Cooper ? demande Steven.

J'écarquille les yeux.

– Au sujet de mon endométriose ? Mon Dieu, non !

Comment Steven sait-il ? Je ne me suis confiée à personne.

Avant que Tom ait pu réagir, je réalise que ce n'est pas à ça que Steven faisait allusion.

– Je veux dire...

– Je crois que Steven voulait parler du fait que l'émission du frère de Cooper va être tournée sur ton lieu de travail, précise Tom, écarquillant les yeux. Mais si tu préfères nous tenir informés de l'état de ton vagin, je t'en prie, ne te gêne pas.

Steven repose brutalement sa bière sur la table, faisant gicler une partie de son contenu.

– Non, mais oh !

– C'est elle qui a abordé le sujet, proteste Tom, affectant la candeur. Alors, Heather, tu tiens à nous dire quelque chose au sujet de ton vagin ?

– Je crois que c'est de son utérus que tu veux parler, rectifie Steven.

– Non, dis-je d'un ton catégorique, le rouge me montant aux joues. Je n'ai rien à dire sur mon utérus. Je suis désolée, je pensais à autre chose. Vraiment désolée. J'ai été un peu préoccupée ces temps-ci. (Je secoue la tête.) De toute évidence, je n'ai pas assez d'amies filles.

– Ça ne doit pas être facile, compatit Tom. Avec Magda transférée au Café Coquelicot et Patty qui n'est pas là...

Patty, ma meilleure amie, est mariée au célèbre rocker Frank Robillard. On a beau se parler souvent au téléphone et s'envoyer quantité d'e-mails, je ne tiens pas à l'embêter avec mes soucis, quand les siens sont autrement plus sérieux : elle suit son mari dans sa tournée internationale avec leur enfant en bas âge, leur bébé à naître, et une bande de musiciens qui se comportent comme des gamins et nécessitent, comme eux, une surveillance permanente. Je me borne presque exclusivement à lui envoyer des vidéos marrantes dégotées sur le Net, histoire qu'elle puisse rigoler un coup au terme d'une longue journée.

– Je vais bien, dis-je. Ne vous inquiétez pas. D'ici deux jours, je nagerai dans les œstrogènes. Lisa s'installe parmi nous, sans parler des filles du camp d'été...

Lisa Wu m'a expliqué que sa famille, qui réside à Staten Island, venait les aider à emménager ce week-end, elle et son fiancé Cory, qui travaille pour une société d'investissement. Contrairement à moi, en tant que directrice de la résidence, et parce que son poste exige qu'elle puisse intervenir à toute heure du jour et de la nuit, elle dispose d'un appartement de fonction à l'intérieur du bâtiment. Il s'agit d'une superbe suite située au seizième étage, avec vue sur l'Hudson, Greenwich Village et SoHo. Ignorant quand elle serait à nouveau habitée, et par qui – à cause de la perte de notre dernier directeur en date –, la maintenance et l'entretien ont fait en sorte qu'on puisse s'y installer d'un jour à l'autre. Julio et son neveu Manuel ont remis à neuf le parquet d'acajou jusqu'à ce qu'il brille comme un miroir et Carl, le chef de la maintenance, a fait repeindre les murs du salon d'un bleu pastel très féminin, et la salle de bain et la cuisine d'un délicat ton crème.

Le jeu en valait la chandelle : en entrant dans l'appartement, Lisa a eu le souffle coupé.

– Cory va en chier dans son froc ! s'est-elle extasiée, à ma grande surprise et – à en croire l'expression de ce dernier – à celle du docteur Jessup.

– Tu es sûre que Cory est un mec ? me demande Tom quand, au bar, je lui relate cet épisode. Ce n'est pas un mariage homo ? Ce serait génial. On manque de lesbiennes dans le personnel. Dommage que Sarah ne soit pas...

– Tom ! le reprend Steven.

– C'est juste qu'elle pourrait trouver mieux que Sebastian.

Steven hoche la tête. Il lui en faut beaucoup, pour se résoudre à critiquer quelqu'un.

– C'est vrai qu'il est un peu...

– Con ?

Cooper se glisse dans notre box.

– Cooper !

Je suis sous le choc. Je ne l'ai pas vu entrer dans le café, ce qui ne me ressemble guère. En principe, dès qu'il pénètre dans une pièce, mon regard se porte instinctivement vers lui. Pas tant parce que j'en suis amoureuse qu'à cause de ce qui émane de lui. Pas de la virilité, à proprement parler – il ne fait pas de body-building et n'est pas forcément l'homme le plus grand ou le plus en forme de la pièce. Mon prof d'introduction à la psychologie mettrait sûrement ça sur le compte des phéromones.

Mais dans la mesure où son travail l'oblige à être discret quand la situation l'exige, pas étonnant qu'il ait pu nous prendre tous les trois au dépourvu.

– Con. Mais je ne devrais peut-être pas prononcer ce mot chez *Dick*[1]. C'est un bar gay ?

Tom part d'un fou rire, tandis que Steven, s'emparant du menu, désigne un mot écrit en caractères minuscules, juste au-dessus du fameux « Dick ».

– *Moby* Dick, rectifie Steven. Comme le génial roman d'Herman Melville. C'est pour ça que les murs sont décorés de harpons et de filets de pêche. En hommage à Herman Melville.

Cooper n'en croit pas un mot.

– Bien sûr.

Il jette un coup d'œil au serveur à l'air blasé qui vient de s'approcher de notre table.

– Je vais prendre un... Nom de Dieu, c'est quoi ces prix ! Une pression... n'importe laquelle ! Et un whisky. (Il se tourne vers moi.) Tu ne devineras jamais avec qui j'ai passé la journée.

Je n'en reviens pas. Aurait-il l'intention de me parler de son boulot ?

– Le fait que tu aies commandé un whisky me met sur la piste, dis-je. Tu n'es pas du genre gros buveur, sauf dans certaines situations. Tu as passé du temps avec ta famille ?

_____

1. En argot anglo-américain, *dick* désigne l'organe sexuel masculin. C'est aussi une insulte, qu'on pourrait traduire par « con ».

Son froncement de sourcils suffit à répondre à la question.

Étonnée, j'embraye :

– Mais je te croyais en rendez-vous de...

– Précisément ! J'avais un rendez-vous. Un certain M. Grant, d'après la femme qui s'est chargée de le fixer. Je me suis rendu à l'adresse qu'elle avait donnée pour constater, une fois sur place, que je me trouvais dans les nouveaux locaux de Cartwright TV. Là, j'ai commencé à flairer l'embrouille. Mais ce n'est qu'une fois face à Grant Cartwright, assis derrière son bureau, que j'ai compris de quoi il retournait.

Je grimace en m'imaginant la scène.

– Ça a dû être... désagréable.

– En effet.

Il regarde Tom et Steven. On dirait qu'il vient juste de les apercevoir, alors qu'ils ont déjà eu la conversation sur le nom du bar.

– Salut ! Ça va comment, les gars ?

– Mieux que toi, apparemment, dit Tom.

– Grant Cartwright ? demande Steven, cherchant à saisir la situation. Le PDG des Disques Cartwright... et ton père ?

– Mouais, grogne Cooper.

– Il voulait quoi ? je demande.

Ça m'intrigue. Cooper déteste tant sa famille et lui parle si peu que je ne suis pas surprise d'apprendre que son père a dû recourir à un subterfuge pour s'entretenir avec lui.

– Me proposer du boulot.

Ça, en revanche, ça m'étonne. La dernière fois que Grant Cartwright a proposé un job à son fils, c'était pour chanter dans Easy Street, le boys band qu'il venait de constituer. La proposition avait été si mal reçue qu'il en était résulté une brouille qui dure encore aujourd'hui.

– Quel genre de boulot ? je demande, avec l'angoissante impression que je le sais déjà.

Les boissons de Cooper arrivent. Le voir descendre son whisky et avaler d'un trait la moitié de sa chope de bière ne fait que confirmer mes soupçons. Seule sa famille peut le chambouler à ce point-là. Enfin, il y a d'autres trucs qui le chamboulent, mais ils sont intimes et ne concernent que lui et moi – et je jurerais qu'il les apprécie.

– Tu te sens mieux ? demande Tom à Cooper quand celui-ci repose son verre à whisky vide.

– Pas vraiment.

Il fait signe au serveur de lui en apporter un autre. J'insiste :

– Un job à plein temps ? Genre un poste dans sa compagnie ou du travail d'enquête ?

– Oh, pour un job à plein temps, c'en est un.

J'avale ma salive. Puis, craignant la réponse tout en étant quasiment sûre de la connaître :

– C'est lié au fait que le camp d'été de Tania Trace a été transféré à Fischer Hall ?

– À vrai dire, oui. Mon père veut que je remplace le garde du corps de Tania.

J'éclate de rire. Allez savoir pourquoi ! C'est tellement absurde. Pas que Cooper travaille comme garde du corps – je ne doute pas qu'il excelle dans cette fonction. C'est la perspective qu'il devienne le garde du corps de *Tania Trace*, laquelle est mariée à mon ex, qui m'a quittée pour elle. Et maintenant je suis fiancée avec le frère de cet ex.

137

Je regarde Tom et Steven. Eux aussi se mettent à rire. Oui, ça nous amuse tous beaucoup, d'imaginer Cooper en garde du corps de Tania Trace.

Mais quand je me tourne vers lui, je vois qu'il fronce les sourcils. Lui, il n'a pas l'air de trouver ça drôle. Mon rire s'étrangle.

– Une seconde. Tu n'as quand même pas dit « oui » ?

– En fait... si, dit-il alors qu'arrive son second whisky.

10

Mon cœur je te l'ai donné
Je n'avais rien, à part toi
Pour elle, tu m'as quittée
Soi-disant qu'elle est mieux que moi.

Mais maintenant je te remercie
De m'avoir libérée
Oui, je te dis merci
De l'avoir préférée.

Car mon homme à présent
Vaut mieux que ceux qui l'ont précédé
Et l'amour que je vis maintenant
Tu ne comprendras jamais ce que c'est.

Alors maintenant je te remercie
De m'avoir libérée
Oui je te dis merci
Et ne me demande plus en amie sur Facebook !

Merci
Écrit par Heather Wells

Quelques heures plus tard, Cooper se détache de moi en roulant sur le côté du lit, et reste étendu sur le dos, le souffle court, sous l'œil vigilant – et rassurant, en ce qui me concerne – des poupées de tous les pays.

– Tu te sens mieux ? je lui demande.

De retour du bar, je lui ai proposé un massage en

profondeur. Pour l'aider à se remettre de sa journée stressante, c'était le minimum que je puisse faire.

– On ne m'a jamais massé comme ça ! répond-il.

– Je n'ai pas reçu de véritable formation.

– Ça ne m'a pas gêné. Je m'inquiète juste de ce qu'elles pensent de nous.

Il désigne les poupées d'un signe de tête. Miss Mexique est la plus spectaculaire, avec sa robe de flamenco rose vif et son peigne pointu, au dessin élaboré. Miss Irlande est celle qui me cause le plus d'inquiétude. En tissu, elle a, sous sa jupe rouge décorée de feuilles de trèfle, des cure-pipes en guise de jambes. Ma mère a visiblement attrapé la première poupée venue avant d'aller prendre son avion. J'ai toujours accordé beaucoup d'attention à Miss Irlande, craignant que le raffinement de Miss Mexique ne finisse, au fil des ans, par lui coller des complexes.

– Oh, dis-je. Elles sont très tolérantes.

– Tant mieux.

Il roule sur son côté du lit, afin de prendre le verre d'eau posé sur sa table de chevet – après une séance comme celle à laquelle je viens de le soumettre, il est recommandé, voire nécessaire, de s'hydrater – pour se retrouver nez à nez avec Owen, notre chat roux et tigré. Perché sur la table, Owen l'observe.

– Nom de Dieu ! s'exclame Cooper, surpris. Autant avoir des caméras dans la chambre et produire notre propre émission de téléréalité !

– J'ai proposé qu'on aille chez toi, dis-je en levant mon index de façon qu'Owen quitte la table de nuit pour venir sur le lit.

140

Car tous les amoureux des chats le savent, ceux-ci ne résistent pas à un index dressé, invitation irrésistible à venir se frotter la tête dessus. Owen ne faisant pas exception à la règle, il saute sur le lit, ce qui permet à Cooper de saisir son verre d'eau.

– Comme ça, on n'aurait pas de public.

– Non, rétorque Cooper après avoir bu la moitié du contenu de son verre. Je préfère ta chambre à toi.

Il n'a pas besoin de m'expliquer pourquoi. Situé à l'étage du dessous, son chez-lui est beaucoup plus grand que le mien. Mais il est « coopérisé » : les rideaux ne ferment pas complètement (surtout dans la chambre à coucher), des livres et des papiers s'entassent çà et là et un minimum de cinq paires de chaussures traînent au centre de chacune des pièces « parce que comme ça, au moins, je les retrouve facilement ». J'avoue quant à moi ne pas saisir l'utilité d'avoir sept flacons d'après-shampoing presque vides sur son étagère de salle de bain. Cooper non plus, à ce qu'il semblerait, vu qu'il passe le plus clair de son temps à mon étage, ne le quittant que pour utiliser sa chambre afin de se changer, son bureau, et sa cuisine – extraordinaire, je dois bien l'admettre. Même les animaux se sentent mieux chez moi – sauf quand nous sommes dans la cuisine d'en bas. À mon étage, il n'y a qu'une kitchenette.

S'il y a un truc sur lequel je me bats, c'est pour que nous engagions une femme de ménage, d'autant plus que la cousine de Magda dirige une entreprise de nettoyage. Bien que l'idée fasse horreur à Cooper – qui a grandi entre le Westchester et un gigantesque appartement avec toit-terrasse à Manhattan, entouré d'une armée de nounous, de femmes de chambre, de cuisinières et de chauffeurs –, je suis bien décidée à gagner cette bataille. Pourquoi deux personnes qui travaillent ne se cotiseraient-elles donc pas pour en payer une troisième, dont c'est le métier, afin qu'elle vienne faire le ménage chez eux ? Il est pour ainsi dire anti-patriotique de s'en dispenser, surtout dans le contexte éco-nomique actuel. Nous privons quelqu'un de précieuses heures de travail.

J'ai presque réussi à convaincre Cooper.

– Alors... lui dis-je maintenant que nous nous sentons plus détendus et que le chat s'est roulé en boule entre nous deux, tandis que Lucy ronfle doucement dans son panier. Je comprends que tu n'aies pas eu envie d'en parler devant Tom et Steven. Mais dans ce cas précis, tu ne penses pas que tu devrais faire une entorse à la déontologie en te confiant à moi ? je lui demande, me blottissant contre son torse.

Sauf pour nous annoncer qu'il avait accepté la mission proposée par son père, Cooper a refusé d'évoquer ce qui s'est passé dans les bureaux de Cartwright TV. Au bar, il s'est contenté de prendre une deuxième bière avant d'engouffrer une assiette de fish and chips, des huîtres frites, et la moitié du panier de sticks de mozzarella panée que j'avais commandé. (La mozzarella panée a beau être ce que je préfère au monde, je n'ai pas protesté plus que ça. Je venais de calmer mon appétit avec une pizza margherita.) J'insiste :

– Car dans ce cas précis, la cliente n'est autre que ma future belle-sœur, et elle va travailler dans mon bâtiment ! Je trouve donc normal d'être tenue au courant.

– Pourquoi crois-tu que j'ai accepté cette mission ?

demande Cooper, levant le bras pour que je puisse davantage me serrer contre lui.

Je suis perplexe.

– Ton père t'a proposé un million de dollars ? je demande, pleine d'espoir.

Si avec ça, on ne peut pas se payer une femme de ménage une fois par semaine, s'acheter de nouveaux rideaux, faire repeindre tous les murs et nettoyer toutes les vitres de la maison – qui en ont d'ailleurs sacrément besoin... Et, pourquoi pas, installer un jacuzzi dans le jardin.

– Non, pas autant ! s'esclaffe-t-il. Bien que je lui aie demandé le triple de mon tarif habituel, et qu'il n'ait pas bronché. Si je dois passer mon temps avec Tania, que ce soit au moins compensé par le fait d'être bien payé !

– Oui...

Je fais glisser mon index le long de son bras, jusqu'à cette montre archi-compliquée que je ne l'ai jamais vu retirer. D'où vient cette manie qu'ont les hommes de toujours vouloir savoir quelle heure il est... même par cent mètres de fond ?

– Quelle quantité de temps, *au juste*, vas-tu devoir consacrer à Tania ?

– Tout le temps qu'elle passera à Fischer Hall. À peine l'auront-ils fait remonter dans la Maybach chargée de la ramener sur Park Avenue que j'aurai fini ma journée. Tel est l'accord conclu avec mon père : je n'accepte de protéger Tania que pendant les heures où sa présence à Fischer Hall met ta vie en danger. Le reste du temps, ils se débrouilleront autrement.

– Une seconde ! (Je relève la tête pour le fixer droit dans les yeux.) Comment ça ? En quoi la présence de Tania metelle ma vie en danger ? Ou la vie de qui que ce soit ? Je croyais que son garde du corps s'était pris une balle perdue...

Cooper a un sourire désabusé.

– S'il y a encore des gens pour croire qu'il s'agissait d'une balle perdue, pourquoi cette brusque décision de filmer l'émission à l'université de New York ? Tu as une idée de ce que ça doit coûter à Cartwright TV de renoncer à tourner dans cette station des monts Catskill sécurisée à coups de millions de dollars ?

À présent, je me suis redressée et je presse contre moi les draps violet foncé Calvin Klein – bien trop chers pour moi, je le reconnais, même si je les ai eus en solde dans une boutique discount. Le torse de Cooper est recouvert d'une fine couche de poils noirs. Les torses imberbes, ce n'est pas mon truc. Jordan avait coutume de s'épiler à la cire, afin de donner de lui-même une image rassurante à un public essentiellement constitué d'adolescentes.

– Ils sont en train de meubler toutes les chambres. Et d'investir dans la cafèt', pour qu'elle soit opérationnelle d'ici deux jours. Ça doit coûter les yeux de la tête.

– Même si l'université met sans doute gratuitement ses locaux à disposition. Vu la pub que ça va lui faire, c'est un investissement...

– À *condition* que l'émission montre la fac sous un bon jour, dis-je dans un murmure, en repensant aux horribles choses suggérées par Stephanie Brewer (comme laisser les filles s'enfuir sans chaperons dans la ville, histoire qu'il y ait de l'« action »).

– En tout cas, il y a de quoi se poser des questions, conclut-il avec un haussement des épaules, l'affaire Tania n'occupant visiblement plus ses pensées. Bon. Quels tristes aperçus de misérables existences nous as-tu enregistrés pour ce soir ?

S'il en a fini avec le sujet, moi pas.

– Une seconde !

Je ne peux m'empêcher de repenser à l'expression de Jordan, ce fameux soir, dans l'appartement des Allington. Il avait failli dire quelque chose. Quelque chose de trop effrayant, peut-être, pour qu'il l'exprime à voix haute.

– De quoi Tania a-t-elle si peur ? Tu lui as posé la question ? A-t-elle réellement reçu des menaces ?

Avec un soupir, Cooper lâche la télécommande.

– Mon père jure ses grands dieux que non et qu'elle va bien... qu'elle est juste un peu secouée par ce qui s'est passé devant la boîte de nuit de Christopher. Et vu qu'on a si remarquablement géré sa crise de la semaine dernière, à Fischer Hall...

Je ne peux m'empêcher de ricaner.

– Stephanie Brewer m'a sorti la même chose presque mot pour mot.

– Eh bien, c'est peut-être vrai. Son garde du corps habituel – Bear travaillait pour elle depuis deux ans – étant momentanément HS, il se pourrait que Tania veuille être entourée de gens en qui elle a confiance, surtout dans l'état où elle se trouve.

– Dans l'état où elle se trouve ? Elle va avoir un bébé, c'est tout. Il y a des milliers d'années que les femmes ont des bébés, parfois au milieu des champs et sans analgésiques, tout en devant fuir des mammouths à la toison épaisse !

Cooper écarquille les yeux.

– Tu es sûre que ça va ? demande-t-il.

– Oui. Évidemment que ça va.

Faut que je me calme un peu. Certes, Tania m'a déjà piqué l'un des frères Cartwright et, maintenant qu'il l'a mise enceinte, elle profite de l'« état où elle se trouve » pour embaucher le second frère afin qu'il la protège – ou du moins, son beau-père le fait.

Mais ça ne signifie pas qu'elle va me piquer Cooper. D'abord, parce qu'il est amoureux de moi, ensuite parce qu'elle est mariée et qu'elle va avoir un enfant. Et puis, qu'elle s'avise de toucher à Cooper et je ne réponds de rien. Ce ne sera pas comme quand je l'ai surprise avec Jordan : pour Cooper, je me battrai ! Car mon amour pour lui est une supernova éblouissante alors que celui que j'avais pour Jordan tenait plutôt du pétard mouillé que personne n'arrive à allumer un soir de 14 juillet sous la pluie.

– Passe-moi le verre d'eau, tu veux bien ? dis-je à Cooper.

Car je ferais sans doute bien de m'hydrater. Cooper y va fort lui aussi, rayon massages thérapeutiques. Et Patty a une théorie, comme quoi cinquante pour cent des soucis de l'existence peuvent être résolus si on prend le temps de s'arrêter pour boire un verre d'eau. Je bois ce qu'il en reste, puis :

– Écoute. Tu réalises que, vu le degré de notoriété de Tania, il est peu probable qu'il n'y ait pas des cinglés qui la harcèlent ? D'après Stephanie, elle a combien de fans sur Facebook ? Vingt millions ou quelque chose comme ça ? Désolée, mais même de mon temps, avant que les réseaux sociaux prennent une telle importance et alors que mon succès n'était pas comparable à celui de Tania, il y avait des tarés pour vouloir forcer l'ado que j'étais à les épouser !

Cooper écarquille les yeux.

– Nom de Dieu ! Je croyais être parvenu à faire lever la mesure d'éloignement temporaire... Comment t'as deviné ?

Je ne suis pas d'humeur à plaisanter.

– Si j'y ai pensé, tu y as forcément pensé toi aussi. Pourquoi tout le monde soutient-il que personne ne cherche à nuire à Tania ? Il est clair que Cartwright TV prend sa sécurité très au sérieux.

Cooper semble mal à l'aise.

– Heather, rappelle-toi le temps où tu te produisais... Les fans sont libres de manifester leur admiration, et même de faire des demandes en mariage. Aux yeux de la loi, il n'y a ni harcèlement ni menace tant que rien n'a été dit qui puisse suggérer des intentions violentes. J'ai parlé avec Bear et avec mon père. Pour autant qu'ils sachent, Tania n'a pas reçu de menaces inquiétantes... Ses fans sont plutôt du genre à l'idolâtrer.

– Si elle en avait reçu, personne ne serait prêt à le reconnaître du côté de la maison de disques. Car à supposer que Tania ait été menacée et que l'université l'apprenne, Cartwright TV se verrait refuser son autorisation de filmer sur le campus. Pas question pour l'université de risquer des poursuites si la sécurité des étudiants venait à être mise en danger... (J'hésite et le fixe, les yeux écarquillés.) À moins qu'il n'ait été décidé de les laisser filmer dans un bâtiment inoccupé durant l'été. Un bâtiment dont Christopher Allington leur a fait comprendre que la réputation – quoi qu'il arrive – ne pourrait pas être pire.

Cooper me fixe un bon moment de son calme regard gris clair.

– C'est une théorie, concède-t-il d'une voix trop neutre pour être honnête. Oui, sans doute.

– Nom de Dieu ! dis-je, avec la sensation que mon cœur s'est changé en une boule de glace. (J'ai peut-être faim, après tout.) C'est ça, pas vrai ? C'est *pour ça* que tu as accepté cette mission. Tu ne crois pas à l'histoire de la balle perdue. C'est pour ça que tu es allé discuter avec Bear. Tu penses que le danger est réel et que Cartwright TV étouffe l'affaire, vu qu'ils n'ont pas l'intention d'annuler le tournage parce qu'ils ont investi de trop grosses sommes pour faire machine arrière. Ça ne marche pas si bien pour les Disques Cartwright, n'est-ce pas ?

Cooper me reprend des mains le verre vide, afin de le reposer sur sa table de nuit.

– Ce n'est pas pour ça, je t'ai dit, que j'ai accepté ce boulot. Le fait qu'ils aient transféré le tournage de *Jordan aime Tania* sur ton lieu de travail m'oblige – quels que soient les problèmes de ma belle-sœur – à faire en sorte que ma future femme ne finisse pas sur une civière. C'est ça, ma mission. Tu as la réputation, Heather, d'attirer les gens qu'animent des envies de meurtre.

Il dit ça sur un ton badin, mais je le connais assez pour savoir qu'il est archi-sérieux.

– Et Tania ? je lui demande.

Je ne conçois pas que quelqu'un, à part moi, puisse la haïr au point de vouloir la tuer. Même moi, je ne la déteste pas tant que ça – du moins plus maintenant – alors que j'aurais, plus que quiconque, des raisons pour cela.

– Nous ne sommes pas sûrs que quelqu'un veuille la tuer, me rappelle Cooper.

– Ton père n'approuve pas la manière dont tu gagnes ta vie, et se donne néanmoins le mal d'arranger un faux rendez-vous afin de pouvoir t'embaucher...

– Parce que Tania a exigé qu'il me prenne, moi. De toute façon, on saura tout bien assez tôt.

J'ai un nouveau pincement au cœur, en me souvenant de ce qui est arrivé au dernier garde du corps de Tania.

– Mon Dieu, Cooper, promets-moi de ne pas chercher à jouer les héros. Ne va pas te placer dans la trajectoire des balles qui lui sont destinées. Je réalise qu'elle porte ta nièce encore à naître, mais...

Il me regarde comme si j'étais folle.

– Je suis détective privé, Heather, pas membre des services secrets. Je voulais dire qu'on saura tout ça bien assez tôt parce que je compte avoir recours à mes talents d'enquêteur. Je vais *demander* à Tania si quelqu'un a des raisons de vouloir sa mort.

– Oh, dis-je en me mordillant la lèvre. Et tu penses qu'elle va te le dire ?

– Tania ne m'a jamais fait l'effet d'une flèche. N'empêche que, d'après mon père, elle a menacé de tout laisser tomber si le tournage n'avait pas lieu dans ton bâtiment. Ça m'apprend un truc sur elle.

– Ouais, dis-je dans un ricanement, à la pensée de l'état terrible de la cafétéria. Qu'elle aime s'encanailler !

– Non, réplique Cooper en tendant la main pour me caresser les cheveux. Ça m'apprend qu'elle sait – bien qu'elle soit mariée à mon frère – reconnaître, parmi les gens qu'elle croise, les personnes de confiance.

Je secoue la tête, me refusant à le croire.

– C'est de *moi* que tu veux parler ? Oh non, tu es à côté de la plaque. C'est à *toi* qu'elle a demandé d'être son garde du corps. À peine a-t-on échangé deux mots, elle et moi, depuis...

– À mon avis, Tania n'a pas beaucoup d'intimes à qui se confier. Tu as vu sa façon d'embrasser ce chien ?

Je hoche la tête, le cœur serré. Ça ne me surprend pas que Cooper ait remarqué ça, lui aussi.

J'avoue :

– Je la plains un peu. Et je ne l'ai jamais crue sotte. Les gens ont tendance à imaginer que les jolies filles qui se baladent en minijupe en trimballant des chiens miniatures sont forcément idiotes. Mais à moins d'avoir hérité de leur argent, elles ne sont pas arrivées là où elles sont grâce à leur seul physique. Tania est incroyablement talentueuse. Elle a la même tessiture qu'une chanteuse d'opéra, par exemple.

– Kézaco ?

Je fronce les sourcils.

– Comment as-tu pu grandir parmi les Cartwright – de la compagnie de disques du même nom – et ignorer ce que ça signifie ?

– Tu sais que j'ai volontairement évité, en grandissant, toute discussion en relation avec la musique. Il le fallait, si je ne voulais pas me retrouver, comme Jordan, à me dandiner sur une scène, moulé dans un pantalon de cuir.

Je lui souris.

– En d'autres termes, l'écart entre les notes les plus basses et les notes les plus aiguës que Tania peut produire est d'environ trois octaves – c'est rarissime. Faut pas croire toutes ces conneries comme quoi Mariah Carey et Céline Dion en couvriraient cinq. OK, elles y parviennent, mais pas sans forcer. Ce qui veut dire que même si les tubes que Tania choisit de chanter sont franchement pas terribles, elle a réellement une belle voix. Je ne sais pas comment elle y parvient, menue comme elle est, d'autant plus qu'elle n'a pas reçu une éducation musicale classique. Mais elle pourrait presque chanter de l'opéra, tant sa tessiture est étendue. Bien plus que la mienne ne l'a jamais été, même quand je prenais régulièrement des cours et que j'étais au sommet de ma forme. Peu de gens le réalisent, mais pour parvenir aux notes auxquelles elle parvient – avec une telle constance, dans des concerts *live* et soir après soir –, il faut véritablement avoir du talent et passer beaucoup, beaucoup de temps à travailler.

Cooper tend le bras et me force à me rallonger près de lui. Ça dérange Owen, le chat, qui nous jette un regard noir et se traîne jusqu'à l'extrémité du lit, où l'on ne risque pas de le déranger.

– Je ne sais pas, dit Cooper, comme mes cheveux tombent en cascade sur son torse. Je t'ai entendue chanter quelque chose sous la douche ce matin, et tu m'as semblé très très talentueuse.

– C'était du Abba. N'importe qui peut chanter ça, surtout dans sa salle de bain. À ton avis, pourquoi sont-ils si populaires ?

Il soulève le drap et jette un coup d'œil au-dessous.

– Tu me parais toujours au sommet de ta forme. Mais en tant que détective privé, je ferais bien de m'en assurer.

Et c'est ce qu'il fait, sans me laisser le temps de protester. Non que j'en aie réellement eu l'intention.

11

Bienvenue et bonne installation
dans votre résidence de l'université de New York !

Pour faciliter votre installation, veuillez suivre ces trois étapes très simples.

Garez-vous
... à l'emplacement que vous indiquera l'agent de sécurité du campus. Il vous guidera jusqu'à une zone où vous pourrez...

Décharger
... vos affaires en toute sécurité. Gardez à l'esprit que le stationnement n'est peut-être pas autorisé dans cette zone. Ne laissez pas votre voiture sans surveillance, vous risqueriez la verbalisation, ou la mise en fourrière de votre véhicule. Nota bene : ne pas laisser traîner d'affaires sur le trottoir, elles pourraient être volées.

Enregistrez-vous
Rendez-vous à l'accueil pour signer votre fiche de résidence afin de vous voir remettre la clé de votre nouvelle chambre à l'université de New York !

Se garer – décharger – s'enregistrer
Quoi de plus simple ?

Le matin où Fischer Hall accueille les participantes au Camp d'été du rock ne débute pas comme une journée où l'on va être témoin d'un meurtre – même si on travaille dans un lieu que beaucoup surnomment le Dortoir de la Mort. Et puis, les jours précédant leur installation ont été pour moi si chargés que j'avais complètement zappé le fait que quelqu'un (à part moi) puisse vouloir la mort de Tania.

Erreur fatale.

Mais je l'ignore encore, alors que je sors tâter la température dans le jardin, au saut du lit. Au contraire, je constate qu'il s'agit d'une de ces belles et rares journées d'été où l'on peut prendre des bains de soleil sans pour autant être en nage. (C'est pourquoi mon hâle résulte essentiellement de l'application d'une crème teintée : j'ai horreur de transpirer.) Le ciel est dénué de nuages, l'air sec. Une fois à l'intérieur, je découvre – miracle – que le brushing que je me suis fait tient bien, mes cheveux restant lisses.

Je n'ai pas tellement vu Cooper ces jours-ci, pas juste parce que son travail de préparation (quel qu'il soit) à la fonction de garde du corps de Tania l'occupe énormément, mais parce qu'il m'a fallu, chaque soir, rester de plus en plus tard à Fischer Hall. Dieu sait comment, j'ai mené à bien la quasi-totalité des tâches inscrites sur ma liste de préinstallation :

• Vérifier qu'il y a assez de clés pour tous les résidents. (Vous n'imaginez pas le nombre d'étudiants qui oublient de nous rendre la clé quand ils quittent leur chambre.) C'est fait.

• Passer les chambres en revue dans leurs moindres détails, des toilettes (peut-on tirer la chasse sans inonder la chambre du dessous ?) aux entrebâilleurs (toutes les fenêtres en sont-elles équipées ? Souvent les résidents les retirent, afin que l'ouverture de leurs fenêtres dépasse les cinq centimètres réglementaires – ils peuvent ainsi passer la tête dehors pour s'en griller une. L'expérience m'a appris que cela se termine généralement par des chutes de corps, qui viennent ensuite percuter la verrière de la cafétéria.) C'est fait.

• Rencontrer les agents d'entretien, responsables de la maintenance du bâtiment et résidents employés (j'ai eu la bonne idée d'enrôler deux RE pour chaque joueur de basket, et les ai chargés de confectionner, pour coller sur la porte des nouvelles arrivantes, de jolies étiquettes à leur nom) afin de m'assurer que tout est prêt et de réduire au maximum les risques d'incident. Je suis allée jusqu'à confisquer à Carl, le chef de la maintenance, sa réserve (pas si) secrète de cigares. (Je les lui rendrai plus tard.) C'est fait.

• M'entretenir avec le moindre préposé au courrier, membre de l'équipe de peinture, et agent de sécurité pour bien leur faire comprendre qu'en dépit de la présence parmi nous de célébrités, les tâches quotidiennes telles que le tri et le suivi du courrier et les travaux de peinture dans les chambres devront se poursuivre comme si de rien n'était et que tout nouveau visiteur dans le bâtiment – quel que soit son degré de notoriété – sera tenu de laisser une pièce d'identité à l'accueil et de s'inscrire sur le registre des entrées et sorties. C'est fait.

Du coup, je suis vannée. D'autant que j'ai tout fait seule, vu que Lisa Wu est encore en plein déménagement et que Sarah, qui continue à se triturer la cervelle au sujet de ses problèmes personnels, est trop mal lunée pour m'être utile. L'une des tâches à accomplir, sur ma liste, consiste d'ailleurs à tenter de découvrir ce qui cloche chez elle. Malheureusement, je ne suis pas parvenue à m'en acquitter.

– Sarah, lui ai-je dit, la veille de l'installation des filles. Ça te dirait de faire une pause ou d'aller boire un café ? Brad peut s'occuper du bureau pendant notre absence. Je crois qu'il faut qu'on parle de... enfin... de... de ce qui te tracasse, quoi.

Je soupçonnais, sans en avoir la preuve, que ce qui posait problème à Sarah, c'était son petit ami Sebastian. Pendant tout l'été, il m'avait fallu supporter la présence de Sebastian dans notre bureau alors qu'il n'avait rigoureusement rien à y faire. S'il y traînait en permanence, c'est parce qu'il était fou amoureux de Sarah. En revanche, ces derniers temps, plus de Sebastian dans les parages. J'ai remarqué que Sarah avait cessé de lui téléphoner et qu'elle renvoyait, chaque fois que retentissait la sonnerie de son portable, ses appels vers la boîte vocale. Le soleil ne brille visiblement plus au pays de Sarah et Sebastian.

Cependant, quand je lui ai demandé si elle désirait en parler, Sarah a levé les yeux de la demande de fournitures qu'elle était en train de taper et m'a rétorqué, furibarde :

– Non. À moins que tu ne veuilles me parler de ce qui te tracasse, *toi* !

Je l'ai fixée avec stupéfaction.

– Rien ne me tracasse, hormis le fait que cinquante adolescentes débarquent ici demain et qu'on est loin d'être prêts à les...

– Vraiment ? a interrompu Sarah. T'es bien sûre de

n'avoir *rien* à me dire ? Il n'y a vraiment rien qui t'occupe l'esprit... au point que tu as oublié de me rapporter un milk-shake chocolat-cookie après ton rendez-vous de lundi dernier chez le médecin alors que tu avais promis de le faire, vu que son cabinet se trouve juste à côté de La Mecque du Shake de Madison Park − et que tu es incapable de passer près de la boutique sans aller y faire un tour ! Mais de toute évidence, *quelque chose* t'a empêchée de t'y rendre, pas vrai ? Ou du moins, de te souvenir de me rapporter mon milk-shake. Et tu ne t'es même pas excusée !

Je l'ai regardée bouche bée. J'étais si sonnée, après ma consultation chez ma gynéco, que je n'avais pas prêté attention à La Mecque du Shake, chose étrange quand on songe que la file d'attente va quasiment d'un bout à l'autre du parc.

− Sarah, ai-je dit. Je suis désolée. Ton milk-shake m'était complètement sorti de la tête...

− Ce n'est pas grave, a répliqué Sarah avec le genre de haussement d'épaules hostile qui donne au contraire l'impression que c'est très grave. Je réalise que je suis juste quelqu'un avec qui tu bosses, et non une véritable amie, une confidente...

− Sarah, *évidemment* que tu es mon amie !

− Mais pas une amie à qui tu racontes ta vie. Comme tu le fais avec Muffy Fowler.

− Muffy Fowler ? (Qu'est-ce qu'elle allait chercher ?) Je ne raconte pas ma vie à Muffy Fowler !

Même à Cooper, je n'ai rien dit de ce que j'ai appris lors de ma visite chez la gynéco. Non que cela ait de quoi m'inquiéter.

– Oh, vraiment ? a demandé Sarah. Dans ce cas, pourquoi je les ai entendues, elle et cette Miss Brewer, mentionner le fait que vous êtes fiancés, Cooper et toi ! Si on est de si bonnes amies, toi et moi, comment se fait-il que je sois la dernière à apprendre que tu vas te marier ? Tu ne m'as jamais ne serait-ce que confirmé que vous sortiez ensemble. Bien qu'il faudrait être aveugle pour ne pas s'en rendre compte.

Stephanie. J'aurais dû me douter qu'elle serait incapable de tenir sa langue.

– Sarah. Je suis désolée. Cooper et moi sortons ensemble, mais on a tenté de garder notre relation secrète vu que c'est compliqué avec sa famille, comme tu t'en doutes. Et je t'assure que nous ne sommes pas fiancés. (Je lui ai montré ma main.) Tu vois ? Pas de bague. C'est vrai qu'on a discuté mariage, mais aucune date n'a été fixée. (Sur le plan technique, rien de tout cela n'est faux.) Et ça me surprend, que tu accordes du crédit aux ragots ! Ce n'est pas toi qui, un jour, m'as affirmé que les commérages constituent une arme sociale redoutable...

Bien que j'aie dit tout cela sur un ton qui se voulait drôle et taquin, Sarah s'est renfrognée encore davantage.

– Oui, mais... a-t-elle bafouillé.

– Bon, alors, qu'est-ce qui t'arrive ? C'est Sebastian ? J'ai remarqué qu'il ne traîne plus trop par ici ces derniers temps.

Sarah a arraché le formulaire de commande de sa machine à écrire.

– Je vais à la réserve centrale chercher des marqueurs et du papier cartonné. Les RE ont si bien décoré le bâtiment que notre stock est quasiment épuisé.

Sur ces mots, elle a quitté la pièce, manquant de percuter Lisa Wu, qui s'apprêtait à entrer dans le bureau. Sarah ne s'est pas arrêtée pour s'excuser.

– Qu'est-ce qu'elle a ? a demandé Lisa tandis que Sarah filait en étouffant un sanglot.

– Elle ne veut pas le dire. Et toi, ça va ? ai-je demandé, presque soulagée de son arrivée. Bientôt installée ?

– On y arrive.

Vêtue d'un short et d'un de ses (apparemment) sempiternels tee-shirts et chaussée de tongs, Lisa tenait d'une main un plateau portant d'immenses tasses de café glacé, et de l'autre une laisse. Au bout de la laisse, un petit chien marron et blanc.

– Je tenais à venir te présenter l'autre homme de ma vie. Vu qu'il va sûrement passer pas mal de temps avec nous dans ce bureau. Voici Champion. Je l'ai appelé comme ça parce qu'il connaît plein de tours. Champion... Pan !

Champion, un Jack Russell, a aussitôt fait le mort, se laissant tomber sur le sol du bureau.

– Il est adorable, ai-je dit, sous le charme. Moi, j'ai une chienne. Son nom, c'est Lucy. Mais elle ne connaît pas un seul...

– Ne bouge pas ! a crié quelqu'un, depuis le hall.

Surpris, le chien de Lisa s'est redressé d'un bond.

Ce n'était que Jared Greenberg, le producteur. L'accompagnaient le cameraman que je me rappelais avoir croisé le soir de l'« affaire Tania » ainsi que Marcos, le preneur de son. Visiblement, ça tournait : un voyant lumineux clignotait sur l'un des côtés de la caméra et le cameraman avait l'œil collé au viseur.

– Tu peux lui faire refaire ça ? a demandé Jared à Lisa d'un ton fébrile, en désignant Champion.

– Euh... a répliqué Lisa, l'air affolé.

Moi aussi je paniquerais si, alors que je suis en nage après avoir trimballé des caisses toute la journée, pas maquillée et vêtue d'un short en jean, on tentait de me filmer pour une émission à grande audience.

– Pas tout de suite. Je suis juste descendue chercher des boissons pour mes parents... ils sont là-haut, dans l'appartement, ils m'aident à déballer mes affaires. Tout doit être prêt demain, tu comprends. Oh, voici l'ascenseur ! Faut que j'y aille. Salut.

Talonnée par son chien, elle a filé prendre l'ascenseur, dont les portes se sont ouvertes avec un « ding ».

Jared m'a regardée.

– On n'est pas des monstres, tu sais, a-t-il dit, un peu mortifié. On ne mord pas.

J'ai haussé les épaules.

– Faut pas le prendre personnellement. Aucun d'entre nous n'a officiellement accepté d'être filmé pour passer à la télé, c'est tout.

– Et *nous* autres, tu crois qu'on a envie d'être ici ?

Jared s'est laissé tomber dans le canapé, à côté de mon bureau. Je sais qu'il donne très envie de s'y asseoir mais j'aimerais que les gens ne le fassent pas sans que je les y aie invités. Comment suis-je censée réviser mon cours d'introduction à la psychologie s'il y a tout le temps quelqu'un dans mon bureau, désireux de tailler une bavette ?

– J'ai fait des études de ciné, figure-toi. J'ai obtenu mon diplôme. Comme nous tous, ici.

160

D'un geste du menton, il a désigné Marcos – qui venait d'abaisser le micro et sortait son portable de sa poche – et le cameraman, occupé à effectuer un gros plan sur le bocal à friandises de mon bureau, que je remplissais non de bonbons mais de préservatifs. Sans doute s'agissait-il d'essais techniques. Ils n'allaient tout de même pas utiliser ce genre de prises dans *Jordan aime Tania* ?

– Sauf Stephanie, bien sûr, a précisé Jared. Elle a dû te parler de son MBA obtenu à Harvard.

J'ai hoché la tête. J'ignorais d'où Jared tirait cette impression qu'on était potes, lui et moi. Sans doute Cooper a-t-il raison : je dois inspirer confiance. Je devrais peut-être prendre la psycho en matière secondaire.

– Ce que je veux, c'est tourner des documentaires, a-t-il repris en s'autodésignant d'un geste du pouce. Des documentaires importants, sur des personnes reconnues coupables de crimes qu'elles n'ont pas commis. Je veux que mes films puissent aider les gens, changer la donne – tu vois ce que je veux dire... Que quelqu'un obtienne la révision de son procès, par exemple.

Je savais exactement de quels documentaires il voulait parler. J'en avais vu sur HBO, que j'avais trouvés excellents.

– Est-ce que je trouve une compagnie pour soutenir mon projet ? Non. Mais Stephanie, quant à elle, obtient tout de suite de Cartwright TV de quoi produire sa daube. Tu sais comment ils définissent *Jordan aime Tania* ?

J'ai fait « non » de la tête.

– Une série de docu-réalité. C'est pas hallucinant ?

– On appelle ça comme ça, non ?

– Attends de voir le produit fini, a répliqué Jared, laissant augurer le pire.

– Pourquoi ?

– À mon avis, tu tomberas des nues en constatant le peu de réalité qu'il y a dedans.

Avant que j'aie pu lui demander ce qu'il insinuait, le cameraman a baissé sa caméra.

– On bouge, Jared ? J'ai la dalle. Tu as promis que la chaîne nous rembourserait un déjeuner au Roi de la Pizza.

Jared a soupiré.

– Tu vois ce que je me coltine ? a-t-il demandé en souriant.

Et m'ayant saluée, il a quitté les lieux.

J'aurais peut-être dû, avec tout ça, m'attendre à ce qui allait arriver le matin de l'arrivée des filles. Au lieu de quoi, je ne me doutais de rien.

Difficile de m'imaginer, par une si belle journée d'été, qu'un drame puisse se produire. Surtout quand le téléphone a sonné alors que je me rendais au boulot et que la voix de Cooper m'est parvenue aux oreilles :

– Je ne trouve pas mon pantalon.

– Je te souhaite à toi aussi une bonne journée, mon chéri !

– Je ne plaisante pas. Tu l'as mis quelque part ?

– Où est-ce que j'aurais bien pu le mettre ? je demande, innocente comme l'enfant qui vient de naître.

– Dans le panier à linge sale, ou un truc dans ce goût-là ?

– Cooper, je m'esclaffe. Je tiens à notre relation. Je ne m'occupe donc plus de tes lessives. Je sais comment tu es, avec tes vêtements. Tu te rappelles la fois où *sans le faire exprès* – car en dépit de ce que tu sembles penser, c'était un accident – j'ai

162

rétréci ton tee-shirt des Knicks de New York ? J'ai cru que tu allais avoir une attaque ! Je te l'ai dit et répété, il nous faut payer une pro pour se charger des tâches ménagères. Et je connais justement la personne idéale, la cousine de Magda, celle qui...

Cooper m'interrompt.

– Je le portais hier. Je l'ai laissé juste à côté du lit, hier soir, après l'avoir retiré.

– Je me souviens, dis-je avec un sourire lubrique (dont il ne peut bien sûr rien voir, étant chez nous, sans pantalon).

Un homme qui fait les poubelles, sous un porche voisin, remarque mon expression libidineuse et me crie une obscénité, ce qui me gâche un peu le plaisir.

– Cooper, tu es détective privé, lui fais-je remarquer.

Je tourne à l'angle, vers Washington Square, laissant le gueux libre de se soulager par ses propres moyens.

– Tu devrais être capable de retrouver ton pantalon tout seul comme un grand, non ?

– Pas quand une personne vivant sous mon toit le cache délibérément. (Je n'en reviens pas qu'il ait deviné que c'était moi.) Quelqu'un t'a crié un truc, là, ou bien j'ai mal entendu ?

– Je ne sais pas de quoi tu parles. Et pourquoi ferais-je un truc aussi puéril que cacher ton pantalon ?

– Aucune idée, répond Cooper. Tu es une femme complexe. Mais tu as raison. Je n'avais pas l'intention de t'accuser. C'est que j'ai vraiment besoin de ce pantalon aujourd'hui, et que je ne vois pas où il a pu passer.

– Tu en as des tas d'autres. Pourquoi dois-tu forcément mettre ton pantalon cargo ? Et ce joli treillis coupe droite que je t'ai offert ? Ou ce jean que tu portais l'autre jour ? Il te faisait une allure très sexy.

Nouveau sourire lubrique. C'est plus fort que moi.

– Il me faut mon pantalon cargo, Heather. Pour le boulot. J'aime ranger des trucs dans mes poches.

Là, je ne saisis plus.

– Les jeans aussi ont des poches, dis-je en remarquant la quantité de voitures garées devant Fischer Hall.

C'est inhabituel, le samedi et de si bon matin. Surtout qu'il est interdit de stationner sur le côté ouest de Washington Square.

– Pas assez, rétorque Cooper. Et elles ne sont pas aussi profondes.

– Pas assez profondes pour quoi ? Bientôt, tu vas te mettre à porter une banane.

Cooper demeure silencieux.

En plus des voitures, je constate qu'une foule inhabituelle est en train de se rassembler autour de Fischer Hall. Ce ne sont pas des étudiants – ils sont trop âgés, trop élégants. J'ai souvent vu des troupes de touristes visiter Greenwich Village dans le sillage de guides affublés de chapeaux bizarres et portant des pancartes, mais ces gens-là n'ont pas l'air de touristes – leur attroupement n'a aucune cohésion. Certains s'appuient contre leur voiture, d'autres forment des petits groupes. Tous fixent l'entrée de Fischer Hall d'un œil soupçonneux, voire hostile.

Parmi eux se trouve un nombre insolite de jeunes femmes très minces, vêtues de couleurs très vives. Elles font la roue, ou des exercices d'étirement, le long du trottoir. Des touristes ne feraient pas ça, et encore moins des étudiantes. C'est peut-être un *flash mob* – un rassemblement organisé au moyen d'Internet –, me dis-je, en proie à une soudaine excitation.

En me rapprochant, je réalise que les jeunes femmes vêtues de façon voyante ne sont pas des femmes mais des filles. Et que les personnes qui s'appuient contre leur voiture et s'éventent avec impatience, la chaleur commençant à les incommoder, sont toutes des femmes – probablement les mères des premières. Et que toutes attendent qu'on les laisse intégrer le Camp d'été du rock...

... sauf qu'à Cartwright TV, on m'avait garanti que l'accueil des filles n'aurait pas lieu avant dix heures pile, ce qui me laissait (en arrivant à neuf heures) une bonne heure pour régler les derniers détails.

– Merde ! dis-je.

12

Rembobinez, s'il vous plaît !
Ça se passera jamais comme je veux ?
Je veux pas vivre ça un jour sur deux !
Rembobinez, s'il vous plaît !

Rembobinez !
Écrit par Heather Wells

– Qu'est-ce qui ne va pas ? me demande Cooper au téléphone.

– Les filles du camp d'été ont une heure d'avance.

Je remarque deux personnes, dont l'allure m'est familière, adossées au mur du bâtiment de brique rouge, à côté de l'entrée principale. Il s'agit de Pete, avec son uniforme d'agent de sécurité du campus, et de Magda, vêtue de sa tenue de service rose. Tous deux tiennent des tasses à café. Dieu sait pourquoi, Magda en a deux.

– Le monde appartient à ceux qui se lèvent tôt, dit Cooper.

– Ce n'est pas une expression qui s'applique au show-biz. Et c'est absurde dans ce contexte. Elles ont déjà été choisies.

C'est alors que je réalise que Cooper n'a pas réagi à ma remarque précédente.

– Une seconde ! Tu ne possèdes pas de banane, au moins ?

– Faut que j'aille retrouver Tania, lance Cooper sur un drôle de ton. Elle doit passer à ta résidence, plus tard dans l'après-midi, pour son discours de bienvenue aux filles. Salue Broadway de ma part.

Sur ce, il raccroche. Moi aussi, non sans être restée quelques instants à fixer mon portable. Ce que les hommes sont bizarres !

– Je crois que Cooper vient de m'avouer qu'il lui arrivait de porter une banane, dis-je, parvenue tout près de Pete et Magda.

– Évidemment, réplique Pete. Sinon, où rangerait-il son pistolet en été ?

– Cooper n'a pas de pistolet.

Magda me tend une grande tasse en plastique aux couleurs de l'université.

– Qu'est-ce que tu fais là ? je lui demande. Ça me fait super plaisir de te voir, mais...

– Tu sais pas la nouvelle ?

Magda lève une main pour tapoter sa chevelure coiffée en une choucroute haute de quinze centimètres. Sur chacun de ses ongles vernis, une lettre. En y regardant de plus près, je vois qu'elles forment le mot H-O-L-L-Y-W-O-O-D.

– Il y a un producteur qui est passé au café pour se prendre un café au lait, la semaine dernière, et il a tellement aimé ma coiffure qu'il tient à tout prix à ce que je sois dans l'émission.

– Tu m'étonnes ! dis-je en sirotant le café moka, mon préféré. (Miam !)

– Il m'a annoncé qu'ils allaient rouvrir la cafétéria, poursuit Magda. Tu es allée voir ? Ils l'ont arrrrrrangée de façon tellement splendide !

La voix de Magda, et son fort accent hispanique, attirent

l'attention de plusieurs des jeunes filles, au point qu'elles interrompent leurs étirements et que leurs mères lèvent les yeux de leurs portables. Toutes nous fixent. Venues du Middle West ou de Dieu sait où, elles n'ont sans doute jamais rien entendu de semblable, sauf peut-être à la télé.

– Pardonnez-moi, dit l'une des mères en se précipitant vers nous. (Elle porte plus de colliers que Mister T n'en avait dans la série *L'Agence tous risques* et assez de maquillage pour que Magda, à côté, ait l'air très nature.) Vous faites partie des responsables ?

Surprise, je jette un coup d'œil alentour, à la recherche de Stephanie ou de Jared. Mais non... c'est bien à moi qu'elle s'adresse.

– Moi ? Non. Je travaille ici, rien de plus.

La femme n'a pas l'air de me croire.

– Je suis sûre de vous avoir déjà vue, explique-t-elle. Vous n'étiez pas aux éliminatoires de Nashville ?

– Désolée. Je ne vois pas de quoi vous parlez.

– Madame, soupire Pete. Comme je vous l'ai dit et répété, quand les gens de *Jordan aime Tania* seront prêts à vous recevoir, ils sortiront pour vous prévenir. En attendant, vous ne pouvez pas rentrer. Il va vous falloir attendre avec tous les autres...

– J'ai l'impression que vous ne saisissez pas, insiste la femme, agacée. Il y a une heure qu'on attend. Ma Cassidy est très particulière. C'est ce qu'a dit la productrice après son audition. Et maintenant, voilà qu'elle commence à transpirer.

D'un doigt parfaitement manucuré, la femme nous désigne une jeune fille vêtue d'un débardeur et de leggings vert clair. Certes, elle a un peu sué, mais sans doute parce qu'une minute plus tôt elle apprenait à un groupe de filles, s'extasiant sur sa silhouette parfaite, à faire l'équilibre.

– Comment Cassidy pourra-t-elle apparaître à l'image sous son meilleur jour si elle est en nage ?

– Aucune idée, rétorque Pete. Sans doute que si vous étiez venues à l'heure prévue, c'est-à-dire dix...

– Il y a des cafés dans le quartier. Vous pourriez peut-être emmener votre fille y boire un soda ou une autre boisson rafraîchissante pendant que vous patientez ici, je m'empresse de proposer. (Je trouve Pete un peu rude. Ces gens ne sont pas d'ici, après tout. Ils ne sont pas habitués aux New-Yorkais et à leur brusquerie légendaire.) Vous avez la buvette de Washington Square, juste au coin de la rue...

– Oh, ça arrangerait bien tout le monde, fulmine la femme. Rendre ma Cassidy accro au soda pour qu'elle soit joufflue comme une montgolfière le soir de la finale ! Eh bien, ça ne se passera pas comme ça !

J'écarquille les yeux. J'ai le sentiment de connaître cette femme, tout comme elle a le sentiment de me connaître. Mais d'où me vient cette impression ?

– Dites-moi une chose, reprend-elle. Les filles ne sont-elles pas censées avoir des coiffeurs et des maquilleurs pros à leur disposition ? Parce que je ne vois de roulotte nulle part. Les loges sont-elles situées à l'intérieur ?

La question me laisse sans voix. Dieu merci, Magda prend le relais :

– Non m'dame. J'ai posé la question et on m'a répondu que seule Tania Trace aurait droit aux services d'un maquilleur et d'un coiffeur, vu qu'elle est une star. Nous autres, on devra se débrouiller seules.

La femme paraît si scandalisée que je m'attends presque, lorsqu'elle plonge la main dans son fourre-tout griffé, à ce qu'elle en sorte une arme. Au lieu de quoi, elle en tire son portable.

– On va voir ce qu'en pense l'agent de Cassidy ! dit-elle, en s'éloignant d'un pas furieux sur ses talons aiguilles, le mobile collé à son oreille. Eh, les filles ! crie-t-elle aux autres mères, vous n'allez pas le croire...

Étonnée, je regarde Pete.

– Et moi qui m'imaginais que les parents des étudiants étaient ce qui se faisait de pire dans le genre !

– Tu comprends pourquoi on me paie un max pour ce job, réplique-t-il en prenant tranquillement une gorgée de café. Voilà ce que j'ai dû me farcir toute la matinée. C'était Mme Upton, au fait, qu'on appelle aussi « la maman de Cassidy ».

Un frisson me parcourt. Comme c'est moi qui me suis occupée de l'affectation des chambres, le nom m'est familier.

– Mon Dieu ! Mme Upton est l'un des chaperons. Je leur ai attribué, à Cassidy et elle, la chambre donnant sur Narnia.

– Joli coup ! réplique Pete, un grand sourire aux lèvres. Prions pour que les désodorisants utilisés par Manuel soient efficaces ! À mon avis, le parfum Eau de Cannabis, ce n'est pas son truc.

Je suis effondrée.

– L'arrivée des filles tourne déjà au désastre. Pourquoi les fait-on attendre ? Pourquoi ne pas les laisser entrer ?

– Il y a une sacrée bande de bouffons là-dedans, répond Pete en désignant la porte, derrière nous. Tout le monde, du président aux sous-fifres, a tenu à venir accueillir et féliciter les filles. Bon, pour en revenir à la banane... C'est là que les flics rangent leur arme en dehors des heures de service. Là, ou dans la poche de leur pantalon cargo.

Cela détourne aussitôt mes pensées de Mme Upton et de ce que pourra être sa réaction lorsqu'elle poussera la porte de la chambre 1621.

– Sérieux ? Parce que j'ai caché le pantalon cargo que Cooper tient beaucoup à porter ces derniers...

Pete paraît dégoûté.

– Qu'est-ce qui t'a pris ? On ne cache pas le pantalon d'un homme ! Qu'est-ce que tu leur reproches, aux pantalons cargo ?

– Tout ! lance Magda, levant au ciel ses yeux abondamment maquillés.

– Franchement, dis-je. Les pantalons cargo sont nases, sur tous les plans. Sauf pour les gardes forestiers. Et tu délires. Cooper ne possède pas d'arme à feu. Il me l'a assuré.

– C'est ça. S'il te l'a affirmé, c'est parce que vous vivez ensemble, et que tu es une femme. Le style de femme que ça pourrait contrarier de savoir qu'il y a un flingue sous son toit.

Quand je rétorque que c'est faux, il me jette un regard moqueur qui me cloue le bec. C'est vrai que ça m'embêterait d'apprendre que Cooper se déplace armé, mais avant tout parce que ça voudrait dire qu'il m'a menti à ce propos. Et qu'il risquerait de se blesser avec son arme. Ou de se faire tirer dessus, s'il menace quelqu'un avec.

– Il travaille comme garde du corps de Tania Trace, en ce moment, souligne Pete. Et n'ont-ils pas annoncé, aux nouvelles, que le dernier garde du corps de Tania s'était pris une balle ?

Jusqu'à cet instant, Bear m'était sorti de la tête. De même que les soupçons de Cooper quant à la nature de l'incident – soupçons fondés sur le désir de la chaîne de changer le lieu du tournage, quels que soient les frais engendrés.

– OK, n'empêche...

– Les holsters ne peuvent se porter que sous une veste, poursuit Pete.

Et le voilà parti dans une digression lyrique au sujet des endroits où il aime à ranger son flingue quand il n'est pas de service. Car les agents de sécurité du campus ne sont pas autorisés à porter des armes (du moins, pas officiellement). Juste des Taser.

– Les holsters de cheville, ça irrite la jambe. Un Glock peut se porter à la taille, mais ce n'est pas discret, à moins d'enfiler une veste par-dessus, ou de ne pas rentrer sa chemise dans le pantalon. Pour vous, les dames, ça ne pose pas problème avec vos sacs à main. Vous pouvez y cacher tout ce que vous voulez.

Je commence à regretter d'avoir abordé la question.

C'est alors que la porte de Fischer Hall s'ouvre toute grande et que Gavin la franchit au pas de course.

– Heather ! Heather ! Viens ! Vite ! s'écrie-t-il.

13

Toutes ces fois où tu m'as dit
Que je n'y arriverais jamais
Toutes ces fois où tu m'as dit
Que je devrais laisser tomber.

Toutes ces fois où tu m'as dit
Que je n'étais rien sans toi
Le plus triste dans tout ça
C'est que je pensais : « Puisqu'il le dit ! »

Et je suis partie
Et tu sais quoi ?
J'ai réussi
Sans toi !

Alors traîne-moi en justice
Vas-y !
Traîne-moi donc en justice !

Maintenant que j'ai réussi
Tu dis que je te dois tout
À moi aussi tu me dois beaucoup
Pour ce cœur que tu m'as pris.

Si j'ai un seul regret
C'est tout ce temps perdu
Ces années passées à pleurer
À miser sur un cheval fourbu.

Vas-y – va jusqu'au bout,
Traîne-moi en justice

Que je rigole un bon coup
Traîne-moi donc en justice.

Weinberger/Trace
Disques Cartwright
Album *Traîne-moi en justice*
En tête du *top ten* **neuf semaines consécutives**

Dieu sait comment il a su que j'étais là. Peut-être grâce à ce sixième sens qu'ont les animaux quand ils sentent que leur mère n'est pas loin.

Sauf que... ce sont les mamans ours, et qu'elles s'en servent pour retrouver les oursons égarés. Gavin, lui, a dû me voir par la fenêtre.

Quoi qu'il en soit, je m'empresse de rendre ma tasse à café à Magda et je me précipite dans le sillage de Gavin, m'attendant (au moins) à trouver la cafèt' en feu.

Au lieu de quoi je trouve Davinia – l'une de mes RE – en larmes, entourée de Sarah, de Lisa Wu et de Jamie, la petite amie de Gavin. À croire que tout mon personnel s'est donné rendez-vous dans le hall, à l'instar de l'équipe de tournage de *Jordan aime Tania* (stars exceptées). Stephanie Brewer se tient devant l'accueil et communique, d'une voix autoritaire, des instructions à des membres de son équipe. Dieu sait pourquoi, ceux-ci se trouvent (alors qu'ils n'ont rien à y faire) derrière le bureau, là où nous rangeons le courrier et les colis destinés aux résidents.

Peut-être n'y a-t-il rien d'impérieux dans le ton de Stephanie. Peut-être n'a-t-elle haussé la voix que parce que Manuel, l'agent d'entretien en chef, a décidé de repasser un dernier coup de cireuse industrielle sur les planchers du hall. Le vacarme est assourdissant... à tel point que le docteur Jessup qui s'est pointé bien que nous soyons samedi – s'il vit dans le Westchester avec sa femme et ses gosses, il dispose d'un appartement en ville, entre autres avantages liés à son poste – se bouche les oreilles. Non loin de lui, Muffy Fowler, le président Allington et son fils Christopher et – ne manquait plus que lui – Simon Hague.

Ce doit être la « bande de bouffons » à laquelle Pete faisait allusion. Tout cela n'a rien d'anormal, je suppose. Pourquoi Simon Hague n'irait-il pas de sa résidence à la mienne, un samedi matin, pour assister à l'installation des jeunes participantes au Camp d'été du rock ? Ce n'est pas comme s'il avait mieux à faire...

– Ohé, salut Heather ! hurle Muffy, pour être entendue malgré le bruit de la cireuse. Sympa de passer nous dire bonjour !

Je la fusille du regard. Tout cela l'amuse, c'est clair. Alors que ça n'a rien de drôle. Vêtu comme à l'ordinaire aux couleurs de l'université de New York – en l'occurrence d'un survêtement en velours bleu et or et d'un débardeur blanc –, le président Allington s'appuie nonchalamment aux écrans de surveillance du poste de sécurité et mange de la salade de fruits dans une assiette en carton. Il n'y a pas de gardien pour le prier de ne pas le faire, Pete étant à l'extérieur, occupé à empêcher Mme Upton et les autres mères de s'armer de fourches pour prendre d'assaut la résidence.

C'est tout le bâtiment qui – semblerait-il – est pris dans ce vent de folie.

J'hésite, ne sachant où donner de la tête. Dois-je d'abord me diriger vers l'accueil et demander pourquoi l'équipe de

Stephanie s'y trouve ? Vers ma supérieure hiérarchique, pour lui expliquer que je ne suis pour rien dans tout ça ? Vers le président, pour lui recommander de ne pas renverser de salade de fruits sur notre très coûteux matériel de sécurité ? Vers Davinia, étudiante en détresse, pour m'enquérir de son problème ? Ou vers Manuel, pour lui dire d'éteindre cette fichue machine nom de Dieu !

Je m'approche de Davinia. D'un geste, j'indique à Manuel, qui agite déjà la main pour me saluer, d'arrêter la cireuse. Il paraît surpris. Absorbé par sa tâche, il n'avait visiblement pas noté l'activité environnante. Rien d'étonnant à cela, Manuel s'enorgueillissant de veiller à ce que les cuivres et les sols de marbre de Fischer Hall soient irréprochables. Après avoir retiré ses bouchons d'oreilles, il éteint la cireuse. À peine si le vacarme du hall diminue.

Il se précipite vers moi, l'air blessé.

– Heather, je suis désolé ! Je tiens tellement à leur faire un beau hall, pour leur film. Et pour toutes ces dames qui cherchent à entrer dans le bâtiment.

– C'est bon, Manuel. Je te remercie. Le hall est superbe.

Et autrement plus propre, à vrai dire, que mon appartement. L'idée me traverse l'esprit d'embaucher, sur-le-champ, Manuel comme homme de ménage. Mais outre que cela le vexerait terriblement (le linge, ce n'est pas son truc), il appartient à l'un des syndicats les plus puissants de New York, et doit gagner trois fois mon salaire. Il est bien au-dessus de nos moyens, à Cooper et moi.

Je m'empresse de rejoindre Davinia, qui pleure toujours à chaudes larmes.

– Qu'est-ce qui ne va pas ?

– Rien... sanglote-t-elle, essuyant ses larmes du revers de la main.

– Ce n'est pas rien ! m'assure Simon Hague, plein d'une joie malveillante.

Il engouffre une bouchée de sa salade de fruits. Lui aussi a sa petite assiette en carton. Tournant la tête, je constate que la cafétéria a rouvert ses portes, et que tous vont s'y approvisionner. Cool.

Sarah fusille Simon du regard.

– Merci, lui dit-elle. Mais on va s'en occuper. C'est cette garce de Stephanie, siffle-t-elle à mon intention.

– Tout va bien, m'affirme Lisa, avec un coup d'œil nerveux en direction du docteur Jessup.

Par chance, il concentre toute son attention sur l'assiettée de salade de fruits qu'il vient de rapporter de la cafétéria. Je remarque qu'il a également grappillé quelques tranches de bacon et un bagel.

– Mlle Brewer a blessé Davinia, en lui disant que la déco du seizième étage était complètement à côté de la plaque, m'explique Lisa.

– Elle a déchiré toutes les pancartes de porte à motif de sirènes que Davinia a passé la moitié de la nuit à dessiner, précise Sarah, écumante de rage. Elle les a arrachées et jetées à la poubelle !

J'interroge la RE du regard. Davinia est une grande gigue, étudiante en arts plastiques. S'étant dégoté un fabuleux stage au Met, elle s'apprêtait à le refuser et à rentrer en Inde, ses parents n'ayant pas les moyens de lui payer un logement pour l'été. C'est alors que la reine de l'« île des enfants perdus », alias Heather Wells, a

179

déboulé pour tout arranger. Jusqu'à maintenant, du moins.

– Mes pancartes de porte étaient censées rendre hommage à la Petite Sirène, murmure Davinia. De toutes les princesses de Walt Disney, Ariel est ma préférée. Et vu que c'est une comédie musicale, ça allait bien avec les cours de chant... Mais Mlle Brewer trouve qu'il faut quelque chose de plus incisif, dans les tons noirs et violets.

Je ne comprends rien à ce qu'elle raconte. Et je n'en reviens pas de constater que c'est ça qui les a tellement fait flipper.

– Noir et violet ? Comme un hématome ? je demande.

– Non, pas comme un hématome ! dit Stephanie d'une voix si forte que je sursaute, ne l'ayant pas entendue s'approcher de moi par-derrière. Comme Catwoman – dans ce cas précis on aura le visage de Tania associé au corps de Catwoman, avec une bulle « Chat roule ! » qui lui sort de la bouche. Et notre femme chat agitera un fouet ! Lauren, va voir avec l'équipe artistique combien de temps ça leur prendra de nous fabriquer ces pancartes de porte !

La très dévouée assistante de production sort son téléphone et tapote un texto. Sentant la panique me gagner, je rafraîchis la mémoire de Stephanie :

– C'est aujourd'hui que les filles s'installent. Dans une heure, précisément. Elles et leurs mamans sont en train d'attendre dehors. Elles sont vraiment furieuses qu'on ne les laisse pas entrer tout de suite. Pourquoi ne pas le faire, d'ailleurs ? J'ai l'impression que tout le monde est là...

– Ce n'est pas mon problème, réplique Stephanie avec une nonchalance exaspérante. Personne ne leur a demandé d'arriver en avance. Nous suivons le programme de Cart-wright TV, pas le leur.

Je lui jette un regard noir. Il est beaucoup trop tôt pour discuter de ça, qui plus est – comble de l'humiliation – devant ma nouvelle boss. Et devant le boss de ma boss. Et le boss de son boss. Et le fils de celui-ci, que tout ça ennuie tellement qu'il a sorti son portable de sa poche et s'en sert pour envoyer un texto à Dieu sait qui. À Stephanie, peut-être, vu qu'elle-même sort son portable, consulte l'écran et éclate de rire. Dites-moi que je rêve !

– Ça compte tant que ça, l'aspect des pancartes de porte ? je murmure, m'efforçant de capter l'attention de Stephanie.

Puis, après avoir adressé un signe de tête à Davinia, accablée à l'idée de voir ses sirènes remplacées par des dominatrices en combinaison moulante :

– Elle s'est donné tellement de mal.

– Euh, ouais, ça compte, dit Stephanie, sans lever les yeux de son portable. Mais les couleurs ne fonctionnaient pas. Elle était partie dans un thème aquatique, alors que le seizième étage est censé être l'étage hard rock. Bridget et Cassidy y ont leur chambre, de même que cette Mallory, n'est-ce pas ?

Je ne réalise pas que c'est à moi qu'elle s'adresse – et non à quelqu'un sur son portable. Jusqu'à ce que Simon Hague, qui a parfaitement suivi la conversation, lance, la bouche pleine de melon d'Espagne :

– Euh, je crois que c'est à vous qu'elle parle, Heather.

Aussitôt, me voici dans le feu de l'action :

– Oh ? Tu veux leurs numéros de chambre ? Une seconde !

Je me précipite vers l'accueil, où se trouve le classeur où sont consignées les infos relatives à la répartition des chambres. Aucun des bureaux d'accueil de l'université de New York ne dispose d'un ordinateur, officiellement à cause des restrictions budgétaires. En fait, la présidence de l'université craint, dans la mesure où l'accueil est assuré par des étudiants, que les bécanes soient volées ou servent à consulter des sites pornographiques.

– Re-salut ! dis-je à Gavin.

Il trône à l'accueil, sur une haute chaise pivotante à assise rembourrée. À sa portée, l'armoire de sécurité qui contient les clés de toutes les chambres du bâtiment, l'interphone (seul moyen pour prévenir un résident de l'arrivée d'un visiteur, à moins que celui-ci ne possède le numéro de portable du résident en question) et les boîtes aux lettres des étudiants.

– File-moi la liste !

Il me fourre le classeur noir dans la main.

– Pourquoi les avoir laissés passer derrière l'accueil ? je lui chuchote, en désignant Jared et les membres de l'équipe de tournage rassemblés derrière le bureau.

Assis sur le climatiseur, sur le bord de la fenêtre ou sur la table où l'on trie habituellement le courrier, ils sont en grande conversation sur les mérites comparés des films de zombies et des films de serial killers.

– Tu sais que seuls toi et les autres RE avez accès à l'accueil.

– J'ai obéi au keum en costard, rétorque Gavin dans un murmure, désignant d'un signe de tête le docteur Jessup.

Je me demande comment réagirait le vice-président en s'entendant appeler « le keum en costard ». Pourtant, il fait de son mieux pour être en phase avec ce qu'il prend pour le jargon de la nouvelle génération. Un jour, je l'ai entendu se référer au film de Woody Allen qu'il venait de voir comme à une « tuerie » !

– Ils veulent filmer les réactions des filles lors de leur arrivée. Leurs cris de joie ou d'excitation quand on leur remettra les clés de leur chambre, dans la fabuleuse ville de New York ! explique Gavin.

S'il s'efforce de paraître ironique, il n'en a pas moins mis un treillis propre – et un pantalon, non un bermuda – et une chemise blanche que quelqu'un, sans doute sa petite amie Jamie, s'est donné la peine de repasser. Ses cheveux sont humides sur les tempes. J'en conclus qu'il a pris une douche avant de venir travailler, lui qui arrive d'habitude tout juste sorti de son lit, en pyjama et un bol de céréales à la main. Dans l'air flotte l'odeur piquante du déodorant Axe.

Que se passe-t-il ? Gavin – de tous mes étudiants, celui qui tient le plus à paraître négligé – s'est fait beau pour un docu-réalité débile produit par Cartwright TV ? Pour un peu, j'en pleurerais d'attendrissement. Peut-être ma prise de pilule en continu ne bloque-t-elle pas totalement ma production d'hormones. Je fixe Brad, les sourcils froncés.

– Et toi, qu'est-ce que tu fais là ?

Il se tient juste à côté de Gavin, appuyé sur le boîtier de l'interphone. Si je veux éviter de fondre en larmes devant eux, mieux vaut que je pense à autre chose.

Brad a l'air surpris – mais c'est son air habituel.

– C'est le jour de l'arrivée des filles, réplique-t-il. Je pensais qu'on était tous censés venir.

Brad ne s'est ni douché ni mis sur son trente et un. Mais il n'en a pas besoin. Avec un corps digne d'une pub pour les parfums Dolce & Gabbana à force de pompes et d'abdos quotidiens – il compte, s'il échoue dans ses études de physiothérapie, se rabattre sur une carrière de coach sportif –, il serait élégant dans un sac à patates. Ce qui n'a joué aucun rôle dans la décision prise par Sarah et moi de l'embaucher.

– Ouais, dis-je en ouvrant le classeur. (Il se divise en deux sections, le classement alphabétique des résidents et le classement par étage.) Eh bien, merci d'être venu. C'est quoi cette odeur ? je demande en flairant l'air.

Je ne parle pas du déodorant. Ce parfum est – si c'est possible – plus fort et plus écœurant.

– Oh, répond Gavin. Tu veux parler des fleurs ? Elles sont pour Tania. Ses fans savent que c'est ici qu'a lieu le camp d'été et l'info a circulé sur Twitter. Toute la matinée, ils ont apporté des bouquets dans l'espoir d'apercevoir Tania. Mais Pete les a obligés à les déposer et à ressortir, leur disant qu'ils n'avaient pas à traîner dans le coin.

Jetant un regard dans la direction qu'il m'indique, je vois, sur le bord de la fenêtre – derrière l'équipe de tournage de *Jordan aime Tania* – suffisamment de bouquets de roses pour faire pâlir d'envie un fleuriste. Certains sont ornés de ballons. Je n'en reviens pas. Il y en a tant.

Je pousse un grognement. Ne manquait plus que ça !

– Ils ont laissé d'autres trucs aussi ! s'exclame Brad, tout excité, en brandissant une boîte rose. Regarde ! Un gâteau glacé !

– Beurk, dis-je. Tu ne vas pas manger ça !

– Bien sûr que non, rétorque Brad d'un ton offensé. C'est pour Mme Trace. Et puis je n'aurais pas idée de me mettre dans le corps autant de sucre et de farine industrielle.

– Moi, si ! décrète Gavin. J'attends juste que Jamie me rapporte une cuillère de la cafét'. Mais elle a dû s'occuper de la crise de larmes de Davinia...

Je proteste :

– Ohé ! Ça va pas la tête ! Ta mère ne t'a pas dit de ne jamais accepter les bonbons d'un inconnu ? Jette-moi ça tout de suite ! Avant que ça ne fonde et que ça n'aille tout poisser !

– Personne ne jette quoi que ce soit ! nous prévient Jared. Quand Tania aura regardé ce que lui ont laissé ses fans, nous rassemblerons le tout et l'apporterons dans un hôpital, pour en faire don au service de pédiatrie. Elle tient à ce qu'il en soit ainsi.

– Une minute ! dis-je en remarquant enfin de quelle manière il s'occupe en attendant que le tournage débute. Vous faites quoi, là ?

– Eh bien, on ne va quand même pas donner les denrées périssables, rétorque-t-il la bouche pleine. On les mange nous-mêmes. Tu en veux ? (Il me présente une boîte à gâteaux rose à pois blancs.) Ils sont bons. Ils viennent de chez Patty, la boulangerie végétalienne qui se trouve sur Broome Street.

S'appuyant au comptoir de l'accueil, juste à côté de moi, Muffy Fowler s'insinue aussitôt dans la conversation :

– De chez Patty ? Si c'est pas mignon ! Vous savez que Tania et Jordan ont fait confectionner leur gâteau de mariage chez Patty ?

– Ça explique pourquoi seul Jared mange ces trucs dégueu ! ricane Marcos, le preneur de son, qui tient à la main un sachet de chips libanaises végétaliennes avec, scotché dessus, un papier où l'on peut lire : « Pour Tania la diva-divine ». Qui voudrait d'un cupcake sans œufs, sans produits laitiers et sans sucre raffiné ?

– Je vous ferais remarquer, dit Jared en prenant une autre bouchée de son petit gâteau au glaçage épais, que ces cupcakes sont sortis vainqueurs de *La Guerre des cupcakes* sur la chaîne Gourmet.

– Ils ont remporté *La Guerre des cupcakes* ? demande Stephanie en tendant la main au-dessus du comptoir, sa curiosité piquée au vif. Donne-m'en un !

– Oh, moi aussi je voudrais les goûter, glapit Simon en s'approchant.

J'ignore ce qui attire Simon, de Stephanie ou des cupcakes. Certes, ils ont l'air bon, avec leur épais glaçage à la vanille décoré d'une violette en sucre. N'empêche que je n'aime pas la tournure que ça prend – d'autant que tous ici semblent avoir oublié que cinquante participantes au camp et leurs mères poireautent dehors, sur le trottoir. Qui plus est, je bosse un samedi alors qu'on ne me paie pas mes heures sup et que je ne les récupère pas.

– On pourrait au moins commencer à accueillir les filles, vu qu'on est tous là ? dis-je.

– Mon Dieu, non ! proteste Stephanie. Laisse-nous petit-déjeuner en paix. À la seconde où on les aura laissées entrer, elles commenceront à avoir des exigences. Ça m'étonne de toi, Heather. J'aurais cru que ça te connaissait, les mères qui poussent leurs filles sur scène.

Je lui adresse un sourire crispé. Ah Ah.

Jared passe un cupcake à Stephanie. Mon irritation s'accroît encore quand je vois Christopher Allington s'avancer nonchalamment vers Stephanie avec un :

– Je peux goûter, bébé ?

Gavin pivote sur sa chaise de bureau.

– Pourquoi ils ont le droit de manger les trucs que les gens ont laissés pour Tania, et pas nous ? demande-t-il.

– Parce que dans ce bâtiment, dis-je, on a pour règle de ne pas prendre – ou manger – ce qui ne nous appartient pas.

– Et Heather a raison de souligner qu'on ne sait pas d'où viennent ces machins, fait remarquer Lisa.

N'empêche que son œil brille d'envie tandis qu'elle regarde Stephanie porter le cupcake à sa bouche.

– On sait exactement d'où ils viennent : des fans de Tania. Et ce sont eux, ne l'oublions pas, qui paient nos salaires. (Elle a une légère grimace.)

Christopher se dirige vers la poubelle la plus proche et recrache ce qu'il a dans la bouche. Simon s'efforce d'être plus discret.

– Je ne les trouve pas mauvais, dit-il sans cesser de mâcher. Un peu secs peut-être.

Je constate qu'il laisse le reste du cupcake sur son assiette en carton, à côté de la salade de fruits.

Muffy est visiblement dépitée.

– Alors là, quelle déception ! Dire que j'en ai entendu tellement de bien !

Le président Allington – qui tendait déjà la main vers le comptoir de l'accueil – se ravise.

– Non merci. Je tiens à garder la ligne. À quoi bon emmagasiner des calories si le goût n'est pas à la hauteur de l'aspect ?

Je remarque que quelques joueurs de basket se sont eux aussi rassemblés dans le hall. Pour rien au monde ils ne laisseraient passer l'opportunité de se nourrir gratos et – qui sait ? – d'entrevoir Tania Trace. Ils échangent des coups d'œil, sans parvenir à réprimer leurs sourires satisfaits.

– Franchement Jared, il a raison, lâche Stephanie, aveugle à ce qui se passe autour d'elle. Comment peux-tu continuer à manger ces trucs ? Ils ont un goût de carton.

– Je ne sais pas, dit Jared.

Son enthousiasme initial semble avoir disparu tandis qu'il se tamponne les narines avec sa manche.

– J'avais faim, explique-t-il. J'ai sauté le petit déj'.

– Eh bien, va te chercher un bagel à la cafèt', rétorque Stephanie d'une voix irritée. Alors, dans quelle chambre sont Cassidy et ces deux autres filles ?

Je n'ai pas besoin de consulter le classeur.

– La 1621.

Lisa me sourit, impressionnée. Mais en vérité, je le sais depuis le début. J'ai juste gagné du temps, histoire d'essayer de comprendre ce qui se passait à l'accueil. Je connais par cœur tous les numéros de chambre des filles, puisque c'est moi qui ai effectué la répartition. Impossible d'avoir recours au système informatique (qui a coûté un bras à la fac, dixit Muffy Fowler) pour attribuer telle ou telle chambre aux participantes car il commet trop d'erreurs. C'est ainsi que des gens ayant demandé « une chambre plein sud située aux étages inférieurs » se retrouvent au dernier étage, dans une pièce exposée au nord. L'ordinateur est loin de connaître le bâtiment aussi bien que moi. Il m'est donc plus facile de m'occuper de cela « manuellement ».

– J'ai reçu la consigne de loger Bridget, Cassidy et Mallory dans la même chambre, j'explique à Stephanie. Ce que j'ai fait. J'ai mis la maman de Cassidy dans celle qui donne sur le couloir. Mais maintenant que je connais Mme Upton, je crains qu'elle ne la trouve pas à son...

– Formidable ! s'exclame Stephanie sans me laisser terminer ma phrase. Ces trois filles sont les plus à même de faire grimper l'audimat, d'après les tests réalisés sur des panels de téléspectateurs ayant visionné l'enregistrement des auditions. L'idéal serait d'assister à une lutte à mort entre elles, le soir du Tournoi. Ce serait génial !

J'ouvre des yeux ronds comme des soucoupes, tandis que Lisa laisse échapper un « Hein ? » paniqué.

– C'est une façon de parler, nous rassure Lauren, l'assistante de production.

Travaillant depuis moins longtemps que sa boss dans l'audiovisuel, elle n'est pas aussi blasée.

– C'est au « Tournoi du rock » qu'elle fait allusion, nous explique-t-elle. La finale, qui aura lieu le dernier soir, aura pour but de déterminer qui est la plus douée des aspirantes chanteuses. La gagnante remportera cinquante mille dollars plus un contrat avec les Disques Cartwright.

– Les trois filles ont interprété la même chanson lorsqu'elles ont auditionné pour l'émission, dit Stephanie. (Je note qu'elle se réfère à l'« émission » et non au « camp d'été »). À savoir, *Traîne-moi en justice*.

– Oh, j'adore cette chanson ! lance Jamie, et les trois autres RE présentes (Tina, Jean et même Davinia) approuvent en chœur.

Je les comprends. Comparé aux autres tubes de Tania, *Traîne-moi en justice* sort du lot. Pas seulement parce qu'il met parfaitement en valeur sa voix puissante, donne son titre à son dernier album, et constitue sa première vraie ballade rythmée à la Mariah Carey. Même si les chanteurs (surtout quand ils sont aussi célèbres que Tania) sont souvent considérés comme coauteurs des chansons qu'ils interprètent, ça ne signifie pas toujours qu'ils les ont écrites. Car les labels sont tenus de verser des droits aux auteurs, non aux musiciens et aux interprètes.

Or chaque parole de *Traîne-moi en justice* semble avoir pour Tania une résonance personnelle, venir du fond de son cœur. Comme je ne peux l'écouter sans avoir de frissons, je suis prête à croire qu'elle l'a réellement écrite.

Je ne suis pas la seule, à ce qu'on dirait, vu que la chanson caracole en tête des ventes depuis des semaines, aux États-Unis et en Europe.

– C'est pourquoi on tient à ce que l'ambiance de l'étage soit rock and roll, explique Lauren, plus à l'intention de Davinia qu'à la mienne. Bridget et Mallory vont sûrement proposer des morceaux un peu pointus, pour le Tournoi du rock. Quant à Cassidy, va savoir, avec la mère qu'elle...

– On va demander à son agent de l'orienter vers la pop, interrompt Stephanie. Elle va interpréter *Traîne-moi en justice* et pulvériser la concurrence. Tania va pleurer, Cassidy va gagner et les sponsors vont adorer !

Je commence à saisir ce que voulait dire Jared, un peu plus tôt dans mon bureau, en me soutenant que je serais surprise du peu de réalité que contiennent les émissions de téléréalité.

– À propos de Cassidy... dis-je. Quand j'ai croisé Mme Upton dehors, à l'instant, j'ai...

– Plus tard, tu veux bien ? rétorque Stephanie. Lauren, où en est l'équipe artistique ?

– C'est fait, répond Lauren, consultant son portable. On peut les imprimer dans ton bureau, Lisa ?

– Euh, bredouille celle-ci. Je suppose que oui...

– Super ! s'exclame Stephanie.

Puis, avec un coup d'œil à Davinia :

– Ce n'est pas que les tiennes n'étaient pas belles, ma louloute. Pas le style de l'émission, c'est tout.

– Je ne me sens pas très bien, gémit Jared, derrière le comptoir.

Gavin pivote sur sa haute chaise de bureau pour lui faire face.

– Eh mec, tu saignes du nez.

C'est l'euphémisme de l'année, voire de la décennie. Le sang ruisselle en cascade des narines de Jared et imbibe son tee-shirt gris décoré du logo de la fac.

Je suis aussitôt prise de panique, surtout quand Jared précise d'un ton sarcastique :

– Tu crois que je m'en rends pas compte !

Il doit y avoir un bon moment qu'il se tamponne le nez, la manche de sa veste bleue à capuche étant désormais noire de sang.

– Et ça continue. Je crois que je vais vomir. Si quelqu'un veut bien appeler mon médecin – là, parmi mes numéros d'urgence...

Il plonge la main dans la poche de sa veste et tente d'en sortir son iPhone, qui tombe à terre.

– Merde !

Un épisode de *Ceux qui mangent de tout* me revient à l'esprit... ainsi qu'une des réunions du personnel auxquelles on nous a forcés à assister ces derniers mois.

191

– Gavin, appelle Police secours ! je m'écrie. Brad, va chercher la trousse de premiers soins ! Tu y trouveras un flacon d'eau oxygénée...

Gavin tend la main vers le téléphone.

– Faut pas qu'il crache le sang ici, lance-t-il en composant le numéro. Faut le conduire aux toilettes.

– Que se passe-t-il ? demande Stephanie, les yeux écarquillés. Qu'est-ce qui ne va pas ?

– On dirait de la warfarine, dis-je en m'emparant d'un rouleau de papier toilette (l'une des seules choses mises gratuitement à disposition des résidents) de dessous le bureau et en le fourrant sous les narines de Jared. C'est un anticoagulant. Le principe actif de la mort-aux-rats.

– Oh mon Dieu ! s'écrie Lisa en me rejoignant.

Elle arrache le flacon d'eau oxygénée des mains de Brad, en retire le bouchon et l'approche de la bouche de Jared.

– Faut lui en faire boire beaucoup ?

Je tente un effort de mémoire.

– Je ne sais pas. Jusqu'à ce qu'il vomisse.

– Euh... bafouille le docteur Jessup en s'approchant de l'accueil, talonné par Simon et Muffy. Peut-être que...

– Putain, proteste Jared en repoussant Lisa. Du calme ! C'est pas du poison ! C'est juste...

– Ne te lève pas ! crions-nous en chœur, Lisa et moi, tandis que Jared s'efforce de se mettre debout.

Trop tard. Ses jambes se dérobent sous lui et ses yeux se révulsent. Ni Lisa ni moi ne sommes suffisamment fortes pour supporter son poids tandis qu'il s'écroule.

14

Bienvenue dans votre nouvelle chambre
de l'université de New York

Partager une chambre en colocation peut s'avérer l'une des expériences les plus enrichissantes de la vie étudiante. Qu'il s'agisse de s'initier à une culture ou à un hobby jusque-là inconnu, ou d'y gagner un ami pour la vie, vivre avec un colocataire constitue souvent un voyage extraordinaire... Il ne tient qu'à vous de faire le premier pas.

Dès qu'un conflit surgit entre vous et votre colocataire, discutez-en, de façon que tous ceux qui partagent votre chambre ou suite soient en mesure de profiter de l'expérience.

Pensez aux quatre « C » :
Le Conflit peut être
Constructif à
Condition de
Communiquer !

Muffy Fowler décide – avec l'approbation du docteur Jessup – que ce ne serait pas une bonne idée de laisser les mères être témoins de l'évacuation, sur un brancard et couvert de sang, d'un des producteurs de l'émission. Elle ne

193

juge pas non plus souhaitable qu'elles voient débouler l'inspecteur Canavan et les autres agents du commissariat de Greenwich Village, venus interroger Gavin et tous ceux qui auraient pu se trouver en contact avec l'individu ayant déposé les cupcakes (bien que nous soyons priés par Canavan, tant que les analyses toxicologiques n'auront pas prouvé qu'ils contenaient du poison, « de ne pas tirer de conclusions hâtives »).

Il nous semble également sage d'éviter que les participantes au camp d'été et leurs mamans n'assistent à l'accès de panique de Simon Hague, au beau milieu du hall, juste après l'évanouissement de Jared.

– J'en ai mangé un ! hurle-t-il. J'ai avalé une bouchée de ces gâteaux, moi aussi ! Dieu du ciel, je ne veux pas mourir !

C'est alors que Lisa et moi l'obligeons – ainsi que Stephanie – à avaler de l'eau oxygénée et à vomir dans différentes poubelles, de manière à conserver des preuves.

Puis nous chargeons les RE d'aller chercher les participantes qui attendent dehors, pour leur proposer de venir prendre le petit déjeuner à la cafétéria et de se lier d'amitié les unes avec les autres.

Ça fonctionne, apparemment. Les mamans ne remarquent ni l'homme inconscient que l'on évacue par une porte de service afin de l'installer dans une ambulance, ni les représentants de l'université qui s'engouffrent dans un taxi pour se rendre eux aussi à l'hôpital (Muffy a le sentiment qu'ils se doivent d'aller y soutenir Jared et Stephanie – et Simon aussi, bien sûr).

De plus, l'annonce que le début du tournage est reporté au lendemain « en raison d'un problème technique » ne paraît pas troubler les mamans. Sans doute parce que Magda fait un boulot du tonnerre – ne cessant de répéter aux unes et aux autres qu'elles sont trop belles, de vraies stars de ciné, et de s'assurer qu'elles ont autant de salade de fruits et de yaourt à zéro pour cent qu'elles le souhaitent.

Tous les autres membres du personnel se comportent eux aussi très bien, exactement comme leur formation les y a préparés... Tous, à l'exception du président, qui s'éloigne en marmonnant : « Une chance que je n'aie pas mangé un de ces trucs ! »

Assise à mon bureau en attendant que l'inspecteur Canavan recueille ma déposition, j'avise une tache, sur mon chemisier blanc. Une tache que tous les détachants du monde ne feront pas disparaître. Car c'est du sang de Jared Greenberg qu'il s'agit.

À part ça, l'installation se passe comme prévu – avec un retard d'à peine deux heures sur le programme initial. La totalité des filles, et des mères, paraissent satisfaites de leurs chambres (elles peuvent l'être, vu la fortune que Cartwright TV a investie dans la déco). Dans toutes, on trouve des télés à écran plat plus grandes que mon bureau et une quantité de produits de soin offerts par Sephora et Lit, Linge, Lotions, etc. Davinia prétend avoir entendu leurs exclamations de joie depuis sa propre chambre, tout en bas.

Mon téléphone sonne – le portable, pas le téléphone du bureau.

– Je viens d'apprendre la nouvelle, m'informe Cooper quand je décroche. Ça va comment, toi ?

– Très bien.

C'est un mensonge. En fait, j'ai toujours les doigts qui tremblent, en dépit des deux sodas (pas light) et du sandwich au corned-beef et à la choucroute que j'ai engloutis pour tenir le choc.

– Ce n'est pas moi qui ai engouffré une montagne de cupcakes saupoudrés de mort-aux-rats, dis-je.

– Dieu soit loué ! D'après mon père, ils font tout pour sauver le mec, mais ça s'annonce mal. Stephanie Brewer est apparemment hors de danger, de même que le gars de l'autre résidence étudiante...

J'avais oublié Simon.

– Dommage ! dis-je, mon propos dépassant ma pensée. S'il y en a un qui mérite de crever comme un rat...

Je me reproche aussitôt mes paroles. Je ne souhaite pareille mort à personne, pas même à Simon... surtout quand Sarah, assise à son bureau, me fixe avec des yeux surpris, interrompant sa discrète conversation téléphonique. J'ai honte de moi. Je suis censée être exemplaire.

– Heather, rien ne prouve l'empoisonnement. Ce gars a très bien pu être victime d'une crise cardiaque.

– Cooper...

Je baisse la voix, consciente que Sarah m'observe et que l'inspecteur Canavan, ainsi qu'un autre agent, sont en train d'interroger Gavin et Brad dans le bureau de Lisa, simplement séparé du mien par une cloisonnette et une grille métallique. Muffy nous a ordonné expressément de ne rien révéler de l'affaire, sous peine de perdre nos jobs. J'ai beau savoir que Cooper ne va pas s'empresser de communiquer la nouvelle à la presse à scandale, je ne tiens pas à faire circuler la rumeur.

– Une crise cardiaque ? Tu veux rire ? Le sang jaillissait du nez de ce gars comme d'une fontaine. Et quelques secondes plus tôt, il mangeait les cupcakes qu'un fan avait déposés pour Tania.

– Ça ne veut pas dire que...

– Cooper, au cours d'une récente réunion du personnel, on nous a appris à reconnaître les symptômes d'empoisonnement. Les saignements de nez et la nausée en font tous deux partie. Jared a souffert des deux avant de perdre connaissance. La warfarine, principe actif des raticides d'autrefois, est insipide et inodore. J'ai vu un épisode de *Ceux qui mangent de tout* consacré à une femme qui adorait en consommer, mais à doses minimes. Ça l'a quand même tuée à petit feu.

– Qui peut vouloir ingérer volontairement de la mort-aux-rats, nom de Dieu !

– Me demande pas. Ils ont bien montré un type qui a mangé sa voiture. « Quand une passion tourne à l'obsession », lui dis-je, citant une autre de mes émissions favorites, « ça devient une addiction. C'est alors qu'on a besoin d'une intervention. »

Cooper reste un moment silencieux. Puis :

– Je résilie notre abonnement au câble. Tu regardes beaucoup trop la télé...

– ... dit l'homme qui se balade avec un flingue dans sa banane. Ça te va bien, de parler.

– Je ne... que veux-tu... bafouille-t-il. Qui t'a raconté ça ?

– Peu importe, Cooper.

Je jette un coup d'œil à Sarah. Elle a fait pivoter sa chaise de façon à se trouver face au mur. Et chuchote, furieuse, dans son portable. Je parie qu'elle discute avec Sebastian.

Après l'expérience de mort imminente à laquelle nous venons d'assister, normal que nous nous tournions vers ceux que nous aimons. Ne serait-ce que pour leur sauter à la gorge. La tension règne.

– Je suis au courant, OK ? Je sais pourquoi tu étais si désireux de retrouver ton pantalon cargo. Je sais que tu m'as menti en prétendant ne pas posséder d'arme à feu. Et tant mieux, parce que devine quoi... Moi aussi, j'ai des secrets !

– Ah oui, lesquels ? demande Cooper. Et je ne t'ai pas réellement menti. J'ai simplement omis de mentionner une vérité qui risquait de te...

– Excusez-nous...

Deux silhouettes apparaissent à la porte de mon bureau. Mme Upton et sa fille, Cassidy.

J'ai du mal à ne pas grogner. Vraiment ? *Là, tout de suite* ?

– Faut que j'y aille, dis-je à Cooper. On reprendra cette discussion plus tard.

Je raccroche et souris à Upton mère et fille, m'efforçant d'être le moins désagréable possible.

– Bonjour mesdames. Puis-je vous être utile ?

– J'espère bien, rétorque Mme Upton.

Tenant sa fille par les épaules, elle la pousse dans le bureau et la fait asseoir sur le canapé, face à mon bureau. Cassidy a une expression butée. Elle s'affaisse comme une poupée de chiffon quand sa mère lui lâche les épaules.

Celle-ci s'installe dans le fauteuil voisin. Je laisse faire, exceptionnellement – Mme Upton me terrifie. N'empêche que je ne l'ai pas invitée à s'asseoir.

– D'après la demoiselle de l'accueil, c'est à vous qu'il faut que je m'adresse, explique Mme Upton avec un sourire aimable, ayant visiblement oublié notre accrochage de ce matin.

C'est Jamie, je le sais, qui se charge de l'accueil pendant que Brad et Gavin sont avec les policiers.

– Je viens voir s'il est possible de nous donner une autre chambre, poursuit Mme Upton.

Mon regard passe de la mère à la fille. Cassidy a tourné vers le plafond son visage gracieux et fait la moue, sa longue chevelure déployée sur le canapé bleu.

– Je vois... Puis-je vous demander ce qui ne vous convient pas dans votre chambre actuelle ? (Hormis que ça a jadis été l'antre de dégénérés.) Je sais que les Disques Cartwright se sont donné beaucoup de mal pour la déco...

– Oh, ce n'est pas un problème de décoration ! interrompt Mme Cassidy d'un ton aimable. De ce côté-là, tout va bien. C'est juste que Cassidy a toujours eu sa chambre à elle, et voilà qu'elle doit en partager une, non pas avec une, mais avec deux filles. Et avec moi, aussi. J'ai bien peur que...

– Vous n'êtes pas dans la même chambre.

Je sais que ça ne se fait pas de couper la parole, mais c'est plus fort que moi, après la journée que j'ai eue.

– Certes, concède Mme Upton d'un ton un peu moins plaisant que précédemment. Mais les filles sont forcées de passer par ma chambre pour entrer dans la suite et pour en sortir.

– C'est juste. Parce qu'elles n'ont que quinze ans et que vous avez accepté d'être leur chaperon. Le campus n'accepte pas les résidents de moins de dix-huit ans.

– Eh bien, c'est complètement idiot ! (Mme Upton se met à balancer son pied chaussé d'escarpins Louboutin.) Ma

Cassidy est très mûre pour son âge. Elle sait parfaitement se débrouiller toute seule et...

– C'est quoi, ça ? demande Cassidy en désignant les préservatifs qui se trouvent sur mon bureau, dans le bocal à bonbons.

Jetant un coup d'œil à ce que désigne sa fille, Mme Upton prend une teinte écarlate, qui contraste joliment avec ses nombreux colliers en or jaune.

– Ne montre pas du doigt, Cassidy ! dit-elle en détournant le visage. Ce n'est pas poli.

– Mais *c'est quoi* ? insiste Cassidy. Je n'ai jamais vu des bonbons comme ça.

Son parfait petit sourire a quelque chose de sournois. J'en conclus qu'elle sait parfaitement de quoi il s'agit, et qu'elle se fiche de nous (après tout, c'est une ado, elle regarde forcément MTV). Quant à sa mère, elle a l'air dupe.

– Parce que ce ne sont pas des bonbons, explique Mme Upton, d'un ton désapprobateur. Mais quelque chose qui n'a rien à faire dans un bocal à bonbons posé sur le bureau d'une dame.

– Alors pourquoi est-ce que la dame en a ? demande Cassidy, penchant la tête comme le fait mon chat Owen, face au mur, quand il entend des souris gratter à l'intérieur.

À son bureau, Sarah raccroche et lance d'une voix forte :

– Ce sont des préservatifs, tu le sais très bien, Cassidy ! Des capotes, pas des caramels mous ! Maintenant tu sais où les trouver, puisque tu es si mûre pour ton âge !

Mme Upton est estomaquée.

– Pardon ?

200

– Désolée, madame Upton... dis-je en me penchant. (J'en profite pour saisir le bocal et le glisser sous la table, hors de portée de vue de l'adolescente.) Je crains de ne pouvoir vous obtenir un changement de chambre. Vous vous êtes engagée à être chaperon. Si je vous déplace, Mallory et Bridget n'auront pas de personne majeure pour veiller sur elles. En revanche, si Cassidy souhaite changer de chambre...

– Ce serait super, s'empresse de faire remarquer celle-ci.

– Non, réplique Mme Upton. Ne dis pas de bêtises, Cassidy. Tu ne peux pas vivre sans moi.

– Et pourquoi ? rétorque sa fille d'un ton cassant. Si c'est ce que je veux.

Que faire ? Peut-être Cassidy a-t-elle réellement besoin de changer de chambre pour échapper à l'emprise d'une mère étouffante. La plupart des filles ne sont pas contraintes, quand elles partent en camp d'été, de supporter la présence de leur mère dans la chambre d'à côté. Je plains un peu Cassidy, malgré ses airs de fouine.

Tendant la main vers mon classeur, je la préviens :

– Si je te donne une autre chambre, tu devras tout de même la partager. Et il y aura un chaperon dans la pièce d'à côté, comme à présent.

Je peux effectivement la mettre dans une autre chambre, même si je suis certaine que Stephanie en fera une maladie. Mais cela ne devrait pas jouer sur l'issue du Tournoi du rock, si Cassidy est aussi douée que tous le prétendent...

– Parfait, dit Cassidy. Je veux bien être avec n'importe qui sauf avec ma mère.

J'écarquille les yeux devant ce trait de sécheresse adolescente, ma compassion se portant aussitôt sur Mme Upton.

– Cassidy ! lance celle-ci en se relevant. Là, tu es franchement grossière. Tu sais bien que tu ne penses pas ce que tu dis. Allez, viens ! On a assez dérangé Mlle...

Elle m'interroge du regard.

– Mlle Wells.

– ... Mlle Wells pour aujourd'hui. Partons.

Cassidy enfonce le clou :

– Mais si, je le pense vraiment ! C'est pas juste. Mallory et Bridget ne sont pas obligées de vivre avec leurs mamans...

– C'est que leurs mamans ne se soucient pas autant d'elles que moi je me soucie de toi. Elles ne se sont pas engagées à les surveiller.

Elle tend la main vers Cassidy pour lui saisir le bras.

Même si le geste est brusque, elle n'a pas eu l'intention de lui faire mal. Sa fille l'exaspère par son caractère revêche, c'est tout.

Cassidy réagit comme si elle avait reçu un coup de poignard.

– Aïe ! s'écrie-t-elle.

Elle se relève d'un bond et porte la main à son bras. Mme Upton recule, saisie de panique.

– Vous avez vu ? nous demande Cassidy, à Sarah et moi, ses grands yeux bleu clair s'embuant de larmes.

Quelle actrice phénoménale !

– Ohé, la prima donna, tu veux bien la boucler ? lâche Sarah. Il y a des gens en pleine réunion, juste là ! (Elle désigne le bureau de Lisa.) Ta mère t'a à peine touchée !

Cassidy tourne alors vers moi son regard larmoyant.

– Mais... Vous l'avez vue. Elle m'a frappée.

Mme Upton en a le souffle coupé.

– Cassidy ! Je n'ai rien fait de tel. Qu'est-ce qui ne va pas chez toi ?

– Je vais vous dire ce qui ne va pas chez elle, répond Sarah. Elle souffre d'un trouble de la personnalité narcissique classique, causé par une mère qui n'a cessé de la conforter dans l'opinion qu'elle est l'enfant la plus douée, la plus talentueuse, à avoir jamais foulé la surface de la Terre...

– Sarah ! C'est bon...

Je referme mon classeur. Moi vivante, Cassidy ne changera pas de chambre... Euh, j'ai mal choisi mes mots. Ce qui est certain, c'est que je n'imposerai pas pareille peste à un autre chaperon.

– Tu sais quoi, Cassidy ? (Je fixe l'adolescente droit dans les yeux.) Tu as de la chance d'avoir une maman qui se préoccupe autant de toi. Certains d'entre nous n'ont jamais eu cette chance. À présent... file dans ta chambre !

Aussitôt, ses larmes sèchent.

– On va voir ce que Tania dira de tout ça, réplique-t-elle d'une voix glaciale. On va voir !

– Oh oui. J'ai hâte, je rétorque sur le même ton.

Cette gamine se fiche de moi ? Non mais pour qui elle se prend ?

– Viens, Cass ! dit Mme Upton, saisissant sa main et l'entraînant dehors. Montons voir ce que Bridget et Mallory sont en train de faire.

– Je les déteste ! glapit Cassidy.

Je les rappelle :

– N'oubliez pas que l'un des objectifs de ce camp d'été est d'apprendre à connaître, ici, sur le campus de l'université de New York, de nouvelles personnes et de nouvelles cultures.

C'est la phrase que nous sommes censés sortir aux étudiants qui viennent se plaindre à nous de leurs camarades de chambrée – en général parce que la race, la religion ou l'orientation sexuelle de ces derniers diffèrent de la leur.

– Gardez l'esprit et le cœur ouverts !

– Exactement, approuve la mère de Cassidy. (Je l'entends qui presse énergiquement le bouton d'appel de l'ascenseur.) Tu as entendu ce que dit la dame. Nous ne détestons personne !

– Toi, je te déteste ! réplique Cassidy, faisant en sorte de parler assez fort pour que ses paroles me parviennent. Et je déteste cette grosse bonne femme, dans le bureau !

Avant que j'aie pu digérer ça, la porte du bureau de Lisa s'ouvre brutalement, et l'inspecteur Canavan la franchit. Il a passé tant de temps à Fischer Hall, l'année dernière, avec toutes ces morts qui ont eu lieu dans le bâtiment, que je comprends qu'il s'y sente un peu chez lui. Mais ça ne lui donne pas le droit de hurler.

– Que se passe-t-il ici, nom de Dieu ! À vous écouter, on se croirait dans un épisode de cette fichue émission de téléréalité que ma fille passe sa vie à regarder... Ce truc au sujet des filles de Bruce Jenner.

Il me faut quelques instants pour saisir qu'il veut parler de *L'Incroyable Famille Kardashian*.

– Ce sont ses belles-filles. Et on ne faisait que discuter.

– Mouais... (Il sort un cigare de son treillis et le coince au coin de sa bouche.) Alors comme ça, il paraît que vous êtes fiancée ?

Je foudroie Sarah du regard. Elle se contente d'agiter vigoureusement la tête en mimant les mots « C'est pas moi ! »

– Je ne suis pas fiancée. Vous voyez ? dis-je en levant la main gauche. Pas de bague !

– Ça ne prouve rien, objecte l'inspecteur Canavan. Et vous allez vous enfuir, à ce qu'on raconte ? Ne prenez pas vos airs innocents ! Il y a trente ans que je fais ce boulot. Quoi qu'il en soit, *mazel tov* !

Je sens mon visage s'empourprer.

– Nous ne comptons pas nous enfuir.

– Bien sûr que non ! N'oubliez pas de déposer une liste de mariage quelque part. Ma femme vous enverra une jolie mijoteuse ou un truc dans le genre.

Il pivote sur ses talons et désigne le bureau de Lisa.

– Vous deux ! Venez ici !

Gavin et Brad sortent, tête basse, du bureau de ma chef. Ils ont l'air de gosses surpris à voler à l'étalage.

– Qu'est-ce qui ne va pas, les gars ? je demande, soulagée que l'attention de Canavan se porte ailleurs que sur moi.

– Mon sens de l'observation laisse apparemment à désirer, répond Gavin.

– C'est le pire témoin que j'aie jamais eu ! explique l'inspecteur en le fusillant des yeux. Et il prétend vouloir être metteur en scène. De films, rien que ça... Ben c'est pas Scorsese !

– Il y avait vraiment beaucoup de monde quand je suis arrivé à l'accueil ce matin, rétorque Gavin. De tous les côtés, des gens me fourguaient des bouquets de roses et des paquets. Comment je pourrais me rappeler qui a laissé quoi ?

Brad rajoute son grain de sel :

– Si c'était le gâteau glacé, je saurais vous répondre. Parce que j'ai été tenté d'en manger. Mais je me serais retenu : tout ce sucre, c'est trop mauvais pour la santé.

– Je crois que c'était un mec, fait remarquer Gavin.

– Un mec ? répète Canavan. Vous entendez ce gosse ? Il croit que c'était un mec. Un vrai Francis Ford Coppola, qu'il deviendra une fois son diplôme en poche ! Décris-moi donc ce *mec*.

Gavin me regarde, mal à l'aise.

– Euh... J'en sais rien. Je crois qu'il portait une casquette de base-ball. Et un sweat à capuche. Je n'ai pas vraiment fait attention, il y avait tellement de monde. Je me suis contenté de prendre tout ce qu'on me tendait et de le poser sur le comptoir de l'accueil.

Dans le bureau de Lisa, l'agent qui note leurs propos ne peut se retenir de rire.

– Ne nous appelez pas ! lance l'inspecteur Canavan à Gavin et Brad, mimant un pistolet avec le pouce et l'index. C'est nous qui vous appellerons !

Abattus, Gavin et Brad battent en retraite. À peine sont-ils partis que je réprimande l'inspecteur :

– Vous n'étiez pas obligé d'être si dur avec eux. Et les vidéos des caméras de sécurité placées dans le hall et à l'entrée du bâtiment, vous avez pu en tirer quelque chose ?

Canavan secoue la tête.

– Non. Les images granuleuses d'une quantité de fans de Tania Trace. Parmi eux, un individu de sexe masculin portant une casquette de base-ball et un sweat-shirt à capuche. Il tient un sac en plastique qui paraît contenir un paquet.

Je vous parie qu'il s'agit d'une boîte de cupcakes de chez Patty. Très observateur, votre employé !

Mon téléphone sonne... celui du bureau, cette fois-ci. Sur l'identificateur d'appel, un numéro que je ne connais pas. Je décroche :

– Bonjour. Fischer Hall. Ici Heather, en quoi puis-je vous aider ?

– Oh, salut Heather. C'est Lisa. (Elle a la voix tendue.) Stan – le docteur Jessup – m'a demandé de t'informer de la situation. Nous sommes toujours à l'hôpital.

– Oh, très bien. Quelles sont les nouvelles ?

– Il y en a une bonne et une mauvaise, répond Lisa, tentant vainement de garder un ton calme. La bonne, c'est qu'à l'hôpital ils ont identifié le problème. Tu ne t'es pas trompée : il y avait bien de la mort-aux-rats dans ces cupcakes.

Ça, une bonne nouvelle ?

– Oh. OK, dis-je.

– Dieu merci, Stephanie et Simon en ont mangé trop peu pour que ça les affecte.

Ah, ce doit être ça, la bonne nouvelle.

– La mauvaise, reprend Lisa, c'est qu'on ne peut pas en dire autant de Jared Greenberg. Il est mort il y a un peu plus d'une heure.

15

Lévrier rose

Verser dans le mixeur 30 centilitres de vodka et
60 centilitres de jus de pamplemousse rose fraîchement
pressé.
Ajouter les glaçons.
Secouer vigoureusement.
Décorer d'un brin de romarin (facultatif).

Je n'ai qu'une envie en rentrant chez moi : me servir une boisson forte, retirer mes vêtements – imprégnés d'une légère odeur de vomi, et sur lesquels j'ai découvert de nouvelles taches du sang de Jared Greenberg – et me laver de tous mes soucis en me glissant dans un bain plein de bulles parfumées.

Au lieu de quoi, je me retrouve boudinée dans un panty gainant et chaussée de souliers à talons qui me compriment les orteils. Et, assise à l'arrière d'une limousine que Cartwright TV a envoyée pour me prendre, je roule en direction des quartiers chic de la ville.

Je n'ai pas eu le choix.

– Je t'en prie ! a supplié Cooper.

C'est en revenant de promener Lucy que j'ai remarqué,

garé devant notre maison, le véhicule aux vitres teintées. Je n'y ai pas fait plus attention que ça, jusqu'à ce que Cooper m'appelle pour me dire qu'il se trouvait dans le luxueux appartement avec toit-terrasse de ses parents. Tania y était aussi, plongée dans un état de stupeur. Quant à Canavan, il venait d'en partir, très contrarié. À peine si Tania avait daigné lui adresser la parole. Cooper voulait que je les rejoigne, pour l'aider à tirer quelque chose de Tania... et à affronter le reste de sa famille.

– À ton avis, je vais forcément dire « oui ». Sinon, tu n'aurais pas déjà envoyé la voiture.

Je l'ai entendu émettre une sorte de sifflement. J'ai su qu'il grimaçait.

– Désolé. Elle aurait dû arriver plus tard. Écoute, je sais ce que tu as traversé...

– Ah oui ? C'est quand la dernière fois qu'on t'a vomi dessus ? Ou qu'on t'a saigné dessus ? Ou qu'une morveuse de quinze ans t'a traité de grosse ?

Ce dernier point ne devrait pas me perturber, j'en suis consciente, surtout quand on songe qu'un homme vient de perdre la vie. N'empêche que ce n'est pas fait pour me remonter le moral.

– Elle t'a traitée de grosse ? (Ça a paru l'amuser.) Tu lui as dit que ton petit copain te trouve parfaite comme tu es, et qu'il possède un pistolet ainsi qu'un permis de port d'arme ?

Je n'ai pas trouvé ça drôle.

– Non. Ce que j'aurais dû lui dire, c'est qu'elle n'ira pas loin dans la vie si elle ne renonce pas à insulter les gens qui ne lui donnent pas tout de suite ce qu'elle veut.

– Intéressant, a fait remarquer Cooper. Elle me rappelle quelqu'un. Qui cela peut-il bien être ? Ah oui... mon père.

Grant Cartwright en avait voulu à son fils aîné de n'avoir pas intégré l'entreprise familiale au point de lui couper les vivres et de refuser, même, de lui payer des études. Cooper n'en avait pas moins campé sur ses positions, travaillant jour et nuit pour s'acquitter seul de ses frais d'inscription. Cela avait tant impressionné son grand-père Arthur que celui-ci avait réglé ce que devait Cooper et lui avait légué sa maison de ville... Grant Cartwright n'en avait été que plus furieux.

Mon indépendance d'esprit m'avait à moi aussi valu le mépris du père de Cooper. Fatiguée de la guimauve que le label me donnait à ânonner au kilomètre, j'avais convaincu Grant Cartwright d'écouter les chansons que j'avais moi-même composées. Grosse erreur. En moins de temps qu'il n'en faut pour le dire, Tania Trace m'avait remplacée en première partie des concerts de Jordan... et dans son lit.

– Écoute Heather, m'a dit Cooper, je sais que tu n'as aucune envie de venir ce soir. Moi non plus, je n'ai pas envie d'être là. Il y a dix ans que je n'ai pas assisté à un repas de famille. Sans toi, je n'y arriverai pas.

Écartant le rideau, j'ai jeté un coup d'œil dans la rue, à la voiture. Appuyé à la portière côté passager, le chauffeur discutait sur son portable.

– Je sais, ai-je soupiré. Je vais venir, Cooper. Mais je tiens à ce que tu saches que traîner avec ton père, c'est pas comme ça que j'espérais passer ma soirée. Je me voyais plutôt enfiler mon pyjama, commander une pizza, et mater onze millions d'épisodes des *Maçons du cœur*...

– Oublie les maçons, a rétorqué Cooper. Et pour notre maison à nous, te bile pas ! Tu peux embaucher autant de gens que tu veux pour le ménage. L'Agence fédérale des situations d'urgence, Mary Poppins, la Garde nationale... qui tu veux !

Ça m'a mis du baume au cœur.

– Vraiment ?

– Oui. Mais ramène-toi.

Puis, baissant la voix (quelqu'un, apparemment, venait d'entrer dans la pièce) :

– J'aime autant te prévenir : Jordan est là, lui aussi.

De pire en pire... En plus de Grant Cartwright, il va me falloir traîner avec mon ex et sa nouvelle femme.

– Comment va Tania ?

– Tu te rappelles, le soir où on l'a vue chez les Allington ? a répondu Cooper. Qu'elle se contentait de rester assise, à faire des bisous à son chien – qui s'appelle Baby, soit dit au passage.

– Ouais.

– Imagine la même chose en mille fois pire.

– C'est pas bon.

– Non. Et voilà que *mes sœurs* viennent de débouler.

– Tes sœurs ?

Je n'ai pas revu les sœurs de Cooper et Jordan – issues d'une grossesse aussi tardive qu'inattendue dont Mme Cartwright ne s'est, semble-t-il, jamais remise – depuis qu'elles ont été expédiées en pension, à la demande de leur père. Elles ont dû obtenir leur diplôme de fin d'études, depuis le temps.

– Oui, a-t-il répondu, une nuance d'ironie dans la voix. Nicole s'est proposée de réconforter Tania, qui se sent res-

212

ponsable de la mort de Jared... tout en soutenant bien entendu qu'aucun de ses fans n'aurait idée de lui faire le moindre mal. Jessica, quant à elle, se propose d'assassiner Nicole. Avec ces trois-là, je suis moi-même tenté d'ingérer de la mort-aux-rats.

– Je suis là dans trois quarts d'heure.

J'ai raccroché.

La limousine me dépose devant un bâtiment de Park Avenue que je ne connais que trop bien, pour y avoir assisté à nombre de dîners déplaisants à l'époque où je sortais avec Jordan. Le concierge est d'ailleurs toujours le même.

– Bonjour mademoiselle Wells, lance-t-il en souriant, avec un plaisir manifeste. Comment allez-vous ? Heureux de vous revoir !

– Pareil pour moi, Eddie.

Soudain, je me sens nerveuse. L'entrée est mille fois plus luxueuse que dans mon souvenir. Tout a été rafraîchi avec goût, de l'uniforme vert foncé d'Eddie aux innombrables miroirs à cadre doré qui me renvoient mon reflet. Une seule chose ne paraît pas à sa place : moi.

Je me dis que c'est parce que j'ai, depuis ma dernière visite, vieilli et gagné en sagesse. Si mon brushing de ce matin n'a pas tenu le coup, ma longue chevelure blonde est saine et brillante. Et ma robe, bien qu'achetée dans une solderie, me va très bien : elle rehausse mes atouts et dissimule ce que je ne tiens pas à mettre en avant. Et si mes pieds souffrent déjà le martyre tant il est rare que je les comprime dans des escarpins à talons, personne ne s'en rendra compte à part moi.

N'empêche... qu'est-ce que je fais là ? Pourquoi avoir accepté de venir ? D'accord, Cooper y tenait. Mais il possède un pistolet. Pourquoi ne pas le dégainer et exiger de sa famille qu'elle lui fiche la paix ?

– Mme Cartwright a prévenu qu'elle vous attendait, m'informe Eddie sans cesser de sourire, me guidant vers l'ascenseur ouvert, avant d'appuyer sur le bouton du dernier étage. Elle dit que vous pouvez monter directement.

– Merci... je bafouille, gênée.

Les portes se referment sans me laisser le temps de faire volte-face et de partir en courant... quoique je ne puisse aller bien loin, avec mes souliers à talons.

Les portes s'ouvrent, bien plus tôt que je ne l'aurais souhaité, sur une vision stupéfiante. Le hall de l'immeuble n'est pas le seul à avoir été retapé. L'appartement a aussi subi une sacrée transformation. À présent, au lieu d'y pénétrer par une entrée encombrée, on accède directement au living-room des parents de Cooper, dont la plupart des murs ont été abattus et remplacés par des baies vitrées donnant sur la terrasse. Si bien que la première chose que je vois en sortant de l'ascenseur, c'est l'éclat du soleil couchant.

À part le verre, il y a des colonnes blanches, de l'inox et du béton. On se croirait dans le magazine *AD*. Connaissant Grant Cartwright, son appartement y a très certainement figuré.

Je m'avance sur le parquet en ébène archi-lustré.

– Il y a quelqu'un ?

– Heather ?

J'ai la surprise de voir surgir de derrière une colonne une fille petite et fluette, aux cheveux raides comme des baguettes et du même marron foncé que ceux de Cooper. Elle semble dubitative mais pas antipathique.

– Mon Dieu, c'est bien toi ! C'est moi, Jessica.

Alors, à mon grand étonnement, elle tend les bras vers moi et me serre contre elle. J'ai l'impression d'étreindre un chat squelettique... si les chats portaient une tonne d'eyeliner charbonneux et de bracelets indiens en argent et sentaient le tabac.

– C'est génial de te revoir ! me souffle-t-elle dans les cheveux. Ça faisait un bail ! Tu as bonne mine.

– Merci, dis-je d'une voix un peu rauque. (Son épaule m'écrase la gorge.) Toi aussi.

La dernière fois que j'ai vu Jessica, la jeune sœur de Cooper, elle portait des couettes et s'apprêtait à se rendre à son cours de poney. Elle avait un cheveu sur la langue, un appareil dentaire et, sur bien des points, se comportait encore plus mal que Cassidy Upton.

– Cooper m'a tout raconté, dit-elle lorsqu'elle me lâche enfin.

– Ah oui ?

Je ne sais pas de quoi elle parle. Je n'aurais pas cru Cooper proche de ses sœurs – outre qu'ils ont quinze ans de différence, il était très jeune quand son père l'a mis à la porte.

– Enfin, poursuit-elle, me faisant signe de la suivre dans une cuisine américaine avec appareils électroménagers en inox et plans de travail en granit. Il a fallu le corrompre pour lui soutirer ça. Comme je fais un stage chez Marc Jacobs cet été, je lui ai promis de vous avoir gratos toutes les fringues et les accessoires qui vous feront envie. Mais il

215

ne m'aurait rien dit s'il n'avait pas voulu que je sache, parce que Cooper n'est pas du genre à dire ce qu'il préfère garder pour lui, pas vrai ?

Je réalise alors que Jessica est pompette. Certes pas au point de ne pas tenir sur ses jambes, mais elle est pieds nus – look qui s'accorde bien avec ses bracelets en argent et avec le chemisier et le pantalon noirs et flottants qu'elle porte.

– Tu bois quelque chose ? demande-t-elle. Ils sont tous en train de s'envoyer des Martini sur la terrasse, en attendant le dîner. Moi j'ai horreur du Martini. Je carbure au lévrier rose. Je t'en prépare un si tu veux. C'est un cocktail pour le brunch – mais on ne va pas se soucier de l'heure quand quelqu'un cherche à nous tuer, pas vrai ?

Elle glousse puis pose un doigt, à l'ongle comme il se doit verni de noir, sur ses lèvres.

– Oups ! Désolée ! C'est Tania que quelqu'un cherche à tuer. Rendons à César ce qui... C'est Nicole qui s'imagine que quelqu'un veut notre peau à tous. Mais bon... tu connais Nicole.

Jessica lève les yeux au ciel en versant une généreuse dose de vodka dans deux hauts verres à cocktail remplis de glaçons.

– Attention ! dis-je, alors qu'elle en renverse la moitié sur le plan de travail.

– Oups ! s'exclame-t-elle à nouveau, avant de pouffer. En tout cas, je suis super heureuse pour toi et Cooper. Jordan est un tel enfoiré. J'ai toujours pensé que tu méritais mieux que lui.

Cooper a donc réellement tout dit à Jessica !

– Waouh ! je m'exclame, alors que Jessica saisit une carafe et verse sur la vodka du jus de pamplemousse rose.

Elle ajoute au mélange, en guise d'ornement surprise, un brin de romarin. Puis se met à touiller vigoureusement le contenu des verres à l'aide d'une longue cuillère en argent probablement transmise dans sa famille de génération en génération après avoir été la propriété d'un ancêtre puritain arrivé sur le *Mayflower* – lequel n'aurait jamais envisagé que ce legs puisse servir à remuer les cocktails.

– Non, honnêtement, je sais que Jordan est mon frère et tout le tralala... N'empêche que c'est un lèche-cul. Il fait tout ce que lui dit papa. Tiens. (Elle me passe l'un des verres.) Buvons aux couples bien assortis ! *L'Chaim !* Ah ouais, j'oubliais... Nicole se convertit au judaïsme rien que pour faire chier mon père.

– *L'Chaim.*

Je choque mon verre avec le sien. Le lévrier rose est un cocktail divin, à supposer que le divin puisse être concocté par des filles aux pieds nus et aux yeux tartinés d'eye-liner.

– Miam !

– Je sais. C'est bon, hein ? demande Jessica, un grand sourire aux lèvres. Bourrons-nous la gueule !

– Tu es là.

Cooper entre dans la cuisine, portant des verres vides sur un plateau.

Comme d'habitude, sa vue me procure un choc. Il est si beau ! D'autant plus qu'il est en jean, étant donné qu'il n'a pu trouver son pantalon cargo, et pour cause : je l'ai caché derrière le sèche-linge. Pas de banane en vue. Mais une chemise en lin à manches courtes d'un gris qui fait ressortir le bleu perçant de ses yeux. Constatant qu'il ne l'a pas rentrée dans le pantalon, je me souviens, avec un pincement au cœur, des paroles de Pete.

– Je suis là, je murmure.

Nos regards se croisent. J'ai envie de poser mon verre et de me jeter dans ses bras, bien qu'il soit sans doute armé. Mais quelque chose, dans son expression, me dit : « Stop ! »

Craindrait-il que je ne détecte quelque renflement suspect indiquant la présence, sur lui, d'un pistolet ? Non. C'est simplement, comme je le constate une seconde plus tard, que sa mère se tient juste derrière lui.

– Cooper, ne reste pas planté là, au beau milieu de la cuisine ! Comment veux-tu que je passe ? Oh !

Patricia Cartwright est apparemment stupéfaite de me trouver dans sa cuisine, bien qu'elle ait dit au concierge de me faire monter directement. Vêtue dans les tons beiges, elle tient un verre à cocktail vide. Soit elle prend fort bien soin d'elle, soit elle a un excellent chirurgien esthétique, car elle paraît *plus jeune* que lors de notre dernière rencontre.

Certes, avec les millions de dollars que la compagnie de disques de son mari – et mon ex-manager – a amassés grâce aux tubes que j'ai enregistrés pour eux, la mère de Cooper peut s'offrir les antirides les plus chers du monde, y compris ceux qu'on fabrique avec du placenta de baleine.

– Heather ! s'écrie-t-elle.

Elle flotte vers moi, avec un léger sourire. Léger, parce qu'elle peut à peine bouger le visage, avec la quantité de Botox qu'on lui a injectée.

– C'est merveilleux que tu aies pu venir ! Désolée que ce soit en d'aussi affreuses circonstances ! Ça a été terrible, non ?

Mme Cartwright m'entoure de ses bras tout comme Jessica un peu plus tôt. Sauf que la mère est encore plus maigre que la fille. Si étreindre Jessica est comme étreindre un chat squelettique, j'ai à présent la sensation de serrer contre moi un squelette de chat.

Je jette un coup d'œil à Cooper par-dessus l'épaule de sa mère. Il feint un frisson pour me faire rire. Près de moi, Jessica, voyant son frère faire le clown, éclate d'un rire rauque.

– Oui, vraiment terrible, dis-je en m'efforçant de couvrir le rire de Jessica, tandis que Mme Cartwright se détache de moi.

– Je n'en reviens pas, soupire-t-elle, fixant sur Jessica (dont le rire ne lui a visiblement pas échappé) ses yeux bleus, si semblables à ceux de Cooper, et pourtant si différents.

– Ce pauvre homme était encore chez nous la semaine dernière, à filmer Jordan et Tania pour leur émission. Et à tenter de me convaincre d'investir de l'argent dans un horrible documentaire qu'il préparait, au sujet d'un condamné à mort. Et maintenant, c'est lui qui est mort !

Patricia Cartwright met la main sur son cœur – je ne peux que remarquer l'énorme émeraude qui orne l'un de ses doigts. Et elle se met à déclamer :

– « La mort de tout homme me diminue. Car je fais partie du genre humain. Par conséquent, ne demande pas pour qui sonne le glas. Il sonne pour toi ! »

Laissant tomber sa main, elle conclut d'une voix solennelle :

– Francis Scott Fitzgerald. Quel merveilleux écrivain !

– En fait, c'est de John Donne, rectifie Cooper en posant le plateau qu'il tenait. Né environ quatre siècles avant

Fitzgerald. Mais on n'est pas à ça près ! Tu ne veux pas que j'aille te chercher un verre d'eau, maman ? Ou un café ?

– Ne dis pas de bêtises ! On ne va pas tarder à servir le dîner. Il faudrait ouvrir une bouteille. Heather, j'espère que tu ne nous en voudras pas, on a dû commander au Palm. Après cette affreuse nouvelle, personne n'était d'humeur à cuisiner, et encore moins à sortir. En principe, le Palm ne livre pas à domicile, mais le patron fait une fleur à Grant, car il sait à quel point Grant raffole de ses steaks, et qu'ils sont de grands, de vrais amis.

– Et vu qu'on était censés partir dans les Hamptons, précise Jessica, maman a donné leur semaine aux domestiques...

D'une main impérieuse et sans lui accorder un coup d'œil, Patricia Cartwright tend son verre vide à son insolente de fille. Jessica saisit le message. Elle se dirige vers le bar, à l'autre bout de la cuisine, pour préparer un autre Martini à sa mère.

– Heather, me glisse Mme Cartwright en tendant la main pour replacer une mèche de cheveux rebelle derrière mon oreille. Ça faisait tellement longtemps ! Trop longtemps. Je regrette tellement ce qui s'est passé entre toi et Jordan. Je ne veux plus évoquer cette période douloureuse, sauf pour te dire ceci : pour moi aussi, ça a été un coup terrible. J'ai eu l'impression de perdre une fille.

Je remarque que Cooper est en train de se servir à boire. Il verse des glaçons dans un verre à whisky et prend la bouteille de vodka dont sa sœur s'est servie pour le lévrier rose. Sauf qu'il zappe le jus de pamplemousse.

– Merci madame Cartwright, dis-je.

– Tu sais, maman, commence Jessica en remplissant de glaçons un shaker à Martini. Peut-être n'as-tu pas perdu une fille en Heather. Il se pourrait que ton autre fils...

Jessica se retrouve aussitôt cravatée par son frère.

– Maman, Heather et toi pourriez rejoindre papa et les autres sur la terrasse pendant que Jessica et moi mixons les cocktails, lance-t-il d'une voix décontractée, comme si se balader avec la tête de Jessica coincée dans le creux de son épaule était la chose la plus naturelle du monde.

– Argh ! grogne sa sœur, luttant pour se dégager.

Elle ne doit pas souffrir tant que ça, cela dit, vu qu'elle tient toujours soigneusement le shaker et n'en a pas renversé une seule goutte.

– Oui, bien sûr, répond sa mère à Cooper.

Elle me prend le bras et m'entraîne vers les baies vitrées donnant sur le toit-terrasse.

– Tu as certainement hâte de découvrir le reste de l'appartement, me dit-elle. Tu n'es pas venue depuis les travaux de rénovation. Nous avons fait appel à Dominique Fabré, tu connais ? Un architecte tout bonnement extraordinaire. Bien sûr, pour faire accepter ses plans par la commission, ça a été une autre histoire. Mon Dieu, ce que tu as la peau douce ! Tu utilises quels produits de soin, si ce n'est pas indiscret ?

– Les larmes des étudiants qui ont le mal du pays.

Mme Cartwright lève brusquement les yeux vers moi. Avec mes talons, je la dépasse de beaucoup.

– Oh, tu plaisantes ! Je vois. Oui, tu as toujours été futée, ça me revient. Je me suis souvent demandé ce que tu trouvais à Jordan. Parce que j'ai beau l'adorer, je sais bien qu'il n'est pas le plus brillant de mes enfants. Cooper, en revanche... bien qu'il ait terriblement déçu son père. Un garçon si talentueux, si intelligent. Il aurait pu choisir n'importe quelle carrière... et il décide de devenir détective privé ! (Elle rit tristement.) Si tu entendais les commentaires de nos amis quand on tente de leur expliquer ! Qui a idée d'être détective privé ?

C'est une question en l'air, qu'elle pose négligemment, tout en faisant coulisser l'un des panneaux vitrés. Nous sortons sur le toit-terrasse. Je ne suis pas certaine qu'elle attende une réponse à sa question. Je la lui donne quand même :

– Quelqu'un qui met ses qualités au service des gens en détresse. Comme ces chevaliers d'autrefois, qui défendaient la veuve et l'orphelin.

Mme Cartwright me fixe, interloquée.

– Oui, réplique-t-elle d'un ton nettement moins décontracté que précédemment. Il t'a sauvée, en effet, à ce qu'on m'a raconté.

– Je ne sais pas de quoi vous voulez parler, je bredouille en rougissant. Je m'occupe de sa comptabilité, rien de plus.

– Évidemment, dit-elle avec un sourire chafouin. Sa comptabilité. Pourquoi pas ? Allez, viens dire bonjour à tout le monde.

Le toit-terrasse des Cartwright est autrement plus long et large que celui des Allington. Un hélicoptère trouverait aisément où se poser sur le green d'entraînement qu'a fait installer Grant Cartwright à l'une de ses extrémités. Si la piscine n'a pas les dimensions olympiques, elle peut néanmoins contenir suffisamment de mannequins Victoria's

Secret pour faire le bonheur d'un promoteur de boîtes de nuit.

Les membres de la famille Cartwright – Tania comprise – sont installés sur de luxueuses chaises longues garnies de coussins, disposées autour d'une cheminée de jardin à foyer ouvert, à la flamme réglée au minimum – il fait si bon. M. Cartwright, occupé à envoyer des textos, ne prête pas la moindre attention au superbe coucher de soleil. Jordan, quant à lui, est totalement absorbé par ce spectacle. Non loin de lui, pelotonnée sur une chaise longue, Baby sur les genoux, Tania me semble encore plus menue que lors de notre dernière rencontre. Malgré la distance, son teint me paraît blafard. Elle cache ses yeux derrière des lunettes noires.

De l'autre côté de la cheminée, une fille en qui je reconnais Nicole – avec dix ans de plus que lorsque nous nous sommes vues pour la dernière fois – gratte une guitare. Elle ne ressemble à sa jumelle que dans les grandes lignes. Sa chevelure est du même marron foncé que celle de Jessica, mais elle l'a tressée en deux nattes. Elle ne porte pas une miette de maquillage et, au lieu de bracelets en argent, arbore au poignet des torsades de cuir ornées de perles. Elle doit peser vingt kilos de plus que sa sœur et, plutôt que pour le noir intégral, elle a opté pour une robe blanche vintage joyeusement ornée de cerises. Elle est chaussée de ballerines rouges et arbore des lunettes à grosse monture noire.

– Mon Dieu ! murmure Patricia, tandis que des notes de guitare nous parviennent aux oreilles. Elle ne va pas remettre ça !

Je penche la tête, désireuse d'en entendre davantage. Si le vent est chaud au treizième étage, il n'en souffle pas moins fort. Au point que je retiens le bord de ma jupe pour qu'elle ne s'envole pas.

– Pourquoi ? Ça m'a l'air joli, dis-je.

– Nom de Dieu ! grogne Jessica en déboulant derrière nous, son lévrier rose dans une main, le Martini de sa mère dans l'autre. Maman, tu avais promis de la faire taire !

– Tu veux que je fasse quoi ? rétorque Mme Cartwright. Que je la bâillonne ?

– Oui, si tu ne veux pas que je me balance dans le vide. Nic ! lance-t-elle, furieuse, en s'avançant à grands pas vers la cheminée de jardin. Laisse tomber ! Papa ne les achètera pas, tes chansons débiles !

J'emboîte le pas à Jessica. Je tiens mon verre avec une extrême précaution, l'allée menant à la cheminée étant recouverte de vrai gazon. Du coup, mes talons s'enfoncent dans le sol.

– Si tu permets... dit une voix masculine, à côté de moi.

C'est Cooper. D'une main, il porte un plateau contenant différents cocktails. De l'autre, il me prend le bras pour m'aider à franchir ce passage délicat.

– Alors c'est quoi ce secret auquel tu as fait allusion, plus tôt, au téléphone ? me demande-t-il à voix basse. Ça a à voir avec ce que tu portes sous ta robe ?

Il a un sourire coquin. Hélas, mon secret l'est beaucoup moins.

– On verra ça plus tard, dis-je. Quand on discutera de l'endroit où tu caches ton arme, dans la maison.

– Heather... commence-t-il.

– C'est pas le moment ! Tentons d'abord de découvrir qui cherche à assassiner Tania. Ensuite, on s'occupera de nos problèmes à nous.

Plus je m'approche de la cheminée de jardin, mieux je distingue les paroles de la chanson de Nicole. Elle a une voix agréable, d'une grande délicatesse.

On ne peut hélas pas en dire autant des paroles de sa chanson.

– « Le sang », chante Nicole d'un air pénétré, en contemplant le coucher de soleil. « Le sang, j'ai goûté le sang de mes règles. Et c'était succulent, je n'en espérais pas tant... »

Jessica laisse échapper un juron épouvantable, puis :

– Maman, je jure que si tu ne la fais pas taire, je me balance du treizième étage.

– Bon retour dans ma famille ! me chuchote Cooper.

Il me plaque un rapide baiser sur la joue avant d'aller servir les boissons.

16

La salade spéciale végétalienne du Palm,
préparée exclusivement pour Tania Trace

Pour 4 personnes :
Ingrédients de la « salade Tania »
250 grammes de haricots verts, lavés et coupés en mor-
ceaux de 2 cm, cuits mais croquants (4 minutes dans
l'eau bouillante).
1 ou 2 tomates cœur-de-bœuf, égrenées et coupées en
cubes de 2 cm.
1 oignon doux, de type Vidalia, haché en morceaux de
1 cm.

Préparation de la « salade Tania »
Mettre les ingrédients de la vinaigrette dans un bocal.
Fermer hermétiquement. Secouer.
Rectifier l'assaisonnement.
Associer haricots verts, tomates et oignon haché.
Mélanger avec la vinaigrette.
Disposer sur un plat à salade glacé.

Le dîner est servi dehors, sur une table taillée dans le roc
– sans doute un mégalithe volé à Stonehenge – et sous les
étoiles, qui ont commencé à briller peu après le coucher du
soleil. Trois serveurs du Palm déboulent avec une quantité

impressionnante de sacs isothermes contenant les steaks, les homards, les frites, la purée de pomme de terre et les cheese-cakes commandés par Grant Cartwright. Sur la terrasse, ils commencent à dresser la table, comme s'ils faisaient ça un soir sur deux. D'ailleurs, c'est peut-être le cas.

Il y a aussi une salade végétalienne préparée exprès pour Tania. Variante d'une entrée déjà existante, le patron l'a baptisée « salade Tania » en hommage à la chanteuse, après que celle-ci l'eut commandée (sans le bacon et les crevettes) dans toutes les rôtisseries Palm du pays. Du coup, c'est devenu l'une des spécialités les plus demandées de la carte.

Mais une fois que les serveurs se sont donné la peine de l'assaisonner, de la disposer sur une assiette et de la lui présenter avec une charmante petite courbette, Tania se contente de la triturer du bout de sa fourchette. Même Baby, qu'elle garde sur ses genoux pendant tout le repas, ne paraît pas s'y intéresser. (Je ne serais guère tentée, moi non plus, sauf si on y avait laissé les crevettes et le bacon ; Lucy l'aurait sans doute mangée quant à elle, vu qu'elle passe son temps à s'intéresser au contenu de la caisse d'Owen.)

Presque tous les convives font leur possible pour éviter poliment d'aborder le sujet de l'horrible drame survenu sur mon lieu de travail. Grant Cartwright lui-même prétend être très curieux de savoir ce que je suis devenue depuis la dernière fois que je l'ai vu, alors que c'est lui (si j'omets ma mère et son petit copain Ricardo) qui est responsable de mon état actuel de pauvreté.

– Je ne te savais pas aussi forte en calcul, Heather, dit-il en me passant un saladier d'épinards à la crème. Je t'ai toujours vu un tempérament plus artiste.

– On peut être deux choses à la fois, papa, fait remarquer Nicole. Moi, par exemple... je compose des chansons et je m'occupe de soutien scolaire pour les enfants défavorisés. Je tiens vraiment à rendre une partie de ce que...

– Quelqu'un peut me passer le vin ? hurle Jessica.

– Jessica ! la reprend sa mère. Ça suffit !

– Donc, c'est toi qui établis les fiches de paie de tout le bâtiment ? me demande M. Cartwright, ignorant ses filles. En plus de t'occuper de la compta de Cooper ?

– Non, pas de tout le bâtiment. Juste des résidents employés par la fac. Et la comptabilité de Cooper s'est avérée un jeu d'enfant, une fois un système mis en place.

Je me garde bien de préciser que Cooper était, avant mon arrivée, un adepte du non-système. J'ai récupéré des reçus datant d'il y a cinq ans dans le tiroir où il range ses sous-vêtements. Tout récemment, bien entendu, car je n'ai que depuis peu accès au contenu du tiroir en question.

– Elle a révolutionné mon activité, fait remarquer Cooper avec une nuance de fierté.

– Mais on a la chance de se faire aider par un comptable qui n'est pas en prison en ce moment, dis-je pour éviter que tout le mérite me revienne.

– Je lui devais un service, explique Cooper. Pas besoin de travailler dans un bureau pour être un bon comptable.

J'abonde dans son sens.

– Tout à fait d'accord ! Et Cooper a des amis... dans des milieux très divers. Mais il est plus simple de joindre son comptable quand il ne passe pas ses journées dans une cellule d'un mètre cinquante sur trois.

– Heather a toujours eu le sens des affaires, lance Jordan en suçant une pince de homard. C'est pour ça que je n'ai jamais compris les blagues de blonde que tous ces gens racontent. « Vous ne connaissez pas ma petite amie », que je leur dis !

Il grimace – l'une de ses sœurs lui ayant apparemment donné un coup de pied sous la table. Gêné, il se tourne vers Tania.

– Je voulais dire « ex-petite amie », rectifie-t-il. Mais Tania est douée, elle aussi, pour ce genre de chose.

Tania ne prête pas la moindre attention à la conversation. Elle fait mumuse avec sa salade, séparant les tomates, les haricots verts et les oignons. Son assiette ressemble à un mini-drapeau italien.

– Eh bien, je trouve formidable qu'Heather ait pu se joindre à nous ce soir, dit Mme Cartwright.

Elle en est à son troisième ou quatrième verre de vin. Grant Cartwright dispose, dans la cuisine, d'un réfrigérateur spécialement conçu pour les bouteilles : un compartiment pour le rouge, un autre pour le blanc, le tout maintenu à différentes températures.

– À la place d'Heather, poursuit-elle, je dirais à toute notre famille d'aller se faire voir. C'est tellement chouette, que des ex restent amis, au lieu de se haïr à mort.

Tania fait tomber sa fourchette.

– Laisse ! dit Jordan, posant une main sur celle de sa femme afin de l'empêcher de se baisser pour récupérer l'ustensile sous la table, comme elle semblait sur le point de faire. Ça va, ma chérie ?

– Je ne suis toujours pas dans mon assiette...

Tania dégage sa main, qu'elle crispe autour de la bouteille d'eau à laquelle elle a bu à petites gorgées toute la soirée.

– ... Si ça ne vous dérange pas, je vais aller m'allonger à l'intérieur.

– Évidemment que ça ne nous dérange pas, répond Grant Cartwright qui, pour la première fois de sa vie, paraît sincèrement se soucier de quelqu'un d'autre que de lui-même.

Ses fils ont hérité de son physique avantageux. Grand et mince comme eux, Grant leur a également légué sa mâchoire carrée et ses yeux d'un bleu perçant. Les seules différences notables, c'est sa chevelure complètement grise et le fait qu'il n'ait jamais donné la preuve de posséder une âme.

– Nicole... propose-t-il. Pourquoi ne pas l'emmener dans ta chambre ?

Dans son empressement à se rendre utile, Nicole manque de renverser sa chaise.

– Bien sûr. Viens, Tania. Je vais te faire écouter la chanson sur laquelle je travaille. Elle s'appelle : *Ma sœur jumelle, ma tortionnaire...*

Jessica repose si violemment son verre sur la table que je m'étonne qu'il ne vole pas en éclats.

– T'arrêtes tes conneries, oui ou merde ! hurle Jessica.

– Oh, je suis désolée, rétorque Nicole – qui n'a pas l'air désolé du tout. Je ne vais tout de même pas amener Tania dans *ta* chambre vu qu'elle empeste la cigarette, ce qui n'est pas bon pour l'enfant à naître.

À l'autre bout de la table, Mme Cartwright fixe Jessica, les yeux écarquillés.

– Parce que tu fumes, maintenant ?

– Sur les conseils de mon médecin, affirme Jessica. Pour soulager mes ballonnements...

– C'est ça ! ricane Nicole. Tu ne t'en servirais pas plutôt comme coupe-faim, pour ressembler à ces mannequins anorexiques avec qui tu bosses à longueur de journée ?

– Au moins, je suis *payée* pour ce boulot, ce qui m'évite de vivre aux crochets de papa et maman comme tu le fais tous les étés depuis... oh, comme tu l'as toujours fait.

Nicole lui jette un regard noir et se rassoit, décidée à contre-attaquer :

– Excuse-moi, mademoiselle-je-travaille-pour-une-industrie-qui-incite-les-femmes-à-jeûner, mais dès que j'aurai achevé ma formation de prof de soutien, je ferai de grandes choses. Et toi, tu feras quoi ? Ah oui : tu travailleras pour papa. *Moi, j'apprendrai à lire à des enfants !*

Waouh ! Difficile de tenir le score, mais je crois que je vais devoir accorder le point à Nicole. Même si on nous apprend, dans mon cours d'introduction à la psychologie, que les trois besoins fondamentaux de l'homme consistent à s'alimenter, à se mettre à l'abri et à se vêtir... Savoir lire ne faisait pas partie de la liste, jusqu'à ce que des chercheurs en psychologie se livrent à des expériences sur les singes. Après avoir séparé de leurs mères les singes nouveau-nés, ils les ont élevés en isolement dans des cages, les privant de tout contact avec les hommes ou les primates. Ils ont alors constaté que les bébés singes se désocialisaient, tentaient d'arracher les yeux des chercheurs, leur balançaient leur caca à la figure, puis mouraient.

C'est seulement alors que les chercheurs ont décidé d'ajouter à leur liste l'amour, les rapports sociaux, l'hygiène, l'éducation et les soins de santé primaires, sans lesquels toute créature perd la raison et meurt (après vous avoir bombardé de ses excréments).

Je préfère m'en tenir à ma spécialisation en justice pénale. La psychologie, ça me semble un peu hard.

Je ne réalise pas immédiatement que Tania a quitté la table, s'étant esquivée pendant la dispute des jumelles. Quand je la vois, elle atteint la baie vitrée et s'apprête à entrer dans l'appartement, Baby trottant sur ses talons. J'interroge Cooper du regard. Il hoche la tête.

Je m'essuie la bouche, puis repose ma serviette à côté de mon assiette presque vide – mon faux-filet est si énorme que je n'ai pas pu le finir, et Dieu sait si j'apprécie un bon bifteck. J'ai quand même réussi à faire un sort à ma purée de pommes de terre.

– Veuillez m'excuser, je murmure.

Je me lève. De l'autre côté de la table, Cooper me jette un coup d'œil reconnaissant, devinant mes intentions. Tania a besoin qu'on s'occupe d'elle. Personne, à part lui, ne remarque que je me suis levée.

Tandis que je m'éloigne s'élève la voix de Jordan.

– Pour ce qui est de l'effet coupe-faim, Jess, je te comprends, crois-moi. Mais fumer, ce n'est pas bon pour la santé. Demande plutôt au docteur Shipley de te prescrire des médocs contre les troubles déficitaires de l'attention. C'est ce que je fais quand j'ai besoin de perdre quelques kilos avant de me produire sur scène. C'est miraculeux ! Et le petit plus, c'est que ça m'aide carrément à me concentrer sur mes chorégraphies...

– C'est peut-être que tu souffres réellement de TDA, suggère Cooper.

233

Prenant ça à la plaisanterie, Jordan donne une tape sur le bras de son frère.

– De notre temps, fait remarquer Grant Cartwright, on appelait ces comprimés du « speed ».

– C'est vrai, acquiesce sa femme. Tu te souviens du jour où on a pris tout ce speed et où on a roulé jusqu'à Martha's Vineyard, mon chéri ?

– Non, ça, c'est quand on s'est murgés à coups de margaritas.

– Ah oui. L'alcool au volant, ça ne choquait pas tant à l'époque. Même si ce fermier n'a pas aimé qu'on lui défonce sa clôture...

– Vous êtes vraiment dégueu, dit Nicole.

Jessica semble d'accord avec sa sœur, pour une fois.

– Non mais vraiment...

Les voix cessent peu à peu de me parvenir aux oreilles alors que je longe l'allée menant à l'appartement – à présent subtilement illuminée par des lampes halogènes dissimulées parmi la végétation. À l'intérieur, je ne vois pas Tania. Mais je distingue le son d'une télé allumée et le tintement de clochette du collier de Baby, qui doit être en train de se gratter. Me repérant au bruit, je me retrouve dans un salon de télé, tout en panneaux de bois foncé et canapés de cuir noir. Affalée sur l'un d'eux se trouve Tania, éclairée par la lueur d'une télé à écran plat. Dans la fraîcheur de l'air climatisé, elle a recouvert ses jambes d'un plaid en imitation chinchilla. Sur ses genoux, Baby se gratte vigoureusement les oreilles. Quand j'apparais à la porte, tous deux lèvent les yeux vers moi.

– Oh, salut... dis-je d'une voix hésitante. (Ni le chien ni sa

234

maîtresse ne semblent particulièrement heureux de me voir.) Je cherchais...

La salle de bain ? La sortie, et je ne suis pas partie du bon côté ?

Vous savez quoi ? J'emmerde les bonnes manières ! Un producteur avec qui travaillait cette fille est mort aujourd'hui – et pratiquement dans mes bras. Il me faut des réponses, et le moment est venu de voir si Tania peut m'en donner.

– Je me demandais si je pouvais me joindre à toi, dis-je. La famille Cartwright au grand complet, je sature vite...

Je traverse la pièce, contournant une grande table basse sur laquelle est posé, en guise de décoration, un panier rempli de boules en rotin (chers décorateurs du monde entier : c'est quoi cette obsession avec les boules en rotin ?) et pique droit sur le canapé où elle est assise.

– Bouge un peu !

Elle demeure figée sur place, les yeux écarquillés.

– C'est pas la place qui manque ! proteste-t-elle en désignant, avec la télécommande qu'elle a en main, le canapé d'en face.

– Ouais. Sauf que t'as toutes les couvertures.

Je soulève le couvre-lit en imitation chinchilla et m'assieds à côté d'elle, en prenant soin de ne pas la frôler. Puis je retire mes souliers – quel soulagement ! – et replie mes jambes sous moi afin d'imiter sa position. Dans notre cours d'introduction à la psychologie, on nous apprend que de nombreuses études tendent à prouver que le fait d'imiter discrètement les gestes d'une personne augmente les chances d'établir avec elle une relation de confiance. Baby paraît trouver la situation acceptable : il s'installe aussitôt dans la cuvette de fausse fourrure qui s'est formée entre Tania et moi.

– Bon... dis-je. Les Cartwright t'aiment visiblement beaucoup. C'est chouette. Ils sont un peu frappés, mais c'est le cas de la plupart des familles. En tout cas, de celles auxquelles j'ai affaire à l'université de New York, où je travaille. Je ne crois pas qu'il existe de familles normales. D'abord, on entend quoi par « normal » ?

Tania garde le silence. Les yeux rivés sur l'écran, elle passe d'une chaîne à l'autre à toute vitesse, comme si elle avait du mal à dégoter un programme qui l'intéresse. Les Cartwright ont pourtant le câble, et Tania est arrivée aux chaînes neuf cents et quelques... Mais elle a baissé le son, ce qui est bon signe.

– C'est chouette, je répète. Du coup, quand la petite sera née, elle aura plein de gens pour s'occuper d'elle, même si leur santé mentale laisse un peu à désirer. À ce qu'on m'a dit, on est libre de choisir qui assistera, ou non, à l'accouchement. Songes-y. Sinon, je vois bien Nicole insister pour être là tout du long, de manière à rassembler du matériel pour une chanson du style : *J'ai goûté le placenta...*

Tania esquisse finalement un sourire.

– Non ! réplique-t-elle, détournant enfin son visage de l'écran. Elle ne ferait pas ça !

– Honnêtement, ça ne m'étonnerait pas. Pas facile de trouver des mots qui riment avec placenta, mais je parie qu'elle y arrivera. « Il était de couleur magenta / Il avait un goût de polenta »...

– Arrête ! s'esclaffe Tania.

Elle s'empare d'un coussin et, pour rire, me le jette à la figure. Baby pousse un glapissement.

Saisissant à mon tour le coussin, je fais mine de lui donner un coup sur la tête. Elle rit toujours, tandis que Baby trottine frénétiquement sur le couvre-lit en décrivant des cercles.

– Alors, tu veux bien me dire qui te déteste au point de vouloir t'empoisonner ? Parce que je pense que tu le sais.

Tania cesse aussitôt de rire. Elle s'enfonce à nouveau dans le canapé de cuir et se remet à fixer l'écran de la télé. Mais elle le voit sans le voir.

Elle secoue la tête.

– Non. Je ne le sais pas...

Elle est vêtue d'une robe légère multicolore laissant ses épaules nues et ses cheveux bouclés retombent librement. Quand elle secoue la tête, les boucles tremblotent.

– Dis-moi la vérité, Tania. (Je ne cherche plus à l'imiter car elle s'est piteusement recroquevillée. Au contraire, je me redresse.) Tu peux mentir à tout le monde, sauf à moi. Tu as une dette envers moi. Et même une double dette, dans la mesure où Jared est mort dans mon bâtiment. (J'en rajoute un peu, car le malheureux est mort à l'hôpital, plusieurs heures après s'être effondré devant moi. Mais je parie que Tania l'ignore.) Et si tu ne m'avais pas volé Jordan, c'est avec moi qu'il serait marié !

Je sors mensonge sur mensonge, tout en me répétant que c'est pour la bonne cause – découvrir la vérité. Si je n'avais pas surpris Jordan avec Tania, lui et moi aurions rompu de toute façon. J'aurais recouvré mes esprits et réalisé quel affreux couple nous formions... et à quel point le grand frère me conviendrait mieux pour peu que je parvienne à attirer son attention. (Et il m'en a fallu, du temps.)

Tania n'est pas obligée de savoir ça.

Elle me regarde enfin.

– Je pensais que tu étais remise de Jordan, lance-t-elle avec une expression légèrement soupçonneuse. Je te croyais avec Cooper.

Sursautant sous l'effet de la surprise, je manque d'envoyer Baby valser dans la pièce comme un petit ballon de poils.

– Comment tu sais *ça* ? je demande, ma voix partant dans les aigus.

– Stephanie me l'a dit.

À qui Stephanie *ne l'a-t-elle pas* dit ?

– Et Jordan, il est au courant ?

Je suppose que non. Ou il ne se serait pas montré aussi amical avec son frère pendant le dîner... à moins qu'il n'ait voulu donner à Cooper un faux sentiment de sécurité pour pouvoir mieux, ensuite, le balancer depuis la terrasse. Mais je ne crois pas Jordan capable d'une telle duplicité. De toute manière, Cooper est armé.

– Non, répond Tania en secouant la tête. Jordan n'est au courant de rien. Stephanie m'a dit de ne pas lui en parler. D'après elle, vous allez vous marier, Cooper et toi.

– Eh bien...

La prochaine fois que je vois Stephanie, je lui fiche mon poing dans la figure. Et peu m'importe qu'elle sorte tout juste d'un lavage d'estomac à cause de la mort-aux-rats qu'elle a ingérée !

– Ce n'est pas gravé dans le marbre, mais c'est une chose dont nous avons discuté, Cooper et moi. Stephanie a raison.

Mieux vaut ne rien dire à Jordan pour le moment. C'est un peu... gênant.

Baissant les yeux, Tania fixe ses mains. Elle porte à l'annulaire de la main gauche un diamant gros comme Dayton, Ohio. Ou comme Paris.

– Je comprends. Jordan est parfois très gamin sur certains trucs.

– Oui, dis-je. (Je m'étonne de la maturité de la remarque, et du ton sur lequel elle l'a formulée.) C'est sûr.

– Je suis désolée de ce que je t'ai fait... commence Tania, s'adressant à son diamant. Ce que tu m'as surprise en train de faire, ce jour-là, avec Jordan. Je savais que vous sortiez toujours ensemble mais... *il fallait* que je le fasse.

« Il *fallait* que tu tailles une pipe au mec avec qui je vivais ? » suis-je tentée de demander.

Au lieu de quoi, je me contente d'un :

– Je comprends. (Ce qui est loin d'être le cas.)

– Tu as déjà été mariée, Heather ? demande Tania, les yeux toujours rivés sur sa bague.

– Non, dis-je, incapable de réprimer un sourire.

Tania n'a pas l'intention d'être drôle. Pourtant, je ne peux m'empêcher de rire, trouvant soudain très drôle qu'elle s'apprête à me donner des conseils conjugaux, quand elle est bien plus jeune que moi. Elle est plus proche de l'âge des jumelles que de celui de Jordan.

– Eh bien, lâche-t-elle avec un profond soupir, moi, si. C'est la raison de tout ce qui arrive.

Je cesse de sourire à l'instant où je réalise que si Tania me demande si j'ai déjà été mariée, c'est parce qu'elle, elle *l'a déjà été*. Mais c'est impossible... à peine a-t-elle l'âge légal pour consommer de l'alcool (enfin, à quelques années près).

– Attends ! *Quoi* ?

– C'est à cause de ça que tout arrive, répète-t-elle. Tu as raison, je te dois la vérité. Et tu sais quoi ? Je me sens mieux maintenant que je te l'ai dite. (Elle sourit, soulève son chien et le presse contre elle.) Waouh... c'est facile de te parler. Je savais que tu comprendrais. Pas étonnant que tu sois bonne dans ton boulot. Je parie que les étudiants n'arrêtent pas de te confier des trucs. Des secrets qu'ils n'ont jamais racontés à personne – comme celui que je viens de te confier. Je n'ai jamais parlé de ça à personne, pas même à ma coiffeuse. Ou à Jordan.

Je rejette le couvre-lit, pose mes pieds à même le sol, puis la fixe bien en face. Sauf qu'elle refuse de me regarder, d'autant qu'elle a le visage plongé dans les poils de Baby.

– Tania, de quoi tu parles, au juste ? De quel secret ? Et il se passe quoi ?

– Tout ça, réplique-t-elle avec un haussement de ses frêles épaules.

Elle presse si fortement Baby contre elle qu'il commence à se débattre. Elle continue à le tenir bien serré et ne lève pas les yeux vers moi. Mais, se cachant le visage parce qu'elle a honte, elle poursuit d'une voix étouffée :

– C'est pour ça qu'il a fallu que je te pique Jordan. Et que Bear s'est fait tirer dessus. Et que Jared est mort aujourd'hui.

– Pourquoi ? je demande, même si je crois enfin le deviner.

Quand elle relève la tête, ses joues sont baignées de larmes.

– À cause de mon ex-mari. Il menace de me tuer.

17

« Maman ! »
Il m'appelle « Maman ! »

Pour ne pas le contrarier,
Je le laisse se faire des idées.

Mais je ne suis pas « maman »
Et lui, c'est pas le père de l'enfant.

Je ne veux plus être sa meuf
Faut que je tue ce truc dans l'œuf.

Pas la maman de son enfant
Tania Trace
Larson/Trace
Album *Traîne-moi en justice*
Disques Cartwright

– Elle t'a raconté quoi ? demande Cooper, à peine remonté dans la Cadillac Escalade qui nous ramène chez nous.

Il vient d'escorter Tania et Jordan jusqu'à leur appartement, situé dans un immeuble de la Cinquième Avenue, à quelques blocs de celui des parents Cartwright. J'ai préféré patienter dans la voiture, trop secouée par l'histoire que Tania venait de me raconter chez Grant et Patricia pour marmonner autre chose qu'un « bonsoir » poli.

– Je te le dirai quand on sera à la maison, dis-je en désignant le chauffeur du regard.

– Promis ? a demandé Cooper, surpris.

– Oh oui. Promis.

Cooper se penche vers le conducteur pour lui donner notre adresse. Je m'enfonce sur la banquette de cuir cousue main et dirige un regard absent vers les vitres teintées.

– Je veux que papa en ait pour son argent ! a plaisanté Cooper quand Jordan et le concierge de l'immeuble se sont efforcés de le dissuader d'accompagner Tania jusqu'à sa porte, puis *à l'intérieur* de l'appartement où elle vit avec Jordan.

– La sécurité de ce bâtiment est très bien assurée, monsieur ! a affirmé le concierge à Cooper. Un gardien de nuit surveille la porte du garage, en bas. Et toutes les sorties et cages d'escaliers sont équipées de caméras de surveillance.

– Et on a une porte blindée de première, ajoute fièrement Jordan.

– Je crois que vous devriez le laisser faire, ai-je lancé depuis l'intérieur de la Cadillac.

Cooper, Jordan et le concierge se sont tous tournés vers moi. Tania a gardé le visage enfoui dans le manteau à paillettes de son chihuahua.

– Je vous demande pardon, mademoiselle ? a demandé le concierge.

– Je pense qu'il faut laisser cet homme les reconduire à leur appartement. Je vais l'attendre ici, dans la voiture. Je ne sais pas si vous êtes au courant mais un meurtre a eu lieu aujourd'hui. Un maniaque a fait parvenir à Mme Trace une boîte de cupcakes empoisonnés à la mort-aux-rats. Un homme en a mangé et il est décédé. Quel que soit le dispositif de sécurité de votre immeuble, multipliez-le par quatre. Et n'allez pas manger, ou même ouvrir, ce qui est adressé à Mme Trace. Je suppose que la police a déjà dû passer...

Le concierge est un tout jeune gars.

– À vrai dire, je prends à peine mon service. Je n'ai même pas eu le temps de consulter le registre...

– C'est pourquoi je suis là, dit Cooper.

Il retire sa veste en lin pour en recouvrir les épaules de Tania puis la fait entrer dans le bâtiment. Le concierge et Jordan marchent sur leurs talons.

– Service de sécurité Cooper Cartwright. Vous ne vous débarrasserez pas de moi tant que je n'aurai pas briefé tout le personnel et vérifié qu'il n'y a personne de caché sous le lit. Seulement alors, je vous dirai bonne nuit et rejoindrai ma cavalière.

Le plus drôle (si tant est que ce soit le mot) dans tout ça, c'est que je n'ai pas encore eu l'opportunité de rapporter à Cooper le terrifiant récit que Tania a balancé sur moi telle la bombe H une heure plus tôt. Du coup, j'ai respiré un peu quand Nicole a déboulé dans le salon télé pour exiger que nous regardions le DVD d'une de ses prestations, filmée l'année précédente lors d'un concours universitaire réservé aux filles, au terme duquel elle était arrivée troisième (catégorie chanteuse solo).

– Mammmmmaaaaannn !!!! avait hurlé Jessica, talonnant sa sœur. Elle veut encore obliger les gens à le regarder !

J'ai aimé regarder la vidéo, dans laquelle Nicole interprétait *Witchy Woman* des Eagles en s'accompagnant à la guitare. Ça m'a donné l'occasion de tenter de digérer les confidences de Tania. Pour finir, toute la famille a quitté la terrasse pour venir nous rejoindre. Cooper s'est retrouvé à mes côtés, assis sur l'accoudoir du canapé.

À un moment, il s'est penché vers moi, faisant mine de vouloir attraper l'un des whiskys que son père a servi à tout le monde (Tania exceptée).

– Tu vas bien ? a-t-il chuchoté. Tu as l'air... de flipper.

Qui ne flipperait pas ? Le récit de Tania confinait à... je ne saurais même pas dire à quoi.

– Oui, ça va, ai-je chuchoté à mon tour.

Mais j'ai éprouvé du soulagement quand Cooper a suggéré que nous rentrions tous chez nous, faisant remarquer que Tania paraissait fatiguée.

– Vraiment ? a demandé Jordan, peu désireux que la soirée s'achève. On pourrait tous monter chez nous boire un whisky au miel. Enfin, nous trois du moins. (Il a fusillé les jumelles du regard.) Elles, elles ne sont pas invitées. Et Tania préfère les infusions de camomille avant d'aller dormir, ces temps-ci.

La fille connue pour ses tubes torrides comme *Ma main dans la figure* ou *Si tu as des bonbons* ne s'est pas donné le mal de nier. Au lieu de ça, elle et moi avons échangé un regard. Elle m'avait fait jurer de ne répéter à personne – *vraiment personne* – ses confidences. C'était, à ses yeux, une question de vie et de mort. La vie de son bébé, sa mort à elle.

Je la croyais, et de plus en plus. Pendant les quelques minutes où, perdue dans mes pensées, j'ai attendu dans la voiture le retour de Cooper, les mots « université de New York » me sont parvenus aux oreilles – depuis la radio que le chauffeur écoutait en sourdine.

– Vous voulez bien monter le son ?

À peine s'est-il exécuté que j'ai regretté mes paroles.

« La police n'a toujours pas annoncé s'il s'agissait d'un

empoisonnement accidentel ou d'un homicide », disait la voix familière du speaker.

C'est une radio diffusant de l'info vingt-quatre heures sur vingt-quatre, que Sarah tient à ce que nous écoutions en permanence au bureau, afin d'être informées de l'évolution du conflit israélo-palestinien. Non que je me désintéresse du conflit israélo-palestinien. C'est juste qu'au bureau, je préfère écouter de la musique.

« D'après les déclarations faites par Grant Cartwright, PDG de Cartwright TV, le producteur travaillait sur une nouvelle émission de téléréalité ayant pour vedettes l'ancien leader du boys band Easy Street, Jordan Cartwright, et sa jeune épouse Tania Trace dont le tube *Traîne-moi en justice* caracole en tête du hit-parade américain. Le tournage a lieu à Fischer Hall, une résidence universitaire new-yorkaise célèbre pour avoir été le théâtre, cette année, de plusieurs morts violentes. Elle accueille en ce moment même cinquante adolescentes participant à un "camp d'été du rock" animé par Tania Trace. On ignore encore si le tournage doit être interrompu suite à ce décès. »

J'ai plongé la tête dans mes mains, tandis que résonnaient en moi les mots de Tania Trace :

– C'est au lycée que j'ai fait la connaissance de mon mari. En cours de chorale. J'étais soprano, lui ténor. Mais comme je pouvais tout chanter, il m'arrivait, si M. Hall me le demandait, de me retrouver au pupitre d'alto. Ça m'était égal, tant que je chantais. Le chant est l'unique chose à m'avoir jamais rendue vraiment heureuse.

J'observais Tania depuis un bon moment, à la lueur de l'écran plasma, la seule source de lumière dans la pièce dépourvue de fenêtres. Elle semblait si frêle, si vulnérable. Baissant les yeux sur son ventre qui laisse à peine deviner son état, elle a ajouté :

– Avoir un bébé m'apportera peut-être le bonheur, qui sait ? J'ai entendu des gens déclarer qu'ils ignoraient ce qu'était la véritable joie jusqu'à ce qu'ils plongent les yeux dans le regard de leur enfant nouveau-né, mais je ne crois pas que ces gens sachent ce que ça fait de chanter. Quand je chante... c'est comme si rien ne pouvait m'atteindre. Tu vois ce que je veux dire ?

Cette déclaration ne m'a pas surprise. Vu son ascension vertigineuse jusqu'au sommet de la gloire, c'est logique. Les gens qui réussissent sont généralement plus heureux quand ils font ce qu'ils aiment.

Ce qui m'a davantage étonnée, c'était son étrange remarque quant à son amour pour le chant. Là, je ne saisissais pas. C'était comme si rien ne pouvait l'atteindre ? Qu'est-ce que ça signifiait, au juste ? Qui cherchait donc à l'atteindre ?

Et cet ex-mari, d'où sortait-il ? Jamais je n'avais entendu parler d'un ex-mari, encore moins d'un ex-mari connu au lycée... Comment Tania Trace pouvait-elle avoir un ex-mari ? Comment les Disques Cartwright s'étaient-ils débrouillés pour empêcher que ça n'apparaisse sur sa page Wikipédia et dans la presse à scandale ? Jordan et elle venaient de convoler lors d'une cérémonie qui avait coûté un million de dollars. À la cathédrale Saint-Patrick, rien que ça ! L'église catholique ne laisse généralement pas passer ce genre de chose.

– On était bons, a poursuivi Tania en frottant les oreilles de Baby. La plus petite école du district le plus pauvre du comté, mais on a été sélectionnés pour le concours de l'État. Tu sais ce que ça fait de chanter sur scène avec des gens, quand les voix fusionnent à la perfection et qu'on entend résonner, dans sa tête, cette espèce de bruit de cloches ?

C'est seulement alors que j'ai réalisé qu'elle parlait de sa chorale, non de ses relations harmonieuses avec son amoureux de lycée.

– Euh... je crois que oui, ai-je dit en baissant les yeux.

Je ne voulais pas qu'elle voie mes yeux embués de larmes. Ça peut paraître idiot, mais je connaissais ce bruit dont elle parlait. Et je réalisais soudain à quel point ça me manquait.

– Alors c'est ce qui se passait quand vous vous produisiez sur scène ? Vous entendiez tous ce bruit de cloches ?

– Oui, a-t-elle répondu, souriante et comme soulagée d'être comprise. On... fusionnait, tu sais ? Toute la salle se taisait après nos prestations, et écoutait s'éteindre l'écho de nos voix... Ensuite, seulement, ils se levaient et applaudissaient. Ça s'appelle comment, Heather ? m'a-t-elle demandé, avec une naïveté qui m'a rappelé Jordan.

– Une standing ovation ?

– Non, pas ça. Quand les voix fusionnent...

« La générosité », ai-je été tentée de répondre. Lorsqu'aucun chanteur ne tente d'écraser les autres parce que tous œuvrent pour le bien du groupe, ça s'appelle le sens de la scène et la générosité, et c'est on ne peut plus rare. Ça ne se manifeste guère que dans les chorales et, très probablement, dans toutes celles auxquelles avait appartenu Tania. Car tous les autres membres devaient pressentir son immense talent et espérer qu'il déteindrait en partie sur eux.

247

Plus cyniquement, on pourrait aussi supposer qu'ils espéraient, en restant dans ses bonnes grâces, qu'elle se souviendrait d'eux le jour où elle serait célèbre – ce qui finirait forcément par arriver. C'est ça le show-biz !

J'étais désireuse de ramener la conversation sur son petit ami (et désormais ex-mari, traqueur et assassin potentiel) :

– Je ne sais pas. Tania, je pense que ça n'avait rien à voir avec lui, ou avec le reste de la chorale. Mais uniquement avec toi. Parce que c'est tout de même toi qui t'es retrouvée à faire une carrière si exceptionnelle. Tu ne te dis pas ça quelquefois ?

Elle a secoué la tête si énergiquement que les boucles avaient voleté partout.

– Non. On a remporté le premier prix. On était les meilleurs de l'État. Tout ça, c'était grâce à lui, parce qu'il était si doué, si motivé et qu'il m'avait mis en tête que je pouvais devenir quelqu'un. C'est lui qui a suggéré qu'on se marie et qu'on aille s'installer à New York. Et qui m'a conseillé d'auditionner pour les spectacles de Broadway.

Et comment ! Il n'y avait aucune générosité là-dedans. Un ticket pour la gloire, voilà ce que ce mec avait vu en elle. Il l'avait utilisée, comme ma mère l'avait fait pour moi, et comme Mme Upton le faisait pour Cassidy.

– Et tes parents ? ai-je demandé. Ils ne t'ont pas conseillé d'y aller mollo et de commencer par t'inscrire en fac ou Dieu sait quoi ?

– On ne vient pas du même monde, Heather, a-t-elle répliqué avec un sourire un peu triste, comme si j'avais dit quelque chose de cocasse. Mes parents n'étaient pas du genre à économiser pour me payer la fac.

Il se trouve que les miens non plus, mais je n'ai pas jugé bon de le mentionner.

– Mon père a quitté la maison quand j'étais bébé, a poursuivi Tania. Ma mère m'a encouragée à fond lorsque j'ai parlé d'aller m'installer à New York. Déjà qu'elle avait du mal à nourrir mes trois petits frères avec son salaire de serveuse. Et puis... (Les joues de Tania se sont empourprées.) Elle s'était remariée, et avec mon nouveau beau-père, on commençait à être un peu « à l'étroit » dans la maison...

Je n'avais pas de mal à imaginer à quel point, et avec quelle joie la mère de Tania avait dû accueillir la nouvelle de son départ pour New York – départ qui aurait surtout le mérite de l'éloigner de son nouveau beau-père. On ne devient pas du jour au lendemain l'une des « cinquante plus belles stars » désignées par le magazine *People*. Tania devait déjà être une bombe à l'époque.

– Vous vous êtes donc mariés, et installés ici.

– Ouais, a répliqué Tania, fixant l'un de ses pieds nus dépassant du couvre-lit.

Ses pieds parfaitement pédicurés n'avaient rien à envier à ses mains impeccablement manucurées, avec leurs ongles vernis d'un violet brillant. Sans doute la pédicure avait-elle bâclé l'ongle du petit orteil, car Tania y a trouvé une imperfection à triturer.

– J'avais beau me dire qu'en tant que jeunes mariés on aurait dû être heureux, au début ça a été beaucoup plus dur que je ne l'imaginais. On n'a trouvé qu'un seul appart qui soit dans nos moyens – un minuscule studio dans le Queens au deuxième étage au-dessus d'un bar. C'était non seulement bruyant, mais plein de cafards. Quand on allumait la lumière, ils couraient tous se planquer sous le frigo. (J'avais remarqué que Tania s'acharnait sur son ongle verni.) Gary me répétait qu'on allait déménager, dès que j'aurais trouvé du boulot. C'est ce qu'on a fait, après qu'on m'a engagée comme choriste sur *Williamsburg Live*. Tu te souviens de ce spectacle ? Sûrement que non, vu qu'il n'a tenu l'affiche qu'une saison. Notre nouvel appart, situé dans Chinatown, était bien mieux que l'autre. Une seule pièce, là aussi. Mais au moins, il n'y avait pas de cafards. Et on a de nouveau déménagé pour un plus bel appart encore quand j'ai été engagée comme choriste sur la tournée européenne d'Easy Street. Et puis j'ai signé avec les Disques Cartwright...

– Et que faisait Gary, pendant que tu bossais comme choriste ? ai-je demandé en songeant que leur histoire était des plus banale.

Ce genre de chose arrivait quasiment tous les jours, à New York : une fille pauvre rencontre un mec pauvre. Ils déménagent dans la grande ville pour réaliser leurs rêves. Là, la fille pauvre croise la route d'un garçon riche, devient une grande star, et largue le malheureux garçon pauvre. Celui-ci, pour se venger, essaie de tuer la fille.

– Eh bien, a-t-elle dit en se mordant la lèvre. Justement... Gary était mon manager...

– *Hein ?*

Voilà que l'histoire prenait un tour inattendu.

– Gary était mon manager, a répété Tania. Il me faisait énormément travailler ma voix et passait un temps fou au téléphone à essayer de me décrocher des auditions, et ce genre de trucs... Le problème au fond c'est que, venant de

Floride, il avait peu de relations dans le métier... Ou en tout cas, moins qu'il ne le prétendait. J'ai fini par avoir l'impression qu'il agaçait les gens...

Tu parles qu'il devait les agacer, ce gosse fraîchement sorti du lycée et cramponné à cette future star de Tania. Et même les soûler grave. Étonnant que nul n'ait songé à le tuer, *lui*.

– J'ai donc commencé à me rendre seule aux auditions, pour des jobs dont j'avais eu vent par les autres filles. (Tania s'est remise à tripoter son orteil.) Je ne voulais pas fâcher Gary. Je l'aimais pour de bon, et je tenais à lui prouver combien notre relation m'importait. Je croyais que les choses s'arrangeraient quand j'aurais du boulot. Gary flippait tellement du fait que je gagnais si peu d'argent. C'était ma faute, vraiment. Il angoissait tellement qu'il a eu des mots qui dépassaient sa pensée...

– Quel genre de mots ? ai-je demandé en m'efforçant de conserver un ton neutre, alors que j'aurais voulu me précipiter sur la terrasse, trouver Cooper, et lui ordonner de se lancer aux trousses de ce Gary avec tout ce qu'il avait en sa possession – et surtout avec son pistolet.

Mais il me fallait d'abord entendre toute l'histoire. En outre, nul n'est mieux placé que moi pour savoir que la violence ne résout rien. Du moins, la plupart du temps.

– Oh. Des bêtises. Que je n'avais pas assez de talent pour réussir, et que je ferais mieux de laisser tomber, par exemple.

Les paroles de sa chanson *Traîne-moi en justice* – ce tube si éloigné du reste de son répertoire – me sont alors revenues en mémoire :

Toutes ces fois où tu m'as dit
Que je n'y arriverais jamais
Toutes ces fois où tu m'as dit
Que je devrais laisser tomber

– Mais ça ne rimait à rien, puisque si je renonçais, on n'aurait plus eu d'argent, a continué Tania, les yeux à présent embués de larmes. Et quand je me dégotais du boulot, ça le rendait dingue parce que ce n'était jamais par ses contacts à lui. Je devais prétendre que si, tu comprends. Lui faire croire que j'avais été embauchée suite à un coup de fil qu'il avait passé à quelqu'un, et non grâce à mes propres relations. Sinon, il me sortait des trucs... bien pires encore.

– Du style ? ai-je demandé d'une voix prudente.

Toutes ces fois où tu m'as dit
Que je n'étais rien sans toi
Le plus triste dans tout ça
C'est que je pensais : « Puisqu'il le dit ! »

– Je ne sais plus... (Un peu sur la défensive, elle a rentré les épaules.) Des trucs... c'est tout.

Et je suis partie
Et tu sais quoi ?
J'ai réussi
Sans toi !

– Tania, ai-je dit d'une voix toujours neutre. Gary te frappait-il ?

– Oh ! s'est-elle exclamée, le visage décomposé. Oh non !
Pas ça, pas de nouveau !

Baissant les yeux, j'ai constaté que son orteil pissait le
sang. Elle avait si bien retiré le vernis qu'elle s'était en partie arraché l'ongle.

– Je ne veux pas ficher de sang sur leur truc en fourrure, a-t-elle dit, le visage ruisselant de larmes.

– T'inquiète. Tiens, j'ai un pansement.

Mon cœur battait à tout rompre. Elle s'était arraché
l'ongle du doigt de pied, là, sous mes yeux, quand je lui avais
demandé si Gary la battait. J'ai tendu mes mains tremblantes
vers mon sac à main. J'y avais fourré une poignée de panse-
ments avant de quitter la maison, en prévision des ampoules
que me vaudraient mes talons hauts... Bien qu'à dire vrai,
j'en aie toujours un ou deux sur moi. Un autre symptôme de
l'hypervigilance que j'ai développée en travaillant au Dortoir
de la Mort. Même si je ne vois pas en quoi, aujourd'hui, un
pansement aurait pu aider Jared. Je ne voyais pas non plus
en quoi il allait aider Tania. Mais qui ne tente rien...

Une fois le pansement retiré de son emballage, j'en ai délicatement entouré l'orteil de Tania, qu'elle tendait vers moi
telle une gamine blessée. Et c'est ce qu'elle était, une gamine
blessée. Une enfant qui portait en elle une autre enfant.

– Là ! ai-je dit une fois le pansement appliqué. Ça va mieux ?

– Oui, merci. Quelle idiote je fais ! a-t-elle murmuré entre
deux sanglots. Je suis désolée. Je regrette tellement ce qui
est arrivé à Jared. Tout est ma faute. Je n'aurais pas dû cesser de payer Gary, j'aurais dû le croire, quand il a menacé
de s'en prendre à quelqu'un si je cessais de...

– Tu le payais ? l'ai-je interrompue. Il te faisait chanter ?

– Je n'appellerais pas ça du chantage. Une pension alimentaire, plutôt. Je lui dois bien ça...

D'autres paroles de la chanson me venaient à l'esprit :

Vas-y – va jusqu'au bout,
Traîne-moi en justice
Que je rigole un bon coup
Traîne-moi donc en justice

Pas étonnant qu'elle ait mis tant d'émotion dans son interprétation. Cette chanson, elle ne l'avait pas seulement écrite. Elle l'avait *vécue*.

Personnellement, je trouvais qu'elle ne lui devait rien. Mais un tribunal new-yorkais avait dû en décider autrement.

– ... Mais je suis surtout désolée de ce que je t'ai fait à toi, Heather, avec Jordan. C'était mal, j'en suis consciente. Je savais que vous sortiez ensemble, mais c'était plus fort que moi. Sans doute parce que je savais qu'il me fallait échapper à Gary, d'une manière ou d'une autre, et que je n'y parviendrais pas toute seule, et que j'étais certaine... comment dire... j'étais certaine que toi, tu t'en tirerais ? Je sais que formulé comme ça, ce n'est pas glorieux, et que ça n'excuse rien. Mais c'est pour ça que j'ai agi comme je l'ai fait. Je ne suis pas comme toi, je ne suis pas forte. Désolée...

– Chhhh... T'inquiète.

Elle s'était mise à sangloter frénétiquement. Je ne comprenais plus rien à ce qu'elle disait. Ce qui m'a tout de même frappée, c'est qu'elle n'arrêtait pas de s'excuser... De s'être trituré l'ongle jusqu'à le faire saigner, de ne pas avoir gagné assez d'argent pour Gary et, à présent, d'avoir recherché l'amour (un des besoins fondamentaux de l'être humain). Il y avait quelque chose qui clochait chez elle, quelque chose de cassé. Elle était pourtant l'une des stars qui réussissaient le mieux dans l'industrie du disque... du moins pour le moment. Je ne pouvais m'empêcher de me demander comment réagiraient ses fans − et les autres − en apprenant la vérité sur Tania Cartwright.

Qu'elle soit prête à tout pour la cacher n'avait rien d'étonnant.

− Écoute... Tout ça, c'est du passé. Je te pardonne, et je parie que les Cartwright se fichent de leur truc en fourrure synthétique.

− Tu crois ?

Baby avait grimpé sur son torse et léchait ses larmes. Tania n'y prêtait pas attention.

− Ça me soulage énormément. Et puis... enfin, j'aime réellement Jordan. Sitôt qu'on a commencé à chanter ensemble, je l'ai su. Nos voix s'accordent bien. J'ignore si tu connais cette chanson, *La Dépanneuse*, mais je suis choriste dessus. J'ai tout de suite entendu ce son de cloches dans ma tête, dès qu'on s'est mis à chanter... comme quand je me produisais avec la chorale.

− Tu veux dire avec Gary.

− Gary ? (Elle a eu l'air perdu.) Gary et moi n'avons jamais chanté ensemble.

− Mais... ai-je bafouillé, me demandant si je n'avais pas tout compris de travers. Tu m'as bien dit que ta chorale avait remporté le premier prix ? Que c'était grâce à lui.

− Bien sûr. Puisque M. Hall était notre chef de chœur. C'est le meilleur professeur que j'aie jamais eu.

– Attends...

Une horrible sensation m'a envahie, un peu comme les cafards qu'avait mentionnés Tania. Sauf qu'au lieu de courir sous le frigo, ils me couraient le long de l'échine.

– Tania, tu veux dire que Gary était ton prof de chorale du lycée ?

Elle a hoché la tête.

– Oui. Je ne l'ai pas dit ?

18

Je m'en balance
Que tu sois un crack, un gagnant.

Je m'en balance
Que tu trouves mon visage ravissant.

Je m'en balance
Que t'aies écrit un roman qui se vend.

Ferme ta grande gueule
Si tu veux que j'te kiffe comme mec.

Arrête de parler de la fois
Où t'as fait cette sauce extra.

La vérité, bébé
C'est que j'en ai rien à carrer.

Tout ce qui m'intéresse, mon garçon
C'est ce que t'as dans le pantalon.

Alors prends-moi la main
Et allons danser – viens !

Je m'en balance
Écrit par Heather Wells

À peine Cooper a-t-il ouvert la porte – et avant même que j'aie eu l'opportunité de lui rapporter la confession de Tania – qu'il m'annonce :

– Faut que je retire ce truc. Ne panique pas ! Mais j'ai souffert le martyre toute la soirée !

Il se passe alors une main dans le dos et, du holster fixé à sa ceinture, sort l'arme de poing qu'il a gardée toute la soirée dissimulée sous sa chemise.

Je reste calme. Je n'écarquille même pas les yeux.

Au lieu de ça, je dis à mon tour :

– Ne panique pas, mais il faut que je retire ce truc. Ce n'est peut-être pas une arme fatale, n'empêche que je souffre le martyre moi aussi.

Et je retire mon panty gainant, là, dans l'entrée, non sans avoir d'abord envoyé valser mes talons hauts.

Cooper, lui, écarquille les yeux.

– C'est une proposition, ou bien je me fais des idées ? demande-t-il, jetant sur le plancher un regard plein d'espoir.

– Beuh. Non. Qu'est-ce que vous avez, vous les mecs, à toujours vouloir faire ça par terre ? Qu'est-ce que vous lui reprochez, au bon vieux lit confortable ? Le sexe est bien la dernière chose que j'aie à l'esprit en ce moment, Cooper. Il va me falloir un verre – un truc costaud – et probablement aussi cinq films avec Reese Witherspoon pour me remettre de ce que j'ai entendu chez tes parents.

Il fait la grimace.

– À ce point-là ?

– L'horreur ! dis-je en me dirigeant vers l'escalier, panty gainant et souliers en main. Sans compter que tu n'as cessé de me mentir en prétendant ne pas posséder d'arme à feu. Oh, et ai-je mentionné le fait que j'ai assisté à un *meurtre* cet après-midi ?

– Oui, reconnaît-il. Je t'ai menti. Oui, un homme est mort aujourd'hui. Oui, tu as été forcée d'écouter ma sœur interprêter une chanson où elle parle du goût de ses menstrues. C'est tragique, on ne peut pas le nier. Mais je crois que si Jared et ma sœur étaient là, tous deux voudraient nous voir nous éclater à...

Je balance une de mes chaussures depuis le haut des marches.

– Range-moi ce flingue ! je hurle. Et estime-toi chanceux si je refais un jour des galipettes avec toi !

Tout en gagnant ma chambre d'un pas décidé, je lance, en imitant sa voix :

– Non, je ne possède pas d'arme de poing. Je n'ai pas besoin d'un pistolet. Je suis ceinture marron de karaté.

– Ceinture noire, je l'entends crier depuis le sous-sol.

Je ne suis pas surprise d'apprendre que c'est là qu'il planque son arme. Ça explique que je ne l'aie jamais remarquée. Je ne vais jamais au sous-sol. Pourquoi le ferais-je ? C'est l'endroit où Cooper range toutes ses affaires de sport – ses clubs de golf, son vélo à dix vitesses, ses ballons de basket, ses raquettes et ses balles de squash et, selon toute apparence, sa collection d'armes à feu. C'est aussi là que vivent les araignées.

Quand je redescends, ayant enfilé une « tenue confortable » – un pantalon de survêt trop grand et un tee-shirt qui est une relique de la tournée d'*Une envie de sucré* –, il me faut m'occuper de Lucy, qui semble avoir senti à quel point je suis nerveuse... à moins que ce ne soit l'odeur du bifteck consommé chez les Cartwright qui l'excite, ou celle du chien de Tania, Baby. Toujours est-il qu'elle ne me lâche pas d'une semelle et tente même de grimper sur mes genoux comme l'avait fait Baby – sauf que Lucy n'étant

259

pas un chihuahua, ça s'avère plus problématique. Je suis contrainte de lui balancer un os en cuir, avec lequel elle s'empresse de sortir par la chatière. Lucy enterre tous ses jouets... Dans quel but ? Il me faudrait suivre un cours de psychologie canine pour le savoir.

– Tiens ! lance Cooper en posant un whisky on the rocks sur la table, à ma place habituelle. Ce n'est pas un lévrier rose, mais au moins ce n'est pas un whisky au miel. Sans préavis, je ne peux pas faire mieux. Ne sois pas fâchée !

– Je ne suis pas fâchée. (Je m'assieds et lève mon verre.) Mais je déteste les secrets. Ils finissent toujours par ressortir et tout gâcher.

– Eh bien... Tu connais le mien, à moi de connaître le tien.

L'odeur du whisky me soulève le cœur. Je réalise que ce que je veux, c'est un verre de lait et des biscuits. Tout ce que j'ai entendu ce soir m'incite à vouloir retomber en enfance – enfance que je n'ai d'ailleurs jamais eue. Je repose mon whisky.

– Mon secret me paraît idiot, comparé à celui de Tania. C'est à cause de son secret que Jared Greenberg a été tué.

– Ton secret est loin d'être idiot, j'en suis sûr, réplique Cooper, s'installant en face de moi. Mais dis-moi ce que t'a raconté Tania.

C'est ainsi que, sous la fenêtre donnant sur la façade arrière de Fischer Hall, où je distingue quelques lueurs çà et là, je rapporte à Cooper les confidences de Tania – même si elle m'a fait jurer de n'en pas répéter un mot...

Si j'ai appris une chose au cours de l'année universitaire écoulée, c'est que mieux vaut ne pas tenir certaines promesses. Ma parole donnée à Tania, par exemple.

Mon récit achevé, Cooper demande d'une voix incrédule :

– Si elle a été mariée à son prof de chorale du lycée, comment cette histoire ne se trouve-t-elle pas partout sur Internet ?

Je plonge un biscuit fourré à la crème dans mon lait allégé.

– Eh bien... Peut-être parce que Tania lui versait dix mille dollars par mois pour qu'il la boucle.

Cooper manque de recracher la gorgée de café qu'il est en train d'avaler.

– Dix mille dollars par mois ?

Il a son ordinateur portable sur les genoux. Au milieu de mon récit, il est allé s'en emparer dans son bureau, pour chercher à vérifier certains des faits que je lui rapportais.

– Désolé ! s'excuse-t-il en tapotant l'écran avec une serviette en papier. Je ne voudrais pas paraître sexiste. J'ai des clients qui versent à leurs ex-épouses des pensions alimentaires quatre à cinq fois supérieures. Mais dix mille dollars à son professeur de chorale du lycée ?

Je hausse les épaules.

– Elle peut se le permettre. Son dernier tube est en tête des ventes du pays... et elle a réussi là où j'ai échoué : c'est elle qui a écrit la chanson. Toute sa vie, elle va toucher des droits dessus. Mais quel juge un peu sensé oserait l'obliger à verser une pension – quel qu'en soit son montant – à un tordu comme Gary Hall ?

– Aucun juge qui connaîtrait les dessous de l'affaire. Sauf s'il s'agit d'un divorce par consentement mutuel, auquel cas le juge doit faire appliquer la loi. Dans l'État de New York on a encore le choix (ce n'est pas le cas en Floride ou en Californie) entre le divorce par consentement mutuel et le divorce pour faute. Ce sont eux, essentiellement, qui me font gagner ma croûte : les clients qui décident de divorcer pour « faute » et ont besoin de prouver l'infidélité de leur conjoint, ou les violences physiques ou verbales dont ils sont victimes de sa part, pour étayer leur dossier. Visiblement, ce n'est pas la voie que Tania a choisie. À croire qu'elle est toujours dans le déni quant à la nature de son mariage.

– Elle est dans le déni à propos de tout, dis-je avec amertume. Elle croyait qu'en payant ce tordu, elle obtiendrait de lui qu'il ne dévoile pas un mot de l'affaire. Pendant longtemps, ça a marché. Jusqu'à ce qu'il découvre qu'elle allait épouser Jordan, et mettre son bébé au monde. Alors le salopard imaginatif qu'il est a décidé d'augmenter ses tarifs et a exigé *vingt mille* dollars par mois en menaçant d'aller voir la presse à scandale si Tania refusait de payer. C'est là qu'elle a enfin trouvé la force de dire « non ». Et de se mettre à écrire ces chansons où elle l'envoie paître...

Cooper paraît perdu.

– Des chansons où elle l'envoie paître ?

– L'une d'elles a pour titre *Traîne-moi en justice*, je lui explique (tout en séparant le dessus du biscuit du dessous pour en récupérer du doigt le fourrage). À ce qui semblerait, c'est précisément ce qu'elle a dit à Gary de faire... de la traîner en justice s'il voulait obtenir plus d'argent. Ça l'a mis en rage... D'après lui, elle lui devait tout sous prétexte qu'il avait été son manager à ses débuts et que, sans lui, elle ne serait jamais devenue celle qu'elle est aujourd'hui et blablabla..

– Nom de Dieu ! s'exclame Cooper. Ce gars commence vraiment à me déplaire.

– Bienvenue au club. Il doit se douter que tout ça ne tiendrait pas devant un tribunal, cela dit, puisqu'au lieu de la traîner en justice, il lui envoie des e-mails du genre : « Si tu ne me donnes pas ce que tu me dois, tu n'auras que ce que tu mérites », etc.

– Il est fort ! reconnaît Cooper à contrecœur. Pas de menaces physiques explicites, donc rien que Tania puisse transmettre à la police pour que celle-ci décide d'une interpellation ou interdise à Gary d'entrer en contact avec Tania. Et pour ça faudrait-il encore qu'elle soit prête à risquer que les détails de ce premier mariage soient divulgués au public, ce qu'elle ne souhaite évidemment pas. Quel âge a ce type ?

– Quarante ans *seulement*. Je cite les mots de Tania. Du moins, il avait *quarante ans seulement* quand ils ont commencé à sortir ensemble. Mais elle affirme que Gary – je veux dire M. Hall – et elle n'ont jamais « fricoté » avant ses dix-huit ans, ce qui correspond à la majorité sexuelle dans l'État de Floride, dont elle est originaire. D'après elle, il a été très prudent de ce côté-là.

– Oh, grogne Cooper en se mettant à tapoter sur son clavier. Tu m'étonnes qu'il a dû l'être ! *Très* prudent. C'est un vrai pro, à ce qu'on dirait.

À ce moment de ma conversation avec Tania, j'avais craint de vomir tout le bifteck et la purée de pommes de terre que j'avais dans l'estomac. Dieu sait comment, ils y étaient restés.

– Vingt-deux ans de différence d'âge, il arrive que ça marche, dis-je. (Je repose sur la table mes deux moitiés de biscuit après en avoir mangé le fourrage.) Il y a eu des unions très longues, et très heureuses, où la différence d'âge était encore plus importante. Rochester devait bien avoir vingt-deux ans de plus que Jane Eyre, ou peu s'en faut. Et *Jane Eyre* est considéré comme l'un des plus grands romans d'amour de tous les temps.

– Bien sûr. Tout comme il y a des histoires entre profs et étudiants qui fonctionnent. Mais pas, à ma connaissance, quand meurtre et chantage y sont mêlés. Quoi qu'il en soit, d'après Wikipédia, Tania a désormais vingt-quatre ans. Notre copain Gary en a donc quarante-six. (Il se remet à tapoter.) On cherche donc des gars du nom de Gary Hall – même si cela m'étonnerait que ce soit son vrai nom – nés il y a environ quarante-six ans et ayant vécu en Floride. Tania ne connaît ni son numéro de sécu, ni son adresse actuelle, ni rien de ce genre, j'imagine ?

– Non. Elle m'a expliqué qu'elle faisait virer tous les mois, par son comptable, dix mille dollars sur un compte au nom de Hall. Le comptable en question est persuadé que l'argent va à son grand-père malade, puisque c'est ce que Tania lui a raconté. Vu qu'elle entretient également sa mère et ses frères (le mariage avec le nouveau beau-père n'a pas tenu), cet arrangement n'a jamais éveillé les soupçons de personne.

– Évidemment, acquiesce Cooper sans cesser de taper. Et comme Tania la soutient financièrement, la mère n'a jamais vendu à la presse l'histoire de ce premier mariage irréfléchi, même si elle pourrait se faire un joli paquet de fric avec. C'est une petite ONG à elle toute seule, notre Tania, à aider tous ces gens dans le besoin.

Je repense à notre conversation dans le salon télé de ses beaux-parents. Je l'avais pressée – non, *suppliée* – de m'accompagner sur-le-champ à la police, pour révéler tout ce qu'elle savait au sujet de son ex. Elle avait refusé.

– Tu ne comprends pas, m'avait-elle répondu. Je suis allée à la police, Heather, je te jure... la première fois qu'il... la première fois. Il m'a fallu rassembler tout mon courage, mais je leur ai montré ce qu'il m'avait fait. J'étais couverte de bleus et tout le reste. Tu sais ce qu'ils m'ont dit ? Ils m'ont dit que si je déposais plainte, ça ne pourrait que le mettre encore plus en colère, qu'il ressortirait de prison au bout de quelques jours – voire quelques heures – et qu'à son retour il me frapperait encore plus fort, même si j'obtenais un ordre temporaire de protection. Ce qu'il fallait que je fasse, d'après eux, c'était me planquer dans un endroit sûr, un endroit qu'il ne connaissait pas, et y rester. Et qu'alors, si je tenais encore à déposer plainte, ils procéderaient à son arrestation. Mais je n'avais nulle part où aller...

– C'est pourquoi il existe des lieux d'accueil pour les femmes battues, Tania. La police ne t'en a pas parlé ?

Elle a fait la grimace.

– Oh oui, bien sûr. Mais qu'est-ce que je serais allée y faire ? Je n'étais pas une femme battue. Il arrivait juste à Gary de me frapper quand il était archi-stressé.

Oh là là, ai-je pensé.

– Je n'ai donc jamais porté plainte, a-t-elle continué. M. Hall... je veux dire Gary... m'a menacée si je causais, de...

Elle a laissé sa phrase inachevée.

– De quoi ? (Je n'en croyais pas mes oreilles.) De quoi, Tania ? C'est quoi, la pire chose qu'il puisse faire ? Il a déjà assassiné Jared et tenté d'abattre Bear – à moins que tu ne comptes rester assise là à prétendre qu'il s'agissait d'une balle perdue, comme tu l'as affirmé à tout le monde ?

Les immenses yeux de biche de Tania étaient à présent pleins de larmes.

– Ce qu'il peut me faire à moi, ça m'est égal, a-t-elle sangloté. De sa part, j'ai tout subi. C'est seulement que... je ne veux pas qu'il fasse de mal à la petite. Je ne le supporterais pas.

C'était donc ça le déclic. Si Tania se fichait de ce qui lui arrivait à elle – pensant même mériter de souffrir –, son instinct maternel avait commencé de se manifester. Pas question pour elle de laisser quelqu'un s'en prendre à son futur bébé.

– OK, ai-je rétorqué. Mais s'il décidait de s'en prendre à Jordan ? À ton avis, Jordan ne devrait-il pas être mis au courant ? Il t'aime. Il comprendra.

Elle a secoué vigoureusement la tête.

– Tu ne saisis pas. Gary a des photos en sa possession. Il a menacé de les envoyer à Jordan.

Oh non... ai-je songé. *Où cela va-t-il s'arrêter ?*

– Tania. De nombreuses célébrités ont vu circuler sur Internet des clichés compromettants. Madonna. Scarlett Johansson. Katy Perry, sur Twitter, la fois où elle ne portait pas de maquillage. Ça m'étonnerait que Jordan s'en soucie, et ta carrière y survivra.

Un bon agent saurait, en un clin d'œil, changer le scandale en or pur : un passage dans le talk-show d'Oprah Winfrey, émaillé de photos d'elle enfant dans la maison délabrée où elle aurait grandi... Gary Hall apparaîtrait comme le monstre qu'il était.

– Ce ne sont pas deux ou trois photos coquines – ni même une *sex tape* – qui risquent de détruire ta carrière, ai-je conclu.

– C'est pas ce genre de photos ! a protesté Tania, visiblement choquée. Je n'aurais jamais permis ça. Je ne suis pas débile. J'ai toujours su que je deviendrais célèbre. Pas question pour moi de laisser un mec – soit-il mon mari - prendre des photos olé olé. Non. Il menace de publier les photos du *mariage*.

Pour la première fois de la soirée, elle me rappelait la fille du clip de *Traîne-moi en justice*. La fière diva qui agitait un fouet, décidée à ne laisser aucun homme lui pourrir la vie.

– Mais ça ne se passera pas comme ça ! *Pas de police. Personne...* Juste toi, Heather.

– OK, ai-je dit, faisant machine arrière. On va régler ça en privé.

Évidemment, je bluffais.

– Tu dis qu'il lui envoie des e-mails pour la faire chanter ? demande Cooper. Il doit être assez malin pour ne lui écrire que depuis les ordinateurs de cybercafés. Elle t'a transmis des copies de ses e-mails ? Ça peut nous aider à le retrouver s'il vit dans la clandestinité.

– Comment ça, dans la clandestinité ? Tu veux dire caché dans la forêt ou un truc dans ce goût-là ?

Cooper sourit.

– Non, mais les gars dans son genre n'ont généralement pas de carte de crédit, vu qu'ils ne souhaitent pas laisser de traces écrites permettant de les identifier ou de les localiser. Soit parce qu'ils sont paranos, soit – comme c'est le cas de notre M. Hall – parce que ce sont des criminels. Ils effectuent toutes leurs transactions en liquide, et ne paient évidemment pas d'impôts, ce qui n'aide pas à leur mettre le grappin dessus. Il est possible que Gary ne possède qu'une carte de retrait anonyme, qui lui sert à retirer de l'argent – dès qu'il en ressent le besoin – dans la banque où Tania lui fait ses virements.

Je secoue la tête.

– Elle ne m'a pas donné de copies de ses e-mails, mais je peux tenter de lui en soutirer.

– OK. Il est malin, mais pas au point de trafiquer l'adresse IP qui se trouve en en-tête.

Je fixe l'écran de l'ordinateur de Cooper en plissant les yeux. J'ai très vraisemblablement besoin de lunettes pour regarder les écrans d'ordinateur, même si je nie encore l'évidence.

– C'est quoi, ce site Internet ? Un truc réservé aux détectives ?

– Et à quiconque s'acquitte d'un abonnement de quinze dollars par mois. Au fait, tu devrais être plus prudente quand tu fais des achats en ligne. Tu as idée du nombre de fois où j'ai dû effacer ton numéro de carte ? Et tes très chers fans sont remontés jusqu'à cette adresse et l'ont mise sur Google Earth. Là aussi, il m'a fallu faire le ménage.

– Oh ! dis-je en me penchant pour embrasser sa joue recouverte d'une barbe de trois jours. Mon héros !

Il paraît embarrassé.

– Eh bien, je ne tiens pas à ce qu'on nous livre des cupcakes à la mort-aux-rats.

– Je crois pouvoir résister à l'envie de manger tout ce qui se présente devant notre porte d'entrée. Et qu'est-ce qui te fait penser que Gary Hall n'est pas son vrai nom ?

– Le fait que je vienne d'en trouver deux cents, des Gary Hall. Tous âgés d'environ quarante-cinq ans, tous ayant à un moment ou à un autre vécu en Floride. Impossible de découvrir qui, parmi eux, est *notre* Gary Hall. Ça me semble un peu trop commode.

– Tu ne peux pas le retrouver grâce à son certificat de mariage ? Ou de divorce ? Ce sont des archives publiques, non ?

– Oui, mais impossible de mettre la main dessus avant l'ouverture du tribunal lundi matin.

Je désigne l'ordinateur :

– On ne peut pas les consulter en ligne, comme ils font dans *Les Experts* ?

– Oh ! ricane-t-il. Ma mignonne, ce que tu es naïve ! Certaines informations sont disponibles sur papier uniquement, et réservées aux seuls membres de la famille proche. Si ce n'est pas le cas, il faut, pour les obtenir, se présenter en personne au bureau du greffier du comté, de préférence avec un bakchich. Et le greffier ne les donne qu'aux gens raffinés et nonchalants, comme moi. Surtout quand ils ont le regard audacieux et néanmoins serein. Sinon, c'est systématiquement l'heure de la pause.

– Je n'en reviens pas que tu te définisses comme « nonchalant » ! Audacieux, d'accord. Et serein, à la limite. Mais nonchalant, tu veux rire ! Et je ne t'ai jamais trouvé spécialement raffiné non plus.

– Assez pour succomber à mon charme, bébé ! réplique-t-il avec un clin d'œil.

Ignorant la remarque, je tends la main vers les biscuits fourrés.

– Tu ne peux pas le retrouver grâce au site du lycée ?

– C'est de ça que tu veux parler ? demande-t-il en désignant l'écran de son ordinateur.

Je fixe le fond bleu et blanc.

– Ça dit bien « lycée du lac Istokpoga » ? C'est censé se prononcer comment, au juste ?

– C'est de l'indien séminole qui se traduit par : « Beaucoup d'hommes ont péri ici. » Un groupe d'Indiens a été emporté par les tourbillons en s'efforçant de traverser le lac.

Ayant à nouveau tourné l'écran vers lui, Cooper lit à présent la page d'introduction du site du lycée :

– « Le lac Istokpoga n'a pas, sur toute son étendue, plus d'un mètre vingt de fond. Les canotiers doivent prendre garde à ne pas s'y enliser. » Intéressant qu'ils mentionnent ça, et ne précisent pas que Tania Trace est née dans leur ville.

– Peut-être n'ont-ils pas envie de le crier sur les toits...

Lucy revient dans la cuisine, ayant visiblement enterré son os selon sa convenance. Elle trottine jusqu'à ma chaise pour que je la félicite. Je caresse son poil soyeux.

– ... surtout s'ils ont laissé le prof de chorale se carapater avec elle.

– N'empêche... réplique Cooper en parcourant le site. Ils pourraient quand même y faire allusion. En même temps, leur site n'est pas très détaillé.

– Tania dit que ce n'est pas un district scolaire très...

– À moins que...

Avec un « Ah ! » triomphal, Cooper tourne l'écran de nouveau vers moi.

– ... personne, là-bas, ne sache qui est devenue Tatiana Malcuzynski !

J'examine la photo, que Cooper vient de trouver, de la première chorale du lycée du lac Istokpoga à s'être jamais retrouvée en finale du concours de l'État de Floride. Au deuxième rang – celui des sopranos –, Tania Trace sourit aux anges. Sauf que si je ne l'avais pas cherchée, je ne l'aurais jamais reconnue. De six ans plus jeune, elle a quelques centimètres de moins et quinze kilos de plus que la Tania avec qui je viens de passer la soirée. Plus un appareil dentaire et une tignasse noire et frisottée.

– OK, dis-je. Elle est méconnaissable.

– Et lui ?

Cooper tapote sur le clavier. Nouvelle photo. Je vois enfin à quoi ressemble Gary Hall.

Ni beau ni laid, il a les cheveux bruns, les yeux marron. Au milieu d'une foule, on ne le remarquerait pas. Il a très précisément l'air...

... d'un prof de chorale de lycée de quarante ans.

– M. Hall, dis-je dans un soupir.

– La chasse est ouverte, réplique Cooper.

– Tu vas l'abattre ?

– Je vais faire ce pour quoi on m'a embauché, répond Cooper en refermant son ordinateur portable. Protéger ma cliente.

– Alors tu vas l'abattre.

– S'il menace ma cliente et que je l'ai à portée de tir, alors c'est probable. Ça te pose problème ?

Je garde la main posée sur la tête de Lucy.

– Du moment que tu le rates pas, non.

19

Quitter le campus :
informations pratiques

Vous quittez votre résidence universitaire ? Veuillez suivre ces cinq étapes très simples :
Ne laissez ni affaires ni détritus dans votre chambre. Nous vous rappelons que les étudiants laissant une chambre dans un état inacceptable seront verbalisés.
Convenez d'un rendez-vous avec votre RE pour l'état des lieux de sortie.
Rendez la totalité des clés à l'accueil (en cas de clés non rendues, les frais de changement de serrure vous seront facturés).
Signez et datez votre fiche de sortie.
Passez un bel été !

À part dans mon lit, il y a peu d'endroits où je supporte de passer mon dimanche matin. Fischer Hall en fait partie. Vu que le week-end, personne ne se lève avant midi, j'ai l'espace pour moi toute seule.

Et ce matin, j'ai justement besoin de calme pour me concentrer. Car j'ai du boulot.

Je pousse la porte d'entrée et salue l'agent de sécurité, une certaine Wynona. Elle est souvent de service de nuit, ce qui craint parfois, surtout quand s'aventurent dans le bâtiment les ivrognes venus du parc – à moins qu'ils ne comptent parmi nos propres résidents. Wynona a suffisamment les pieds sur terre – et la corpulence nécessaire – pour tenir tête à quiconque, sobre ou soûl.

Tenant à deux mains une tasse de café géante, Wynona m'adresse un signe de tête silencieux. Je la comprends. Pour moi aussi, la nuit a été longue. Je me trimballe la même tasse qu'elle. La cafétéria doit pourtant bien être ravitaillée, rayon petit déjeuner, avec les filles et leurs chaperons à nourrir... Mais je n'ai pas eu la patience d'attendre. Je rends son signe de tête à Wynona.

Toujours en pyjama, Jamie assure l'accueil. Affalée sur sa chaise, elle feuillette d'un œil ensommeillé les magazines que nous ne pouvons envoyer à leurs destinataires, notre bureau de poste faisant uniquement suivre le courrier prioritaire.

– Salut ! lance Jamie, étonnée de me voir. Qu'est-ce que tu fais là ?

– Me pose pas la question ! Ça s'est passé comment, hier, après que je suis partie ?

Jamie hausse les épaules.

– Pas si mal, j'imagine. Wynona pourrait t'en dire plus.

J'interroge celle-ci du regard. Elle se contente de secouer la tête avec un « Mmmm... », le nez toujours dans son café. En concluant qu'elle n'est pas encore prête à en parler, je me tourne à nouveau vers Jamie.

– Quatre réclamations et un rapport d'incident, dit-elle en tirant des formulaires du casier destiné à la direction. Il y avait un évier qui fuyait dans la 1718. Le technicien de service a réglé ça. Le reste, ce sont des gamines qui demandent à ce qu'on leur retire les entrebâilleurs des fenêtres, pour qu'elles puissent photographier la fontaine du parc. Elles peuvent toujours rêver. Oh... ajoute-t-elle, son visage prenant soudain une expression soucieuse. Autre chose, aussi...

Je m'attends au pire.

– Eh bien ?

– Il semblerait que certaines des filles aient profité que leur chaperon dormait pour descendre ni vu ni connu...

– *Quoi ?*

Je lui arrache des mains le rapport d'incident et commence à le parcourir. Mon cœur bat à tout rompre. Dupliqué en trois exemplaires et complété à l'encre bleue par Rajiv – le RE informé de la situation –, il abonde en détails et s'étale sur plusieurs pages. Les filles y sont nommées. Et le premier nom que je vois est celui de Cassidy Upton.

– Pourquoi ? Et pour aller où ? On ne leur a pas confisqué leur carte de résidente hier soir ?

C'est un plan qu'on avait conçu ensemble, Lisa et moi. Désireuses d'empêcher les filles de se faire la belle une fois la nuit tombée, nous avons exigé qu'elles rendent chaque soir leur carte avec photo au RE de service. Ce qui les contraint, en cas d'escapade, d'alerter le RE pour être en mesure de regagner le bâtiment.

– Si, dit Jamie. Mais ça change rien, vu qu'elles n'ont pas quitté l'immeuble. Elles ont croisé un groupe de joueurs de basket dans le hall et...

Je laisse tomber la tête, dans un grognement.

– Oh non, pitié !

– Désolée, fait Jamie.

Je relève la tête.

– Je t'en supplie... Dis-moi qu'ils sont tous remontés dans le bâtiment, qu'ils se sont fait cuire du pop-corn, qu'ils ont maté plein d'épisodes de *Glee* dans la salle de télé, et qu'ils sont tous allés se coucher. Chacun dans sa chambre.

– Je ne peux pas, réplique-t-elle. Parce que ça ne s'est pas passé comme ça. Tu connais Magnus, le mec super grand ? Eh bien il a acheté de la bière pour tout le monde à l'épicerie qui fait l'angle. Et ils sont tous descendus dans la salle de jeux pour picoler et pour jouer au baby-foot et au billard.

Je continue à déchiffrer l'écriture en pattes de mouche de Rajiv pour savoir comment ça s'est fini.

– Ce n'est pas le genre de comportement qu'encouragent Tania Trace et le Camp d'été du rock, je marmonne.

– Pas vraiment, approuve Jamie, visiblement amusée. Wynona les a évidemment observés toute la soirée sur les écrans de surveillance.

Je jette un coup d'œil à Wynona, qui lève le nez de sa tasse de café :

– T'aurais vu la tête de ces filles quand je suis descendue leur demander où elles se croyaient !

Pour un peu, je l'embrasserais. Sauf que ça ne se fait pas. À la place, je lui demande :

– Ça les a étonnées ?

– Je ne sais pas dans quel genre d'établissement elles se croient ici. L'une d'elles était carrément juchée sur la table de billard, où elle faisait une sorte de strip-tease pour les garçons. « Ça ressemble à une boîte de strip-tease ici ? » que je lui ai demandé. Et ces mecs, ils devraient avoir un minimum de jugeote ! « Vous n'avez pas assez de soucis comme ça ? » que je leur ai balancé. « Vous tenez vraiment à ce que le président de la fac apprenne que vous payez des bières à des filles de troisième ? »

Je suis pendue à ses lèvres :

– Et après ?

– Eh bien, les mecs ont prétendu que les filles disaient avoir vingt et un ans. Mais quelle fille de vingt et un ans porte des dessous Hello Kitty ? À celle qui était debout sur le billard, j'ai dit : « Mon petit, dépêche-toi de te rhabiller ! Tu sais que le numéro que tu viens de faire a été entièrement filmé par ma caméra de sécurité ? Je serais presque tentée de refiler la cassette à ta maman. Et si t'étais ma gosse à moi, tu te prendrais la claque de ta vie. »

– Attends que je devine... (Je n'ai même pas besoin de consulter le rapport d'incident pour m'en assurer.) La fille, c'était Cassidy Upton ?

– Qu'est-ce que j'en sais ? Pour moi, elles sont toutes pareilles, maigres comme un clou et archi-maquillées. J'ai appelé Rajiv, qui a confisqué les bières et envoyé chercher l'entraîneur.

J'ouvre des yeux ronds comme des soucoupes.

– Tu as appelé Steven ? Je veux dire M. Andrews ?

– Et comment que je l'ai fait ! Il avait laissé son numéro de portable ici, explique-t-elle en désignant un Post-it sur le bureau de l'agent de sécurité. Avec un petit mot disant : *M'appeler si les gars passent les bornes.* Je lui ai téléphoné – je savais qu'il n'en attendait pas moins de moi. Il est venu, a forcé ces types à sortir de leur chambre et à le suivre dehors, et les a ramenés environ deux heures plus tard. De ma vie, je n'ai jamais vu de gens aussi vannés. Il leur a fait faire cinquante fois le tour du parc.

Waouh. J'ai essayé de faire le tour du parc, un jour. J'ai bien cru y laisser mon utérus.

Wynona prend une gorgée de café, puis :

– Ce que je voudrais savoir, c'est si ces filles vont être punies. Les garçons se sont mal comportés, c'est certain. Mais ces filles sont loin d'être des oies blanches, si tu veux mon avis.

J'acquiesce. Elle a raison. Dans son rapport d'incident, Rajiv signalait qu'une dispute avait éclaté entre les filles après qu'il les eut raccompagnées à leur chambre. Mallory St. Clare avait traité Cassidy de « garce snobinarde ». Cassidy avait riposté en qualifiant Mallory de « sale pute qui aurait besoin de prendre une douche tellement qu'elle est crade ».

Toutes deux – de même que les joueurs de basket, bien que déjà punis par Steven – seraient forcément convoquées chez Lisa, suite à un pareil cirque. La question restait de savoir si Lisa allait mettre Mme Upton au courant. En principe elle le devait, les filles étant mineures.

Et Tania, dans tout ça ? N'était-ce pas elle, et Cartwright TV, qui étaient censés se charger d'occuper ces filles pendant leur séjour à la résidence ?

– Parfait ! dis-je. C'est merveilleux.

Stephanie sera ravie d'apprendre que son plan visant à transformer des chanteuses talentueuses en harpies déchaînées fonctionne à merveille.

– Il y a aussi ça...

Jamie me tend une dizaine de fiches – du type que signent les résidents à leur entrée, attestant qu'ils ont bien reçu leur clé. Toutes portent une signature sous la mention « sortie ». À chacune d'entre elles, une clé est fixée avec du scotch.

– Elles sont parties ? je demande, perplexe, bien qu'aucun doute ne soit permis.

– Ouais. Hier soir. Le Camp d'été du rock a dû leur paraître un peu moins rigolo quand elles ont réalisé qu'un gars s'était fait tuer par un fan de Tania dans l'enceinte même du bâtiment.

Ma bouche se crispe.

– Ça ne s'est pas vraiment passé comme ça...

– Ben c'est ce qu'ils annoncent aux infos. Certains parents ont appris la nouvelle et ça les a fait flipper. Il y a des mamans qui sont reparties en emmenant leur fille. Un papa est venu du Delaware en voiture. Il a embarqué sa fille et la camarade de chambre de celle-ci, par la même occasion. Les autres ont prévu de passer la nuit à l'hôtel. J'imagine qu'elles prendront demain un vol de retour. C'est Lisa qui s'en est chargée. Je suis sûre qu'elle te racontera tout.

Je peux y compter.

– Merci Jamie.

– Désolée Heather, dit-elle, l'air sincère. On dirait que rien ne se passe comme on l'espérait. Oh, et on ne sait pas quoi faire des affaires qui sont dans la salle des colis.

– Comment ça... Quelles affaires ?

Elle me tend la clé. Je me dirige vers la porte, l'ouvre. Je n'en crois pas mes yeux. La pièce est envahie de cadeaux. De bouquets de roses et de toutes les fleurs possibles et

imaginables (parmi lesquelles des lys, des œillets et des ger-
beras pareils à des soleils), mais aussi de ballons, d'ours en
peluche, de bougies, de corbeilles de fruits et de cartes
achetées en magasin ou faites à la main. Si presque tout est
destiné à Tania, on lit aussi çà et là : « Pour Jared » ou « À la
mémoire de Jared Greenberg ».

– Les gens ont commencé à venir déposer ces trucs hier
soir, m'informe Jamie. Depuis, ça n'arrête pas. Je ne comprends pas pourquoi. Ce n'est pas Tania qui est morte. Ils
ont dû deviner que les cupcakes étaient pour elle et que
quelqu'un lui voulait du mal. Il y en a qui pleuraient trop
pour articuler un mot. Comme on ne savait pas où mettre
tous ces trucs, Gavin a décidé de les ranger dans la salle des
colis. Il n'y aura bientôt plus de place, cela dit.

Inexplicablement, mes yeux se remplissent de larmes à la
vue des ours en peluche tenant des pancartes : *Dieu te
bénisse !* et des cartes artisanales où l'on peut lire : *Nous
t'aimerons toujours*. Tania a ses problèmes mais, Dieu sait
pourquoi, le public se sent proche d'elle. Je parie que s'il
était au courant des épreuves qu'elle a traversées – les véritables, celles dont elle a trop honte pour en parler et qu'elle
s'efforce depuis si longtemps de cacher –, il l'en aimerait
encore davantage.

– Merci Jamie, dis-je, refermant la porte et lui rendant la
clé. Je vais appeler la chaîne et voir avec eux s'ils peuvent
envoyer quelqu'un pour ramasser tout ça. Continuez à
accepter ce que les gens apportent – sauf s'il s'agit de nourriture, bien sûr. Dites-leur que vous avez ordre de refuser
les denrées alimentaires. Et si vous voyez un type louche
âgé de quarante et quelques années...

– Un type de quarante et quelques années ? Tu veux dire quoi par « louche » ? Parmi les papas qui sont passés, beaucoup m'ont eu l'air un peu louche.

Je réalise que je vais un peu vite en besogne. Hier, Cooper a laissé un message à l'inspecteur Canavan, le priant de nous rappeler au plus vite. Ce, en dépit de mes protestations. N'était-ce pas trahir la confiance de Tania ?

– Elle m'a fait promettre de ne rien répéter. Or je te l'ai dit, et toi tu t'apprêtes à le dire à la police...

– Ce type est un assassin, Heather, a rétorqué Cooper. Tania va devoir cesser de s'inquiéter de son image, et se résoudre à l'inévitable : tout finira par sortir, tôt ou tard.

– Ce n'est pas de la mauvaise publicité dont elle a peur. Ce qu'elle redoute, c'est qu'il s'en prenne à son bébé.

– Eh bien, le risque sera moindre une fois qu'il sera sous les verrous.

Difficile de lui donner tort sur ce point. Quand Canavan a rappelé, tôt dans la matinée, c'est moi qui ai répondu. L'inspecteur a écouté ce que j'avais à dire sur l'ex-mari de Tania – je n'ai rien édulcoré – et il ne m'a pas interrompue si ce n'est, de temps à autre, pour pousser un juron. Mon récit achevé, il a déclaré d'un ton plus moqueur :

– Eh bien, Wells. Si ce n'est pas merveilleux ! On est face à un tueur en liberté, et vous me demandez de garder ça pour moi pour ne pas heurter la *sensibilité* de la nouvelle femme de votre ex ? Sachez un truc : on n'est pas dans une sitcom, et je ne m'appelle pas John Stamos.

Je me suis gardée de lui faire remarquer qu'aucun directeur de casting n'aurait idée de faire interpréter son rôle par John Stamos, beaucoup trop jeune. Tom Selleck, à la rigueur.

– Si on vous met dans le coup, c'est uniquement par courtoisie. Parce que vous êtes un ami.

Cooper a grimacé en m'entendant prononcer ces mots. Je n'ai pas saisi pourquoi... jusqu'à ce que l'inspecteur explose.

– Je ne suis pas votre ami ! a-t-il hurlé à l'autre bout de la ligne. Je suis un représentant de la loi ! Vous venez de reconnaître qu'un témoin – une bonne amie à vous, Tania Trace – a menti, non pas une mais deux fois, alors qu'on l'interrogeait. En tant que citoyenne de cette ville, elle avait le devoir de répondre à nos questions.

– Elle a peur. Elle a demandé à la police de l'aider, autrefois. Rien n'a été fait. Il n'y a pas une loi à ce propos ? Comme dans ce film où une femme met le feu au lit de son mari et...

– Ouais c'est ça ! a grogné Canavan. Dommage qu'elle n'ait pas brûlé ce gars-là dans son lit. Ça nous aurait simplifié la tâche... Vous savez à quoi j'ai passé la soirée ? À interroger les employés de la pâtisserie végétarienne chez Patty pour tenter de découvrir si l'un d'eux se rappelle avoir vendu une douzaine de machins-trucs à la gomme de soja à la vanille ou Dieu sait quoi à quelqu'un qui aurait mentionné Tania Trace. Ou si l'un des pâtissiers n'aurait pas empoisonné lui-même les gâteaux. Mais devinez quoi ! Pour une fois, les résultats du labo sont arrivés rapidement et il s'avère que ces trucs n'ont rien de végétarien – ou de végétalien, ou rien de ce qu'ils sont censés être. Ils ne proviennent d'ailleurs pas de chez Patty. Le gars s'est juste servi d'une de leurs boîtes. Il a préparé ces fichus cupcakes à partir d'une préparation en sachet. Ce qui est à mon avis la meilleure manière de faire un gâteau, que diable ! Quant à son glaçage, du vrai boulot d'artiste ! Même s'il n'a pas confectionné lui-même les violettes en sucre. Il les a achetées toutes prêtes.

– C'est bon à savoir, a dit Cooper. Ça signifie que Gary Hall loge quelque part en ville, dans un lieu qui possède une cuisine équipée. Ça réduit le nombre d'hôtels où il peut se trouver. Et s'il loue quelque chose, on pourrait retrouver la trace de...

– Nom d'un chien, Cartwright ! a braillé l'inspecteur. Éteignez-moi ce haut-parleur ! Vous savez combien j'ai horreur de ça !

Cooper a pris le téléphone et tous deux se sont mis à discuter. J'ai alors décidé qu'il était temps pour moi de me rendre au boulot pour y faire ce que je m'apprête à faire.

J'entre dans mon bureau.

– Tu sais quoi ? j'annonce à Jamie. Je vais taper une « persona non grata »...

– Une minute ! rétorque Jamie. Une PNG ? Alors ils savent qui a fait le coup ? Ils ont trouvé le coupable ? Parce que Gavin s'en veut toujours beaucoup, de pas bien avoir décrit le gars...

Prudente, je l'interromps :

– On n'est pas sûrs à cent pour cent. Mais je crois qu'on tient une piste. Dis à Gavin qu'il n'a rien à se reprocher. Ce type n'est vraiment pas du genre mémorable.

Sauf si on a eu le malheur d'être sa femme. Auquel cas non seulement on ne l'oublie pas, mais on n'arrive pas à se débarrasser de lui.

Jamie est parcourue d'un frisson.

– Je suis sûre que moi, je m'en serais souvenue.

Pourvu que, grâce à mes efforts, Jamie n'ait jamais l'occasion de s'en assurer.

20

Persona non grata

L'accès à Fischer Hall – ainsi qu'à tout événement ou manifestation se tenant à l'intérieur de la résidence ou organisé par elle – est INTERDIT à cet individu. S'il tente de s'introduire dans Fischer Hall ou dans tout événement ou manifestation organisé par Fischer Hall, il devra être reconduit dehors sur-le-champ, et la police de New York devra être alertée. S'il résiste, l'usage d'un Taser est fortement recommandé.

Nom : *Gary Hall*
N° de sécurité sociale : *Inconnu*
Âge : *Quarante-six ans*
Taille : *Inconnue*
Poids : *Inconnu*
Cheveux : *Bruns*
Yeux : *Marron*
Type : *Occidental*
Signes particuliers : *Inconnus*
Photo : *Voir cliché ci-dessous*
Motif de l'avis de PNG : *Harcèlement. Agression avec une arme pouvant entraîner la mort. Meurtre.*

Je contemple mon œuvre à peine sortie de l'imprimante du bureau. Je me demande si je n'y suis pas allée un peu fort. Gary n'a pas, après tout, été *reconnu coupable* de meurtre. Peut-être aurais-je dû écrire « *soupçonné* d'agression avec une arme pouvant entraîner la mort et de meurtre ».

D'un autre côté, il n'y a plus que quarante participantes. En vingt-quatre heures, Gary Hall est parvenu à tuer un membre de l'équipe de tournage et à nous débarrasser de dix aspirantes chanteuses.

Et puis crotte ! J'affiche cet avis à l'accueil, ainsi qu'au poste de sécurité. La photo – un agrandissement de celle qu'on trouve sur le site Internet de l'ancien lycée de Tania – est un peu floue, mais je n'ai pas mieux. Je vais tirer ça en assez d'exemplaires pour en distribuer à la totalité des RE, des employés de l'accueil à ceux qui font suivre le courrier, en passant par les membres de l'équipe de basket. Aucune raison de ne pas alerter tout le monde.

À l'exception des filles. Inutile de semer la panique parmi elles.

Mais parmi les autres, si ! Il est temps que certains se réveillent. Je m'assieds à mon bureau, sors mon portable et compose un numéro.

À l'autre bout du fil, une voix ensommeillée :

– Allô ?

– Allô Jordan, dis-je d'un ton bien plus joyeux que mon humeur. Je peux parler à Tania ?

– Tania ?

J'ai la vision de Jordan, couché dans des draps de soie grise, dans son immense lit circulaire. (Pourquoi circulaire ? Il n'a jamais su me donner une explication convaincante.)

– Elle dort. C'est toi, Heather ? Qu'est-ce qui te prend d'appeler si tôt ? Il est à peine... (Une pause, tandis qu'il cherche un réveil.) Dix heures.

– Je sais. Je suis vraiment désolée. Mais Tania et moi avions décidé de sortir entre filles, et je voulais lui dire que...

– Heather ?

Tania décroche sur un autre poste. À l'entendre, elle semble bien réveillée. Dans la mesure où elle m'a toujours fait penser à un chat, qu'elle puisse ainsi s'arracher au sommeil en une fraction de seconde ne me surprend pas.

– Qu'est-ce qui est arrivé ? demande-t-elle.

– Rien. Je t'appelle parce qu'on est censées aller faire du shopping aujourd'hui, dans cette boutique qui vient d'ouvrir à SoHo, Gary Hall...

– Vous allez faire les boutiques ? lance Jordan, sa voix doublement amplifiée car il n'a pas raccroché sur son poste – situé de son côté du lit – et il est couché près de Tania, laquelle dispose de son propre téléphone sur sa table de chevet. Pourquoi ne pas m'avoir prévenu ?

– Jordan, raccroche ! ordonne Tania.

– Mais je veux aller chez Gary Hall. Ça a l'air d'enfer !

– Jordan ! répète Tania d'un ton sans réplique. Raccroche !

Un clic se fait entendre. Puis Tania reprend d'une voix un peu essoufflée, comme si elle s'était déplacée en toute hâte :

– Qu'est-ce que tu veux, Heather ?

– Je pensais que tu voudrais être informée que dix des participantes de ton camp d'été ont quitté Fischer Hall hier soir. Dix filles ont perdu une opportunité de s'affirmer grâce à la musique, comme c'est écrit dans la brochure de présentation du Camp d'été du rock. Tout ça parce que tu as peur de défier Gary Hall.

– Je l'ai défié ! siffle Tania. (Sa voix me parvient avec un léger écho, comme si elle s'était enfermée dans la salle de bain.) Et ça a causé la mort de quelqu'un. Ils ne parlaient que de ça aux infos quand on est rentrés. Et il y avait un message du père de Jordan, disant qu'ils allaient peut-être devoir annuler le tournage. Que les parents soient mécontents n'a rien d'étonnant. Il vaudrait sans doute mieux qu'on...

– Tania... À mon arrivée à Fischer Hall, ce matin, j'ai trouvé le hall croulant sous les fleurs, les cartes et les ballons de tes fans. Il y en a tellement qu'on ne sait plus où les mettre. Et ils ne viennent pas de Gary, mais de tes véritables fans. Ceux qui t'aiment et n'attendent qu'une chose de toi : que tu continues à chanter, pour qu'ils oublient leurs soucis grâce à ta voix magnifique.

Mon Dieu, ce que je suis forte ! me dis-je. Je devrais peut-être laisser tomber le droit pénal et devenir agent de star, au lieu de résoudre des crimes.

– Ah ouais ? réplique Tania d'une voix lasse. Ben pour que je puisse continuer, faut que je trouve moyen de régler mes problèmes. Écoute, Heather, je suis décidée. Je vais lui envoyer l'argent. Si je lui envoie ce qu'il me demande, il arrêtera peut-être. Il se pourrait qu'il parte pour de bon.

– Non, Tania. C'est la dernière chose à faire. Avant, il te demandait dix mille dollars par mois. À présent, il en exige vingt mille. Et après, il exigera quoi ? Cent mille dollars ? Deux cent mille ? Ça va monter jusqu'où ?

– Pas de problème ! rétorque Tania. (À sa voix, on la dirait sur le point de fondre en larmes.) Deux cent mille dollars, très bien. Ou deux millions. Quelle importance ? J'ai cet argent. Je n'ai que ça, de l'argent ! Ce que je n'ai pas, c'est la paix – et la certitude, quand je sors de chez moi, qu'il n'est pas là, dehors, à attendre de me tirer dessus.

– Pourquoi te tirerait-il dessus, Tania ? Tu es sa vache à lait.

– Il a bien essayé de m'empoisonner, non ?

– Tania, il savait que tu ne risquais pas de manger ces cupcakes. Honnêtement. Tu es une pro. Tu as déjà mangé de la nourriture offerte par tes fans ? Gary te connaît. Si ça se trouve, c'est lui qui t'a mise en garde contre ça.

Tania renifle.

– Ce qui signifie qu'il a délibérément fait du mal à quelqu'un d'autre. C'est encore pire.

– En effet. C'est pourquoi tu as bien fait d'arrêter de le payer. Et c'est pourquoi tu dois continuer à faire ce que tu affirmes haut et fort dans ta chanson... le défier, réussir par tes propres moyens. Tu dois donner l'exemple à ces filles. Parce que crois-moi, Tania, elles ont besoin de toi. Tu dois leur montrer qu'en exprimant leur créativité grâce à l'écriture et à l'interprétation de chansons, elles peuvent devenir tout ce qu'elles voudront être... pas juste des filles qui se désapent sur une table de billard en échange d'une bière, pas des filles qu'on peut vendre et acheter, pas de simples objets de désir pour les hommes... mais des artistes et des femmes d'affaires exigeantes et dures à cuire.

Tania renifle à nouveau.

– C'est vraiment un chouette speech, Heather. Mais Gary a failli tuer Bear. Et a réellement tué ce pauvre Jared. Je ne tiens pas à risquer qu'il tue l'une des filles, ou Jordan, ou le bébé, ou Cooper, *ou toi*. Si je ne paie pas, ça va le rendre dingue au point qu'il sera capable de...

– Très bien. Rendons-le dingue. Carrément fou de rage. À nous d'inverser la vapeur !

– Je te l'ai déjà dit, c'est exactement ce que la police m'a déconseillé de faire quand...

– Tania, quand tu es allée voir la police, Bear était-il là pour te protéger ?

– Non, reconnaît-elle d'une voix étranglée.

– Et Cooper ? Cooper était dans le coin ?

– Non. Mais...

– Et moi ? Et Jordan ? Et le papa de Jordan ? Et Jessica ? Et Nicole ? Tous ces gens qui t'entourent et qui t'aiment, ils étaient là à l'époque ?

– Non, mais...

– Non. Les choses ont changé. On va t'aider, mais il faut nous laisser faire. Je crois que tu en as envie. C'est pourquoi tu as demandé que le Camp d'été du rock se tienne non pas dans les monts Catskill, mais dans ma résidence. Pas vrai ?

J'entends sa voix se briser.

– Oui, bredouille-t-elle. Tu as attrapé tellement de méchants que j'en ai conclu que si quelqu'un pouvait choper Gary, ce serait toi. J'ai eu tort. Je n'aurais jamais pensé que d'autres feraient les frais de...

– Je sais.

Je ne me suis jamais vue comme quelqu'un qui « attrapait les méchants », même s'il m'est effectivement arrivé de le faire. Je m'étonne d'être ainsi perçue par une star du rock à la fois sublimement belle et profondément paumée.

– Mais si tu veux qu'on règle cette affaire, il va falloir être franche avec moi. Me faire confiance et me filer un coup de main. Tu t'en crois capable ?

– OK, répond-elle enfin. Je vais essayer. En quoi je peux t'aider ?

– Tu dis que Gary t'a écrit des e-mails. Tu peux m'en envoyer des copies ?

– Tu comptes en faire quoi ? demande-t-elle d'un ton soupçonneux.

Je la mets en garde :

– Tania ! Envoie-les-moi, un point c'est tout.

Je lui donne mon adresse.

– OK, c'est tout ?

À sa voix, on la dirait à deux doigts de vomir.

– N'oublie pas que tu es un modèle pour ces filles. Tu ne peux ni te cacher ni céder aux exigences de Gary. Mais ne va pas faire de bêtises – comme... je sais pas, moi... le rencontrer seule dans une ruelle sombre.

– Pourquoi j'irais faire un truc pareil ? Tu le lui as dit ?

– Dit quoi à qui ? je demande,

– À Cooper. Tu le lui as dit, n'est-ce pas ?

J'entends une clé tourner dans la serrure. Plutôt que de laisser la porte du bureau ouverte comme j'ai coutume de le faire en semaine, je l'ai refermée derrière moi.

– Euh, Tania... Faut que je te laisse. Quelqu'un vient.

– Tu le lui as dit, répète Tania, résignée. Tant pis. Je savais que tu le ferais. Du moment qu'il ne le dit pas à Jordan, ça m'est égal.

– Je pense que tu devrais parler à Jordan, *toi*. Il finira bien par l'apprendre. Et crois-moi, il comprendra. À plus tard !

Je raccroche au moment où entre Lisa, Champion trottant sur ses talons.

– Oh ! s'exclame-t-elle, surprise mais pas mécontente de me voir à mon bureau. Salut ! Qu'est-ce que tu fais là ?

– Vu le fiasco d'hier, dis-je en désignant, sur mon bureau, clés, fiches de sortie et réclamations (j'ai caché la PNG dessous), j'ai pensé qu'une séance de rattrapage s'imposait.

Lisa lève les yeux au ciel.

– Oh mon Dieu. À qui le dis-tu ? Tu es au courant des dix départs d'hier ? Et de la rencontre des filles du 1621 avec les gars de l'équipe de basket ?

– Oui.

Je m'empare du rapport d'incident.

– De ça, et du fait que tu es une « sale pute qui aurait besoin de prendre une douche tellement qu'elle est crade ».

– En vérité, s'esclaffe Lisa, on raconte surtout que tu es une « garce snobinarde ».

Nous partons d'un fou rire. Sans doute toute cette tension nous monte-t-elle à la tête. N'empêche, ça fait du bien.

– Mon Dieu ! dis-je, une fois le calme revenu. Quelqu'un a des nouvelles de Stephanie ?

– Pas moi, répond Lisa. Elle n'avait pas bonne mine, hier, à sa sortie de l'hôpital.

– Le contraire m'aurait étonnée. Elle va prendre quelques jours de congés maladie, non ?

– On se retrouve donc à gérer un dortoir plein d'adolescentes désœuvrées. Et de joueurs de basket de troisième division qu'il nous est impossible de surveiller vingt-quatre heures sur vingt-quatre. Le désastre assuré ! On t'a communiqué le programme des activités du camp ?

– Non. Et à toi ?

– Pourquoi Stephanie m'en aurait-elle fait part ? dit Lisa en se renversant sur le canapé où elle s'est laissée tomber. Je ne suis qu'une humble directrice de dortoir.

– De résidence universitaire, je rectifie d'un ton grave.

– En effet. (Elle paraît soudain pensive.) On ferait mieux de réfléchir à des activités à proposer aux filles, et rapidement. À *l'extérieur* du bâtiment, qu'elles n'aillent pas tomber sur Magnus et sa bande pendant qu'ils sont en train de repeindre les étages du bas. Si on leur proposait une de ces excursions *Sex and the City* ? Ça plairait à tout le monde, y compris aux mamans.

– Parfait. Mais avant ça, ne pourrait-on pas rassembler les bouquets de fleurs et les peluches que les gens ont apportés pour Tania, afin de les déposer à l'hôpital des enfants de New York ? Jared m'a confié, avant sa mort, que Tania aimait qu'on fasse ça avec les cadeaux de ses fans. Et on pourrait envoyer à la famille de Jared les cartes qui lui sont destinées.

Lisa a les larmes aux yeux.

– Oh oui. C'est une très bonne idée d'activité. Surtout pour les filles de la chambre 1621, qui auraient besoin de redéfinir leurs priorités.

– Précisément. Un autre truc qui serait marrant à faire avec elles, ce serait de leur faire découvrir le New York du rock, à travers des lieux mythiques...

Lisa claque dans ses mains.

– L'immeuble devant lequel John Lennon a été abattu par exemple ? Ou l'hôtel où Sid Vicious a assassiné Nancy ?

– On va éviter les lieux liés au crime, qu'elles oublient un peu ce qui s'est passé ici. Imaginer une visite guidée plus féminine, plus positive...

– T'en connais, toi, des endroits liés à des rockeuses qui n'ont pas été le théâtre de meurtres ou d'overdoses ?

Je lui jette un regard horrifié.

– Oui. Évidemment. À un bloc d'ici se trouve l'hôtel Washington Square. Joan Baez y a vécu, épisode auquel elle fait référence dans sa chanson *Diamonds and Rust*. Pas dans les termes les plus flatteurs – elle l'appelle un « hôtel pourave », ce qui devait être le càs à l'époque. Toujours est-il qu'elle le mentionne.

– Joan *qui* ? demande Lisa, perplexe.

– Oublie, dis-je, avec un pincement au cœur.

Comment peut-elle ignorer qui est Joan Baez ? C'est bizarre, de travailler avec une boss plus jeune que moi. Certes, Joan Baez et moi ne sommes pas précisément de la même génération, mais j'ai au moins entendu parler d'elle.

– Il y a aussi Webster Hall, où tout le monde s'est produit, de Tina Turner aux Ting Tings. Et le Limelight, où Gloria Estefan, Britney Spears et Whitney Huston ont toutes donné des concerts avant sa fermeture. Et... (Je commence à m'emballer.) Il y a John Varvatos, un créateur qui a sa boutique de vêtements pour hommes au 315 Bowery Street, à Manhattan – dans ce qui était autrefois le fameux club CBGB –, et qui s'inspire de la scène nocturne underground. On pourrait y emmener les filles, qu'elles puissent se figurer ce que c'était du temps où Deborah Harry cassait la baraque avec *Heart of Glass*... Et Madonna a logé à l'hôtel Chelsea – c'est de tout ça qu'il faut parler, pas des drames.

Janis Joplin, Joni Mitchell, Patti Smith et tant d'autres légendes du rock, ils ont tous résidé à l'hôtel Chelsea...

– Jamais entendu parler de Patti Smith, déclare Lisa en grattant la tête de Champion qui, d'un bond, la rejoint sur le canapé. Mais je suis sûre qu'il est génial. Ils m'ont tous l'air géniaux.

– Qui est génial ? demande Sarah, entrant d'un pas bruyant.

Elle est chaussée de Doc Martens. Ses cheveux noirs voltigent de tous les côtés et l'une des bretelles de sa salopette short est défaite. Ça lui donne un air exténué plutôt que sexy.

– Heather va faire visiter aux participantes les hauts lieux de l'histoire du rock, annonce gaiement Lisa. Quand on aura déposé tous les cadeaux des fans de Tania à l'hôpital des enfants.

– Une minute ! Je n'ai pas dit que je le ferai. J'ai dit que c'est une chose que nous pourrions faire.

– Mais tu t'y connais tellement. Qui d'autre pourrait s'en charger ? Je n'ai jamais entendu parler de la moitié des gens que tu as cités. Ni du Limelight ou du... comment s'appelait cet endroit, déjà ? Le John Varvargoes ?

Sarah me fixe d'un air incrédule.

– C'est un type... Le type qui a conçu le sac à main de Sebastian !

À ces mots, elle éclate en sanglots.

– Mon Dieu ! s'exclame Lisa.

Elle me jette un regard surpris, puis se tourne à nouveau vers Sarah.

– Qu'est-ce qui ne va pas ?

– Rien, répond Sarah, en passant derrière son bureau, les joues ruisselantes de larmes. Tout va bien. Ne faites pas attention à moi. Au cas où vous n'auriez pas remarqué, Sebastian et moi traversons une période difficile.

Enfin, me dis-je. *Elle le reconnaît.*

Je saisis la boîte de Kleenex que j'ai toujours sur mon bureau et, pivotant sur ma chaise, la lui tends.

– C'est quoi, le problème ? je demande.

Je pense à la joie que vont éprouver Tom et Steven. Pas à l'idée que Sarah soit malheureuse, bien sûr, mais à la perspective qu'elle rompe avec Sebastian, qu'ils ne peuvent pas voir en peinture.

– Eh bien, dit Sarah, prenant une poignée de mouchoirs qu'elle presse sur son visage. Si vous tenez à le savoir, ça concerne l'avenir de notre relation. Je me sens ridicule, à discuter de ça avec vous deux qui êtes tellement heureuses – et fiancées qui plus est.

Lisa me fixe.

– Tu es fiancée ?

Je hausse les épaules.

– Rien d'officiel. On vient à peine d'en parler.

– Félicitations !

– Merci.

– ... et moi qui n'arrive même pas à convaincre un adepte du sac à main de s'engager, pleurniche Sarah.

J'approche ma chaise pivotante de son bureau et lui glisse :

– Eh bien, si Sebastian ne réalise pas à quel point tu es géniale, alors bon débarras.

– Non ! glapit Sarah. Je l'aime, même si ce salopard n'a pas eu le courage de me dire en face qu'il partait vivre en

Israël. (Elle sort son portable et me montre l'écran.) Il me l'a annoncé *par texto*. Non mais, tu crois ça ? Il s'engage dans les forces armées israéliennes pour *un an et demi* ! Il a le sentiment que c'est son devoir, en tant que juif américain. Pourquoi il ne se contente pas d'aller passer l'été dans un kibboutz, comme je l'ai fait moi-même ?

Sarah poursuit sur sa lancée. Sebastian va se faire tuer, et tout cela est trop bête, trop absurde... D'un autre côté, sans doute va-t-il développer une musculature parfaite. Mais à quoi bon, vu qu'une Israélienne canon aux faux airs de Natalie Portman va le lui chiper ?

Lisa n'en revient pas. C'est la première fois qu'elle assiste à l'un des discours exaltés de Sarah. Par chance, celui-ci est interrompu (alors même que Sarah déclare que Sebastian serait fou de croire qu'elle va l'attendre) par des coups frappés à la porte.

– Excusez-moi...

Nous tournons toutes la tête. Sur le seuil se tient Mme Upton, les mains sur les épaules de sa fille Cassidy. La mère est vêtue d'un jean blanc et d'un sobre mais coûteux chemisier. Quant à Cassidy, elle arbore un short en jean, des bottes Ugg et son habituelle expression butée.

– Désolée de vous interrompre, explique Mme Upton. Mais j'ai trouvé cette lettre glissée sous la porte ce matin. (Elle brandit une feuille à en-tête de Fischer Hall.) On m'y convoque pour un entretien. Je me suis demandé si c'était le bon moment.

– Le moment est très bien choisi, réplique Lisa.

Elle quitte le canapé d'un bond et se dirige vers son bureau, talonnée par Champion.

– Si vous voulez bien entrer toutes les deux.

– Parfait, dit Mme Upton.

Elle m'adresse un sourire crispé et jette à Sarah un regard qui semble signifier « Qu'est-ce qui ne va pas chez vous ? », tout en suivant Lisa dans son bureau.

– Je crains qu'il n'y ait un terrible malentendu. Merci de me donner l'opportunité de le dissiper.

– Oh, j'entends Lisa dire en refermant la porte. Il n'y a pas le moindre malentendu, madame Upton...

Après ça, leurs voix se font plus étouffées. Sarah et moi n'en distinguons pas moins chaque mot de leur conversation, à travers la longue grille qui se trouve au-dessus de nos bureaux. Sarah est intriguée au point qu'elle cesse de pleurnicher et se penche en avant pour écouter.

– Comment ? s'exclame Mme Upton d'un ton surpris après que Lisa a marmonné Dieu sait quoi. Cassidy n'a pas fait ça ! Elle m'a tout raconté. C'est cette horrible fille, Mallory. C'est elle qui a...

– Madame Upton, l'interrompt calmement Lisa. Notre salle de jeux est équipée de caméras de sécurité. Voulez-vous visionner la cassette où l'on voit très clairement votre fille se...

– *Certainement pas !*

Comme j'en ai assez de tendre l'oreille, je me tourne à nouveau vers Sarah.

– Alors... ça va aller, toi ?

Sarah baisse les yeux, fixant ses genoux.

– J'imagine. C'est ma première rupture. Il paraît que c'est toujours dur la première fois.

Je me remémore ma première rupture. Jordan. À présent que je sors avec Cooper, mon amour pour Jordan me fait l'effet d'une toquade de collégienne, dont on guérit en un rien de temps. Si Cooper et moi devions nous séparer – ce qui me paraît impossible, à moins qu'il ne meure –, il me faudrait des années pour m'en remettre, à supposer que je m'en remette un jour.

– Oui, c'est sûr. Mais au fil du temps, ça devient de moins en moins douloureux. Jusqu'à ce qu'on rencontre quelqu'un qui nous fait oublier la personne précédente. On réalise alors que cette première rupture était la meilleure chose qui pouvait nous arriver.

– Vraiment ? demande Sarah, fixant sur moi ses yeux rougis. J'ai du mal à le croire.

– Je t'assure Même si ça passe mieux avec une glace chocolat-chamallow.

– Je vais voir s'ils en ont à la cafèt', soupire Sarah.

– Tiens, dis-je en lui tendant ma carte du resto-u. C'est pour moi.

Elle hésite une seconde à la prendre, puis change d'avis.

– Désolée de m'être montrée aussi odieuse ces temps-ci, commence-t-elle. Maintenant, tu connais mes raisons. Même si je savais que Sebastian songeait à partir, je n'imaginais pas qu'il irait jusqu'au bout. Je pensais que s'il m'aimait assez, son amour serait plus fort que son envie de partir... Mais non.

– Il se peut qu'il t'aime et qu'il ressente tout de même le besoin de faire ça, Sarah, dis-je d'une voix prudente. Ça ne signifie pas que son amour pour toi n'est pas fort. Juste qu'il est d'une nature différente de celui qu'il a... pour cette chose qu'il doit faire.

– Ouais, concède Sarah, les yeux rivés sur ma carte du

resto-u. Bon, aucune importance. Comme j'ai dit, je ne l'attendrai pas.

– À toi de voir. Mais je ne t'ai pas entendu dire qu'il t'avait quittée. Il t'a juste envoyé un texto pour t'annoncer son départ. C'est toi qui en profites pour rompre avec lui. Si tu l'aimes, ça me paraît plutôt injuste. Faudrait peut-être que vous vous parliez tous les deux – et pas par textos.

Sarah fait plusieurs fois tourner ma carte entre ses mains.

– OK. Je lui dois au moins ça.

Puis, me regardant :

– Depuis quand tu es de si bon conseil pour ce genre de trucs ?

– Je suis un cours d'introduction à la psychologie, je réponds avec modestie.

Sarah secoue la tête.

– Non. Ça n'explique rien. Ce cours fournit une vue d'ensemble.

La porte du bureau de Lisa s'ouvre. En sort Mme Upton, suivie d'une Cassidy qui traîne les pieds.

– J'espère bien que vous convoquerez aussi ces garçons, madame Wu, dit Mme Upton. Car ils sont tout aussi responsables que les filles. Sinon plus, vu qu'ils sont plus âgés...

– J'en suis bien consciente, madame Upton, réplique Lisa. Et même s'ils ont déjà été punis par leur entraîneur, soyez assurée qu'ils recevront également des sanctions administratives.

– Et Mallory ? demande Cassidy, ouvrant enfin la bouche. Elle aussi, elle a bu. À *elle*, il ne va rien lui arriver ?

– Mallory aura elle aussi de mes nouvelles, répond Lisa. Tout comme Bridget.

Cassidy affiche un sourire satisfait – du moins jusqu'à ce que sa mère la prenne par le bras.

– Allez, Cass, allons prendre le petit déjeuner. Il va falloir qu'on discute, jeune fille.

À peine ont-elles quitté la pièce que Lisa se laisse à nouveau tomber, dans un grognement, sur le canapé de mon bureau. Son chien lui grimpe sur le ventre.

– Va-t'en Champion ! proteste-t-elle.

Elle le repousse sur le côté. Il y reste, visiblement dépité.

– Je jure que je n'aurai *jamais* de gosses ! déclare Lisa.

– C'est vrai ? je demande, intriguée.

Lisa me jette un regard incrédule.

– Non mais tu as écouté cette bonne femme ? Elle est convaincue que sa Cassidy chérie ne ment pas alors que les caméras de surveillance l'ont prise en flagrant délit ! Cette Cassidy... Bon sang de bonsoir. J'avais envie de lui coller ma main dans la figure. Soit elle ricane, soit elle a un sourire narquois. Comprends-moi, je ne prétends pas qu'il n'y a pas de gosses sensass. Mais trop, c'est trop. À nous deux, Cory et moi avons huit frères et sœurs, et on aura bientôt *dix-neuf* neveux et nièces. Depuis que j'ai dix ans, je change des couches non-stop. S'il faut que je vide encore un bac à couches, je vais gerber !

Je la fixe avec stupéfaction. Je ne m'attendais pas à ce genre de révélation de sa part.

– Alors pourquoi vous marier ? Pourquoi ne pas vous contenter de vivre ensemble ?

– Ben... je tiens quand même aux *cadeaux*, répond-elle en me regardant comme si j'étais une simple d'esprit. Cory et moi sommes issus de familles nombreuses, comme je te disais, et nous avons tous appartenu à des confréries, à la fac. J'ai été huit fois demoiselle d'honneur. Il serait temps que ça me rapporte. Et les gens ont intérêt à mettre le paquet ! Je veux un mixeur haut de gamme, pour quand je t'inviterai à boire des margaritas après le boulot.

– Cool, dis-je en souriant. J'accepte l'invitation.

– Faudra que je te montre ma liste de mariage en ligne. Puisque tu te maries, autant te briefer sur le sujet.

– Je... je... En fait, on ne compte pas faire de vraie cérémonie. On part se marier en cachette.

– Et alors ? demande Lisa en haussant les épaules. Les gens auront quand même envie de vous offrir des trucs. Autant créer ta liste si tu ne veux pas te retrouver avec des cadeaux merdiques.

Elle désigne un document, sur mon bureau.

– C'est quoi ?

– Quoi, ça ? (Je lui tends le formulaire de PNG.) Un truc que j'ai rempli ce matin.

Elle le parcourt.

– Nom de Dieu. C'est lui ? C'est le gars d'hier ?

– Ouais. Tu crois que je devrais mettre « soupçons de meurtre » au lieu de « meurtre » ?

Lisa examine le document quelques instants, puis me le rend.

– Et si tu mettais juste « harcèlement » ? Il n'a pas été prouvé qu'il ait assassiné ou agressé qui que ce soit. Il ne faudrait pas que la fac soit poursuivie en justice au cas où le gars tomberait sur cet avis. Le monde est ainsi fait. On affirme qu'il a tué quelqu'un et, si ce n'est pas le cas, il nous traîne devant les tribunaux. Pour ce qui est du « harcèlement », c'est plus difficile à définir... L'autre jour, dans le métro, un type a exhibé son matos pour me le montrer. Je parie qu'il avait l'impression de me faire une faveur.

Lisa étant née à New York, ce genre d'incident doit lui sembler des plus banal... de même que les gars qui harcèlent et tuent des gens, comme sur mon avis de PNG. Si banal qu'il faut être attentif à ne pas les blesser, *eux*.

– À vrai dire, c'est une histoire à raconter aux filles quand on prendra le métro pour aller à l'hôpital, cet après-midi. La plupart n'ayant jamais pris les transports en commun dans une grande ville, sans doute n'ont-elles jamais croisé d'exhibitionniste. Je veux être sûre qu'elles sauront quoi faire si ça leur arrive.

– Tu as fait quoi, toi ? Quand le gars t'a montré son matos ?

– Je l'ai filmé avec mon téléphone portable. Il est descendu à la station suivante et a filé rapidos. J'ai posté la vidéo sur YouTube et Facebook. J'espère que sa maman l'a vue. Elle sera drôlement fière d'apprendre ce qu'est devenu son garçon.

– C'est exactement le genre d'histoire que les participantes au Camp d'été du rock ont besoin d'entendre, dis-je.

21

Josué et Jéricho
Moïse et le partage des eaux
Il a oublié le son de ma voix,
Il ne pense plus jamais à moi !

J'ai la fièvre hébraïque,
Mais lui ne voit plus qu'elle
J'ai la fièvre hébraïque
C'est moi qu'il quitte, pas elle.

Je n'ai connu qu'un israélite
Mon cœur est pour le sien le rocher d'Abraham
Mais pas de lumière divine, pas de bélier biblique
Je ne fais plus partie de son programme.

J'ai la fièvre hébraïque
Mais lui ne voit plus qu'elle
J'ai la fièvre hébraïque
C'est moi qu'il quitte, pas elle.

De Tel-Aviv à Haïfa
D'Eilat à Jérusalem
Ils dansent et chantent la hora
Seuls au monde sont ceux qui s'aiment.

J'ai la fièvre hébraïque
Mais lui ne voit plus qu'elle
J'ai la fièvre hébraïque
C'est moi qu'il quitte, pas elle.

Écrit, produit et créé par
Sarah Rosenberg, université de New York,
Département du logement

– Donc, quand vous vous asseyez pour écrire une chanson, dit Tania – perchée sur un haut tabouret, au fond de la bibliothèque du deuxième étage, à bonne distance des fenêtres –, ce que vous désirez avant tout, c'est raconter une histoire...

Une main se lève. Tania la désigne d'un doigt.

– Oui, toi... tu t'appelles comment ?

– Emmanuella, répond la fille à qui la main appartient.

Stephanie, qui se tient à proximité de Tania mais hors du champ des caméras, agite frénétiquement les bras à l'intention d'Emmanuella, comme pour lui signifier : « Debout ! Lève-toi, espèce d'idiote ! » Celle-ci, une fille au regard vif arborant des lunettes papillon bleues, finit par saisir le message et se lève. Tous les membres de l'équipe de tournage poussent un soupir de soulagement.

– Ma question c'est : comment sait-on *sur quoi* écrire ? demande Emmanuella. J'ai compris qu'une chanson devait raconter une histoire, mais comment savoir *quelle* histoire raconter ? J'ai tellement d'idées dans la tête... Il m'arrive tous les jours des trucs et chaque fois je me dis « Oh, ça pourrait faire une bonne chanson. » Sauf qu'une fois que c'est écrit, ça paraît débile.

Non loin de moi (je me suis installée à même le sol, hors de portée des caméras), Cassidy se penche vers sa « meilleure ennemie » Mallory, assise à côté d'elle sur le canapé, et lui glisse à l'oreille :

– C'est elle qui est débile !

Mallory glousse.

– Chut ! leur siffle Sarah.

Elle note absolument tout ce que dit Tania pendant l'atelier d'écriture de chansons, dans l'espoir qu'une telle activité s'avérera thérapeutique, lui permettant de surmonter le chagrin que lui cause sa rupture avec Sebastian.

Je m'efforce de ne pas le prendre mal : en effet, Sarah a beau partager mon bureau depuis près d'un an, elle ne m'a jamais posé une seule question relative à l'écriture de chansons – alors que j'en ai écrit beaucoup plus que Tania. D'accord, je ne suis pas parvenue à les vendre. Au temps pour moi.

– Essayez d'écrire sur ce qui vous bouleverse, dit Tania, en réponse à la question d'Emmanuella. Mes meilleures chansons sont celles qui me viennent du cœur. Elles évoquent des moments où j'ai ressenti des émotions très fortes, liées à une situation ou, le plus souvent, à une personne.

Tania baisse lentement ses paupières ornées de longs faux cils. Les filles gloussent. Elles s'imaginent qu'elle parle de Jordan. L'effet est des plus réussi : comme si Tania était gênée d'avoir été surprise à penser à son chéri, qui se trouve justement être son adorable rock star de mari.

Jordan a fait quelques apparitions à Fischer Hall depuis que, à mon grand étonnement, Tania a décidé de prendre mon sermon au sérieux et de se lever le matin afin de fréquenter son propre camp d'été. Chaque fois que l'un d'eux y a mis les pieds, un grand frisson a semblé se répandre dans le bâtiment. Pas un frisson de peur – les gens n'en voulant pas une seconde à Tania de ce qui était arrivé – mais un frisson d'excitation. À présent tous, y compris ceux qui comme Sarah détestaient leur musique, les adorent. Ils sont si séduisants qu'ils dégagent un éclat quasi surnaturel.

Même à présent, avec son pantalon de cuir marron si peu de saison, son débardeur blanc à sequins, ses quinze centimètres de talons et son œil charbonneux, Tania conserve quelque chose d'éthéré.

Les filles assises au pied de son tabouret ne peuvent la quitter des yeux. Sarah non plus.

Écrire une histoire en rapport avec des émotions ressenties, griffonne Sarah sur son carnet de notes. *Comme quand Sebastian est parti en Israël et m'a brisé le cœur.*

Constatant elle aussi que Sarah prend des notes, Cassidy se penche vers Mallory pour lui murmurer quelque chose à l'oreille. Toutes deux se remettent à glousser. Je donne un petit coup de pied sur le piétement du canapé. Elles me regardent de travers. Je fronce les sourcils.

– Écoutez ! dis-je.

Cassidy me fait un doigt d'honneur. Je cherche sa mère des yeux, mais elle n'est pas dans les parages. Si les mamans sont toujours là pour encourager leurs enfants au cours de leurs prestations et sont également présentes au moment des repas (presque systématiquement filmés), elles se dispensent d'assister aux cours, préférant prendre du temps pour elles. Elles écument les boutiques, s'entraînent dans les clubs de gym, se font coiffer et manucurer et – pour deux ou trois d'entre elles – s'envoient un maximum de cosmopolitans dans le bar-lounge de l'hôtel Washington Square.

– Pensez à la personne que vous aimez le plus au monde, poursuit Tania en grattant la guitare que Lauren, l'assistante de production, lui a soudain tendue. Pensez à celle que vous haïssez le plus au monde.

Aux mots « la personne que vous haïssez », je remarque que Cassidy parcourt la salle des yeux. Qui déteste-t-elle cette semaine ? Je me le demande. La semaine dernière, c'était Mallory. À présent, les deux adolescentes sont inséparables.

Ah. Bridget. Le regard de Cassidy s'arrête sur la jolie brune lovée dans un des ravissants fauteuils de style victorien achetés par Cartwright TV exprès pour le tournage. Cassidy donne un coup de coude à Mallory et, d'un geste de la tête, lui indique leur camarade de chambre. Mallory lève les yeux au ciel. Cassidy a un sourire narquois.

Mmmm... Cette semaine, Cassidy et Mallory sont donc liguées contre Bridget. Je me demande si c'est en rapport avec ce foulard en soie rose vif style Bollywood que Bridget s'est mise à porter.

L'autre jour, j'ai surpris Mallory qui s'en plaignait à d'autres filles, alors que toutes attendaient l'ascenseur juste devant mon bureau.

– Elle fait ça pour ressortir à l'image. Surtout en haute définition.

– Non, moi je sais pourquoi elle fait ça, a rétorqué Cassidy. Elle a tellement d'acné qu'elle croit que le foulard va détourner l'attention de son visage. Sauf que, désolée, ça ne marche pas. Et ce n'est pas non plus son talent qui va faire oublier sa face de pizza. Si la pauvre fille s'imagine avoir une chance de remporter le Tournoi du rock, elle rêve !

Les filles ont acquiescé.

J'en ai conclu qu'il n'existe pas sur Terre de créature plus impitoyable (à l'exception des nazis, des talibans et éventuellement de la zorille du Cap) qu'une adolescente qui décide qu'elle vous a dans le nez.

– Écrivez sur ce qui se passerait si vous perdiez l'être que vous aimez le plus au monde, continue Tania en se remettant à gratter sa guitare.

J'ignorais qu'elle en jouait – qui plus est vraiment bien.

– Écrivez ce que vous ressentiriez si la personne que vous détestez le plus au monde (le regard de Tania se perd dans le lointain) menaçait la personne que vous aimez le plus au monde. Ça vous ferait quoi ?

Oh oh... Je me tourne vers Cooper – qui se tient discrètement à l'écart des caméras. Quand nos regards se croisent, il écarquille les yeux. Tout cela prend un tour inattendu.

– Vous feriez quoi ? Vous passeriez des nuits blanches à imaginer à quel point votre vie serait solitaire et dénuée de sens sans l'être qui vous est cher ? poursuit Tania, pinçant les cordes de sa guitare avec une vigueur excessive. Vous feriez quoi ? Vous vous tueriez ? Et si vous ne le pouviez pas, parce que vous avez un chien, et que ce chien a besoin de vous...

– OK, coupez ! hurle Stephanie, la figure un peu rouge. Formidable ! (Elle retire son casque.) Désolée, tout le monde. Tania, c'était génial. On pourrait juste revenir sur le fait d'écrire sur ce qu'on aime, et se concentrer davantage sur...

Elle baisse la voix et, tournant le dos au reste de l'équipe, s'adresse à Tania dans un murmure, si bien que nul ne distingue plus ses paroles.

Les filles, rendues nerveuses par cette heure de tournage, se mettent à s'étirer et à exiger une pause d'un ton plaintif. Visiblement, le mauvais trip de Tania ne les a pas affectées – à supposer qu'elles y aient prêté attention.

– Eh ben, lance une voix masculine, derrière moi. Si c'est ça bosser sur un tournage avec des professionnels, je me demande si je ne vais pas repenser mon plan de carrière.

Tournant la tête, je vois Gavin adossé au mur.

– Comment t'es entré ?

– Je t'ai sauvé la vie l'année dernière, tu te rappelles ? (Il désigne Cooper d'un geste du menton.) Il m'a dit que ça me vaudrait un laissez-passer à vie, en ce qui le concerne.

Je m'efforce, en vain, de réprimer un sourire.

– Cooper a dit ça ?

– Ouais, mais il m'a aussi dit de bien me tenir, si je voulais pas qu'il m'en colle une. En quoi ma présence pose problème, d'ailleurs ? Je ne ressemble pas vraiment à ce Gary Hall, non ?

– Non. Pas du tout.

Même si ça a mis Tania en rogne, prévenir l'inspecteur Canavan s'est avéré la meilleure chose à faire... Non que la police soit, davantage que Cooper, parvenue à retrouver Gary Hall. Elle avait simplement dégoté, grâce au Service des véhicules motorisés de l'État de New York – auprès duquel Gary avait sollicité un nouveau permis de conduire – une photo de lui plus récente. Il avait visiblement pris pas mal de poids et s'était teint les cheveux en roux. Ses lunettes à monture noire et épaisse ne faisaient que lui donner l'air encore plus tordu. Dans le vain espoir de paraître plus jeune, il s'était laissé pousser un bouc (également teint en roux).

À part ça, pas la moindre trace de Gary Hall.

– Comment c'est possible ? ai-je demandé à Cooper, les jours passant et la police n'ayant toujours aucune piste.

311

– Ce n'est pas compliqué, m'a-t-il expliqué. Cette ville compte plus de huit millions d'habitants. Gary Hall n'a qu'à raser son bouc, redonner à ses cheveux leur couleur d'origine, se débarrasser des lunettes, ne jamais rien régler par carte bancaire, et personne ne sera en mesure de le retrouver.

– Et les distributeurs d'argent ? Tu disais que...

– La dernière fois que ce mec a retiré de l'argent remonte à neuf semaines. Devine combien il reste sur son compte.

– Je ne sais pas. D'après toi, il ne paie sans doute pas d'impôts. Il doit donc lui rester pas mal de...

– Que dalle. Il a tout retiré. Ce gars se trimballe avec une tonne de liquide... soit ça, soit il a ouvert un autre compte, qu'on n'arrive pas à localiser, sous un autre nom, de toute évidence un pseudo.

– Mais à la télé...

Cooper m'a interrompue :

– Si tu dis « à la télé » une fois de plus, je refuse de discuter davantage de ça avec toi. Dans la vie, c'est pas comme à la télé. À la télé les flics ont des ordinateurs équipés de logiciels de reconnaissance faciale, qui peuvent être connectés aux caméras de surveillance des banques et scanner les photos d'individus pour les comparer à une base de données des criminels répertoriés. Dans la réalité, non seulement la plupart des commissariats ne possèdent pas un tel équipement mais, même si tel était le cas, les criminels en question n'auraient qu'à modifier *légèrement* leur apparence, ou se présenter de profil devant les caméras de surveillance, pour que patatras... plus rien ne marche !

– Et... Et l'adresse IP qui se trouve sur ses e-mails ?

– Ça ne donne rien, a répondu Cooper. Il les a envoyés de plusieurs cybercafés, comme je le craignais. Tu sais que je n'ai nulle part trouvé trace de leur divorce ?

– Hein ? Tu es sûr de t'être montré suffisamment non-chalant avec les employés du greffe ?

– Tu n'imagines pas à quel point – ni combien de billets de cinquante dollars j'y ai laissés. J'ai essayé avec le nom de jeune fille de Tania, et avec son nom de scène. Mais je n'ai rien trouvé. Je commence à me demander s'ils ont vrai-ment...

– S'ils ont vraiment quoi ?

– Rien. Oublie. Ça n'a aucune importance.

– Si, dis-le-moi. J'y tiens. S'ils ont réellement quoi ?

Il s'est contenté de secouer la tête.

– Tania a suffisamment de soucis comme ça.

C'est peu dire. Après notre périple à l'hôpital des enfants – qui s'était très bien déroulé, même si Cassidy et Mallory avaient passé le temps à bouder –, la rumeur s'était répandue que le Camp d'été du rock « tenait bon » (pour reprendre l'expression du *Post*) en dépit du nouveau drame advenu au Dortoir de la Mort. Je n'irais pas jusqu'à dire que c'est à cette fin que j'avais planifié l'expédition, mais ça avait dû me trot-ter dans un coin de la tête.

Stephanie Brewer, ayant eu vent de notre équipée – ainsi que de la visite guidée des hauts lieux du rock féminin qui a suivi –, s'est décidée à sortir de son lit et à convaincre les responsables de la chaîne (à savoir Grant Cartwright) de ne pas annuler *Jordan aime Tania*.

Une fois la photo du permis de conduire de Gary diffusée dans tous les journaux locaux et flashs d'informations – les

Disques Cartwright ont imposé la fable d'un « fan déséquilibré et obsédé par Tania », version reprise sur tous les sites people et par tous les médias possibles et imaginables –, la chose a largement échappé au contrôle de Tania. Mais à ma connaissance, personne (à l'exception de Cooper, de Canavan, de Tania et de moi-même) n'est au courant de la nature de ses liens avec Gary Hall.

Du coup, impossible de sortir de Fischer Hall sans tomber sur des paparazzis qui nous demandent si nous n'avons pas le sentiment de risquer notre vie en vivant et en travaillant là.

– On fait avec ! ai-je même entendu dire des filles du camp d'été.

Des agents de la chaîne les ont briefées pour leur apprendre à répondre aux questions des journalistes. Et il y a eu, bien entendu, des propositions financières de dernière minute afin de dissuader les filles et leurs chaperons de quitter une émission dont l'hôtesse était poursuivie par un tueur fou. En dépit de ces mesures d'encouragement, trois autres filles ont tiré leur révérence.

Au reporter de la chaîne *Entertainment Tonight*, Cassidy a déclaré :

– C'est un bon entraînement pour quand je serai célèbre et que j'aurai moi aussi un maniaque à mes trousses !

Histoire de ne pas être en reste, Mallory a poussé Cassidy du coude :

– Tania nous donne l'exemple, en nous montrant qu'on ne peut accepter de se laisser gâcher la vie par ce genre de chose. Je l'admire énormément.

Ses paroles ont été reprises dans quantité de journaux et un peu partout sur la Toile, au grand dam de Cassidy.

J'ai surpris Magda qui disait à un journaliste de CNN :

– Pas dans ma cafétéria ! Nous ne servons que de l'excellente nourriture, de toute première fraîcheur ! Nous n'avons jamais eu de rats !

– Euh, Magda... lui ai-je glissé à l'oreille alors que nous franchissions ensemble le seuil de la résidence. Tu sais qu'il nous arrive d'en avoir, quelquefois ?

– Bien sûr, dit-elle. Mais on les chope avec des pièges, pas avec de la mort-aux-rats.

C'est la vérité vraie – et le plus zélé des journalistes n'aurait pu démontrer le contraire. Mais ils n'y regardaient pas de trop près, occupés qu'ils étaient à rédiger des articles à sensation sur les produits d'usage courant susceptibles de contenir du poison – telles ces vitamines prétendument bonnes pour la santé qu'on trouve dans les parapharmacies.

Peut-être Tania donne-t-elle l'impression de « faire avec ». Mais pour nous, qui la connaissons bien, elle commence à craquer sous la pression. Elle apparaît chaque jour plus mince et plus fragile. Cooper m'a rapporté qu'elle mangeait à peine. Sa sœur Nicole l'a taxée d'anorexique. Et d'après Jordan, elle ne dort pas de la nuit.

Bien sûr, ni Jordan ni Nicole ne savent ce qu'il en est réellement au sujet de Gary Hall. Or plus Tania redoutait que l'affaire ne soit révélée au grand jour, moins cela semblait près d'arriver. Nul n'avait fait le rapprochement entre le Gary Hall new-yorkais, affublé de lunettes à monture épaisse, de cheveux roux et d'un bouc, et le Gary Hall de Floride, avec sa cravate et sa baguette de chef de chœur. Et nul ne pouvait le faire, à moins que Gary Hall ne crache lui-même le morceau.

Et pour ça, il lui faudrait sortir de sa tanière, comme l'un de ces cafards qui, d'après Tania, vivaient sous le réfrigérateur dans ce premier appartement qu'elle avait partagé avec lui.

À peine cela se produirait-il que trente-six mille agents de police new-yorkais (sans compter mon petit ami et moi-même) seraient là pour le choper.

– OK, dit Tania, dans la bibliothèque de Fischer Hall. J'ai pigé.

– Super, réplique Stephanie, en s'écartant. Vous toutes, maintenant, écoutez-moi ! crie-t-elle à l'intention des filles. Je sais qu'il fait chaud ici et que vous êtes fatiguées. Mais je sens une bonne énergie. On reprend, et on fera la pause déjeuner juste après.

Toutes les filles râlent. À l'exception de Sarah, apparemment impatiente de se remettre à prendre des notes.

– Courage ! dit Chuck – l'assistant cameraman – pour leur redonner de l'entrain. Bientôt le déjeuner ! Aujourd'hui, c'est fajitas ! Et qui peut résister à de succulentes fajitas !

Les filles gloussent, Chuck ayant dit les mots « succulentes fajitas » sur un ton vaguement lubrique. Sarah est perplexe :

– Ben quoi, c'est juste des espèces de crêpes fourrées à la viande et aux légumes.

Alors que Marcos remet le micro en place, Gavin se tourne vers moi.

– Si je suis venu ici, c'est pour une raison précise. À part pour assister à l'effondrement de l'industrie américaine du divertissement. Lisa veut que tu passes immédiatement à son bureau.

– Pourquoi ?

– J'en sais rien, répond Gavin avec un haussement d'épaules. Elle m'a vu passer dans le hall et m'a demandé de te trouver. Elle dit que c'est urgent.

Je hoche la tête et m'esquive sur la pointe des pieds, tandis que Tania prodigue ses conseils :

– Quand vous écrivez, pensez à ce que vous aimeriez qu'il vous arrive, à vos rêves et à vos espoirs, à ce que vous regrettez d'avoir fait, à ce que vous voudriez pouvoir changer. Et au fait que vous ne seriez peut-être pas aussi forte, aujourd'hui, si toutes ces choses ne vous étaient pas arrivées...

Espoirs et rêves, griffonne Sarah au moment où je pars.

Bien joué, Stephanie ! je songe en refermant discrètement la porte de la bibliothèque. *Empêche Tania d'avoir des idées noires !* Tania ne doit surtout pas craquer maintenant, à une semaine de la finale et si près de la ligne d'arrivée.

Le plus bizarre, c'est que j'ignorais à quel point le terme de l'aventure était proche. Particulièrement pour moi.

22

Département du logement de l'université de New York
Formulaire de rapport d'incident

Signalé par : *Davinia Patel*
Date : *31 juillet*
Bâtiment : *Fischer Hall*
Situation : *Résidente employée*
Personne(s) impliquée(s) (autre(s) que la personne signalant l'incident)
Nom : *Cassidy Upton*
Résidence : *Fischer Hall, chambre 1621*
Nom : *Mallory St. Clare*
Résidence : *Fischer Hall, chambre 1621*
Informations relatives à l'incident
Date : *31 juillet*
Lieu et nature de l'incident
Cassidy et Mallory ont frappé à ma porte à environ neuf heures du matin et ont demandé à me parler en privé de leur camarade de chambre, Bridget.
Mesures prises
Après que nous avons parlé, je leur ai dit que je ferais part de leur inquiétude au responsable du bâtiment.
Mesures recommandées
À préciser
Commentaires, suivi, et situation actuelle
À préciser

Cadre réservé au Département du logement

Cocher toutes les cases appropriées :

Personne(s) concernée(s)

☐ Décès ☐ Maladie ☐ Problème d'ordre psycho-logique

☐ Alcool ☐ Drogue

Communauté

☐ Intervention des forces de l'ordre ☐ Attaque discriminatoire ☐ Criminalité sur la voie publique

☐ Non-respect des règles de sécurité ☐ Vanda-lisme

☐ Risques pour la sécurité des personnes ☐ Pro-blème de maintenance ☐ Alarme incendie

☐ Gestion de l'accueil

☐ Personnel ☐ Réclamation d'un étudiant ☐ Relations intercommunautaires

Quand je pénètre dans notre bureau, Lisa est à son poste et Davinia, la RE du seizième étage, assise à côté d'elle. Elles ont l'air accablé.

– Salut, me lance Lisa d'un ton sinistre.

– Salut. Gavin m'a dit que tu voulais me voir ?

– Ouais, répond-elle. D'après Davinia, il y a un souci.

Je m'installe et fais pivoter mon siège de manière à les avoir toutes les deux dans mon champ de vision, la porte du bureau de Lisa étant ouverte.

– La semaine dernière, on a un gars qui est mort à cause d'un cupcake empoisonné. Et cette semaine, on a la principale chaîne people tapie dans les fourrés. Ça ne peut pas être pire.

– Ce n'est pas forcément pire, réplique Lisa. Mais ça concerne les filles de la chambre 1621. (Elle s'empare d'un document posé sur son bureau.) J'ai besoin d'en dire plus ?

– Nom de Dieu ! J'étais avec elles à l'instant, dans la bibliothèque. Cassidy est toujours aussi aimable, mais je n'ai rien noté d'inhabituel. Il se passe quoi, au juste ?

– Mallory et Cassidy ont demandé à me rencontrer tôt ce matin – un rendez-vous top secret, explique Davinia. Elles se sont même assurées qu'aucun membre de l'équipe de tournage ne traînait dans le coin. C'est dire si elles pensent que la situation est grave. Elles m'ont confié se faire du souci pour Bridget.

Je fronce les sourcils.

– *Se faire du souci* pour elle ?

Je me rappelle comment Cassidy a cherché Bridget du regard lorsque Tania a conseillé aux filles de s'inspirer de quelqu'un de détesté.

– Je crois surtout qu'elles en sont jalouses, dis-je. Et qu'elles cherchent à l'éliminer de la compétition.

– Possible, concède Davinia. Mais d'après Mallory et Cassidy, Bridget a un petit ami...

– Une seconde ! (Je n'en crois pas un mot.) Elle sort en douce ? Avec ce qui s'est passé la dernière fois, aucune des filles n'oserait...

– C'est ce que j'ai demandé, rétorque Davinia. Selon elles, elle ne sort pas le soir. Elle le fréquente pendant la journée, dès que les caméras ne tournent pas et que les filles en profitent pour répéter leurs solos pour la finale et leurs chaperons pour...

– ... se distraire autrement, dis-je, avec une pensée pour le bar-lounge de l'hôtel Washington Square. C'est qui, son petit copain ? Pas Magnus ? (Mon cœur bat à tout rompre.) Pitié, pas l'un des joueurs de l'équipe de basket !

– Il est ici pour assister à des cours d'été, précise Davinia. Mais il ne réside pas dans ce bâtiment. Mallory affirme qu'il loge à Wasser Hall, de l'autre côté du parc. Ce qui leur a mis la puce à l'oreille, c'est que Bridget a passé la semaine à envoyer des textos à quelqu'un sans vouloir leur dire qui. Alors, un jour où elles étaient toutes censées aller répéter, Mallory et Cassidy ont suivi Bridget...

– Les fouines ! dis-je, pas étonnée le moins du monde.

– ... et elles l'ont vue entrer à Wasser Hall et ont vu le type consigner sa visite dans le registre. Plus tard, elles ont cuisiné Bridget – heureusement hors caméra – et celle-ci les a suppliées de ne rien dire. Le jeune homme serait apparemment un juif orthodoxe qui n'a pas le droit de sortir avec quelqu'un d'une autre confession. Si leur relation apparaît à l'écran et que la famille du garçon voit l'émission, elle le reniera.

– N'importe quoi ! s'exclame Lisa, dégoûtée. Tout ça c'est des bobards, non ?

Je me penche sur la question.

– Ça pourrait être vrai. Si Wasser Hall est tellement recherché, c'est aussi parce que certaines des chambres des étages inférieurs sont équipées de kitchenettes, si bien que les étudiants qui mangent casher ont la possibilité d'y cuisiner, et qu'ils ne sont pas obligés d'emprunter l'ascenseur lors du shabbat. La cafétéria est suffisamment grande pour qu'on y serve des repas casher et non casher. Par conséquent, s'il est juif orthodoxe, qu'il vive à Wasser Hall n'a rien d'étonnant.

– Comment Bridget est-elle censée l'avoir rencontré ? demande Lisa à Davinia.

Celle-ci hausse les épaules.

– Comment est-ce que les gens se rencontrent ici ? Dans le parc, évidemment. C'est pour ça que les filles sont venues me voir. Elles prétendent avoir l'impression de « trahir » Tania en gardant un secret aussi énorme. Selon elles, l'émission est censée montrer la « réalité », et la « réalité » c'est que Bridget n'a pas le sens des « réalités »...

Je lève les yeux au ciel.

– Je vois. C'est pour ça qu'elles veulent parler – de peur de bafouer les principes de *Jordan aime Tania*. Non parce qu'elles sont avides d'attention et souhaitent que les caméras soient braquées sur elles seules.

– Elle ne sort pas la nuit, c'est certain ? demande Lisa.

Davinia secoue la tête.

– Les filles disent que non, parce qu'on leur confisque leur carte de résidente. Bridget ne pourrait pas rentrer sans se faire prendre. Elle lui rend visite dans sa chambre, et uniquement pendant la journée.

Je jette un coup d'œil à Lisa.

– À ton avis, qu'est-ce qu'on doit faire ?

– C'est ce que je me demandais, répond-elle, l'air soucieux. Tant qu'elle réside ici, nous sommes responsables d'elle au même titre que Cartwright TV. Mais à New York aucune loi n'interdit à une fille de quinze ans d'avoir un petit copain, du moment qu'il a moins de dix-huit ans.

– En revanche, s'il est majeur, que Bridget et lui ont des relations sexuelles, et qu'on laisse faire en toute connaissance de cause, on est fautifs, dis-je dans un soupir. (Je pivote sur mon siège pour me saisir de l'annuaire du campus.) Tu sais comment s'appelle ce mec, Davinia ? je demande.

– Non. Qu'est-ce que tu insinues par « on est fautifs » ?

– C'est un détournement de mineure, explique Lisa, tandis que je compose un numéro. À New York, la majorité sexuelle est à dix-sept ans.

– Mais nous ne sommes pas sûres que Bridget...

– Nous ne sommes pas non plus sûres du contraire, dis-je.

À l'autre bout de la ligne, on me répond enfin.

– Allô ? Je suis bien à Wasser Hall ? Oui ? Eh bien, vous devriez l'annoncer quand vous décrochez. Dire « Bonjour, ici Wasser Hall » ou quelque chose dans ce goût-là. Bref... Ici Heather Wells, directrice adjointe de Fischer Hall. Pourrais-je parler à Simon ? Simon Hague, le directeur de la résidence. *Simon Hague*, le type qui vous a embauché. Mon Dieu ! dis-je à Davinia et Lisa, une main sur le combiné pour ne pas être entendue de mon interlocuteur. J'ai l'impression d'appeler un asile de fous. Et c'est chez nous qu'ils viennent filmer un docu-réalité !

Je retire ma main du combiné.

– Oui, je patiente.

– On ne devrait pas prévenir Stephanie Brewer ? s'enquiert Davinia, l'air inquiet.

Je fronce les sourcils.

– C'est exactement comme ça que Cassidy et Mallory souhaitent nous voir réagir. Pour que Bridget revienne en larmes dans la chambre 1621 et que ses soi-disant camarades lui demandent ce qui ne va pas. Et Stephanie aura fait en sorte que les caméras soient là, bien évidemment.

Lisa hoche la tête.

– Je suis d'accord avec Heather. Pour le moment, gardons ça pour nous. Je vais convoquer Bridget à mon bureau et m'entretenir avec elle en privé. Je lui dirai ce que nous savons et je m'assurerai qu'elle se porte bien et que...

– Allô ? dis-je quand quelqu'un décroche, à l'autre bout de la ligne. Je voudrais parler à Simon... Ah bon, il n'est pas là ? Il doit tout de même y avoir quelqu'un dans le bureau du directeur ? Ah bon. Et la directrice adjointe ? Il n'y a vraiment personne qui puisse me renseigner... Oh, vraiment ? Oh, très bien, je vois. Très intéressant. Vous savez quoi ? Je vais passer m'en occuper moi-même. OK, au revoir.

Je raccroche.

– Simon n'est pas au bureau aujourd'hui. Il est parti dans les Hamptons.

Lisa me fixe, hébétée.

– Hein ? On est mardi !

– Ouais, je sais, dis-je en m'efforçant de ne pas laisser paraître ma joie sur mon visage. Il y a loué une maison pour l'été. Il y est, en semaine, du jeudi au mardi. Sauf un week-end sur quatre, quand il est de permanence. Il partage la location avec sa directrice adjointe, Paula. Elle s'y trouve aussi en ce moment.

Lisa en reste bouche bée. Davinia semble perdue.

– Qui tient le bureau de la direction, alors ? demande-t-elle.

– Très bonne question, Davinia. Je promets de te

répondre à mon retour de Wasser Hall. Je file sur-le-champ y consulter leur registre des entrées et sorties pour trouver le nom du gars qui a fait entrer Bridget. À plus tard, les filles !

23

Sécurité du campus de New York :
procédure d'enregistrement des visiteurs

Tous les résidents ont l'obligation d'enregistrer leurs visi-
teurs pour que ceux-ci puissent être admis à l'intérieur
du bâtiment.
Les visiteurs doivent présenter une pièce d'identité valide
(avec photo). Celle-ci sera conservée au poste de sécurité
pendant la durée de la visite.
Les résidents sont priés d'accueillir leurs visiteurs à
l'entrée du bâtiment et de consigner leur venue sur le
registre des entrées et sorties.
Au terme de la visite, le même résident est tenu de rac-
compagner son ou ses visiteur(s) et de consigner leur sor-
tie sur le registre. La pièce d'identité sera alors restituée.

Nom du résident
Nom du visiteur
Chambre n°
Date
Heure d'entrée
Heure de sortie

Quand je parviens dans le hall climatisé de Wasser Hall
après avoir traversé Washington Square, je transpire sous

mon soutien-gorge. Ça me gâte un peu la joie éprouvée en découvrant le vilain petit secret de Simon.

Encore une belle journée d'été. Dans le parc affluent ces gens qui ont le loisir de traîner dans les parcs au moindre rayon de soleil : travailleurs qui prennent leur pause déjeuner, gens qui promènent leurs chiens, nounous poussant des landaus, étudiants s'accordant un break entre deux cours, touristes équipés d'appareils photo... Et, bien sûr, tous ceux qui vivent sur le dos de ces derniers, musiciens de rue qui tapent sur des tambours ou grattent des guitares pour récolter quelques pièces, arnaqueurs qui prétendent avoir perdu leurs clés et avoir besoin de cinq dollars – cinq dollars seulement – pour faire appel à un serrurier, et dealers qui cherchent discrètement à fourguer leur came aux quatre coins du parc et qui, pour la plupart, sont des agents de police infiltrés.

– Pas aujourd'hui ! je grogne à l'intention de l'un d'entre eux, en le voyant piquer vers moi.

Il bat aussitôt en retraite, murmurant un « désolé, m'dame » qui me pousse à me demander quand, de « mam'zelle », je suis devenue « m'dame ».

Une fois atteint le poste de sécurité, dans le hall flambant neuf de Wasser Hall, trois secondes me suffisent pour découvrir le nom du petit copain de Bridget Cameron. Car la carte de résidente temporaire qu'on lui a délivrée – comme à toute personne passant l'été sur le campus – se trouve dans la boîte où l'agent de sécurité range les pièces d'identité.

– C'est pas possible ! dis-je en me redressant. Elle est ici *en ce moment* ?

Le tournage de *Jordan aime Tania* a dû s'interrompre à cause du déjeuner. Sans doute Bridget a-t-elle traversé le parc comme une flèche pour parvenir avant moi à Wasser Hall. Certes, elle est nettement plus jeune que moi, et pourrait même être ma fille – enfin, si je ne souffrais pas d'endométriose chronique et que je l'avais eue ado.

– On dirait, dit Pete, assis à son bureau. Wynona, tu as vu cette fille signer le registre ?

Désireux de travailler plus pour gagner plus, Pete tient le poste de sécurité de Wasser Hall à l'heure du déjeuner. La cantine de Fischer Hall étant fermée (seules les participantes du camp ont le droit de manger à la cafétéria), celle de Wasser Hall est bondée aux heures des repas. Il leur a fallu doubler le personnel de sécurité pour s'assurer que toutes les personnes pénètrent dans le bâtiment par l'entrée qui convient. En effet, si l'une des portes permet de descendre au réfectoire sans possibilité d'accès au reste du bâtiment, l'autre donne dans le hall principal.

– Non, rétorque Wynona, agacée. (Elle aussi fait des heures sup à Wasser Hall à l'heure des repas.) Je peux pas prêter attention à tous les gens qui entrent ici, seulement à ceux qui passent de mon côté du bureau. Ceux qui passent du tien, à toi de les avoir à l'œil. Ohé ! hurle-t-elle à un étudiant qui porte un énorme sac à dos. Où tu vas comme ça ?

– Déjeuner ? répond l'étudiant, visiblement terrifié.

– C'est l'autre porte, lance Wynona en la lui désignant.

L'étudiant pivote sur ses talons, rouge comme une pivoine.

– Ce n'est pas grave, ajoute Wynona d'une voix plus douce. Souviens-toi d'utiliser la bonne la prochaine fois.

– Voilà ta réponse, me fait remarquer Pete. Wynona n'a pas vu cette fille se faire inscrire sur le registre. C'est Eduardo qui a dû s'en charger. Il était de service juste avant qu'on arrive. Il y a un problème ?

– Ouais, il y a un problème, dis-je. Cette fille a quinze ans. Elle participe au Camp d'été du rock.

Pete émet un sifflement sonore.

– Aïe aïe aïe. Et maman est furibarde !

– Je ne suis pas sa maman, je rétorque. Et je ne suis pas furibarde. Je veux simplement voir qui l'a inscrite comme visiteuse.

Pete fait glisser le registre vers moi.

– Je ne suis quand même pas censé surveiller tous les gosses de Fischer Hall qui se font inviter à déjeuner ici ? demande-t-il, sur la défensive. C'est l'heure du *déjeuner*, nom de Dieu ! Quel risque une ado peut-elle courir pendant le déjeuner ?

– Si elle était juste venue déjeuner, il n'aurait pas eu besoin de consigner sa visite. Visiblement, c'est dans sa chambre qu'elle va. S'il s'agissait de ta fille Nancy et si elle séjournait dans l'un de ces camps de vacances que tu travailles si dur pour lui payer, tu n'aurais pas envie que quelqu'un veille sur elle ?

– Nancy ne fréquenterait jamais le Camp d'été du rock, réplique Pete. Ce qu'elle veut, c'est être pédiatre. J'aurais pas idée de dépenser de l'argent pour l'envoyer dans un truc aussi...

– Aussi quoi ? D'abord, le camp d'été n'est pas payant. Elles ont auditionné pour y participer. À vrai dire, ce sont elles qui sont payées. Bon, quoi qu'il en soit... (Je repousse de mon front une mèche folle, puis je fais glisser mon doigt sur la liste de noms que j'ai sous le nez.) Bill Bigelow ? Ça ne peut pas être lui. C'est censé être un juif orthodoxe. Et puis, Bill Bigelow...

Je laisse ma phrase inachevée. Pourquoi ce nom m'est-il si familier ?

Pete tourne à nouveau le registre vers lui.

– Bigelow... À moi non plus, ça ne paraît pas très juif. Attends ! J'ai pas l'air raciste, au moins, en disant ça ?

Un groupe d'étudiants s'avance vers le poste de sécurité.

– Eh, mec ! s'écrie l'un d'eux. J'ai besoin du registre. Faut que j'inscrive ces gars.

– Une minute, répond Pete. (Il montre le registre à Wynona.) Wynona, t'as déjà vu ce gars ? Il porte la kippa ?

– Qu'est-ce que j'en sais ? rétorque Wynona en jetant un coup d'œil au nom. En été, le séjour minimal est de deux semaines, et ils louent à toute personne qui règle d'avance. Je ne peux pas me rappeler tous les visages, et encore moins les noms qui vont avec.

– Eh mec ! insiste l'étudiant. Je peux enregistrer mes invités ? On doit tourner un film pour mon cours intensif d'écriture de scénario.

– Tu trouves que j'ai l'air d'un mec ? demande Wynona, haussant le ton. Et il est interdit de filmer dans les résidences !

– Mais... glapit l'étudiant, si je ne finis pas ce projet vendredi, j'aurai pas mon diplôme.

– Fallait y penser avant, rétorque Wynona. Vous n'amenez pas ce matériel à l'intérieur, à cause des risques d'incendie.

Bill Bigelow. Bill Bigelow. Bill Bigelow.

– Oh mec ! dit l'un des copains du résident. Quelle salope !

– C'est qui que tu traites de salope ? hurle Wynona en se levant, derrière son bureau.

Le copain devient blême.

– Euh... personne.

Je me tourne à nouveau vers Pete.

– J'ai besoin d'accéder au système d'identification des étudiants depuis un ordinateur, dis-je. Faut que je me renseigne sur ce gars – j'ai besoin de savoir quel âge il a, s'il est étudiant à temps complet, ou s'il est là juste pour l'été...

Pete secoue la tête.

– Désolé, Heather. Le seul ordinateur dont on dispose ici se trouve dans le bureau du directeur, qui est fermé. Il est toujours fermé à cette heure-ci.

– Il est toujours fermé, point final, rectifie Wynona, qui s'est rassise après avoir chassé l'étudiant en cinéma et ses copains. Ce que j'aimerais faire ce boulot ! Bosser deux jours par semaine et être payée pour cinq.

Il me faut réfléchir vite. Bridget se trouve, en ce moment même, dans la chambre de Bill Bigelow. Et peut-être, *sans doute* sont-ils en train d'avoir des rapports sexuels.

D'accord, ce ne sont pas mes affaires. Je ne suis pas la maman de Bridget, comme je l'ai fait remarquer à Pete. Et après tout, il se pourrait que Bill Bigelow ait l'âge de Bridget et qu'il passe l'été dans une résidence universitaire car il est, comme elle, un jeune prodige – qui suit, quant à lui, des cours d'informatique ou de violon. Peut-être sont-ils en train de jouer aux échecs ? Peut-être...

Oh, et puis merde !

Je sors mon portable et m'apprête à composer le numéro de Lisa lorsque deux hommes de haute taille entrent dans le hall d'un pas nonchalant. L'un est vêtu d'un survêtement, l'autre d'un pantalon en lin et d'un polo. Tous deux semblent ici chez eux. Je traverse le hall en courant, en proie à un immense soulagement.

– Ohé, les gars ! dis-je. L'un de vous deux a-t-il accès au système d'identification des étudiants depuis son mobile ?

– Eh bien, réplique Tom, offusqué. Moi aussi, je suis content de te voir, Heather. Tu vas bien, à part ça ?

– C'est sérieux. Il me faut des infos sur un étudiant, mais le bureau de la direction est fermé, et mon portable date de Mathusalem.

Je le brandis pour mieux illustrer mon propos.

– C'est quoi, une antenne ? demande Steven, horrifié.

– Oh la pauvre fille ! s'exclame Tom en tirant son portable de la poche de son pantalon en lin et en appuyant sur l'écran. Qui dois-je rechercher et dans quel but ? Tu déjeunes avec nous ? Il y a ton plat favori – le gratin de macaronis au bœuf et au fromage.

– Bill Bigelow, je réponds. Quant au déjeuner, on verra. Une des participantes au Camp d'été du rock vient de se rendre dans sa chambre. Je veux m'assurer que le type est réglo. Si ce n'est pas le cas, je vais devoir monter et la ramener à Fischer Hall, de gré ou de force.

Ravi, Tom pousse un petit cri d'excitation.

– Avant qu'il n'ait souillé son honneur ? Oh, on peut t'aider ? Défendre l'honneur des jeunes vierges, c'est la *raison de vivre* de Steven ! Pas vrai, Steven ?

Celui-ci est visiblement gêné.

– Ça n'a eu lieu qu'une seule fois ! proteste-t-il. Je suis vraiment désolé, Heather. J'espère que ça ne s'est pas reproduit...

Les yeux rivés sur l'écran de son portable, Tom pousse un nouveau petit cri.

– Une seconde ! La fille a quel âge ?

– Quinze ans. Pourquoi, tu as trouvé Bill Bigelow ?

– Eh oui ! répond Tom, affichant une mine encore plus réjouie que précédemment. Il n'étudie pas à plein temps à l'université de New York. Il a juste loué une chambre à la résidence cet été, pour une durée de sept semaines – la durée de son cours intensif de comédie musicale.

– De comédie musicale ? (Mon hypervigilance est à son comble.) *Bill Bigelow* ?

– Je sais, j'ai pensé pareil, dit Steven. Et pourtant il aime les filles ? Faut croire qu'il n'y a pas que les homos qui aiment les comédies musicales.

Ça y est ! Je me rappelle où j'ai entendu ce nom.

– Non. Ce n'est pas ce que je voulais dire. *Billy Bigelow !* C'est le nom d'un personnage de la comédie musicale *Carousel*.

Tom fait « gloups ».

– T'as raison ! Ma mère nous fredonnait tous les soirs, à ma sœur et moi, cet air que chante Billy Bigelow, où il est question de « petites filles roses et blanches comme les pêches et la crème ».

Steven secoue la tête.

– Désolé, Tom... Mais faut bien que quelqu'un te le dise : pas étonnant que tu sois devenu homo.

334

Mon cœur bat à tout rompre.

– Ça craint, les gars. Il a quel âge d'après vos infos ?

Tom consulte son écran de portable.

– Euh... vingt-neuf ans.

Je fais volte-face et me précipite au poste de sécurité.

– Attends ! s'écrie Tom, m'emboîtant le pas. Tu vas faire quoi ?

– Je monte direct, dis-je en arrachant le registre des entrées et sorties des mains de Pete pour vérifier le numéro de la chambre où se trouve Bridget. Je vais à la 401A... Je tiens à voir de mes propres yeux qui est ce Bill. Et donner ordre à Bridget – et à Bill, si c'est réellement son nom – d'arrêter tout, et sur-le-champ !

– Oh... le gratin de macaronis attendra, décrète Tom.

24

On vous attend à Wasser Hall pour la soirée fraternité,
fous rires et francforts !

Quand ? *Tous les dimanches à 19 heures*
Où ? *Dans la cour de Wasser Hall*
Qui ? *Vous !*
Pourquoi ? *Parce qu'on vous aime !*
Fraternité ! Fous rires ! Francforts !
Des saucisses casher 100 % pur bœuf et des saucisses
végétariennes seront à disposition. Obligation de pré-
senter une carte de résident valide. Soirée réservée
EXCLUSIVEMENT aux résidents de Wasser Hall.

P. O. Simon Hague, directeur de Wasser Hall

À peine les portes de l'ascenseur de Wasser Hall se sont-elles refermées derrière nous que je commence à avoir des doutes.

C'est insensé. Je suis dingue. Ce n'est pas lui. Impensable que Gary Hall loge dans une résidence de l'université de New York – ne serait-ce Wasser Hall, où le directeur s'accorde des week-ends prolongés dans les Hamptons, et où le hall est tellement bondé à l'heure des repas qu'on peut aisément entrer et sortir sans se faire remarquer.

Si ce n'est pas impossible, c'est tout de même très improbable.

Dans quel but ferait-il cela ? Pourquoi prendrait-il un tel risque ? Et pour quelle raison se rapprocherait-il d'une des participantes ?

Dans mon cours d'introduction à la psychologie, on nous apprend à distinguer les différents troubles de la personnalité. Difficile, quand on met le nez là-dedans, de ne pas aussitôt songer aux personnes qu'on connaît. Schizoïde, narcissique, obsessionnel, borderline, dépressif. Gary serait quoi, dans tout ça ?

Un antisocial. Agissant dans le plus complet mépris de la loi et des droits des autres. Mais ressentant le besoin compulsif d'attirer l'attention de Tania – que ce soit en s'attaquant à elle ou à ceux qu'elle aime.

Je meurs d'impatience d'exposer ma théorie à Tom et Steven, afin de voir s'ils l'approuvent. Un ado aux cheveux d'un bleu pétant étant monté dans l'ascenseur en même temps que nous, je ne peux hélas pas le faire.

Le gamin n'est pas le seul à s'être joint à notre groupe. Wynona a insisté pour qu'on emmène Pete.

– Vas-y, je t'en prie ! a-t-elle dit en levant les yeux au ciel quand Pete lui a demandé si elle pouvait gérer seule la foule du déjeuner. Depuis le jour où on nous a distribué les Taser, tu crèves d'envie de te servir du tien.

Pete nous accompagne, la main droite nonchalamment posée sur la poignée de son Taser. Ce n'est pas aussi rassurant qu'on pourrait le croire. Je garde les yeux rivés sur l'affichette qui, au fond de l'ascenseur, presse les résidents à participer à la « soirée fraternité, fous rires et francforts ». Je suis prise d'un désir presque irrésistible d'y griffonner une obscénité.

Je ne peux pas le faire, hélas. À cause du garçon aux cheveux bleus et parce que je n'ai pas de stylo sur moi. Et, bien entendu, ce serait me montrer très immature.

Les portes s'ouvrent au troisième étage et le gamin descend.

– Je déteste ce bâtiment, dis-je, sitôt les portes refermées.

– C'est vrai qu'il respire la prétention, approuve Tom. Pour un bâtiment.

Je désigne l'affiche.

– Qui utilise le mot « francforts » ? je demande. Tout le monde parle de « saucisses » ou de « hot-dogs ». Simon a choisi ce mot juste pour l'allitération.

– C'est un enfoiré, déclare Tom.

– Du calme, vous deux ! ordonne Steven.

– Vous savez les gars... dis-je. Je crois que Bill Bigelow n'est autre que...

Parvenus au quatrième étage, nous sommes assaillis par la musique. Le volume est assourdissant, même si je travaille depuis assez longtemps dans une résidence universitaire pour être habituée au vacarme. Je reconnais immédiatement la chanson : *Traîne-moi en justice*, le nouveau single de Tania.

Les battements de mon cœur s'accélèrent. Ne devrais-je pas appeler Cooper ? Mais en quoi pourrait-il nous être utile ? Son job, c'est de protéger Tania.

– Waouh ! s'exclame Tom, comme nous nous engageons dans le couloir. Quelqu'un apprécie vraiment Tania Trace, hein ?

C'est bien le problème, me dis-je.

Wasser Hall a beau être beaucoup plus récent que Fischer Hall – tout en béton et Placoplâtre quand notre résidence est en bois et brique –, les cloisons sont bien plus minces.

Nous sommes littéralement noyés dans le rythme lancinant de la basse.

Ce n'est pas qu'une façon de parler. Pivotant sur mes talons, je réalise que la chambre 401 se trouve juste à côté des ascenseurs. C'est de là que provient la musique. Chose étonnante, la porte est entrouverte. C'est fréquent, dans les résidences universitaires : pour renforcer le côté « vie en communauté » – mais le plus souvent parce qu'ils sont trop paresseux pour trimballer leurs clés –, les étudiants laissent leurs portes ouvertes en s'imaginant que personne, à leur étage, ne pourrait leur piquer quoi que ce soit, tous constituant une espèce de famille.

Ce genre d'illusions leur vaut de se faire constamment voler ordinateurs portables, téléphones mobiles et coûteuses vestes en cuir par les invités de leurs corésidents.

La 401 s'avère être une suite. La chambre de Bill Bigelow – la 401A – partage avec la 401B et la 401C un espace commun comprenant une cuisine, une salle de bain et un minuscule séjour. C'est la porte de ce séjour qui est ouverte. Le vacarme provient de la 401A, la chambre de Bill – fermée, quant à elle.

Je pénètre dans la pièce commune, à l'aspect tristement dépouillé. Les meubles fournis par la fac – un canapé et des fauteuils recouverts de vinyle – ont visiblement connu des jours meilleurs. Pas de posters sur les murs. Dans l'unique poubelle s'entassent des emballages de nourriture chinoise commandée par téléphone ainsi qu'une quantité de bouteilles de limonade alcoolisée vides.

– Eh bien, fait remarquer Tom d'un ton snob. Ce ne sont pas des adeptes du recyclage, dans cette suite.

Les portes de la 401B et de la 401C sont toutes deux grandes ouvertes sur des chambres inoccupées, aux matelas et aux murs nus. Personne n'y a vécu depuis un bout de temps.

– On dirait que ce bon vieux Bigelow a une suite pour lui tout seul, déclare Tom, sans se donner la peine de murmurer (mais impossible qu'on nous entende dans ce vacarme). Chouette installation, pour un étudiant ! Tu as ta chambre à toi, et tu dois seulement partager avec deux autres gars la cuisine et la salle de bain.

Steven n'est pas du même avis.

– Mais avec une telle vue ? demande-t-il en désignant les fenêtres des chambres inoccupées. La malheureuse ! Elle aurait mieux fait de perdre sa petite fleur dans la voiture du capitaine de l'équipe de foot de sa ville natale !

Tom lui adresse un sourire.

– Mon grand idiot sentimental !

La vue est déprimante, en effet : un toit recouvert de gravier, un immense château d'eau, et les conduits d'air du bâtiment voisin – si proche que les occupants de la chambre n'auraient, pour se faire bronzer sur son toit, qu'à enjamber les fenêtres, si celles-ci s'ouvraient sur plus de cinq centimètres.

– Allons-y ! s'exclame Pete.

Il a l'air furax. Peut-être songe-t-il à ses propres filles, suite à la remarque de Steven.

– Si vous permettez ! dis-je, gagnant la 401A à grandes enjambées et cognant du poing sur la porte.

– Au nom de la direction !

Je hurle de manière à être entendue malgré la musique

qui passe apparemment en boucle, Tania nous défiant pour la énième fois d'oser la traîner en justice.

– Monsieur Bigelow ! Nous savons que vous êtes là. Ouvrez la porte, s'il vous plaît.

Pas de réponse. Je frappe plus fort.

– Bridget ? C'est moi. Heather Wells, de Fischer Hall. Tu n'as pas de souci à te faire. (Tu parles, Charles !) Je t'en prie, ouvre !

Bridget me connaît vaguement, du jour où j'ai fait faire aux filles la tournée des hauts lieux du rock. Elle avait même posé une question. Elle désirait savoir si nous pouvions nous rendre dans la boutique où Madonna achète sa veste dans le film *Recherche Susan désespérément*. À mon grand regret, j'avais dû lui répondre par la négative. Ce magasin, L'Amour Sauve la Mise, a fermé définitivement, le propriétaire ayant augmenté le loyer de manière spectaculaire. Un bar à nouilles l'a remplacé.

– Bridget ?

Je tourne la poignée. La porte est verrouillée.

Si Simon ou sa directrice adjointe avaient été présents, nous les aurions priés de nous accompagner avec le double des clés et de nous ouvrir la porte. S'il y avait eu à l'accueil quelqu'un de vaguement compétent, je lui aurais demandé la clé de la 401A. Mais la seule personne ayant accès à l'armoire de sécurité est – m'a-t-on informée – en train de prendre sa pause.

Inquiète, je sollicite l'avis de Pete :

– Est-ce que je redescends à l'accueil pour leur demander d'appeler le responsable de la maintenance ? Il doit posséder un double des clés ou, au pire, une perceuse avec laquelle retirer le...

Pete pose les mains sur mes épaules et m'écarte délicatement de la porte.

– Tu permets ?

Puis, d'une voix beaucoup plus forte que celle dont il use habituellement :

– Ici l'agent de sécurité du campus Pete Rivera ! Vous avez jusqu'à trois pour ouvrir cette porte ou bien nous l'enfonçons, moi et mes collègues. Un, deux...

Bruit de verre cassé. Pas comme un verre qui se brise en tombant à terre, mais comme un carreau qui vole en éclats parce que quelque chose, ou quelqu'un, est passé au travers.

– Oh mon Dieu ! dis-je, portant mes mains à mon visage. Qu'est-ce qu'on a fait !

Tom se précipite dans la 401C et regarde par la fenêtre.

– Il s'est servi de la chaise du bureau pour... Nom de Dieu, il grimpe sur le toit ! Bon sang, sans ces conneries d'entrebâilleurs...

– C'est bon ! lance Pete en prenant du recul. Tu as déjà enfoncé une porte ? demande-t-il à Steven.

– Malheureusement oui, soupire celui-ci avec un haussement d'épaules. Allons-y !

Pete et Steven assènent un grand coup d'épaule dans la porte de la 401A, qui cède facilement sous leurs poids combinés, tant Wasser Hall a été mal construit. Par l'espace béant, je vois un homme blond, d'apparence soignée et tout de noir vêtu, traverser comme une flèche le toit du bâtiment voisin. Il disparaît derrière le château d'eau.

– On le tient ! s'exclame Steven.

Il fonce dans la chambre, se hisse sur le climatiseur et se glisse dehors par la fenêtre cassée.

– De votre côté, appelez Police secours !

– Fais attention ! lui crie Tom. Il est peut-être armé !

Assise en tailleur au milieu du lit, Bridget fixe sur nous des yeux effrayés.

– Il est armé ? lui demande Tom.

Elle secoue la tête.

– J'ai mon Taser, annonce Pete, se ruant dans le sillage de Steven. Si l'entraîneur l'attrape, je pourrai le neutraliser !

Le verre craque sous ses chaussures à semelle épaisse. Sortir par la fenêtre s'avère plus compliqué que prévu. Tom lui vient en aide, l'aidant à se protéger des éclats de verre restants.

Pendant ce temps, je n'en reviens pas de ce que je vois. La chambre de Bill Bigelow est décorée de façon à évoquer l'intérieur d'une tente de maharajah. L'homme a suspendu tant d'écharpes en soie et de rangées de piécettes ou de perles fantaisie au plafond et aux tubes de néon qu'on ne distingue plus les murs. Le lit est recouvert de draps et d'oreillers aux couleurs indiennes et la coiffeuse et le bureau sont eux aussi tendus de foulards en soie. Même Bridget – qui est assise bien sagement sur le lit, en caraco blanc, short en jean et tongs – a une écharpe rose vif, à moitié dissimulée par sa longue chevelure brune, négligemment passée autour du cou.

Ah. À présent, je comprends pourquoi elle la porte. Pas pour ressortir à l'image, ni (comme Cassidy l'a méchamment suggéré) pour détourner l'attention de quelques petits boutons d'acné. Elle la porte parce que c'est un cadeau de son bien-aimé.

Je m'installe près d'elle sur le lit. Le couvre-lit, en imitation soie, est glissant sous mes doigts.

– Bridget, dis-je avec précaution. Tu te souviens de moi, n'est-ce pas ? Heather, de Fischer Hall. Tu vas bien ?

– Qui ça, moi ?

La jeune fille détourne son regard de la fenêtre. Son ton indique une légère surprise, comme s'il y avait dans la pièce une autre Bridget à qui j'aurais pu m'adresser.

– Très bien, pourquoi ?

Les pulsations assourdissantes de *Traîne-moi en justice* s'échappent d'une paire d'enceintes posées sur le bureau tout proche. Mais ça ne semble pas troubler Bridget. Pas plus que le fait qu'un homme vient de briser la fenêtre d'un coup de chaise et de s'échapper, traqué par deux poursuivants ayant emprunté la même issue.

Une fois qu'il a aidé Pete à passer par la fenêtre et à gagner le toit, Tom se dirige vers le MP3 posé sur son support et éteint la musique. Un merveilleux silence tombe sur la pièce – néanmoins rompu par les cris lointains provenant du toit et la voix de Tom disant dans son téléphone :

– Oui, il nous faut tout de suite des agents et une ambulance à Wasser Hall, université de New York. Oui, c'est au 14 College Place entre Broadway et...

Affolée, Bridget demande :

– Il n'appelle quand même pas la police au sujet de M. Bigelow ? Parce qu'il n'a rien fait de mal. Il me donnait juste un coup de main. Je sais que ce n'est pas bien, mais...

D'un coup d'œil, j'enjoins à Tom d'être discret. Ayant capté le message, il hoche la tête et quitte la pièce, portable toujours collé à l'oreille.

– Eh bien... dis-je à Bridget. M. Bigelow (l'a-t-elle vraiment appelé comme ça ?) a cassé une fenêtre. La destruction de biens appartenant à l'université constitue un délit très grave. Par ailleurs, il n'a pas ouvert quand nous avons frappé, ce qui est une infraction au règlement intérieur de la résidence.

Bridget, apparemment toujours inquiète – pour M. Bigelow, plus que pour elle-même –, acquiesce.

– Oh. OK. Sûrement. Je sais que ce n'est pas bien, ce qu'on a fait. Mais on ne voulait pas causer du tort à qui que ce soit.

– Bien sûr que non, dis-je.

Je tends la main et j'écarte les mèches de cheveux qui lui retombent sur les yeux, afin d'examiner ses pupilles. Je la crois encore sous le choc. Sur son visage, ses jambes ou ses bras, je ne distingue ni coupure ni hématome. Bien que pâlichonne, elle semble en bonne santé. Elle s'est tout de même mise à trembler.

– Si M. Bigelow ne faisait que te donner un coup de main, comme tu le prétends, pourquoi ne pas avoir ouvert quand nous avons frappé à la porte ? Et pourquoi s'est-il enfui ?

– Ben... commence Bridget, se recroquevillant sur elle-même, dans une position semblable à celle qu'elle avait dans la bibliothèque. On enfreignait le règlement, j'imagine...

Mon cœur bat à tout rompre.

– De quelle manière ? je demande.

– Il me coachait... répond Bridget, ses grands yeux noirs s'embuant de larmes. (Elle n'a pas l'air de souffrir, on dirait plutôt des larmes de honte.) Je vous en prie, ne le répétez pas. Si Cassidy et Mallory le découvrent, j'en mourrai. Elles iront cafter à Stephanie et je serai disqualifiée.

– Disqualifiée ?

Sur le toit, les voix se rapprochent. Par la fenêtre cassée, je vois Steven et Pete revenir. Malheureusement sans Bill Bigelow. Pete boite et Steven, un bras passé autour de sa taille, le soutient.

– Comment ça, disqualifiée ?

Elle continue comme si elle n'avait pas entendu ma question. Parle très vite, comme quelqu'un de shooté à la caféine.

– M. Bigelow sait un tas de choses sur la façon de communiquer ses émotions à travers le chant. C'est un spécialiste. Autrefois, il enseignait professionnellement. Il a promis de m'apprendre des trucs qui m'aideraient à battre Cassidy et les autres filles le soir de la finale.

Je la fixe bouche bée.

Entre-temps, Tom est revenu. Planté parmi les débris de la porte, il tient quelque chose qu'il veut me montrer.

– Non, lance-t-il à la standardiste de Police secours. Pas question que je patiente. Je crois que vous n'avez pas saisi ce que...

Ce qu'il a en main, c'est le moule à cupcakes qu'il a trouvé dans la cuisine.

Ça ne prouve rien, mais je n'en sens pas moins mon sang se glacer dans mes veines.

Je m'efforce de rester concentrée sur Bridget :

– Alors comme ça, M. Bigelow était ton professeur ?

Elle hoche la tête, soulagée de constater que j'ai enfin saisi.

– Oui. Il est très très fort.

– Pourquoi avoir raconté à tes camarades qu'il était ton petit ami ? je demande avec un léger haut-le-cœur.

347

Le rose envahit aussitôt ses joues, qui prennent la couleur de son écharpe. Elle détourne le regard, puis fixe ses genoux nus qu'elle tient serrés contre sa poitrine.

– Parce que je ne voulais pas qu'elles sachent ce qu'on faisait réellement ensemble, répond-elle, parlant si vite qu'elle a la langue qui fourche. Elles auraient pensé que c'était de la triche. Alors que non. D'après M. Bigelow, il faut tout faire pour développer son esprit de compétition. Cassidy a un agent, moi pas. Il n'y en a pas dans la ville d'où je viens. M. Bigelow a dit qu'il serait mon agent, et mon coach, et mon manager...

J'ignore ce qui me pousse à tendre la main et à dérouler délicatement le foulard que porte Bridget. À peine l'ai-je retiré que ça nous saute aux yeux, à Tom et à moi. Je le sais car j'entends son cri étouffé alors que je suis moi-même tentée de crier.

Formant un cercle parfait tout autour du cou de Bridget, tel un collier d'améthystes, des hématomes. Ils ont la forme et la taille de doigts d'homme.

Sans doute l'horreur se lit-elle sur nos visages, car Bridget réalise aussitôt ce que nous avons vu. Elle saisit l'écharpe demeurée dans ma main et enroule à nouveau la soie rose vif autour de son cou. C'est alors que sa voix me parvient – tel un lointain et terrifiant écho de celle de Tania, ce fameux soir, dans le salon de télé des Cartwright.

– Oh, ne vous inquiétez pas de ça ! C'est ma faute. Il arrive à M. Bigelow de s'énerver quand je n'arrive pas à chanter juste. Faut pas lui en vouloir. C'est à moi de travailler plus.

25

Chérie t'es trop jolie
Je t'aime à la folie
Mais ça ne veut pas dire
Qu'il n'y a qu'avec toi que je veux sortir.

Je suis un homme qui aime le changement,
C'est le sel de la vie – tu comprends ?
Et chérie, tu sais que notre amour,
Malgré ça, durera toujours.

Bébé, tu sais que je ne te quitterai jamais
Tu seras toujours ma copine préférée
Mais j'ai besoin de ma liberté
Et ça, pas moyen de te le cacher.

Je suis un homme qui aime le changement,
C'est le sel de la vie – tu comprends ?
Et chérie, tu sais que notre amour,
Malgré ça, durera toujours.

Crois-moi, ma petite reine
J'suis là pour toi tous les jours de la semaine
Mais ça ne veut pas dire
Qu'il n'y a qu'avec toi que j'veux sortir.

Je suis un homme qui aime le changement,
C'est le sel de la vie – tu comprends ?

Et chérie, tu sais que notre amour,
Malgré ça, durera toujours.

Le Sel de la vie
Easy Street
Larson/Sohn
Album *T'es top, la meuf !*
Disques Cartwright
Une semaine dans le *top ten* des meilleures ventes de singles

– Ne t'inquiète pas ! dit Cooper. D'après Canavan, il y a du sang sur les cartons, dans la benne à ordures où Steven dit l'avoir vu sauter. Ça signifie qu'il est blessé. Avec son nouveau signalement diffusé partout, Hall ne pourra pas aller bien loin.

Debout sur la banquette de fenêtre, dans la chambre de Cooper, je tente d'ajuster les rideaux afin que le soleil, en se levant, ne nous aveugle pas. Mais je ne suis franchement pas douée.

– *Ne t'inquiète pas*, je répète d'un ton incrédule. Ce gars réside à Wasser Hall depuis le début. Il s'est inscrit à un cours d'été et a réussi à faire croire à tout le monde qu'il avait vingt-neuf ans simplement en perdant vingt kilos et en se teignant les cheveux en blond. Il a pratiqué un tel lavage de cerveau sur une de mes résidentes, âgée de quinze ans, qu'elle s'imagine qu'étrangler les gens à mains nues constitue une méthode d'enseignement comme une autre. Et tu me demandes de ne pas m'inquiéter ?

– OK ! siffle Cooper avec un coup d'œil au plafond. Continue à t'inquiéter – mais mets en sourdine.

– Désolée, dis-je en baissant le ton. J'oubliais qu'on tient un refuge destiné aux victimes de Gary Hall.

– Uniquement sa victime principale.

Cooper est assis sur son lit, dont il reste à changer les draps. Car si j'ignore quand nous y avons dormi pour la dernière fois, la quantité de poils accumulée indique que Lucy en a fait sa couche de prédilection.

– Et je croyais que ça ne te dérangerait pas, ajoute-t-il.

Je redescends de la banquette – ce rideau est irrécupérable.

– Évidemment que ça ne me dérange pas. Je trouve juste que sa place est à l'hôpital, avec Bridget. Pas ici. Nous ne sommes pas qualifiés pour apporter à Tania le soutien psychologique dont elle semble avoir besoin, Cooper.

Il fixe les glaçons au fond de son verre de whisky. Le seul de la soirée – car il tient, m'a-t-il dit, à rester vigilant.

– Je sais. Mais c'est le seul endroit où j'aie pu l'amener. Ça l'a tellement terrifiée d'apprendre ce qui s'était passé. Qu'est-ce que je pouvais faire d'autre ?

Je me laisse tomber sur le lit, à côté de lui. Je ne lui en veux pas. Il n'y est pour rien.

Pour moi, c'est Christopher Allington le vrai responsable. C'est ce crétin qui, en apprenant qu'on avait retrouvé la trace de Gary Hall à Wasser Hall (il se trouvait alors dans le bureau de son père, très certainement pour lui emprunter de l'argent), s'était précipité à Fischer Hall « pour s'assurer que tout allait bien du côté de Stephanie ».

Surprenant leur conversation, Tania avait compris que je m'étais rendue à l'hôpital Bellevue avec un agent de sécurité blessé et « l'une des filles du camp d'été ». Ça l'avait mise dans tous ses états.

Désireux de l'éloigner des regards stupéfaits des autres participantes et de leurs mères avant que celles-ci aient pu saisir ce qui se passait, Cooper avait demandé à Tania où elle souhaitait qu'il la conduise.

– Tu vois, c'est précisément ce qui m'échappe, dis-je à Cooper. Pourquoi a-t-elle eu envie de venir *ici* ? Elle n'est jamais venue. Comment a-t-elle pu y penser, pour commencer ?

Cooper paraît mal à l'aise.

– Il se peut que ce soit moi qui le lui aie suggéré.

Puis, remarquant mon expression :

– Écoute, j'ai tout essayé : son appart, celui de mes parents, et même leur maison dans les Hamptons... tous les endroits possibles et imaginables, et elle, elle disait « non » à tout. Aucun des endroits n'était suffisamment « sûr » à ses yeux. Elle n'arrêtait pas de répéter qu'Hall la retrouverait. Et de pleurer... Je n'ai jamais vu personne pleurer autant. Je ne savais pas comment gérer ça. Je me disais juste que si toi tu avais été là, tu aurais su quoi faire. Tout ce que je voulais, c'était rentrer ici... à la maison. Il est possible que j'aie alors suggéré quelque chose, et qu'elle m'ait pris au mot... Parce qu'aussitôt après, elle a reconnu que ce serait le dernier endroit où Hall aurait idée de la chercher. Elle a enfin cessé de sangloter, et j'ai pu la faire sortir et monter dans la voiture. J'en ai ressenti un tel soulagement que tout ça m'est sorti de la tête. (Il fixe le plafond.) J'ignorais qu'elle allait s'installer chez nous.

– Ça se défend, dis-je dans un soupir. Je n'ai pas de mal à imaginer qu'elle se sente en danger dans l'appartement qu'elle partage avec Jordan. Ou chez tes parents, même s'il est peu probable que Hall parvienne à s'y introduire. N'empêche qu'à mon avis elle serait plus difficile à retrouver – et plus anonyme – dans un hôtel. On n'a ni gardien ni concierge...

– En effet. Mais d'un autre côté, il n'y a que nous. Personne pour divulguer sa présence à la presse, pas d'employé inconscient pour accepter de « glisser quelque chose sous sa porte » en échange d'un gros billet. Pas de femme de chambre, pas de room service, personne pour frapper à la porte et lui demander s'il faut changer les serviettes. Une fois le verrou de l'entrée poussé et l'alarme activée, nul ne peut entrer sans qu'on s'en rende compte. Vu l'angoisse dans laquelle elle vit, ça doit la rassurer d'être ici.

– Et tu as un pistolet.

– Oui, admet-il. J'ai un pistolet. Et n'oublie pas qu'il y a toi, ta bonne humeur légendaire et le grand sourire de bienvenue auquel elle a eu droit de ta part, en franchissant le seuil...

Je lui donne un coup d'oreiller sur la tête.

– Toutefois, si elle se croit au Waldorf-Astoria, elle va être cruellement déçue, dis-je tandis que Cooper s'esclaffe. Elle ne trouvera pas de bonbon sur son oreiller. Et j'ai fini le paquet de biscuits l'autre soir.

– À mon avis, tout ce qu'elle souhaite, c'est... commence Cooper.

Un « toc toc toc » nous interrompt – non pas frappé à la porte mais dit de vive voix.

Cooper me jette un coup d'œil puis :

– Entrez !

Jordan, en pyjama et peignoir de soie noire, passe la tête dans l'embrasure.

– Eh, désolé de vous déranger les amis. Où est-ce que vous rangez la tisane ? Tania en voudrait une tasse. J'ai essayé de la trouver tout seul dans la kitchenette d'en haut pour ne pas avoir à vous embêter, mais ce gros chat roux a commencé à me suivre partout. Je crois qu'il veut que je lui donne à manger ou...

– Tu sais quoi ? (Je quitte le lit d'un bond.) Je vais préparer une infusion à Tania et la lui monter, OK ?

– Tu es sûre ? demande Jordan, visiblement embêté. On ne voudrait vraiment pas vous importuner. On est déjà drôlement embêtés d'avoir chassé Heather de son appartement.

– Ça ne la gêne pas du tout, réplique Cooper. Hein, Heather ?

Je le fusille du regard.

– Non, pas du tout, dis-je. Cooper adore dormir *sur le canapé*.

À l'étage, je trouve Tania blottie au milieu du lit, sous une montagne de couvertures dont seule émerge sa tête. Dans sa main, la télécommande. Tania baigne dans la lueur rosée de ma lampe de chevet et dans les couleurs vives de *Ceux qui mangent de tout*.

– Tu aimes vraiment cette émission, pas vrai ? demande Tania lorsque j'entre, tenant une tasse de tisane fumante. Tu en as enregistré neuf épisodes – des inédits et des rediffusions.

– Eh bien... Tu sais comment te servir d'un magnéto numérique, pas vrai ?

– Tu regardes aussi beaucoup *Dépendance maudite*, fait remarquer Tania. Elle me déprime, cette émission.

– Ah bon. (Je pose la tasse sur la table de chevet.) Pourtant les gens qu'on y voit arrivent souvent à vaincre leurs addictions et à retrouver une existence digne de ce nom.

Pour être sincère, en repensant aux choses que j'ai vu Stéphanie faire, et à ce que m'a dit Jared sur la façon dont la téléréalité déforme la vérité, j'en viens à me demander si les émissions que j'aime contiennent la moindre parcelle de vérité.

– Je t'ai apporté une camomille. Jordan m'a dit que tu voulais une tisane. Tu te sens comment ?

– Beaucoup mieux. Ça me plaît ici. C'est douillet, comme chez ma grand-mère.

Je suis certaine qu'à ses yeux, c'est un compliment. Mais ça ne m'emballe pas à cent pour cent d'entendre quelqu'un comparer ma maison à celle de sa grand-mère.

– Et tu as vu ? me demande-t-elle en désignant le sol. Nos chiens sont amoureux !

Baissant les yeux, je constate que Baby dort profondément, roulé en boule dans le panier de Lucy. Lucy est assise un peu plus loin, l'air angoissé. Son regard, qui passe de moi à son panier, semble appeler à l'aide. Comment Tania peut-elle en conclure que nos chiens sont amoureux ?

– Ouais, dis-je. C'est mignon. Tu as besoin d'autre chose ?

Tania tend la main vers la tasse, puis examine les étagères au-dessus de nos têtes.

– C'est quoi, toutes ces poupées ?

Crotte.

– Oh. Ben... c'est ma collection de poupées du monde entier. Ma maman m'en achetait une dans chacun des pays où je me produisais.

Elle boit une gorgée de tisane.

– Oooooooh ! C'est trop adorable ! lance-t-elle, visiblement transportée.

– Pas tant que ça. Il aurait fallu que je puisse visiter ces pays, au lieu d'accepter que ma mère m'achète vite fait une poupée dans chaque aéroport. Quand pourrai-je me permettre de retourner en Afrique du Sud ? Ou au Brésil ? Ou au Japon ? Jamais. Mais tu sais... (Je hausse les épaules.) Je les aime. Pour moi, ce sont des porte-bonheur, ou un truc dans le genre...

– Tu as de la chance. Ma mère ne m'a jamais rien offert de semblable. Elle travaillait dur, mais elle n'avait pas d'argent à dépenser en cadeaux. Ce n'est pas rien, d'avoir une collection de poupées – ou autre chose que tu pourras transmettre à ta fille.

Mon regard se pose à nouveau sur les poupées.

– Ouais, dis-je, pensive.

Ni elle ni moi n'avons eu de bol avec nos mères. La sienne bossait trop pour se rendre compte de ce que vivait sa fille, et la mienne me faisait trop bosser pour se rendre compte de ce que je vivais.

– Oui... encore faut-il en avoir une, de fille.

– La rose est particulièrement belle, s'extasie Tania.

– C'est Miss Mexique.

– Ce qu'elle est élégante ! J'adore sa robe. Et son éventail.

Je sors Miss Mexique de son étagère.

– Tiens. Elle est à toi.

Tania étouffe un cri.

– Oh non. Je ne peux pas accepter.

– Bien sûr que si. Tu la donneras à ta fille. Ce sera la première poupée de sa collection.

356

Tania repose la tasse et saisit délicatement Miss Mexique, comme si elle craignait que la poupée ne se brise à son contact. Pas d'inquiétude à avoir de ce côté-là. Elle est belle mais plus solide qu'il n'y paraît. Comme Tania.

– Merci. Elle est magnifique ! Je... je ne la mérite pas. Ce qui est arrivé aujourd'hui... la maman de la fille doit me détester.

Pas besoin de lui demander de quelle fille elle parle.

– Personne ne te déteste. Ce n'est pas toi qui as fait du mal à Bridget. C'est *Gary*. Et Bridget va se remettre. Sa famille est en route pour venir la chercher. Et je parie qu'à Cartwright TV, ils vont proposer de lui payer des études dans la fac de son choix. (Sans doute l'université de New York lui allouerait-elle également une bourse, mais je ne vois pas Bridget accepter.) Elle va avoir terriblement besoin de conseils... et à mon avis, Tania, tu es la mieux placée pour...

– C'est ma faute ! m'interrompt Tania. Si j'avais parlé plus tôt...

– C'est la faute d'une seule personne – à savoir Gary.

Et celle de Simon Hague. Certes, je suppose qu'un directeur de résidence ne peut rencontrer personnellement tous ceux qui prennent une chambre dans sa résidence.

J'ai néanmoins hâte de savoir quelles seront les retombées du scandale, quand tout le monde saura Simon Hague coutumier des week-ends prolongés dans les Hamptons en compagnie de son assistante.

– Tu pourras dire à la fille que je suis vraiment désolée de ce qui lui est arrivé ? me demande Tania d'une toute petite voix. Et à l'agent de sécurité aussi.

– Non. C'est toi qui vas le leur dire.

Elle me fixe. Puis son visage se décompose et elle fond en larmes.

– Je sais que je devrais. Mais je ne pense pas en être capable. Je ne pense pas pouvoir quitter cette chambre.

– Tu peux rester quelque temps. Mais à un moment il faudra bien que tu partes.

– Pas tout de suite, sanglote-t-elle en serrant contre elle Miss Mexique – ce qui ne doit pas être agréable, avec l'éventail et le grand peigne espagnol

– Non, dis-je. Pas tout de suite.

Je quitte Tania presque aussitôt après, la camomille ou le stress de la journée l'ayant assommée. Elle s'endort en serrant Miss Mexique contre elle – telle une fillette qui ne veut pas lâcher le cadeau qu'elle vient de recevoir. J'éteins la télévision et je sors de ma chambre, la tasse à la main.

La dernière chose à laquelle je m'attends, c'est croiser Jordan en redescendant à la cuisine. J'avais oublié qu'il était dans la maison.

– Désolé ! dit-il quand, sursautant à sa vue, je manque de lui balancer à la figure le reste de tisane. Je montais voir comment elle se porte.

– Elle dort. Ça ne se fait pas, de surprendre les gens comme ça !

– Désolé. Tiens, donne-moi ça, je vais le rapporter à la cuisine.

– C'est bon, je m'en occupe.

– S'il te plaît ! Je tiens à me rendre utile.

Sauf qu'il en est incapable. Il ne ferait que mettre le souk. Jordan ignore où est la poubelle et n'a jamais rincé une tasse de sa vie. Il y a toujours une domestique, ou un employé du room service, pour nettoyer ce qu'il laisse traîner. Ce qu'il m'agace ! Comment avons-nous pu sortir (et même vivre) ensemble pendant tant d'années ?

– Très bien. Rends-toi utile, dis-je avec mauvaise grâce.

Il me suit à la cuisine comme un petit chien. Puis il s'assied à la table et me regarde rincer la tasse.

– Où est Cooper ? je demande, gênée.

– Il prend une douche. Je peux te poser une question ?

Oh, génial. J'avais beau voir venir, j'espérais tout de même y échapper.

– Pas maintenant, dis-je en m'essuyant les mains avec un chiffon. Il faut... Faut que je sorte promener le chien.

– Mais il est onze heures du soir ! objecte Jordan visiblement choqué.

– Je n'y peux rien. Quand Lucy doit sortir, elle doit sortir !

C'est un pur mensonge. Quand Lucy doit sortir, elle sort dans le jardin, et par la chatière. Mais j'ai besoin d'un prétexte pour esquiver Jordan.

– Baby fait ses besoins sur un coussinet spécial, réplique-t-il sur un ton qui laisse à entendre que le chien de Tania serait, de ce fait, supérieur à ma chienne.

– Eh bien, tant mieux pour Baby.

– À mon avis, tu ne devrais pas sortir promener ta chienne à cette heure tardive alors qu'un dangereux psychopathe cherchant à tuer ma femme est en cavale et qu'il surveille peut-être cette maison à l'heure qu'il est.

Je contre-attaque :

– Si je ne sors pas promener ma chienne alors que j'ai coutume de le faire tous les soirs à la même heure, le

359

dangereux psychopathe pourrait en conclure que ta femme est ici !

Ça fait réfléchir Jordan. Puis :

– Tu permets que je pose juste une question avant que tu sortes ?

Je réalise que je ne pourrai pas l'éviter éternellement, surtout si nous vivons sous le même toit. De plus, je n'ai aucune intention de sortir quand Gary Hall (même blessé) rôde librement dans les parages. Je tire une chaise à moi et m'y laisse tomber.

– Je t'écoute, Jordan.

– Ce type qui menace Tania, c'est vraiment son mari ?

26

Ma poupée chérie
Ils sont tous à la poursuivre
À vouloir la conquérir
Si tu veux pas finir dans le fossé
Alors mon gars, faut pas m' chercher.

Elle n'est pas faite pour sortir
Avec des nuls pas faite pour dormir
Dans des taudis – quand elle viendra,
Ce sera pour s'établir
Sous notre toit.

Elle sera habillée
Chez les meilleurs couturiers
Personne ne devinera
Ce que fait son papa.

Je sais pas comment je vais y arriver
Mendier, emprunter, bluffer
Mais sur la tête de ma mère
De moi un jour elle sera fière.

Le Rap de ma poupée
Jordan Cartwright,
sur une mélodie de Rogers et Hammerstein
Album *Jordan Cartwright se la joue solo*

– Pourquoi cette question, Jordan ?

Je m'efforce de paraître calme pour ne pas laisser voir à Jordan que je me maudis intérieurement. Comment sait-il ? A-t-il écouté aux portes ? Je jurerais pourtant que

Tania et moi n'avons jamais prononcé les mots « mari » et « mariage ».

– Il y a longtemps de ça – enfin, peut-être pas si longtemps –, il m'a envoyé une lettre, explique Jordan en tirant une feuille pliée en quatre de la poche de son peignoir. Je l'ai reçue quelques jours avant notre mariage.

Je lui prends la feuille des mains.

– Continue. Je t'écoute.

– Quoi qu'il en soit, je n'y ai pas fait gaffe. Je reçois tellement de courrier – je ne dis pas ça pour me vanter. C'est un fait. Mon assistante ne me transmet que ce qui lui paraît important, et que je classe dans trois dossiers séparés – le dossier « papa », le dossier « amis », et le dossier « cinglés ». Si c'est un truc qui risque de me causer des emmerdes, je l'envoie à papa pour qu'il s'en occupe. Si c'est une fille qui me fait parvenir une photo d'elle sans ses... (Il me jette un regard entendu.) Dans ces cas-là, je refile la lettre à mes potes – tu connais les mecs. Le reste va dans le dossier « cinglés » – bref, au rancart. La plupart des tarés sont inoffensifs, pas vrai ? Tout ce qu'ils souhaitent, c'est se défouler un peu, laisser s'exprimer leur dinguerie. Et si c'est moi qui les fais délirer, pourquoi pas ? Du moment qu'ils ne font de mal à personne.

Je déplie la lettre.

– Ouais. Et après...

Cooper entre dans la cuisine, en short et tee-shirt, une serviette humide autour du cou.

– Qu'est-ce qui se passe ? demande-t-il, intrigué, en nous voyant assis ensemble à la table.

– Jordan me disait qu'il a reçu une lettre de Gary Hall quelques jours avant que Tania et lui se marient.

Je parcours le document que j'ai sous les yeux. Les mots « si vous ne le faites pas » et « un million de dollars » me sautent au visage.

– T'es sérieux ? lance Cooper à son frère.

La main sur la poignée du frigo, il s'apprête à y prendre ce qu'il appelle un de ses « en-cas de minuit », un sandwich énorme, et sublimement bon, contenant une tonne de moutarde, de mayonnaise, de cornichons, de fromage et de viande froide. Rien n'a jamais pu l'en détourner.

Jusqu'à maintenant.

– Ouais, répond Jordan. J'ai cru à une blague. Si Tania était mariée, les gens seraient au courant, non ? Les chaînes people, papa, etc. Ça ne pouvait donc pas être vrai. Juste un truc de dingue. J'ai donc mis la lettre dans le dossier « cinglés ». (Il semble soudain inquiet.) À présent, je crois que j'aurais peut-être dû l'envoyer à papa...

Cooper lâche la poignée du frigo.

– Il y a quoi dans cette lettre ? demande-t-il avec circonspection.

J'examine la lettre soigneusement tapée à la machine.

– Si Jordan refuse de verser un million de dollars à Gary Hall, celui-ci révélera publiquement que Tania et lui ont été mariés, dis-je d'une voix étranglée. Et qu'ils n'ont jamais divorcé. Il infligera aussi à Tania « les pires souffrances imaginables ».

– Mon Dieu ! s'exclame Jordan en plongeant la tête dans les mains. Mon Dieu, oh mon Dieu... Je le savais. J'aurais dû vous parler de ça le soir où Bear s'est pris une balle, quand on s'est croisés dans l'appart de ces gens. Je le *savais*. Du coup, Jared ne serait pas mort, hein ? Et la gamine d'aujourd'hui n'aurait pas subi ce qu'elle a subi. C'est ma faute... J'aurais dû lui donner l'argent. Oh *mon Dieu* !

Cooper se dirige vers la table, tire une chaise et s'assied.

– Quand as-tu reçu cette lettre ? s'enquiert-il en retirant la serviette qu'il a autour du cou.

– Environ une semaine avant le mariage. Je vous jure, je croyais que ce mec n'était qu'un fan cinglé de plus. Tania n'a jamais été mariée. (Il rit, mais on le sent nerveux.) Elle me l'aurait dit, hein ? Pourquoi ne me l'aurait-elle pas dit ?

– Tu veux mon avis ? Parce qu'elle n'a jamais divorcé, réplique Cooper.

Je jette à Jordan un coup d'œil préoccupé.

– Cooper...

– C'est un homme, Heather, pas un petit garçon ! Même si, avec ce peignoir, on ne dirait pas.

– Ce n'est pas un peignoir, proteste Jordan. C'est un véritable kimono de samou...

– La ferme ! rétorque Cooper. Je n'ai trouvé aucun document prouvant que Tania avait divorcé de ce gars. En revanche, elle lui versait dix mille dollars par mois. Je peux faire une hypothèse ? Ce n'est pas une pension alimentaire. Elle est victime d'un chantage de la part de ce type – lequel menace de te révéler qu'elle et lui sont toujours mariés. C'est dire à quel point Tania t'aime.

Je fusille Cooper du regard. Où est passé son code de déontologie ? Ça ne lui ressemble pas, de trahir la vie privée d'un de ses clients.

D'un autre côté, Tania n'est pas n'importe quelle cliente. C'est sa belle-sœur.

– Ça ne me surprend guère, poursuit Cooper. Tu aurais voulu qu'elle fasse quoi ? Qu'elle se tourne vers toi, son mari aimant ? Pour que tu la classes dans le dossier « cinglés » ?

– Cooper ! dis-je à nouveau.

Si je n'admire pas la façon dont Jordan a géré la situation, je ne peux m'empêcher de le plaindre. Il a toujours mené une existence privilégiée, laissant ses parents tout faire à sa place. Il n'a jamais été confronté à quoi que ce soit de semblable.

– Du calme. Il ne savait pas.

– Il ne savait pas que quelqu'un menaçait d'infliger à son épouse enceinte « les pires souffrances imaginables » ? riposte Cooper, les yeux brillants. Si, Heather, il le savait ! Et si quelqu'un te menaçait ainsi, je ne mettrais pas ça dans mon dossier « cinglés ». C'est moi que ça rendrait cinglé !

Jordan nous fixe tour à tour. Il semble mal à l'aise.

– C'est quoi, cette histoire ? Vous deux... Est-ce que vous...

– Désolé de t'apprendre toutes les mauvaises nouvelles le même soir, Jordan, l'interrompt Cooper, se penchant pour lui donner une tape sur l'épaule. Mais la réponse est oui !

Jordan pousse un juron. Puis, d'un air absent, il fixe Owen, qui est descendu dans la cuisine et s'étire voluptueusement à même le sol, au milieu de la pièce.

– Alors comme ça, vous sortez ensemble. Et moi je suis... quoi... polygame, c'est ça ? Comme ce type à la télé ?

– Le terme exact est « polyandre » pour une femme qui a plus d'un mari, pas polygame. Et non, tu n'en es pas un. Tu es juste un imbécile.

Jordan plonge à nouveau le visage dans ses mains. Et l'y laisse, cette fois-ci. Ses épaules frémissent. Il sanglote.

Je jette à Cooper un regard interloqué. *Vraiment, il fallait que tu fasses pleurer ton frère ?*

Cooper se renverse sur sa chaise, bras croisés, se refusant à exprimer la moindre compassion.

– Tout n'est pas ta faute, Jordan, dis-je. (Je me lève et, me plaçant derrière lui, pose les mains sur ses épaules.) Ni celle de Tania. Gary Hall l'a terrorisée. Sans doute était-elle trop secouée pour demander le divorce.

À ces mots, il pleure de plus belle. Cooper, de glace, caresse Owen sous le menton. Je poursuis :

– Et je crois qu'elle se méfie des représentants de la loi. Et je doute qu'elle ait été en état, lorsque vous avez décidé de vous marier, de prendre les bonnes décisions. Tout est allé très vite si je me souviens bien. Et vous étiez tous deux terriblement sous pression...

Jordan redresse enfin la tête.

– Cooper a raison. Je suis un imbécile.

– C'est bien, approuve son frère. Le reconnaître, c'est déjà un progrès. À présent, voyons comment tu comptes y remédier.

Jordan s'essuie la figure avec la large manche de son kimono.

– Un samouraï retrouverait ce gars et le tuerait, répond-il après mûre réflexion.

Cooper réprime un sourire.

– Tu es sur la bonne voie. Mais la bonne réponse est : « et le remettrait aux autorités ».

– Jordan ?

La voix, douce et tendre, provient du seuil de la cuisine. Nous tournons tous la tête, surpris. Nous n'avons pas entendu Tania s'approcher – rien d'étonnant, car elle est pieds nus. Bien que Baby et Lucy trottent dans son sillage, le bruit de leurs pattes sur le plancher n'a pas non plus attiré notre attention.

– Tania !

Jordan se lève.

– Je, je... bafouille-t-il, ne trouvant pas ses mots.

Tania me fixe de ses yeux embués de larmes.

– *Tu le lui as dit ?* s'écrie-t-elle, comme si je lui avais donné un coup de couteau dans le cœur.

Je secoue la tête.

– Non, Tania. Je te le jure. Il a tout deviné sans que je lui...

– Non de Dieu, Jordan ! interrompt Cooper, exaspéré. Dis-lui la vérité !

Jordan s'avance vers elle d'un pas chancelant, les manches de son kimono lui retombant sur les mains, qu'il joint en un geste de supplication.

– Bébé. Tout est ma faute. À moi aussi, il a écrit...

Tania scrute avec angoisse le visage de son mari.

– Vraiment ?

Jordan fait « oui » de la tête.

– Oui, bébé. Mais je n'ai pas eu la bonne réaction. À présent, je le sais. J'aurais dû être là pour toi. Tu n'aurais jamais dû affronter ça seule.

– Je pensais que tu me détesterais, sanglote Tania.

– Tania, sanglote à son tour Jordan. Comment as-tu pu t'imaginer une chose pareille ? Mon trésor !

Tania s'approche, hésitante. Son mari l'enlace et elle s'engouffre dans les plis du peignoir de soie multicolore.

Jordan plonge le visage dans les boucles ébouriffées de sa femme et tous deux restent plantés là, à pleurer sous la fenêtre d'où l'on aperçoit les lumières de Fischer Hall. Un seul détail gâche la magie du moment : Baby, qui a trouvé la gamelle de Lucy, se met à en croquer bruyamment le contenu.

– Ça va, ma grande ! dis-je en gratouillant les oreilles de ma chienne. Tu es une très bonne hôtesse.

Ça semble l'apaiser.

– Bon, on va se coucher ! annonce Cooper, Tania et Jordan ne donnant pas signe de vouloir rompre leur étreinte.

– D'accord, répond Jordan d'une voix étouffée par la chevelure de Tania. À demain matin !

Cooper me fixe avec une perplexité comique.

– OK, les prévient-il. Ne vous avisez pas d'ouvrir une fenêtre ou de sortir – ne serait-ce que sur les balcons – sans réveiller l'un d'entre nous afin qu'il compose le code qui désactive le système d'alarme. Sinon, la sirène va se déclencher et réveiller tout le quartier, tandis que la société de sécurité et la police seront alertées de la présence d'un intrus. Il leur faut trois minutes pour être là. Mais avant qu'ils n'arrivent, je vous aurai déjà tiré dessus.

– C'est bon, dit Jordan, le visage toujours enfoui dans la chevelure de Tania.

– On n'essaiera pas de sortir, assure Tania. On va rester dans la chambre d'Heather, avec Miss Mexique.

Cooper m'interroge du regard. Je secoue la tête.

– Cherche pas à comprendre !

27

Communiqué de presse :
Le Camp d'été du rock de Tania Trace
et Cartwright TV présentent le tout premier
TOURNOI DU ROCK

Trente-six adolescentes parmi les plus douées d'Amérique concourront samedi soir au Camp d'été du rock pour le titre de rockeuse de l'année. Ce camp – qui a depuis deux semaines élu résidence à l'université de New York – se propose d'offrir à des jeunes femmes, par le biais d'un enseignement musical, des opportunités qu'elles n'auraient sans doute pas eues sans cela.

« Ce camp d'été avait pour but d'aider des jeunes filles à s'affirmer au moyen de l'écriture et de l'interprétation de chansons », a déclaré Tania Trace, chanteuse aux quatre Grammy Awards et future maman. « Au lieu de quoi, ce sont elles qui m'ont insufflé leur force et leur courage face à l'adversité. »

La gagnante du Tournoi du rock remportera cinquante mille dollars ainsi qu'un contrat avec la maison de disques Cartwright.

Je fixe mon reflet dans le miroir de la loge. Je ne me reconnais pas. On m'a couverte de fond de teint de la tête aux pieds – du moins là où ma peau est visible, sous ma robe à ourlet pailleté. Mes cheveux blonds ont été ramenés en chignon au-dessus de ma tête à l'aide d'un million d'épingles, mes lèvres tartinées d'un rouge à lèvres fauve, et mes yeux parés de faux cils.

– J'ai l'air d'une bête de foire.

– Tu es belle, s'extasie Tania alors que la coiffeuse enfonce une dernière épingle dans mon chignon. Belle comme Miss Mexique.

– Oh, j'ai bossé sur ce concours cette année, fait remarquer la coiffeuse. Mais Miss Mexique était brune.

– Elle ne parle pas du concours de beauté, dis-je.

Bien que disposant d'un équipement dernier cri, les loges situées sous la salle Winer de l'auditorium de l'université ont été volontairement conçues pour évoquer les loges d'autrefois, telles qu'on les voit dans ces vieux films où la star est assise devant un miroir entouré de dizaines de petites ampoules rondes et brillantes. Pour leurs prestations lors de la finale, les filles sont autorisées à utiliser les loges, mais doivent se maquiller et se coiffer seules, ainsi qu'utiliser leurs propres vêtements... sauf, évidemment, celles qui – comme Cassidy – ont des mères suffisamment averties, ou fortunées, pour leur payer les services de coiffeurs et de maquilleurs personnels. Cette injustice a déchaîné les passions, fournissant à Stephanie des heures de matériau filmé.

Quant aux jurés du Tournoi du rock, les Disques Cartwright mettent à leur disposition coiffeurs et vêtements. Ce qui explique que je sois là, vêtue d'une robe vintage Givenchy et coiffée d'un chignon dans lequel on pique des épingles. Les coiffeurs et maquilleurs personnels de Tania sont en train de me relooker après qu'on m'a forcé le bras pour que je fasse partie du jury du Tournoi du rock.

Je ne sais pas comment c'est arrivé. Jusqu'à la dernière minute, j'ai dit à Tania qu'elle allait devoir trouver quelqu'un d'autre.

N'empêche que je suis là, badigeonnée de fond de teint Beige éclat n° 105, afin que mon teint soit parfait sur les écrans haute définition.

– Tu ne vas pas le regretter, m'assure Tania, assise sur la chaise d'à côté.

Une grande blouse en plastique protège sa robe de soirée, un fourreau noir Oscar de la Renta couvert de sequins et fendu sur le côté.

– On va s'amuser, crois-moi. Et tu n'as pas à te soucier de ce que tu diras. Tout défilera sur le prompteur. Alors ne t'inquiète pas ! Tu n'auras qu'à lire tes répliques.

Je souris nerveusement à son reflet dans le miroir. Ce n'est pas l'émission qui m'inquiète. J'aime me donner en spectacle – même assise dans un fauteuil de juré, à sortir des phrases rédigées par Dieu sait qui (du moment qu'elles ne sont pas trop débiles).

On a passé la journée à répéter, à revoir nos marques au sol pour quand nous monterons sur scène. En tant qu'hôtesse officielle de la soirée et maîtresse de cérémonie, Tania sera la première à apparaître devant le public. Puis elle nous accueillera, Jordan et moi, et nous nous dirigerons vers le banc des jurés. J'ai bien essayé de la convaincre que quantité de célébrités – plus qualifiées que moi et moins has been – auraient davantage leur place dans le jury. Mais Tania, toujours sous le choc des événements survenus en début de semaine, m'a répliqué ne souhaiter être entourée que de membres de sa famille.

Cooper sera évidemment présent dans l'auditorium tout au long de la soirée, de même qu'une douzaine de policiers et la quasi-totalité des agents de sécurité employés par le campus, ainsi que leur chef. Un peu plus tôt, celui-ci était passé voir Tania dans sa loge pour lui certifier que lui et ses hommes mettaient sa sécurité au premier plan de leurs préoccupations.

– *Rien* ne me désole davantage que ce qui est arrivé à cette jeune fille, à Wasser Hall, avait-il déclaré, ses yeux bleus soudain embués de larmes. *Rien*. Je tenais à vous exprimer mes plus vifs regrets et à vous garantir que cet homme ne s'approchera pas de vous ce soir.

Tania l'avait gentiment rassuré : non, il n'était pas responsable de l'incident.

D'accord... du moins, pas *personnellement*. Le bureau du président avait en revanche quelques questions à se poser. Comment un individu soupçonné de meurtre avait-il pu, au cours des dernières semaines, aller et venir dans un si grand nombre de bâtiments du campus sans être identifié ? Pire encore, s'inscrire à des cours et prendre une chambre dans une résidence en se servant d'une fausse pièce d'identité ?

– En même temps, difficile d'éviter ce genre de choses avec un tel taux de fréquentation, avait souligné Cooper. Vous ne devineriez pas la proportion de personnes qui prennent des chambres d'hôtel sous un faux nom...

Ce qu'avait subi Bridget était épouvantable. Mais comme je l'avais prévu, la fac lui proposait une bourse pour toute la durée de ses études, et les Disques Cartwright avaient surenchéri en proposant de lui payer ses études – plus le gîte et le couvert – dans l'université américaine de son choix.

Muffy s'était montrée philosophe quand – alors que nous déjeunions ensemble plus tôt dans la semaine – je l'avais félicitée d'avoir empêché que l'épisode Bridget ne sorte dans la presse.

– Qui a envie d'écrire un article sur une gamine de quinze ans torturée mentalement par un harceleur psychopathe sur lequel la police n'arrive pas à mettre la main ? a-t-elle rétorqué en haussant les épaules au-dessus de sa tortilla au thon. Les journalistes n'ont même pas le droit de citer son nom, étant donné qu'elle est mineure. Je n'ai eu aucun mal à étouffer l'affaire. En revanche, ça les excite beaucoup de raconter comment le harceleur en question a réussi à se dégoter une chambre et à suivre nos cours d'été plusieurs semaines d'affilée sans attirer les soupçons. Ça, le campus s'en remettra plus difficilement. (Elle a pris une bouchée de sa tortilla.) Le bon côté de la chose, c'est que personne ne parle plus du scandale des Coquelicots. Et je vais jouer à fond la carte « Tournoi du rock ». Je ne vois pas d'autre aspect positif à exploiter.

Muffy avait raison. Le fait que Tania – en accord avec les filles et leurs mères – ait été tellement décidée à maintenir le Tournoi du rock, alors même que Gary Hall était en cavale dans la région de New York (s'il n'avait pas déjà franchi la frontière canadienne), avait touché, voire séduit, les médias. Les journalistes avaient inondé la chaîne de demandes de laissez-passer pour la finale. Toutes les autres chaînes importantes avaient envoyé un reporter. Du coup, entre les familles des filles et les donateurs de l'université ayant eux aussi insisté pour venir, il ne restait plus un siège de libre dans l'auditorium.

C'est essentiellement pour ça que la plupart des filles – en particulier Upton mère et fille, si expertes en relations publiques – avaient tenu à poursuivre l'aventure... et pour ça, aussi, que j'avais hâte d'être débarrassée d'elles. Un peu plus tôt, dans le couloir des loges, j'ai entendu Mallory dire aux autres :

– Ohé les filles, j'oubliais... J'ai reçu un texto de Bridget aujourd'hui. Elle me demande de vous dire « merde » à toutes !

– Super ! se sont exclamées quelques-unes des filles.

Mais pas Cassidy, bien entendu.

– La connaissant, elle le pense vraiment ! s'est-elle esclaffée.

– Oh Cass, arrête ton char ! a rétorqué Emmanuella. Tu es jalouse parce que tu sais que si Bridget était là, elle pourrait te battre, avec ou sans nodules des cordes vocales.

– Ouais, a ajouté Mallory. T'as du bol qu'elle ait eu ça, et que du coup elle n'ait pas le droit de chanter. Sinon, il t'aurait fallu nous battre toutes les deux – elle et moi.

À ces mots, toutes les filles ont éclaté de rire... à l'exception de Cassidy.

– Bridget n'a jamais eu de nodules des cordes vocales, a déclaré Cassidy, haussant la voix. Elle a piqué l'idée à Adele, tu le sais aussi bien que moi, Mallory ! Tu sais qu'elle fréquentait un type à Wasser Hall, probablement le type qui...

– Assez ! a interrompu Stephanie d'un ton brusque. Les filles, vous vous rappelez notre conversation ? Le service juridique a assuré que la moindre allusion à cet homme entraînerait la suppression de toutes les scènes dans lesquelles vous apparaissez. C'est ce que tu souhaites, Cassidy ?

– Non m'dame, a répondu celle-ci.

– Parfait. Revenons-en au texto de Bridget que tu as reçu aujourd'hui, Mallory. Et vous, les filles, faites-lui passer un message de soutien. Cassidy, tu peux dire une vacherie si tu le souhaites, tant que tu ne mentionnes pas d'homme.

Cassidy a marmonné un truc au sujet de la téléréalité qui montrait tout « sauf la réalité ». Stephanie l'a aussitôt envoyée se calmer dans le couloir.

Un peu plus tard, aux toilettes, j'ai trouvé Stephanie penchée au-dessus d'un lavabo et scrutant, dans le miroir, son visage aux yeux cernés. Elle avait cessé de porter des jolis tailleurs et des escarpins Louboutin pour se rendre au boulot. Désormais, c'était tous les jours jean-bottes et air affligé.

– Ça va comment ? j'ai demandé (même si je connaissais la réponse).

– Je ne ferai jamais de gosses, a-t-elle répondu d'un ton sinistre.

J'ai hésité avant de refermer la porte de ma cabine.

– Si tu en fais, ils ne ressembleront pas forcément à Cassidy, ai-je objecté.

– Mais si c'était le cas ?

Que répondre à cela ?

– Demain tout sera fini, ai-je dit, m'efforçant de lui remonter le moral.

– Dieu merci ! a-t-elle grogné, avant d'ouvrir le robinet et de se passer la figure sous le jet d'eau fraîche.

C'est la pensée à laquelle je m'accroche... Le Camp d'été du rock s'achève ce soir et demain toutes les filles vont rendre leurs clés et retourner chez elles. Stephanie et l'équipe de tournage vont eux aussi plier bagage. En d'autres termes, peut-être vais-je enfin pouvoir reprendre une vie normale.

Sauf que Tania et Jordan sont toujours hébergés chez moi. Et que Gary Hall est en cavale.

Lauren, l'assistante de production, passe la tête dans la loge. Elle est coiffée de son casque.

– Cinq minutes. Cinq minutes avant le lever de rideau, mesdames ! Vous serez prêtes ?

– Non, répond Ashley, la coiffeuse de Tania, occupée à travailler la chevelure de celle-ci à l'aide d'un fer à friser. Pourquoi faut-il être à l'heure alors que ce n'est pas du direct ?

– Parce que les familles des filles sont dans la salle, réplique Lauren. Elles sont venues voir leur ado chanter, et on a déjà vingt minutes de retard. Les gens du coin s'impatientent. Il y a des petits frères et des petites sœurs qui risquent de ne plus se comporter aussi bien devant les caméras. Je compte sur vous, OK ?

Ashley jette à Lauren un regard noir, par-dessus la tête de Tania. Je connais ce regard. Il signifie « Casse-toi de là » en moins poli.

– Où est Jordan ? demande Tania à Lauren.

Lauren a une fraction de seconde d'hésitation.

– Je ne sais pas. Je croyais qu'il était ici, avec toi. On l'a pomponné, mis dans son smoking et renvoyé il y a de ça une dizaine de minutes, précise Anna, une autre coiffeuse.

– Eh bien, soit il est aux toilettes, soit il doit être en train de saluer sa famille, en conclut Lauren. Il paraît qu'ils viennent d'arriver. (Elle porte la main à son casque.) Attends que je vérifie...

– Je m'en occupe, dit Tania, tirant de sous sa blouse son téléphone mobile décoré de cristaux. (Baby demeure tranquillement assis sur ses genoux.) C'est bien la première fois qu'il est prêt avant moi. D'habitude, il met des heures.

J'observe mon reflet dans le miroir. Le cuir chevelu me démange, sous mon imposant chignon. Si seulement j'avais un crayon, une baguette, ou quelque chose que je puisse enfoncer là où ça gratte.

Long sifflement. Je tourne la tête. Cooper se tient sur le seuil, vêtu d'un smoking pour être au diapason des autres jurés hommes – à savoir Jordan.

– *Ay caramba !* s'exclame-t-il à mon intention.

– Revoilà cet humour nonchalant que j'aime tant ! Tu n'es pas mal non plus, beau gosse.

Il pivote sur ses talons.

– Je l'ai dégoté au Paradis du Smoking.

Tania semble déconcertée.

– J'avais expressément demandé à ton père qu'on t'envoie un Armani. Je n'ai jamais entendu parler du Paradis du Smoking.

Je la rassure :

– Il blague. C'est un Armani.

– Pourquoi vous tardez tellement, toutes les deux ? s'enquiert Cooper. Vous êtes superbes. Et le public commence à râler. Ils ont hué mon numéro de claquettes. Je ne suis pas sûr de réussir à les tenir plus longtemps.

– Ça y est ! déclare Ashley, mettant en place une dernière boucle.

Une fois Tania coiffée, je ne vois pas la différence. Pas plus que je ne saisis pourquoi on se sert d'un fer à friser pour refaire des dizaines d'anglaises – il y a des mystères que je ne résoudrai jamais.

– Merci ! dit gentiment Tania en soulevant Baby tandis que sa coiffeuse lui retire la blouse en plastique.

Je constate qu'elle avait gardé Miss Mexique avec elle sous la blouse, à côté de sa pochette noire à sequins.

Remarquant la poupée en même temps que moi, Cooper semble surpris, mais se garde de toute remarque.

– Où est Jordan ? demande-t-il.

– Il est allé saluer ta mère et tes sœurs, répond Tania.

Elle lit un texto sur l'écran de son mobile :

– Il dit que Nicole est contrariée parce qu'elle voudrait interpréter une de ses chansons. Mais pas question que je change le règlement rien que pour elle. Les seules à avoir le droit de chanter ce soir sont les filles du Camp d'été du rock. Et moi, bien sûr.

– Bien sûr, approuve Cooper d'un ton grave, en lui offrant son bras. (Étant son garde du corps, il fait aussi, ce soir, office de cavalier.) On y va ?

– Oui. Allons-y.

Elle me confie Baby et sa pochette. Mais garde Miss Mexique pressée contre elle.

Cooper et Tania se dirigent vers l'accès à la scène, au bout du couloir blanc, où s'alignent les participantes du camp d'été. Quant aux mamans, elles sont dans la salle, à attendre impatiemment la prestation de leur progéniture. Ce soir, les filles se la jouent « rockeuses chic ». Il y a la tendance Mallory, cuissardes et maquillage outrancier, et la tendance Cassidy, robes de soirée ornées de cristaux. Sur notre passage, les adolescentes murmurent, admiratives, des « Ce que vous êtes belle, madame Trace ! » et autres « Oh mon Dieu, ce que vous êtes jolie ! » Deux ou trois d'entre elles prennent des photos avec leur portable.

– Bonne chance, les filles ! lance Tania par-dessus son épaule quand elle atteint la porte donnant sur la salle, avant de leur envoyer un baiser. N'oubliez pas que je suis très fière de vous !

Emmanuella forme, à l'intention de Tania, un cœur avec ses doigts.

– On t'aime ! crie-t-elle.

– C'est bon ? Il arrive ? Super ! dit Lauren, dans le micro de son casque.

Puis, se tournant vers nous :

– Jordan nous retrouve en coulisse, OK ? L'émission peut commencer.

Sur ce, elle pousse les lourdes portes donnant sur la scène.

28

**Bienvenue au Tournoi du rock,
première finale annuelle du camp d'été
animé par Tania Trace !**

Vous êtes priés d'éteindre vos téléphones portables
afin que tous puissent profiter du spectacle.

Il fait sombre, comme toujours dans les coulisses. Quand mes yeux parviennent à s'accoutumer à l'obscurité soudaine, je réalise que nous nous trouvons dans un espace exigu, non loin d'une quantité de manettes et de poulies servant à manœuvrer le lourd rideau de scène en velours. Celui-ci est déjà ouvert sur un tulle où sont projetés les mots : BIENVENUE AU TOURNOI DU ROCK, PREMIÈRE FINALE ANNUELLE DU CAMP D'ÉTÉ ANIMÉ PAR TANIA TRACE ! Derrière le tulle s'entassent des éléments de décor provenant des diverses représentations sur lesquelles travaillent les étudiants en arts du spectacle : bouts de clôture à mailles métalliques, vieux canapés, réverbères en contreplaqué. Le public ne les voit pas, contrairement à nous.

À quelques pas de là, en bas d'une étroite volée d'escaliers, une porte où on peut lire SORTIE. C'est l'accès que l'équipe utilise pour se rendre rapidement dans les coulisses à partir de la salle, inhabituellement vaste pour un auditorium d'université.

Au centre de la scène, le podium d'où Tania est censée accueillir les participantes. Il est éclairé par des projecteurs équipés de flatteurs filtres roses, et les prompteurs où nous devons lire notre texte sont déjà en place. Une équipe professionnelle employée par Cartwright TV se charge du son et de la lumière. Ce soir, Grant Cartwright n'a rien voulu laisser au hasard.

Tania jette un coup d'œil à la salle bondée depuis l'endroit où elle se tient, derrière l'épais rideau de velours bleu.

– Oh ! dit-elle. Il y a à peu près le même nombre de gens que là où j'ai donné ce concert, au Québec. C'est trop mignon.

Je prends conscience qu'aux yeux de Tania, remplir une salle de mille places, c'est « trop mignon ». Pour beaucoup d'autres chanteuses, ce serait « géant ».

Je ne peux m'empêcher de me glisser derrière elle pour regarder, même si ma mère m'a toujours mise en garde : « Si tu les vois, eux aussi te voient ! » Des cameramen, envoyés par d'autres chaînes, errent dans les allées.

Je commence à avoir le trac. Dieu merci, je n'ai pas à chanter. J'ai toujours pensé que j'avais une belle voix – bien meilleure, en tout cas, qu'un tas de soi-disant stars de la pop. Du moins, jusqu'à ce que j'entende chanter Tania.

– Oh, regarde ! me chuchote-t-elle. Il y a ce garçon qui vit dans ta résidence. Celui qui se met sur son trente et un chaque fois que je suis dans les parages. On dirait qu'il a piqué le costume de son père ! C'est marrant.

Je fixe le point qu'elle me désigne.

– Gavin ?

Je suis choquée – non par la description qu'en donne Tania, mais de découvrir qu'il se trouve dans le public.

– Comment il est entré ?

– J'ai veillé à ce que tout le personnel de Fischer Hall soit invité, répond Tania. Ce genre de choses importe, quand on est dans ma position. L'image, tu comprends...

En prononçant le mot « image », elle agite la main comme un membre de la famille royale – sans mouvement du poignet – pour bien montrer qu'elle entend cela au sens de : « Il faut être attentif à son image. »

J'écarquille les yeux, impressionnée. Je savais que Tania était rompue aux relations publiques, comme Cassidy. Je n'avais en revanche pas mesuré, jusqu'à ce qu'elle s'installe sous notre toit, l'étendue de sa gentillesse. L'un de ses premiers gestes, à son arrivée chez nous, avait été de faire appel à une entreprise de nettoyage – celle de la cousine de Magda. Pas tant pour se faire pardonner de nous compliquer la vie que parce qu'elle avait entendu dire Cooper que je comptais recourir aux services de l'entreprise en question. Rentrant du bureau un vendredi après-midi, j'avais eu un choc : maison impeccable, vitres propres, rideau de la chambre de Cooper réparé... Et Tania, souriant jusqu'aux oreilles à la vue de mon expression stupéfaite.

– Ils viendront tous les vendredis, a-t-elle annoncé. Et le mardi, aussi. Il le faut. Sinon, ils n'y arriveront pas. La maison est immense, et vous et le ménage, ça fait deux.

– Regarde ! La fille avec qui tu travailles, celle qui a écrit la chanson...

Elle me montre Sarah du doigt. Celle-ci s'est donné la peine de se faire un brushing. Je constate avec surprise que

Sebastian est assis près d'elle et que tous deux discutent avec un plaisir manifeste. Visiblement, leur couple a encore de l'avenir. Près d'eux se trouvent Lisa et un jeune homme BCBG que j'ai jusqu'ici à peine entrevu. Cory, son fiancé. Sur leur visage se lit un mélange de bonheur et d'excitation.

– Oh, et voici les deux hommes si sympathiques qui t'ont aidée à sauver Bridget, continue Tania. C'est quoi, leurs noms ?

Je ne les distingue pas parmi la foule. La lumière baisse et il y a une telle quantité d'hommes en costume.

– Tom et Steven.

– Oui, c'est ça. Je les aime bien. Et celui qui s'est blessé au pied...

– Pete ?

– Oui. Il devrait être quelque part par là, lui aussi. Je l'ai invité. Et sa petite amie, cette gentille dame à la tignasse incroyable. Quant au type moche et bête, je me suis assurée qu'il n'était pas sur la liste.

Cooper se tient près de nous, Baby dans les bras. (Les griffes du chihuahua accrochaient les sequins de ma robe.)

– Je crois que c'est de Simon Hague qu'elle parle, a-t-il précisé.

Tania fait la grimace et se redresse. Plus la peine d'observer la salle en douce. La lumière a tellement baissé que nous ne distinguons plus le public.

– Oui, j'ai fait en sorte qu'il ne soit pas invité.

Je me retiens de sourire, ravie d'entendre décrire Simon comme « un type moche et bête ». Tom et moi ne sommes pas encore parvenus – et ce n'est pas faute d'avoir essayé –

à découvrir si des sanctions disciplinaires avaient été prises contre lui, relativement à ses week-ends prolongés dans les Hamptons. Mais qu'il se soit vu interdire l'accès au Tournoi du rock – que même le journal des étudiants doit couvrir – pourrait s'avérer suffisant comme punition.

Lauren pousse la porte menant aux coulisses, depuis le couloir où sont situées les loges.

– Où est Jordan ? demande-t-elle en constatant qu'il n'est pas avec nous.

– Que veux-tu dire ? rétorque Cooper. Vous ne l'avez toujours pas retrouvé ?

Dans la lueur du néon filtrant depuis le couloir, je distingue son expression inquiète.

– Non, dit Lauren, s'efforçant de garder une voix calme. Et Stephanie dit qu'il ne répond pas à ses...

Derrière elle s'élève un cri perçant. Un cri poussé par une jeune fille. Puis un deuxième. Et un troisième. « *Cassidy !* » entend-on distinctement hurler.

Lauren tourne la tête en direction des loges.

– Merde ! s'exclame-t-elle en arrachant son micro-casque et en s'élançant dans le couloir.

La porte se referme brusquement, nous plongeant à nouveau dans l'obscurité.

Les cris continuent, encore audibles malgré la porte fermée. Je sais qu'ils ne parviennent pas à l'oreille du public – les gens ne cessent de chuchoter impatiemment et de feuilleter leurs programmes en attendant le début du spectacle.

– Reste là ! m'ordonne Cooper.

Il me fourre Baby dans les bras et tire son pistolet du holster qu'il porte sous la veste de son smoking.

– T'as compris ? insiste-t-il. (J'ai beau ne pas le voir dans l'obscurité, je sais qu'il scrute mon visage.) *Ne t'avise pas de me suivre et de franchir cette porte,* quoi que tu entendes !

J'acquiesce en silence alors que Cooper ouvre la porte qui donne sur le couloir, d'où s'échappe une autre succession de cris de terreur. Il s'y engouffre, Tania et moi nous retrouvant seules dans la pénombre. Je serre Baby contre moi. Tania fait pareil avec Miss Mexique.

– Que... Que se passe-t-il, à ton avis ? bredouille-t-elle, le regard rivé sur la porte.

Je mens :

– Rien, probablement.

Je sens battre le cœur de Baby. Avec ses côtes si frêles, il me fait l'effet d'un petit oiseau. Je sens, sur lui, le parfum de Tania.

– Elles ont dû voir une araignée, dis-je.

L'éclairage rosé des projecteurs illuminant le podium baigne le visage de Tania d'une lueur fantomatique.

– Ouais, tu as raison. Mais à ton avis, où est Jordan ?

– Sans doute discute-t-il toujours avec sa mère. Tu ne veux pas essayer de l'appeler ? Il ne répond pas aux textos de Stephanie. Mais à toi, je parie qu'il répondra.

Tout est bon pour détourner ses pensées de ce qui se passe derrière cette porte. (Et qui n'a rien à voir avec une araignée, j'en suis sûre.)

Tania se baisse pour ramasser sa pochette, que j'ai Dieu sait comment laissée tomber sur le sol.

– Bonne idée. Je vais...

L'autre porte – celle qui donne sur la salle – s'ouvre. Bruit de pas grimpant l'escalier...

– Oh, le voilà ! dit Tania, riant de soulagement.

Elle se redresse tandis qu'une haute silhouette masculine s'avance vers nous dans l'obscurité.

– Jordan, on s'inquiétait. T'étais passé où ?

Tout va tellement vite... Une seconde, le temps de cligner des yeux... et je réalise que l'homme qui s'approche à grands pas n'est pas Jordan. Mais quelqu'un que je n'ai jamais vu, un parfait inconnu.

Presque aussitôt je me rends compte – et le choc me donne le tournis – que je l'ai déjà vu, mais dans un autre contexte. En photo sur un site Internet. Mais il était brun alors, et rasé de frais. Et sur un permis de conduire. Mais il était roux, et portait des lunettes et un bouc. Plus récemment, il était blond.

Le voici de nouveau brun. Il est vêtu d'une chemise propre et bien repassée et d'un costume très ordinaire, du genre que pourrait porter... le prof de chorale d'un lycée de province, ou un papa. On l'imagine bien conduisant ses gosses à leur entraînement de foot ou raccompagnant la baby-sitter devant chez elle. On ne remarquerait pas le pansement sur sa main, à moins de le chercher. Ni le revolver que tient cette même main, à moins de le chercher.

Mais je cherche. Et trouve.

J'ignore si c'est une véritable arme à feu. Et Tania aussi, à ce qu'il semblerait.

– Je... je ne comprends pas, bafouille-t-elle, son regard passant du revolver au visage de l'homme. Comment... Comment es-tu entré ici ? demande-t-elle, visiblement stupéfaite.

Je comprends sa stupéfaction. Je ressens la même chose. Il y a de ça quelques secondes, j'aurais juré que c'était Jordan qui venait vers nous.

Or ce n'est pas Jordan, mais Gary Hall. Apparaissant comme le personnage qu'il est réellement, un mari violent de quarante-six ans – qui s'avère ressembler à monsieur Tout-le-Monde.

– Salut Tatiana, lance-t-il en souriant. Comment trouves-tu ma tenue ? (D'une main, il rajuste sa cravate marron et, de l'autre, braque son arme sur nous.) Je m'y sens à l'aise, en tout cas. Ce soir, je suis le papa de Mallory St. Clare. Tu connais Mallory, n'est-ce pas ? Bien sûr, puisque c'est une de tes petites protégées. La vérité – si j'en crois ce que m'a dit Bridget – c'est que le papa de Mallory a quitté sa famille quand sa fille avait dix ans. Mais ce soir, il fait un retour-surprise ! J'ai appelé à l'avance pour m'assurer que son nom serait sur la liste. L'étudiant chargé de la billetterie s'est montré très compréhensif. La plupart des gens le sont dès qu'il est question de pères divorcés et de leurs filles adolescentes. Ils veulent que tout se passe bien.

Tania demeure silencieuse. Je ne le lui reproche pas. J'ai moi-même l'impression d'endurer un tremblement de terre. Sauf qu'il a lieu à l'intérieur de moi et non sous mes pieds. Le sol tangue, tangue, tout bouge au ralenti – sauf que je suis seule à m'en rendre compte.

Comment tout cela est-il possible ? On nous a garanti que nous ne risquions rien. L'inspecteur Canavan s'est contenté de rire quand je lui ai demandé s'il pensait que maintenir la finale était une bonne idée.

– Hall se trouve à des milliers de kilomètres d'ici à l'heure qu'il est ! a-t-il affirmé quand nous nous sommes vus pour la dernière fois. À se faire piquer les fesses par un million de moustiques dans les marécages de l'ouest du Canada.

Le chef de la Sécurité du campus – c'est quoi son nom, déjà ? O'Malley ? O'Brian ? – s'est tenu devant moi, avec ses yeux bleus pleins de larmes, son bel uniforme et son insigne doré. Il m'a juré de mettre tous ses hommes sur le coup et de faire surveiller tous les accès.

Mais il suffit d'une porte – et d'une fraction de seconde d'inattention – pour réaliser que tout peut basculer, et combien la vie est fragile. Je vais mourir. Comme j'ai cru mourir quand, à Fischer Hall, Gavin m'a tiré dessus avec un lanceur de paintball.

Sauf que cette fois, c'est bien réel. Ce type est sur le point de me tuer. Si Gary Hall a donné un faux nom à l'entrée – et sans doute montré une fausse pièce d'identité –, je parie que son flingue est tout ce qu'il y a d'authentique.

– Que voulez-vous ? dis-je d'une voix faible.

C'est à cause de la peur, la peur qui danse et bouillonne le long de ma colonne vertébrale, telle l'eau d'une fontaine J'ignore comment mes jambes ne se dérobent pas sous moi J'ai tellement envie de m'asseoir, de reposer mes genoux tremblants. Mais quelque chose me dit que c'est moi qui ne vais pas tarder à me reposer – et pour l'éternité.

– Tatiana sait ce que je veux, répond Gary Hall, sur un ton presque aimable. Pas vrai, Tatiana ?

– Ce que *je* veux, c'est que tu t'en ailles, Gary ! C'est une soirée sur invitation et toi... tu n'as pas été invité !

Je n'en reviens pas de ce que je vois, sans parler de ce que j'entends. Tania tient tête à son cinglé de mari – et pas par chanson interposée.

– Ouais... dis-je.

Je pose Baby à terre car il s'est mis à gémir, n'appréciant guère que sa maîtresse soit contrariée. Peut-être va-t-il sauter à la gorge de Gary, comme les chiens qu'on voit à la télé. Mais il se contente de se tapir derrière Tania.

– Tania a raison. Je crains que tu ne doives t'en aller, Gary.

Il nous fixe, abasourdi.

– Je crois que vous ne saisissez pas bien la situation, les filles. Je vous menace d'*une arme à feu chargée*. Je vais abattre l'une d'entre vous, ou bien les deux. Ce n'est pas ce que vous souhaitez, n'est-ce pas ? Tatiana, j'ai eu ma dose ! Tu viens avec moi.

– Non, Gary, réplique Tania d'une voix toujours fébrile. (Mais elle campe sur ses positions.) C'est terminé. J'ai parlé à Jordan. Il est au courant de tout. Et tu sais quoi ? Il dit qu'il m'aime malgré tout, et cette histoire débile comme quoi on n'a jamais divorcé, tu peux la répéter au monde entier, pour lui ça ne changera rien. Il m'épousera de nouveau, une fois qu'on aura divorcé, toi et moi. Et que tu croupiras en prison à cause de ce que tu as fait à Bear, à Jared et à Bridget...

Hall braque le canon de son arme sur ma tempe et relève le chien.

– Dans ce cas, je n'ai aucune raison de ne pas tuer aussi ton amie, n'est-ce pas ?

Mon sang se glace dans mes veines. Si j'ai eu précédemment la sensation d'endurer un tremblement de terre à moi toute seule, ce n'est rien comparé à ce que j'éprouve maintenant... car je suis sûre qu'un faux flingue ne fait pas ce bruit-là quand on en relève le chien. Je le sais car Cooper, désireux de me familiariser avec les armes à feu afin que je m'habitue à leur présence, m'a montré comment fonctionne son Glock (même s'il n'a pas eu le temps de m'emmener dans un club de tir, trop occupé à veiller sur Tania). Et chaque fois qu'une cartouche se logeait dans l'arme du canon, ça produisait un bruit semblable.

Je réalise à présent que je n'aurai plus jamais l'opportunité de me rendre au club de tir avec Cooper afin d'y apprendre à tirer. Parce que je serai bientôt morte.

– C'est ce que tu veux que je fasse, Tatiana ? demande Gary Hall d'une voix mêlant désespoir et désir.

Il tend la main, la referme sur mon bras, puis me tire vers lui. Son odeur me parvient alors aux narines. Il empeste la sueur et la naphtaline, le costume de M. St. Clare ayant dû passer pas mal de temps au fond d'une malle. Quant au revolver, il sent l'huile... et ma mort imminente.

– Parce que c'est toi qui m'y obliges ! poursuit Gary, à l'intention de Tania. C'est toi qui me pousses à ça. C'est ta faute si je m'en suis pris à tous ces gens.

Ce type enchaîne cliché sur cliché. *Ohé mec !* je voudrais lui dire. *Faudrait que Stephanie mette un peu de punch dans tes dialogues.* Mais cette scène de *Jordan aime Tania* n'a pas été scénarisée. Et Gary Hall est un vrai cinglé.

– Si tu étais restée auprès de moi et que tu m'avais traité avec le respect qui m'est dû, après tout ce que j'ai fait pour toi, personne n'aurait été...

– Je ne suis pas responsable de tes actes ! l'interrompt Tania. C'est toi le seul responsable, Gary.

Je réalise que Tania a dû suivre une thérapie dans mon dos. J'aurais simplement préféré que ça lui serve à un autre moment – pas quand Gary me braque son arme sur la tempe.

– Tu ne me laisses pas le choix, Tania ! hurle-t-il, les doigts crispés sur mon bras et le canon du revolver pressé dans mon chignon, tant et si bien que quelques mèches s'échappent des innombrables épingles qui les maintiennent en place. Je n'ai rien à perdre. Que cette femme vive ou meure ne dépend que de toi.

Tania change d'expression. Peut-être prend-elle conscience de ce que je sais déjà : inutile de raisonner avec Gary, puisqu'il est fou. Il n'abandonnera pas avant d'avoir obtenu ce qu'il est venu chercher – elle.

Je vois toute combativité et tout espoir la quitter. Ses frêles épaules retombent.

– OK, murmure-t-elle. OK, Gary. Je viens avec toi. Mais avant, tu lâches Heather.

Gary me repousse, une expression de triomphe sur le visage.

J'ignore où je trouve la force de faire ce qui suit...

D'accord, je ne veux pas mourir. Mais pas question non plus de laisser mourir quelqu'un d'autre.

Si bien que quand Tania passe devant moi, je m'empare de la poupée qu'elle tient d'une main molle. Puis, pivotant sur mes talons, j'enfonce de toutes mes forces dans la main droite de Gary, juste au-dessous du pansement, le peigne pointu collé à la tête de la Miss.

Les poupées n'étant pas censées servir d'armes, la tête et le peigne de Miss Mexique se détachent et restent plantés dans la main de Gary. La surprise et la douleur suffisent à lui faire baisser son arme, en même temps qu'il pousse un cri. Par inadvertance, il appuie sur la détente. Le coup part.

Heureusement, la balle va se loger quelque part dans la cage d'escalier sans blesser personne.

Je distingue un brouhaha dans l'assistance. Je suis sûre que les policiers et agents de sécurité du campus postés autour de l'auditorium ont entendu le coup de feu et ne vont pas tarder à rappliquer dans les coulisses. J'espère simplement qu'il ne sera pas trop tard.

Saisissant Tania par la main, je l'entraîne derrière le tulle et l'oblige à se baisser et à se glisser avec moi sous une table avant que Gary n'ait pu extirper de sa main, avec les dents, la tête de Miss Mexique.

Sur ce, la porte donnant sur les loges s'ouvre brusquement et Cooper en surgit.

La lumière aveuglante des néons, derrière lui, éblouit momentanément Gary Hall. Mais elle permet à Cooper d'identifier sur-le-champ l'individu en costume comme étant l'homme dont il a vu la photo dans le site Internet du lycée de Tania. Et d'apercevoir le revolver que Hall lève vers lui. Alors, sans un mot, Cooper vise le torse à trois reprises. Jusqu'à ce que Gary lâche son arme, bascule en avant, et demeure face contre terre.

29

Toutes ces fois où tu m'as dit
Que je n'y arriverais jamais
Toutes ces fois où tu m'as dit
Que je devrais laisser tomber.

Toutes ces fois où tu m'as dit
Que je n'étais rien sans toi
Le plus triste dans tout ça
C'est que je pensais : « Puisqu'il le dit ! »

Et je suis partie
Et tu sais quoi ?
J'ai réussi
Sans toi !

Alors traîne-moi en justice
Vas-y !
Traîne-moi donc en justice !

Maintenant que j'ai réussi
Tu dis que je te dois tout
À moi aussi tu me dois beaucoup
Pour ce cœur que tu m'as pris.

Si j'ai un seul regret
C'est tout ce temps perdu
Ces années passées à pleurer
À miser sur un cheval fourbu.

Vas-y – va jusqu'au bout,
Traîne-moi en justice

Que je rigole un bon coup
Traîne-moi donc en justice.

Traîne-moi en justice
Weinberger/Trace
Disques Cartwright
Album *Traîne-moi en justice*
En tête du *top ten* neuf semaines consécutives

– La masse centrale, m'explique Cooper, beaucoup plus tard ce soir-là, lorsque je me couche près de lui, dans mon lit. Je ne visais pas la poitrine. Je visais ce que je risquais le moins de louper, pour éviter qu'il ne riposte. Du coup, j'ai visé là où son corps est le plus large. On appelle ça la « masse centrale ». C'est comme ça qu'on survit à une fusillade.

– C'est bon à savoir, dis-je en lui passant l'une des boissons préparées à la va-vite en bas dans la cuisine. Quoi qu'il en soit, tu as touché le cœur. Dans une fusillade, je préférerais toujours t'avoir de mon côté...

Il prend une gorgée de son verre et grimace.

– C'est quoi ce truc ?

– Un lévrier rose. La boisson préférée de ta sœur Jessica.

Il me le rend.

– Ne me ressers jamais ça. Surtout juste après que j'ai abattu un homme. On pourrait me retirer ma licence de détective privé.

Je pose le verre sur ma table de chevet.

– Je me doutais que tu dirais ça, alors je t'ai préparé autre chose au cas où.

Je lui tends un whisky on the rocks.

– Voilà qui est mieux.

Je lève mon lévrier rose afin de trinquer avec Cooper.

– *L'Chaim*. Ça veut dire « À la vie. » Je ne voudrais pas avoir l'air de me réjouir que quelqu'un soit mort, mais je suis heureuse que ce ne soit ni toi ni moi.

Il prend une gorgée de son whisky.

– Moi aussi. Et je sais ce que signifie *L'Chaim*.

– Bien. Au moins, maintenant que Gary est mort, Tania n'aura pas à affronter les attaques des médias, comme elle aurait eu à le faire si la police avait arrêté Gary et que l'info avait circulé qu'elle et lui étaient toujours mariés. À présent, Jordan et elle peuvent tranquillement se remarier quelque part et dire qu'ils renouvellent leurs vœux de mariage. (Je tressaille.) Tu me trouves insensible ?

Cooper hausse les épaules.

– Je le suis bien plus que toi quand je pense à ces deux-là. Tu as failli mourir ce soir parce que mon crétin de frère n'a parlé à personne de cette première lettre...

– T'exagères. Jordan a assez souffert comme ça, tu ne crois pas ?

– Non.

Tania et moi avions mis un temps fou à convaincre les dizaines de policiers et d'agents de sécurité du campus venus à la rescousse après avoir entendu le coup de feu que ce n'était pas Cooper qui nous avait attaquées, mais l'homme qui, par terre, gisait dans son sang. Au même moment, Jordan était retrouvé sans connaissance dans une cabine des toilettes des hommes. Il s'avère qu'il avait croisé Gary dans les urinoirs à l'instant où celui-ci s'apprêtait à gagner les coulisses. L'ayant reconnu, Jordan avait tenté de procéder seul à son arrestation. Hélas, la tentative avait échoué. Gary avait assommé Jordan et l'avait assis sur une cuvette avant de refermer la porte de la cabine. Pendant ce temps, dans la salle, la lumière baissait et chacun gagnait sa place.

– J'ai essayé, bébé ! avait répété Jordan, quand Tania et lui s'étaient enfin retrouvés. J'ai vraiment essayé de le choper.

– Je sais, avait répondu Tania, si soulagée de récupérer Jordan vivant qu'elle avait sauté avec lui dans l'ambulance le conduisant à l'hôpital Beth Israël, où il devait passer les radios d'usage.

Quatre heures plus tard, ils nous appelaient pour nous dire que tout allait bien, et qu'ils envoyaient l'assistant de Jordan récupérer leurs affaires.

– Merci pour tout ! a dit Jordan, à l'autre bout de la ligne. Mais Tania trouve inutile qu'on habite plus longtemps chez vous. Elle est prête à rentrer à la maison.

– Oh, vraiment ? ai-je demandé, levant la main pour toper dans celle de Cooper. Quel dommage ! Vous allez tellement nous manquer, tous les deux.

À présent, je caresse la tête de Lucy alors qu'elle se couche en rond sur le lit. Mes yeux se posent sur le nouveau smoking de Cooper, suspendu à la porte de mon placard.

– Tu sais, dis-je, cette peinture est censée partir au lavage.

– Parlons d'autre chose, tu veux bien ? rétorque Cooper, en sortant la télécommande du tiroir de sa table de chevet. La soirée a été archi-stressante. Et si on se détendait en matant une de ces émissions que tu aimes tant, où des gens mangent toutes sortes de trucs ?

– Faut pas t'en vouloir ! Moi aussi, j'ai cru que les filles étaient en train de se faire agresser.

Il me rafraîchit la mémoire :

– Elles étaient en train de se faire agresser.

– Tu as raison. Heureusement que tu étais là, avec ton Glock, pour empêcher que...

Il me plaque un oreiller sur le visage, faisant mine de m'étouffer. Je ris. Lucy aboie. Owen, sur la coiffeuse, détourne la tête avec dédain. Prête à tout pour apparaître le plus possible dans *Jordan aime Tania*, Cassidy avait trouvé très amusant de sortir le lanceur de paintball de l'endroit où elle l'avait dissimulé, dans les loges, et de tendre une embuscade à ses rivales qui attendaient devant la porte donnant sur la scène, la finale étant sur le point de débuter.

C'est ce qui avait suscité les cris, juste avant que Gary ne nous attaque dans les coulisses, Tania et moi. En donnant l'assaut, Cassidy avait suscité un tel chaos que Cooper avait eu du mal à se frayer un chemin pour revenir jusqu'à nous.

– Qu'est-ce que j'ai fait de mal ? n'avait cessé de répéter l'adolescente, ouvrant de grands yeux innocents, lorsque Mallory et les autres filles, en larmes, l'avaient accusée d'avoir délibérément bousillé leurs tenues.

– N'importe qui peut se procurer du matos de paintball au centre sportif de l'université. Il suffit de laisser une pièce d'identité. Eh, les filles, ne soyez pas mauvaises joueuses ! Le spectacle doit continuer, pas vrai ?

Sauf que quand on se tire dessus à balles réelles, le spectacle ne continue pas. Le Tournoi du rock a donc bien été annulé pour cause de vrais coups de feu. L'équipe de tournage a coupé les caméras et les filles ont été priées de rentrer chez elles avec leurs familles. Le Camp d'été du rock était fini – et pour de bon.

– C'est une honte ! avais-je entendu Mme Upton hurler à Stephanie à la sortie de l'auditorium, alors que j'accompagnais Cooper à la voiture de l'inspecteur Canavan (car on ne peut abattre quelqu'un en légitime défense – même soupçonné d'avoir commis de nombreux crimes – sans devoir se rendre au commissariat pour y répondre à tout un tas de questions). J'exige que ma fille bénéficie des opportunités garanties par le contrat qu'elle a signé, lequel stipule que la gagnante remportera cinquante mille dollars et un contrat avec les Disques...

Appuyée à un mur du bâtiment, Stephanie affichait une expression réjouie que je ne lui avais pas vue depuis longtemps. Je parie que c'est parce que le camp d'été est officiellement terminé.

– Madame Upton. Il y a un truc que j'ai envie de vous dire depuis deux semaines : fermez-la !

Mme Upton n'en revenait pas.

– *Quoi ?*

– Je vous ai dit de la fermer ! a insisté Stephanie. Même si on avait décidé de reporter la finale, votre fille n'aurait pas pu gagner, vu que c'est une sale petite garce et que personne, dans le groupe Cartwright, ne supporte de bosser avec elle. OK ? Alors suivez mes conseils et tirez-vous d'ici. Non... Oubliez carrément le show-biz.

Mme Upton fixait Stephanie comme si celle-ci venait de la gifler.

– Je... je... je... Je vais traîner les Disques Cartwright en justice !

– Oui ! a dit Cassidy, prenant le parti de sa mère. Les Disques Cartwright et Tania Trace.

Emmanuella et d'autres filles, parmi lesquelles Mallory St. Clare, passaient justement devant elles avec leurs parents à cet instant précis.

– Elle a dit *quoi* ? a demandé Emmanuella, se plantant à côté de Mme Upton.

– Qu'elle allait me traîner en justice, a répondu Stephanie en se passant une main dans les cheveux. Et Tania aussi. Je m'en bats l'œil.

– C'est bien ce qu'il me semblait avoir entendu.

Emmanuella s'est alors tournée vers les autres filles et toutes ont entonné en chœur, d'une même voix mélodieuse :

– « Vas-y, va jusqu'au bout, Traîne-moi en justice, Que je rigole un bon coup ! »

La joyeuse mélodie s'est élevée dans le ciel nocturne. Des gens ont tourné la tête pour l'écouter jusque dans le parc pour chiens, au cœur de Washington Square. Gloussant dans leurs vêtements maculés de peinture, les filles chantaient :

– « Si j'ai un seul regret, C'est tout ce temps perdu, Ces années passées à pleurer, À miser sur un cheval fourbu, Alors vas-y, Traîne-moi en justice ! »

Christopher Allington s'est dirigé vers Stephanie. Les larmes aux yeux, elle regardait les filles chanter et danser, gaies et insouciantes. Mais quand Christopher a sorti son téléphone portable à caméra intégrée pour immortaliser la scène, Stephanie lui a posé une main sur le bras et a secoué la tête.

– Non, a-t-elle dit. Ne filme pas. Vivons l'instant, au lieu de le voir au travers d'un objectif.

Christopher a souri, a laissé retomber son portable à caméra intégrée et a passé un bras sur l'épaule de Stephanie.

Devant sa voiture, l'inspecteur Canavan a levé les yeux au ciel.

– Ces gosses ! s'est-il exclamé en ouvrant la portière. Dieu sait que j'aime les miens, mais s'il me fallait les supporter à longueur de journée, je finirais par me tirer une balle dans la tête. Oh, désolé ! a-t-il dit, jetant un coup d'œil à Cooper. Une seconde... Qu'est-ce que j'ai à m'excuser ? C'est la poitrine que vous avez visée, pas la tête ! Joli coup, d'ailleurs. Rappelez-moi de vous offrir un verre.

Retour à ma chambre. Cooper cesse de faire semblant de m'étouffer, roule sur le côté avec un soupir, puis lève les yeux vers mes poupées venues de partout.

– C'est chouette de retrouver ton lit.

– Oui. Sauf que je ne peux pas m'empêcher de penser à ce qu'ils ont pu y faire.

– Comme quoi ? Chouraver ta poupée préférée ? Parcourir ton journal intime ? C'est ça, le secret que tu crains tellement que je découvre ? Ne me dis pas que Jordan le connaît et moi pas ! Enfin... même s'il le connaissait, sans doute le mettrait-il dans son dossier « cinglés »...

– Non, je m'empresse de rectifier. Je parlais de ce qu'ils ont pu y faire sexuellement parlant.

À juste titre, l'idée dégoûte Cooper.

– On est obligés de causer de la vie sexuelle de mon frère ? OK, je sais que le sujet ne t'est pas inconnu. Mais en ce qui me concerne, discuter de ça ne me...

402

Je l'interromps :

– On a tous fait des choix dont on n'est pas fiers. Même toi. J'ai rencontré certaines de tes ex. Jordan n'est peut-être pas très intelligent, mais il est bien intentionné. Il a un grand cœur. Et un très gros...

Cooper saisit l'oreiller, et m'en menace en le maintenant au-dessus de ma tête. Je conclus ma phrase dans un rire :

– ... ego. Et je n'ai pas de journal intime ! (Je me redresse, soudain grave.) Mais il y a un truc dont il faut qu'on parle. Il y a deux semaines, je suis allée chez ma gynéco, et elle m'a dit...

Je ne sais où je trouve le courage de tout déballer. Peut-être est-ce l'exemple de Tania, quand elle a eu le cran de rétorquer à Gary Hall qu'il ne se trouvait pas sur la liste des invités et qu'il ferait mieux de s'en aller, alors qu'il la menaçait de son revolver... Toujours est-il que je répète mot pour mot à Cooper ce que m'a dit ma gynéco : si un jour on veut un bébé, va falloir mettre du cœur à l'ouvrage... et rien ne dit qu'on parviendra à nos fins.

– Un *bébé* ? demande-t-il en secouant la tête. Qui a parlé de vouloir un *bébé* ?

Je ne saisis pas.

– Cooper... Tu n'as pas envie d'avoir des enfants un jour ?

– On a déjà des enfants, réplique-t-il, pointant un doigt en direction de Fischer Hall. (Sauf que mes fenêtres donnant de l'autre côté, Cooper se borne à désigner le mur de ma chambre, derrière mon lit.) On a tout un dortoir rempli de gosses. Chaque fois que je me tourne vers toi, tu t'apprêtes à voler au secours de l'un d'eux. Gavin, et Jamie, et cette fille qui allait être obligée de retourner en Inde, et

403

ce gars que son père déteste parce qu'il est homo... et une équipe de basket au grand complet !

– Cooper, ce ne sont pas *nos gosses* ! dis-je, pour le cas où il ne serait pas au courant.

– Ce n'est pas l'impression que j'ai. Leurs parents les voient beaucoup moins que nous.

– Cooper... Ils ont, pour la majorité d'entre eux, vingt ans et des poussières. À cet âge-là, ce ne sont plus vraiment des « gosses ».

– Alors pourquoi je dois leur payer le resto chaque fois qu'on passe une soirée avec eux ?

– Cooper...

– Imaginons que tu aies plus de chances de tomber enceinte que tu ne le crois, et que tu n'aies pas à subir d'opération ou Dieu sait quoi, dit Cooper, soudain grave. Imaginons que tu te retrouves avec un bébé. Tu ferais quoi ? Tu arrêterais de bosser à Fischer Hall pour rester à la maison et t'en occuper ?

Je n'avais jamais pensé à ça. Quand je m'imagine nos enfants, ils sont toujours au nombre de trois et âgés de cinq, sept et dix ans. Vêtus de ravissants uniformes d'écoliers bleu marine, ils sont merveilleusement indépendants.

– Eh bien, dis-je. Je n'en sais rien...

Renoncer à mon boulot ? Je n'ai même pas eu le temps de jeter un coup d'œil au classeur de mariage de Lisa. C'est la première fois que j'ai une boss marrante. (À l'exception de Tom qui ne compte pas, n'ayant jamais été officiellement mon chef.)

Et Sarah ? Sebastian et elle ont beau être apparemment réconciliés, je suis sûre qu'il n'a pas renoncé à son séjour en Israël. Qui, pendant ce temps, tiendra la main de Sarah ? Non que je risque de tomber tout de suite enceinte et d'avoir Jack, Emily et Charlotte dans la foulée – ça me prendra sans doute des années. N'empêche que j'ai encore un tas de choses à faire, et qu'aucune n'est compatible avec le fait de rester chez moi avec un bébé qui pleure... Cooper poursuit :

– Parce que – dans ma bouche ce n'est pas un reproche, donc ne le prends pas mal – je ne te vois pas vraiment en mère au foyer. Et moi, il est clair que je n'ai rien d'un père au foyer. J'adore mon métier... du moins les jours où personne n'essaie de nous tuer, toi ou moi.

– Ce n'est pas parce que les gens ont des enfants qu'ils peuvent se permettre d'arrêter de travailler.

Je réalise que nombreux sont les amis de Cooper à ne pas en avoir – soit parce qu'ils sont en prison, soit parce qu'ils sont de célèbres stars du rock. Il ne doit pas connaître grand-chose en la matière. J'éclaire donc sa lanterne :

– Ils embauchent des nounous, ou mettent leurs enfants en crèche. Mais oui... Tu as raison, j'adore mon boulot et je tiens à terminer mes études. Par conséquent, moi non plus je n'ai pas tellement envie de rester à la maison à m'occuper d'un bébé. Mais...

– Bien. Si nous n'avons ni l'un ni l'autre envie de rester à la maison pour nous en occuper, il me semble que nous n'en voulons ni l'un ni l'autre.

Je m'efforce de digérer ça. C'est plus compliqué qu'il n'y paraît, vu que je ne peux aller nulle part sans être bombardée d'images de femmes de mon âge qui poussent des landaus, exhibent leurs ventres ronds de futures mamans ou racontent au journaliste venu les interviewer qu'elles n'ont jamais su ce qu'était le véritable amour avant de « plonger les yeux dans ceux de leur nouveau-né ».

– Mais si on n'essaie pas tout de suite, il se peut qu'on ne puisse jamais en avoir. Et les gens n'ont-ils pas tous envie d'avoir des enfants ? N'est-ce pas un besoin vital ?

À peine ai-je prononcé ces mots que je me souviens de ce qu'a dit Lisa, au bureau. Elle ne veut pas d'enfants. Tom n'en veut pas non plus, il me l'a dit. Est-il possible que Cooper soit dans les mêmes dispositions qu'eux ?

– Être parent, c'est le job le plus difficile et le plus absorbant du monde, commence Cooper. Même en faisant tout bien, on risque de se retrouver avec un gosse comme... – bon, je pense que ces deux dernières semaines, on a eu suffisamment d'exemples de gosses dont on ne voudrait pas être les parents. Il n'y a rien de pire que les gens qui font des mômes parce qu'ils ont le sentiment que c'est ce qu'on attend d'eux. Ou pour faire comme tout le monde. Ou parce qu'il leur faut donner un sens à leur vie. Décider d'avoir un enfant, c'est s'engager à cent pour cent. Et si tu veux mon avis, Heather, tu es déjà à cent pour cent dans ton boulot. (Il désigne à nouveau la direction de Fischer Hall.) Que tu l'admettes ou non, tu as déjà une tripotée de bébés. Sauf que tu n'as pas eu à leur apprendre le pot. Ni à subir une opération ou à mettre ta santé en danger pour les avoir.

– OK. T'as raison. Mais j'ai du mal à imaginer Gavin ou un autre de ces gamins s'occupant de nous dans nos vieux jours, pas toi ?

– Heather, on ne fait pas un enfant pour avoir un bâton de vieillesse ! De toutes les raisons d'en faire, c'est l'une des pires... Ça, et vouloir sauver un mariage qui se casse la gueule. Les gens sont censés subvenir à leurs propres besoins. Allons-nous, toi et moi, nous occuper de nos parents quand ils seront vieux ?

– Mon Dieu, non ! dis-je, choquée.

Il me prend la main et la serre dans la sienne.

– Tu vois bien ? Il n'y a rien dont on puisse être sûr. Même si on avait des gosses, on risquerait de se retrouver avec une Cassidy Upton. Ou pire, un Gary Hall.

Ça non plus, je n'y avais pas songé. Que Jack, Emily et Charlotte se révèlent des enfoirés de première.

– C'est vrai, dis-je. Mais il se pourrait aussi qu'ils soient comme nous.

– Heather, dois-je te rappeler que nous ne pouvons pas blairer nos parents ?

– Mais ils craignent à mort. Ce qui n'est pas notre cas.

– Écoute, dit-il. J'aime notre vie telle qu'elle est... Je suis plus heureux que je ne l'ai jamais été. Si avoir un bébé te rend heureuse, alors très bien, faisons un bébé. Mais ça ne me dérangerait pas – et même *pas du tout* – de ne pas avoir d'enfants.

Je scrute son visage.

– Tu ne dis pas ça pour que je me sente moins mal, vu que j'ai si peu de chances de tomber enceinte sans intervention chirurgicale ?

– On ne sait jamais ce que l'avenir nous réserve.

Soulagée, je serre à mon tour sa main dans la mienne.

– Merci, dis-je à voix basse, des larmes plein les yeux. (J'ignore si je pleure de joie, de tristesse... ou de soulagement.)

Ça ne signifie pas que je renonce à Jack, Emily et Charlotte. S'ils doivent arriver un jour, tant mieux ! Ce qui a disparu, c'est l'*obligation* de les avoir, sous peine de me sentir incomplète ou bonne à rien. Et la délivrance est presque aussi grande que lorsque Gary Hall a détourné le canon de son arme de ma tempe.

– Ne me remercie pas encore, réplique Cooper. Je te vois venir. Si tu t'imagines que je vais te laisser adopter tous les enfants perdus de Fischer Hall, t'es cinglée.

– Ce ne sont pas des enfants perdus, dis-je en dégageant ma main de la sienne afin d'essuyer discrètement mes larmes. Ce sont des jeunes adultes qui ont besoin de modèles positifs et de conseils pour gérer leur vie. Et du gîte et du couvert en échange de vingt heures de boulot à l'accueil ou dans mon bureau.

– Bon, à présent on a des problèmes plus urgents à régler... Qu'est-ce qu'on fait, en ce qui concerne Miss Mexique ? demande-t-il.

– Oh, ne t'inquiète pas pour elle. J'ai regardé sur Internet. Il y a un million de poupées espagnoles qui lui ressemblent au détail près et se vendent pour environ sept dollars. Mais j'ai décidé de ne pas la remplacer.

– Ah ouais ?

Il tend la main vers le tiroir de sa table de chevet. Pour y prendre encore une fois la télécommande, j'imagine.

– Cela permettra à Miss Irlande de respirer un peu. Je crois que Miss Mexique lui donnait un complexe d'infériorité.

– Ils devraient tourner un docu-réalité sur toi, dit-il en posant sur mes genoux un petit écrin recouvert de velours bleu. Et appeler ça *Ceux qui collectionnent les poupées et les enfants perdus.*

Je fixe l'objet. Puis, d'un ton soupçonneux :

– C'est quoi ?

– Ouvre et regarde !

Je m'exécute. C'est un saphir ovale monté sur un anneau de platine, et entouré de part et d'autre d'une myriade de minuscules diamants.

Mon regard stupéfait passe de la bague à son visage, et vice-versa.

– C'est... c'est la bague de ce magasin d'antiquités de la Cinquième Avenue. Ccc... Co... Comment tu as su que je la voulais ?

– Sarah me l'a dit, un jour où j'ai appelé à ton bureau, répond-il, apparemment fier de son coup. Tu ne répondais pas sur ton portable... Et ce n'est pas la bague de la boutique de la Cinquième Avenue. J'y suis passé, pour jeter un coup d'œil à la bague. Tu sais combien elle coûtait ?

Bizarrement, je me sens déçue.

– Oh, une fortune, je parie.

– Trois cent cinquante dollars. C'était un bijou fantaisie. Alors je suis allé voir mon ami Sid, qui travaille dans le quartier des diamantaires – légalement, je précise – et je lui ai demandé de me la refaire à l'identique, mais avec de *vrais* diamants, et un anneau en platine *véritable*...

Je laisse échapper un cri de surprise.

– Cooper ! Tu n'aurais pas dû. C'est trop ! C'est trop beau pour moi.

– Non, réplique-t-il d'un ton ferme. Rien n'est trop beau pour toi. Mets-la. Et si on te le demande, dis que tu es fiancée. Je veux que tout le monde le sache, en particulier ma famille. Et plus question de s'enfuir pour se marier. Une fois qu'on aura royalement facturé mes services à Cartwright TV, on pourra, si on le souhaite, se marier au Plaza Hotel. Tu penses inviter combien de personnes ? Et surtout, où veux-tu que nous passions notre lune de miel ? Quelles poupées voudrais-tu ajouter à ta collection ? Que dirais-tu de Paris ? Ou de Venise ? Ou bien...

Je jette mes bras autour de son cou, et je le serre à l'étouffer.

– Je n'arrive plus à respirer, Heather... dit Cooper d'une voix étranglée.

Mais ça m'est égal, je suis si heureuse, je voudrais ne jamais le lâcher.

Remerciements

Mille mercis à : Beth Ader, Nancy Bender, Jennifer Brown, Benjamin Egnatz, Jason Egnatz, Carrie Feron, Michele Jaffe, Lynn Langdale, Laura J. Langlie, Ann Larson, Michael Sohn, Pamela Spengler-Jaffee, Tessa Woodward. Je remercie aussi tout particulièrement les fans d'Heather Wells de leur immense soutien.

D'autres livres

wiz
Albin Michel

www.wiz.fr
Logo Wiz : Cédric Gatillon

Composition Nord Compo
Impression CPI Bussière en avril 2013
à Saint-Amand-Montrond (Cher)
Éditions Albin Michel
22, rue Huyghens, 75014 Paris
ISBN : 978-2-226-24751-3
ISSN : 1637-0236
N° d'édition : 20503/01. – N° d'impression : 2002638.
Dépôt légal : juin 2013.
Loi n° 49-956 du 16 juillet 1949 sur les publications destinées à la jeunesse.
Imprimé en France.